Will Self

Umbrella

伞

[英] 威尔·塞尔夫 著
赵柯 译

上海译文出版社

献给黛博拉

兄弟如伞，容易被忘。

——詹姆斯·乔伊斯

目　录

我是个猿人，我是个猩猩……扎克里出现了，他从门房走了出来，旁边放着水壶和收音机，窗已破了个大洞，不用人开已自开。麦斯威尔山[①]的匙唇兰花给芙莱恩巴尼特[②]冰冷的早晨带去了温暖，但他却被沉凝的气息所萦绕。我是个猿人，我是个猩猩，啊，我是个猿人……草坪十分柔软，露珠点点，他的手臂和腿脚却僵硬不堪——他想起了自己昨晚打断预备会议糟糕的开场时那种紧张的局面。米利亚姆在床上喂宝宝吃东西时，缆绳和管道被卷起来，消失在奶白色的气流中——巨大的炮弹收回到我的腹部和屁股中……我是个猿人，我是个猩猩……奥斯丁车的方向盘塑料轴弯成两半，活像个驼背……他的两手带动肩部用力，使劲地把着方向盘，从海格特冲下来，然后迅速穿过东芬奇利——双膝硬是被挤在仪表盘下——穿过北环路，再穿过纪念医院前面的一些街区，最后在伍德豪斯路右转。车盖下，活塞不断地打压着方向盘轴的末端，每一次停歇和启动，每一次迂回曲折——他的眼珠子不断地在眼眶里转动——压力并未缓解，而是扩散到了他的整个躯干——像钻孔里的钻头、车床上的卡盘、开启的机器……在这种发作状态下，他看到的早已是倒过来的世界，平行四边形般的黑色森林和静止的草地变成了手工艺品，四周不断冒出砖墙、柏油路和混凝土，沿着修整过的郊区马路，它们像涟漪一般散开，荡漾到天际……他的身体内部却无疑是安静的、不受束缚的，眼前的日子——啊！消毒药膏像一条米色的虫，在溃疡的溃烂处蠕动着……他苦涩地想到：当有人急救我这样一个步履蹒跚的民兵时，是否也会注意到我是个精神病？……我是个猿人，我是个猩猩……开车上班已经习以为常。——但是，令人吃惊的是，他的目的地仍是那个开着一家友谊商店的地方。扎克里出现了……暇步士鞋踩在从员工停车场出来的碎石路上……花丛旁边，停着的车还不时地发出水滴声——石子路通向一扇又一扇的拱形窗、拱形门，一条又一条的长廊和四边都是坡顶的小角楼。扎克里出现了……气喘吁吁地在屋顶最高处爬，楼的侧旁是钟楼，钟楼里的钟从不出声，它们只是变相的通风管道，排出救济院腐烂的恶臭味……扎克里出现了……避开连翘后面生锈的青铜像，避开雕塑上那双死眼睛——雕塑是一位年轻的男子，显然患有青年痴呆症……他的脸永远都不动，仿佛一直在受难，衣服上有很多折痕……他看上去就像个颓丧货。扎克里出现了……他正咯咯地咬着牙，不断地在拱形窗和拱形门边来回走动。他把自己送进这个虚幻之地，倒不是因为那些气派但紧闭的大门，而是因为与这些气派的大门相比并不显眼的另一边——这是唯一正确的，因为它开始了幻想破灭的生活，他曾幻想可以遇到叫做佛斯卡里或皮萨尼的人，但现实却是：一个低低的柜子壁架，用含有乙烯基的塑料做成，趴在上面的是一个犯了事的人，他的脸——就像大多数的精神病人一样——长着诡异的瘤，老化特征很明显，却好像是刚刚变老的样子，加上那个耸得高高的肩，看上去就像个缩头乌龟。传来一阵惊悚的声音，我们要把你关在房里，整个星期都不给你吃东西，**你—明—白—吗？**哦，是的，我很明白……他之所以这么快就回话，是因为不想听到更多的刻薄言语……扎克里出现了——走过一段堆着湿木板的短走廊，又向下走过一些台阶，就进入了下面的走廊。扎克里出现了——走廊上——他把自己的包紧紧地抱在胸前，然后打开，在微风中拿出他那件白色的外套。巴斯纳，你以后会要这样一件衣服的，惠特科姆曾说过——

---

① 位于北伦敦郊区。
② 北伦敦巴尼特区。

一个快乐的家伙，他的长脸分为几块：快长到嘴里的胡须分开了眼睛——此外，这个病人会觉得……觉得什么？觉得什么？！但是这位会诊医生只说了几个字，就对自己的话不感兴趣了，转而开始用茶匙的末端挖烟斗上烧焦的孔，这个活极需技巧，他做的真是乱七八糟，烟斗放在畸形腿上，被弄得一塌糊涂。——为何员工的椅子不是太低就是太高？扎克里出现了——同时……我是个猿人，我是个猩猩，啊，我是个猿人，脱下的鞋七倒八歪地散乱在地板上，散落在亚麻油地毡上，他的脚击打着板石地面，那几个脚指头在陈旧的沥青地面上磨蹭——管它是什么地方。磨—磨蹭。他怀疑：谁会梦见这种事——破坏路边医院的走廊，甚至是病房？但这也是情有可原——一种既吓唬人又欺骗人的粗暴理由——听听盘旋在病人身边的声音，这个理由就一清二楚了，这些声音缠绕在皮包骨的头上，缠绕在走廊一般的脑神经上，缠绕在一圈又一圈的皮质层上……它们相隔很远——一百码，一百英尺，甚至是更远，就像北环路那么远，只不过这是一条心灵中的北环路。尽管没有路标，也没有泰利胡角[①]——相反，只有带着防尘罩的尖顶窗，窗户对着通风的院子，人们在这里活动活动筋骨，院子两侧的小坡把院子分成几块，院里有条小水沟，流向外面，流经医院第一排楼房和第二排楼房，但在这里，这条沟就和太阳永别了。小坡像是从院子两侧萌发出的芽儿——更多的芽儿冒了出来，整群细菌像疯了一样，在肥沃的郊区土地上变得更壮更复杂。扎克里出现了……走廊有一侧没有窗，只有门，门上装饰着凸出来的小木牌，上面写着房间的名字：门房、餐厅、维修部餐厅、犹太会堂、精品店——天，居然有精品店！然后是面包店——满是面包的房间……还有通向上面病房的斜坡。他出现了……他又看到了深喉咙口，光线照到食道处，满是坑坑洼洼的麻子——泥水匠当初的装潢方案——或是铺满圆形浮雕和棕色的碎石子。他出现了……轻轻地抚摸着旧煤气管

① 伦敦北部巴尼特区北芬奇利的中心区域。

道外面老化的护套，护套不断地掉落，他看到了里面的铜管，其中一根上面还用透明胶带贴着当时流行摇摆乐队的海报，是的，韵美乐队的海报——但是，他不禁思忖，难道如此久远？还只是因为这里的空气和其他的一切都消逝得特别快？西边的走廊在此打弯，这是个圆形的拐角处，因行人的多次跌倒而被磨损得厉害——不！这是为了有意阻止人们自杀。惠特科姆习惯了这一切后，曾得意洋洋地说，为了对付更多的人，不得不这样做啊！嘴巴上还挂着塑料做的齐胡须。只能这样——就是这样。莫大的耻辱——就这样成了莫大的耻辱。绞刑或许已被议会取缔……他喷出小而香的东西，显得很不体面……但这仍然是精神病院执行死刑的最佳方式——这十年就像过去的十年那么动荡！惠特科姆并不是最近才变得麻木不仁，他本来就是个麻木的家伙——就像众多医术还凑合的精神病专家，他习惯用不痛不痒的方式跟痛苦的精神病人说话，所以话里倒也没什么令人痛苦的东西。他一旦自由，就变得非常好笑、非常滑稽——如果还有什么东西可以笑一笑。他也不曾寄希望于新来的晚辈，让他们来对付这些好笑的自杀事件——显然，不是通过擦拭药水，当然也不是简单查问病情——这些都是护士的工作，当然是她们的工作！——他要准备的，只是思考如何对付那些烦躁不安的病人，这些人的忧伤中带着快乐的气息，他们会偷走床单，走到厕所，开始哭泣，不停地拧床单，然后打个结，塞到管子的弯道处，后来就被冲进了水箱。巴斯纳记得，惠特科姆曾经这样说过，这种维多利亚时期的水管设备所带有的福祸——这是他的评论方式——但是，与此相反，他有责任把自己的训诫说得好听点，因为任何的死亡，不管多么渺小，都要求至少考虑一下说的话好不好听。维多利亚时期的水管设备所带有的福祸，就在于它的强固性；任人怎么拳打脚踢，最暴躁的自杀者也无法弄破管道……有时——这是珀金斯告诉他的，珀金斯是十四号病房的那两位护士中较下流的那位，巴斯纳负责两个慢性病房，其中一个就是十四号病房——他们还计划用带着血的链子上吊自杀，你能想象这种场面吗？找到他们时，他们正光着脚丫子站在厕所里……巴斯纳相信这种事。他还见过屎尿变成了小溪，穿过脚掌骨流到水沟，然后“咚咚咚”地流到洗脸台上，上面的水箱不停地滴着水……第一次见到自杀事件时，他不仅没有袖手旁观，还帮穆博雅——一个善良的护士——砍断了管道，把自杀的女病人从极为牢固的管道上放了下来——这就是为何她的尸体卡在管道和白色窗户之间，当这个房间被分割成像现在这样的小隔间时，窗的高度缩减了一半——但需要更多的证据——如果需要任何证据的话——来说明这个医院如何改变了原有的楼房单元结构，这一变化又意味着一种新的形态学，而新的空间形态又如何造成了新的病理情况，新病理又是如何被新专业协会认证过的精神病专家诊断出来……但是院里的其他病人基本没变，镇静下来的方式和她一样，只不过她刚学会这种方式：呆滞，没有肠子被掏空的迹象……除了那股味道。相反，她那薄皮肤——多好的肤质——跟她身上超级肥大的法兰绒睡衣皱在了一起。巴斯纳曾想，她是个没有生命的干飞蛾，体内的细胞正在腐烂。

……除了那股臭味，排泄物的味道——还有防腐药剂、地板蜡刺鼻的味道——当然还有一种更加浓烈的混合味，它们来自病人身上的毛孔、嘴巴以及那些隐蔽的排泄口。巴斯纳第一次去精神病医院，看到的正是这样的病人，被禁闭在医院里的精神病人。那是十多年前的事，当时他还是个学生，所以还傻里傻气地问道，这是什么味道？有人告诉他，这是三聚乙醛，一种液体镇静剂，颜色是透明的棕色……用在亨利医院、纳普斯波利医院……他所在的地方……我的弟弟，真怕自己把他忘了。三聚乙醛——过去的半个世纪中，有多少三聚乙醛被灌进救济院病人的喉咙中？多少加仑……多少瓶……多少桶？真的，只要在这些三聚乙醛中插入管子，立马就会起火了。如今只剩下——房子里的雨，漏水的石灰泥天花板落下铁锈色的雨，落在柏油地面上。

一切都让巴斯纳决意立即就往前走，但他的动作有些缓慢，他穿过这片绿色海洋，三分之一英里长的走廊放大了这些哭喊声、呜咽声以及咯咯咯的笑声，走廊上众多凹进去的地方又使这些声音变了形，但这些声音就像从枪膛里射出来一样，准确无误地射中了他的一只耳朵，在脑边绕了几圈又传到了另一只耳朵里……第二颈椎：就像爱一样明显。扎克里出现了，当我给自己唱着“不要站到裂缝上”时，我的手臂跟随音乐舞动……经过理发店和雕塑室，出了医院的主楼，走向艺术治疗室和回忆治疗室——这是惠特科姆最后一项充满人道主义的创新。走廊上有个地方正好可以看到来自朝南窗户的光，这些光亮让他觉得自己正沿着一条壕沟在气喘吁吁地滚动，三聚乙醛……乙醛……背墙[①]！就是那面墙——壕沟的其中一侧，他们站在那里，用机枪扫射，那土墙……那放风的庭院，它发出嘀嘀嘀的声音，不断地消灭着已穿过草地的敌人，他们来势汹汹：疯狂——女鬼。扎克里出现了……走廊上并不是只有他一个人——员工来来往往，络绎不绝，也有几个患者为了买些杂货，或者参加治疗项目而经过走廊。这几个病人是为了买东西或参加治疗——但对其他更多的病人而言，医院把他们从病房中放出来，只是让他们在这个大医院里走动走动而已。一群人——人家是这么告诉他的——从西北面的卡姆登社会服务中心办公室出发，走到东北面的哈灵格社会服务中心办公室，然后又向南走到地势较低的走廊，到了走廊尽头又向北走，像这样绕医院内部走一圈，大概是一英里左右。他们一直这样不停地走，只有肚子叫饿、脚走累了，或要吃药……看管人才叫他们停止。是的，有这么一些病人，他们穿着捐赠的毛衫，衣服周边脏迹斑斑，脚上的厚袜子已无弹性，瘦骨嶙峋的脚踝裸露在外，他们的眼睛像卡通人物一样滑稽，戴着印有国民医疗的眼镜，框架却已摇摇欲坠——对这些人而言，走廊就是目的地。其中没有什么是真实的——也没有什么是可靠的，但

① 背墙是指为防炮弹碎片杀伤在堑壕或掩体后面构筑的土垛，英语中“背墙”是parados，与“三聚乙醛”的英文 paraldehyde 相似。

是：扎克里出现了……我的声音，与我有关的声音，在我身上，比我更是我……如此真实，绝对地如此真实，自我意识不就是代表精神病症状正在消失的唯一表现吗？巴斯纳觉得，每个人在每一天都会很多次地想到这一点，不管他们在走廊上走了多久，对一位仍然具有生命力、愉快的人而言，其神志就会受到挑战……仍然……疯狂所具有的疯狂方式……他还没有步入工作正轨，这种疯狂就已让他脱离了正轨而卷进侧轨，与之相连的就是完成任务的心灵医生和打手们组成的阵营，所有人都被迫在钟塔下、水塔下和烟囱下奉献自己，烟囱下方的炉墙已经褪色，烟囱里飘出黄色的烟，舔着北伦敦上方灰色的天空。扎克里出现了……走廊很窄——最多也就十英尺宽——但直至此刻，他还未曾被堵在走廊上——此刻，他被一个目瞪口呆的人给盯住了。对方是个病人——一个女人，而且是个老女人……十足的老女人，背弯得厉害——就是个驼背，以至于她的视线就是向下的，直接就看得见腹部宽松的腈纶毛衣，她对这衣服还挺满意。巴斯纳见到的就是这些：她那唯唯诺诺的后脑勺，以及满头的银发，但头皮上有两处已没有头发——头顶，以及头盖骨后方的一块地方。他想起了自己在慢性病房里见到的那些抽搐者，他们扭着头，头和他们所靠的扶手椅形成一个角度——他们抽搐着，不断地磨损自己。她立刻变得既远又近，近得可以让他碰触。出疹之后——生命中有很多的之后——他多了一种既温存又可怜的理解，生命中所有的重要关系——和叔叔莫里斯、阿尔坎、西科尔斯基、其他的量子论学家以及和自己的妻子的关系——其实就是和自己几个孩子的关系——就变得如此：熟悉中充满了爱，鼻孔中和龋齿中有他们的气息，酸酸甜甜——但也如无线电般遥远，他们的声音像无线电杂音那样嗞嗞嗞哔哔哔地响着，穿过流年。

他们——这位精神病医生和这位老年女病人——花了很长时间才碰到彼此。为了见她，为了合适地见她，巴斯纳不得不回顾所有关于老年精神病的假设理论。——道德智力缺陷，在赫瑞瓦特大学压抑的圆形教室里，麦科诺基教授曾经就是这么叫的，既不熟悉，又不关心——那时，年轻的扎克就是如此——不管这种病是由于遗传、缺氧症、梅毒螺旋菌、炮弹休克所引起——还是由于身体中一些其他的功能性障碍。对麦科诺基教授而言，多巴胺假设并不在假设范围之内，他偏爱的讲授法是从后院的病房中拉出一个慢性病患者，然后让他踉踉跄跄地走到讲台上，这于他就像是兴奋剂。这如夏科[①]医生的催眠法那样令人不快，教授不停地以旁边这个精神分裂患者为例讲课，底下的学生们被教授单调的授课方法和语调弄得昏昏沉沉。对这个精神病患者而言，这种病已让她无法回想起自己念叨同一句话时令人恐怖的声音。麦科诺基教授要是再这么疲惫不堪地讲下去，他那本来就空洞的头脑就要真的变得空空如也——他不停地在讲台和散发着蒸汽的暖气片之间来回走动——他时不时地提到“精神病人的全身瘫痪”，甚或“早发性痴呆”，以及其他各种早期的术语，其含义的丰富性远不及当地人所说的一个词：疯子——但却可以满足教学目的，让他的学生们——包括巴斯纳——坚定地相信，任何上了年纪的慢性患者，并不是被某种具有确定名称的病理学所困扰，而是被各种复杂、混乱的情况所困扰。——巴斯纳所穿过的正是这些疯子组成的人群，这群人密集地涌动，他们不仅堵住了没有尽头的走廊，也躺在这座庞大建筑及其附属建筑黏乎乎的地上。这个老女人的头开始摇摆，我已无法碰触：生产线上的一个零部件，此刻恰因商店员工的叫喊声而停止了工作……她痉挛了，她那弯曲的小脚，穿着毛绒绒的儿童室内拖鞋，不停地踢着油毡的边，边上的沥青已经快掉完了。踢，不停地踢：但她根本无法靠这种小小的步履前行。巴斯纳情不自禁地就想到了地上的机械玩具，那种塑料做的小女人，注定会翻倒……但她没有倒下。他继续前行，他的双腿有些笨重，带着作为医生特有的冷漠

① 让-马丁·夏科（1825—1893），十九世纪法国神经病学家，被称为“神经病学领域的拿破仑”。

走开时，他隐隐作痛。

此时他站在她的旁边，他像她那样弯腰，因此可以注视她颤抖的肩，看着她的脸。这张脸……被深深地藏着：粗糙的、树皮般的皮肤，镶嵌着令人恐惧的双眼，透露着早已有之的郁闷。——他惊呆了，后退几步，这个老女人立刻就变远了，颤抖着，踢打着，手指挣扎着，双臂弯曲着，我是个猿人，我是个猩猩……在她的左侧，可以看到明显的活动热情，但左右两侧之间却聚集了各种无法运动的症状，不仅仅是肌肉的瘫痪……还有意志的麻痹……意志缺失症？运动热情点燃了其中一只手臂，它划过肩，但痉挛这颗火花还未擦亮就被熄灭了……巴斯纳无助地想到了斜颈这个词——这就是他刚刚欣赏到的一出戏——副交感神经戏，他对此颇为吃惊，他看到两个助工经过——黑色卷发像充了气的冰淇淋，套在白色的尼龙发网里面，为的是不让头发散出来——……我嘱咐他要给女孩子送让她满意的东西，她们两人的对话射向他和那个老女人……看到了吧，大多数日子他都会来这里……——他们重聚、又继续遗忘。——电动玩具女人等着你我……喝着雀巢咖啡，抽着大麻香烟，像橡胶燃烧，看着《国际时报》对朗德豪斯的报导。查克农场街上某个隐藏的卧室兼起居室……巴斯纳粗糙的牙上滴着口水，他看着莱恩[1]和萨特的书，堆在砖板结构的书架上……让人恶心。她男朋友的头发垂下来，比她刚整理过的珠帘还要柔顺。她穿着柔软的天鹅绒——男人套着个麻布袋。是巴斯纳碰上了奇事，从过去穿越到了现在，就像他那测试卡形状的运动夹克衫和带着盐水点滴痕迹的领带那么奇怪？或者，还是他们从一个关于纨绔和潦倒的远古梦幻中跳了出来？后来……她冷静地给他涂万金油，然后，他们在地板垫上做爱，垫子上是缝着小镜子的印度图案织物。男朋友并不介意分为两部分，男人和巴斯纳被分开了……一种叉状物在她的睡衣里不断摸索。在她柔软的喉咙处，那根骨头活动着。

---

① 苏格兰著名精神病专家。

他的皮肤和头发钩住了那些小镜子，手尽力地抚摸着她的乳头。她从下面看着我……他的一条腿放在地板上，有些冷。窗外的鸽子们似乎在为此喝彩。——他强烈地希望能触摸这个老女人，他觉得他那么摸一摸，或许就能把她从出神状态中拉回来——但首先是：你还好吗？请问需要帮助吗？没事。从底下的脸看来，我的脸就在下面，她的眼珠子不停地转来转去，但是眼睛的焦点要么落在他的脸后，要么在他的脸前，从未落在脸上。——请问您在几号病房？他抓住她的手臂——比他之前想象的更加紧，急性猛力伤害了年老却仍然紧绷的肌肉，骨头外面裹着帆布一般的皮肤、尼龙袖子和腈纶袖子……瘦弱的金属支架。他圆鼓鼓的手腕上戴着昂贵的新石英手表，那亮堂堂的黑色表面正对着他，就像她的疾病在他的耳边围绕……扎克里出现了……他不禁感到困惑：难道是我凌乱了？阿修哇修哇，她含糊地说着，什么？阿修哇阿修哇。她其中一只明亮的眼睛斜视着地板。他说道：这是我的鞋子吗？——我的暇步士鞋？她眼里流露出失望——然后消失了，再次看着地板。她流着口水，落在脸颊骨上，然后汇成一条线，完整地流到地砖上，就像蜗牛爬过的一条银色痕迹。漫长的最后……缓慢、笨拙的扎克里弯下腰，把翘起来的地砖一角按回去，所以穿着拖鞋的脚踢来踢去就不会踢到了。然后……她走开了！她的步履并不蹒跚，脚步十分轻快、矫捷，她的双肩也放开了，并没有驼背，她的脖子也不弯了，在头下面转来转去，就像她的双臂那样摆脱了僵硬，自由地晃来晃去。——巴斯纳花了好长时间才追上她，也花了好长时间才决定触碰她，他有些兴奋：她在他的正前方，不超过二十码[①]，亮光洒在走廊上。除非……她的脚步加快了速度，后来又变得好快……这个老女人走出了有亮光的地方，走进黑暗之中，走出了我的视线，另一个不必要的词——精神病症慌张步态，突然从他的头脑中冒了出来……他想，难道这种矛盾来自她服用的药物产生的副作

① 1码约为0.91米。

用？蜥蜴一般的快速与服用氯丙嗪之后沉重的脚步形成鲜明的对比。当然，要说她没有被强行灌下一些氯普马嗪[1]药物，是没人会相信的——每个人都如此。这种药渗透了医院的每一个地方，就像之前的救济院里塞满了精神病人，尽管有几个人提出不同的看法——巴斯纳就是其中沉默的一员——他们质疑这种药的必要性，尽管不是怀疑这种药的效果，也不是怀疑这种药是否人道……但大家见这种褐色液体也没什么坏处，还散发着甜滋滋的气息，所以各种反对意见也就渐渐消退。由于已经很多年没有在同一个地方看到这么多的慢性精神病患者，巴斯纳呆住了，自从来到了芙莱恩，生活平平淡淡，如果用舞蹈艺术打比方，就好像舞蹈演员总是慢吞吞的曳脚而行，偶尔一个演员开始自由发挥，他高踢腿，手臂和腿像风车一样转动。看到了这种平静——但也开始意识到平稳的背景音乐在颤动，无意识的移动：迟发的运动障碍使病人的身体变得畸形，他拍手，抽动面部肌肉，扯自己的头……他觉得他们被古老的次人格[2]和灵魂的神经组织所侵占……她离开了——或者，至少，她离开走廊很远了，就像一颗人体粒子。巴斯纳对任何事物都感兴趣，他曾经读过关于直线加速器的东西，所以他伸进胸前口袋，从一排笔中拿出一支绿芯圆珠笔——他用绿笔记录突然迸出来的意象，用红笔记录临床观察内容，用蓝笔写下备忘录，用黑笔记录各种想法——然后又拿出笔记本，轻轻地打开，他在本子上写道：她会撞到什么？撞了后会发生什么？她的身体的所有部位——可以被观察到吗？在昏暗的走廊上，患者们有各种各样的玩法：跳绳，划船，争夺巧克力大战。玛丽·简发出咂咂声，看裙子！她哭了。通道里非常暗——就像在煤洞里那么黑。只有门上的扇形窗可以透过一些光亮，但只有大晴天才会有一束倾斜的光线，就像天与地之间架了天梯，地板犹如燃烧的荆棘丛，斯坦和奥德丽在地上跳来

---

① 氯丙嗪的别名。

② 指构成人格的一些稳定的组织、力量或方面，一个人的人格往往由多种次人格构成。

跳去——你把左手放进来，把左手臂拿出去，稍微抖一抖，再抖一抖，然后转身，小孩子们就会飞走喽，飞走喽，但是伯特却对她们哈哈大笑：你们这些傻瓜，手和手臂是永远都不会分开的，手只是被衣服遮住了，然后他打开前门，走到外面的台阶上，开始玩他的玻璃球……他的至爱……一共五颗、六颗。他把所有的玻璃球弹珠都收拾得清清楚楚，先用他父亲的一块手帕包着，然后把手帕系在小行李包上。他坐到前面的台阶上，拿出手帕中的玻璃球，排成一排。奥德丽在门后偷看，看到了亮澄澄的土褐色玻璃弹珠，光线正好从中穿过，非常漂亮。于是，当他走下四级台阶坐到路边的石头台阶上时，她情不自禁地——抓起了那一排弹珠，像投飞镖一样扔到了屋里。斯坦的眼睛睁得大大的，还是你拿着吧，他说，还是你拿着吧。他们站在燃烧的荆棘丛中，看着斑纹弹珠在奥德丽的手掌中发出光亮，他们中间没有人可以移动——你把左脚放进去，你把左脚拿出来，你把左脚拿出来，你把左脚拿出来……但这并不会消耗他们的热情，他们就站在那里，不停地踢着那个看不见的栅栏，奥德丽想象伯特会对她做什么。她被自己的想象吓到了，她的头颤抖着，你把头放进来，你把头拿出去……门又被关上了，然后伯特出现在屋里：我的弹珠在哪里？他咆哮着，要她赔，你把自己全放进去，你把自己全拿出来……他用力地抓住她的手腕，她觉得里面的骨头在痛哭，他又狠狠地转动手腕，握紧的拳头自然而然就松开了。啊—呜—呜，啊—呜—呜！她大声地哭着。奥德丽哥哥的那双大眼注视着他深爱的弹珠——但是她的、她的那双眼睛，同样也注视着他手上戴着的奇怪手镯，手镯的金色部分在燃烧的荆棘中显得十分火热，手镯的背面是一颗巨大的黑色宝石，母亲的黑珍珠。奥德丽左右摇晃，几乎快倒下了，她弯腰以逃脱身上的酸痛，但还是感觉到了长时间的紧张感，这种紧张感围绕着她，向任意的一个方向辐射，力度不随距离而变小，就好像自行车轮子的辐条把车轮边缘拉得紧紧的。

眼前的这个血肉之躯被遐想碎片包围了，他幻想着一次毁灭性的爆炸：一颗在过去安放好的定时炸弹，在未来被引爆了。艾尔布鲁克公共绿地[①]对面的诺维洛街上，一排排的房屋已是一片废墟，以前在最高两层的窗户上所装的挡风板，现在已全都掉在地上，屋上的瓦片一片狼藉。圆滚滚的陶瓷炉散落在国王大道边。康沃斯大厦潮湿的庭院里，紫杉树已是参差不齐。桥与车站之间，泰晤士河吮吸着岸边泥土中的树根和杂草。泰晤士河的父亲吮吸着榛树根，他曾经用小刀砍过、削过这些树，这些树仍然是尖牙利齿，从泥土中被冲了出来，又被冲了进去。——奥德丽的父亲，塞缪尔·戴斯[②]：不是“戴阿斯”，不像有些人想的那样把它分开，中间加个“阿”字更好，好像自己就是比利时阿斯地区的后裔。其实说的就是塞缪尔的兄弟亨利，这家伙总喜欢用这种方式标榜自己。他住在麦斯威尔山的某幢新别墅中。亨利一家人有着自己的称号辈，也就是戴阿斯。这件事，奥德丽已经多次听人讲起，但即便如此，十岁的她依然无法想象这样的场景：一个武大郎体型的男人，穿着深红色的夹克衫，上面挂满了黄金饰品，他坐在椅子上，高高的衣领边上有块奶油一般的白色羊排，红色的腮帮子好像压过石灰墙。奥德丽的母亲形容戴阿斯的仆役时，并不是由于她羡慕嫉妒——不过这样理解能让人稍稍心平气和一些：戴斯家虽然雇不起用人，但也不是卑躬屈膝的人。戴斯家过得不好不坏。客厅里还没有装新壁架，也没有放钢琴前，她一直在那里自言自语——黄昏来临，玛丽·简在桌子上放了盏太阳灯，她还在嘀咕，这盏灯就像一个发着光的金色球，滚遍房间的角角落落。他们发出嘘声，流浪儿，顽童，街头阿拉伯人——比如说，有些时候来一些不同的人，先生，女士，你要觉得开心的话，我会排队去领个兰贝斯产的东西，把它打开，看看里面有啥，要我从西边过来，我会告诉那些人，里面是个六便士硬币。但塞缪尔·戴斯不是个爱自言自语的人：

① 位于伦敦哈默史密斯和富勒姆附近的一片公共绿地。

② 戴斯，原文为 Death，该姓起源于中世纪。在英语中，death 意为“死亡”。

六便士硬币！六便士，可以给一个挑剔鬼喝杯茶了！你会觉得自己超级幸运，只要三便士就可以出去遛一遛了——滚！要不然就叫警察收拾你！这并没有吓着阿拉伯人——三便士可以让人美美地喝一杯了，所以他们从街上跳到了富勒姆路上，当奥德丽的父亲把兔皮大衣的下摆系上纽扣时，他们把自己的帽子往上扔，大声喊着，今晚没有人和汉佛莱公爵吃晚饭喽。奥德丽从未见过挑剔鬼，只对她父亲的另一个兄弟有所耳闻，还是在晚上的闲聊中听来的——塞缪尔径直往前走，咕哝着：真要死，诚实的船夫约翰·菲尔普斯竟然不干活了，所以他没法坐船到萨里郡了。因此，对奥德丽而言，詹姆斯·戴斯这个乞丐叔叔就代表了全部乞丐——当她在玫瑰皇冠旅店被派去给她父亲送茶时，吉姆是个人影，跟在无名舞蹈演员后面蹦蹦跳跳。借着油灯的光，她看到了他，趴在蒙莫斯市场的一个小贩摊位下——他在那里哆嗦着，捡起橘子皮，笑着放进了自己这张老嘴……街上有个马路画家，跪在国王路一家五金店外的人行道上，奥德丽就在这店门口等她父亲，她母亲则进店里买了一罐抛光油。这个怪人刮擦着花岗岩上的绞刑架，架子上有木炭画，不是粉笔画——上面有磨损的痕迹，吉姆叔叔就是在这里被绞死的，他唱着：耶稣的血从不让我失望……帽子拿在手上。

斯坦利的夹克衫挂在厕所门上，他把白色内管放到钢槽里——吉尔伯特，吉尔伯特·库克……做了类似的事，所以奥德丽咬了我的嘴唇——。但没有——那之前，艾伯特坐在厨房桌边时，他的衬衫袖子上系着好玩的带子，他们的父母早已自称为迪斯，和塞缪尔所说的牙齿押韵，他涨得满脸通红。老爹，你会中风的，艾伯特说道，笔尖上蘸了点墨水，用轻快、灵巧、小公务员似的潦草字迹填好了普查表上奥利芙那一栏。别他妈管我，你这个穿着夹克衫的绅士，我们换了个字又有什么关系？关谁屁事？塞缪尔继续咆哮着，艾伯特继承了父亲的那张脸，这样的脸长在一个胖子身上够帅了，虽然长在尖脑袋上像个怪物——下巴和前额的肥肉挤成了一团。要我说，只有牧师才管得着，你他妈滚蛋了才好——当他这么大声嚷嚷时，艾伯特继续写，维奥莱特·梅·戴斯，女儿，—，—，—，—，—，—，接着，他的笔像莫尔斯密码一样从这个空格跳到那个空格，破折号表示更多的相同之处——直到最后，我进了房间，不想再跟多说什么……虽然艾伯特是家里的长子，但他看到艾伯特能同时完成两件事，且又做得很出色，就会激动不已：弹钢琴时读晚报，定时煮鸡蛋时算账目——手脚并用不出错，手眼协调得非常完美，数目变化也难不倒他。伯特可以一边用铅笔头为《金融时报》做标记，一边准确地射中球，有个当地人开玩笑，说他这副皮囊之下是对双胞胎——此时，父亲和儿子的关系尚佳，到克拉文农场球场看球，球场周围尽是既欢呼雀跃、又焦急紧张的球迷。奥德丽想：如果我们姓“得死”（戴斯），那么詹姆斯叔叔肯定就姓“缺失”[①]——这个词是上学时从《圣经》和班扬[②]书中学到的，去教堂的那些人都不轻易说“得死”，领圣餐的人就更不会说这个词了。

当戴斯家的五个孩子中的四个都离开了沃尔德玛大街的那个家时，五十一岁的塞缪尔·西奥多·戴斯仍然是大家所熟悉的罗斯柴尔德·戴斯，他结婚已三十一年，是一位晚间车库检查员兼工人，喜欢蹦蹦跳跳，穿件兔皮大衣，从国王路走到帕森斯格林，再走到摩特雷克时，他会去路边酒馆或戏院里喝酒，发出“啊呼啊呼”的声音，燕麦啤酒给他那件宽松的外套涂上了一层快乐的色彩。是的，之所以熟悉，是因为没有人会明说这一切，大家都以迪斯暗指戴斯，三位迪斯离开了故土伦敦，搬到了德文郡的红色沃土上，在艾伯特的帮助下，他们定居在切里顿教区的一座小房子里——玛丽·简就在此长大——当地人都叫他们迪尔一家。——塞缪尔·迪尔在小花园边磕磕碰碰地走着，奥利芙·迪尔看到了他。她正看完了周报上的插画和文字。报

① 此处是作者的文字游戏：戴斯英文为 Death，意为“死亡”，奥德丽认为叔叔应该姓 Dearth，意为“缺失”。

② 英国作家，代表作是《天路历程》。

上的插画很模糊——旁边的文字远远解释不清楚。除了知道自己的身体，奥利芙对成年人身体毫不知晓，她仍然想不明白，霍洛威监狱里的女人们不能吃东西时，那些人怎样把食物塞进女人的身体……她们的下巴闭得如此紧。她也想，如果告诉别人一群蚂蚁从雨后的花园里涌出来，像一条细流流进屋里，结果会怎样呢。它们涌进房里，涌上楼梯，吸干烛芯处的油，还猖狂地爬到我的身上噬咬我……

斯坦利在修内胎。他把车胎放到木桶里灌水，这个鳗鱼状的管子就像撒尿一样，给水面撒了一连串的泡泡。然后，他拿出管子，擦干，用粉笔给它的鳃做上标记。看着这条鳗鱼，走廊在她的面前不断延伸……比时间还长，奥德丽疯狂地想要那辆安全脚踏车，相信她可以比他骑得更好——修得更快。她到恩斯工作后，用第一个星期的工资买了这辆车，她渴望了很久——而且恨他。继续用肥皂洗伯特的衣领是一回事——从他们的孩提时代开始，他是长子这回事就已经让人觉得习以为常，因此，大家都觉得没必要提这件事，不必多说，就好像你不用说在厕所里做什么。但是斯坦利——她的宝贝，她的心肝，拥有这些的本应是他，而不是她。好吧，她那份被抢了，她的心里悄悄地萌生了怀疑，怀疑他从未关心过她。到外面玩，玩皇后游戏——我就是皇后，威金斯家的那些小子都嘲笑我……那个讨厌的男孩，他来自沙子堆路——妈妈说，这个地方有一股洋葱臭味——他抓起球，塞进泥坑里，然后把马屎涂在上面。我转身时，他就用力地砸到我身上，球裂开了，我的脸上和围巾上都是潮湿、恶心、黏糊糊的东西。斯坦利就跳到他身上，用拳头揍他，为他的姐姐报仇，那个来自沙子堆路穿着大平头钉靴的小子，没穿袜子，只穿了靴……袭击斯坦利的脸……只听一声大叫！威金斯家的男孩们发出阵阵尖叫，掉头就跑。肯定有个钉松开了——那么多的血。伯特走出了房，把我拉走，那几个沙子堆路的小子在吐口水，扯着嗓子！抬起你那狗腿，跟我们一起玩！一片寂静……或许……或许那时就已是场流血秀……

肉冰冷，羊肉饼，你老妈，哪时死……富勒姆，十一月，路上湿润润的——枯木的颜色。河里吹来的污风，沃克斯吹来的浊风，奇西克的兰姆啤酒厂吹来的烂麦芽味。奥德丽睡着的房间朝阴面，她用满是煤烟灰的棉制窗帘擦着脸，在黑漆漆中往下看，阳台下面就是自家小院；她还看着其他阳台下的那些院子，镶嵌在房子和围墙中；窗外的世界被阳台隔开了，就像格纹细孔，每一个阳台都属于某间小屋……一个战地指挥所——史密斯夫人舒了一口气。在花园走来走去，莫德！她看到，覆盆子的枝条上散落着做游戏用的小木块，被丢弃的水桶像个驼背，还有一堆又一堆的砖块，一个水晶宫一样的鸟笼，有两扇门，让八哥进进出出，这八哥对着人嘎嘎嘎地叫："猫咪——的——肉——！或许要到猫得到了那块肉，它才停歇。奥德丽！奥——德丽！快来把茶喝掉！猫的肉，羊肉饼，你老妈，哪时死……她本应跟她的妹妹在另一个地方，从食品柜上拿出昨天的羊腿，削皮煮土豆，碎屑从蓝灰色的搪瓷盆中不断地掉落。奥——德丽！她不能做坏事。哪有空干别的活——她沾满苏打水的双手就像烟熏鲱鱼，漂浮在满是浮渣的水面上。还有，她此刻并不能容忍自己的母亲——玛丽·简浑身散发着利眠宁止痛药的异味，被麻醉后就瘫倒在贵妃椅上。这椅子本来放在客厅里，见快要散架了，她两个儿子就把它拖进了房里。这位史密斯夫人，像一个灰色羊毛披肩和黑色棉纱布包着的钟形帐篷；邋遢的赤褐色头发散在她宽大的肩膀上，生了锈一般。她说道，不要让我的身体弯曲，我腹痛的时候不能这样。奥德丽被她惹烦了——一想到她母亲只把女人病传给了她，她就觉得恶心——诡异的事，奥——德丽！——他们被缠绕在一起，时光装在口袋中，袋口已被缝死，随风摇摆，"得死"家生活中的吵吵闹闹又算什么。

她从露天台阶上走下来，发出咔嗒咔嗒的声音——在大厅里跑来跑去的人还得追上他们。戴斯家的人用往常的步伐走着，他们曾用这种步伐在沃尔德玛街区的十八号大街上挨家挨户地测量。他们到那里时，房子——差不多二十年了——第一次被贬值：出售房子的主人，之前是从伊曼纽尔·西尔弗那里买了这房子，房子就是被西尔弗分割成三块的。戴斯一家——塞缪尔、玛丽·简以及三个大一点的孩子，尽管当时还很年幼——住底层，带有一个可以凑合着用的厨房炉灶和一个出色的新热水器，不过他们仍然需要和其他两家共用后院的旧厕所。波尔特尼一家曾经在一楼的卧室睡过一段时间，但亚伯拉罕·波尔特尼丢了在埃利斯轨道公司做装配工的工作后，他们就不睡那了。发生这一变故时，他的小女儿露丝也刚好去世，白喉病——或者这才是失业的缘由。她不应该这么死的，玛丽·简对波尔特尼太太说。她是个好孩子——但是也没办法，可怜的孩子。那天，我想，我好久没看到小露丝了，哦，整整一个星期了——你说几句，奥德丽，你这个闷葫芦——所以我到后面的房里，看到他们把她放在衣柜的上方。这生活——真是糟糕。好心的戴斯一家出了丧葬费——包括孩子用的小棺材，价钱讲了好久才谈拢，便宜但不失体面。几乎同时，塞缪尔也坐上了伦敦军区富勒姆仓库副总管的位置——他之前做了较长一段时间的司机，之后又做过售票员。他是个工贼[①]，很多年后，斯坦利说，所以他们给了他想要的东西。奥德丽从来都不这么看这件事——她曾见到自己的父亲对着马又是亲吻，又是抚摸……有一次，她和父亲在路上，有匹马路过，等马走后，他们一起弯下腰来，她父亲说，孩子，看到了吗，这既是堆屎，又是堆草。它们吃什么，它们最终就会拉什么。它们带着我们走，草就会越积越多。当它们把我们放下时，我们就是另一种屎——这只是顺便在说另一种新陈代谢。这显然不是他父亲的说话风格，他从来不会说这么长的一段话——至少，在家里人面前不会。——在公鸡喜鹊店门前停车，嘴里含着枣子糖——管它有没有含着，奥德丽听到的不是父亲，塞缪尔或塞缪，而是在大众酒吧里高谈阔论的罗斯柴尔德·戴斯：他侃侃而谈，赛马的笨拙，新时代女性疯狂的想法，进步主义者的社会主义狂热。偶尔经过双轮

① 即破坏罢工的人。

双座马车或大声说话的人，或在国王大街上打保龄球——草编成了马尾状，直立着，后面跟着辆吱吱嘎嘎的公共汽车，朝着他父亲的仓库开去。乌尔斯特出现了骚乱，大礼帽或许可以把一个街头女从公共门那边推走，血腥的翡翠岛，给钥匙孔一次唱歌的机会，在他身上的烟金色钥匙穿孔而入时发出歌声。一旦安顿下来，她或许会哀声号叫，你撩起我的裙子吧，只要一点点——不用太多！当她拉开衬裙时，一如往常地，周围充满了义愤填膺的声音：放荡的婊子，罗斯柴尔德，躲开这个婊子！他父亲的大礼帽反射出亮光，帽子下的脸光迹斑斑，挂在双开门上方的大号玻璃灯喷射出嘶嘶嘶的声音。借着基本的亮光，那里飘出一个柔和的人样，穿着精美的印花长袍。无法用言语表达的思想，她甜蜜的精神仍在，知道没有别的世界可与之相比……

奥德丽曾见到父亲和马在一起的情景——她也曾见到父亲和其他男人在一起，他们中的一匹种马，他的交易极为简单——但也足以给他威严，先生，我已跳入罗马诺干酪的世界了，现在……他的香肠像雪茄一样在脸上嘶嘶作响……我的身体又恢复活力了！他是个爱思考的人，罗斯柴尔德，是个可以灵活转身的人，他把钩子一样的竹条套在粗脖子上，然后头就埋在了竹篮里。据说，他曾有一次把挖土工鞭打得寸步难行，他熟知从家里到富勒姆路的路线，但绝对料不到路上竟然会出现这些拳击伎俩，他火红色的室内拖鞋在他前面快速前行，照亮这餐到下一次丰盛午后小餐的路……

艾伯特和斯坦利坐着，两人的书都打开了，用各自的盘子边缘压着，衣领都没有扣纽扣，他们的手上都捧着茶杯，既为了暖手，也为了暖身体。维和奥利芙直瞪瞪地注视着，苍白的脸因瘦削的肩膀而显得痛楚，每个人都拿着一片面包，他们看着这个活跃的场景：男人和男孩子们轮流切羊腿，然后把肉放到极为相似的面前。艾伯特双眼呆滞，眼珠子是威尔士板岩蓝，上下扫描着劳斯三角函数表上窄窄的列项——不是为了背余弦、正弦或切线，而是确认他脑中所构思的大都市中，按规则排列的路面已经紧凑地铺上了花岗石小石块。斯坦利——他的面容更酷，他的眉毛比哥哥的眉毛更健康——他叹着气，呼……，指尖在免费图书馆借来的书上滑动。他的眼皮闪烁着，他的前额留着短发，合成树脂和水晶棒运转时发出呼呼呼的声音，由多个飞轮所带动，把他身上所有的原子都吸了进去，然后他若干次地突然发作，尽管他们把他拉回来，但他的脖子碰到了后方，没有一丝的痛苦——然后，斯坦利的一切就从抬高的口中释放了出来，伯爵宫朝天轮的轮辐之间射出一道光芒。它不断地在往城市上方上升——停泊在蒂尔伯里码头的汽船发出忧伤的叫嚣声，嘶嘶嘶！在高空大气中——还要再高，下面的云层不断地闪动。在一个口中，戴着尖顶盔的德国勇士抽打着彼此的脸，直至碎片，另一个口中，沙皇皇后吻着一颗用红宝石和石榴石装饰的彩蛋。光线太高了，斯坦利身上的原子竟然被卷进了轨道，绕地球飞了一圈，两圈，甚至三圈！在慢慢地下降到非洲的绿色中心地带时，他降落在丛林的一块空地上，等待着福蒂斯丘，我的机修工，转动一个装置的手柄后，光线就被收进假象牙漏斗中了。斯坦利是个幽灵，他迅速地变回人形，在申请过专利的耶格尔纯羊毛自行车服里喘气。他和福蒂斯丘有力地握手。老兄，首都已射中！这机器说道，像一个黑鬼头子从丛林中走了进来，他光荣地保卫了手无寸铁的战士，把他们的长牙贡品放在科学探索者的脚边……

……奥利芙，奥利芙！哦，我真不明白，你这是怎么了，孩子，难道你看不到你老爹想要些麦芽酒吗？奥利芙转身回到碗碟储藏室，用脚尖蹒跚着前行，靴子实在太紧了——她几乎就要撑在红色的炉灶上来稳固自己。奥德丽也觉得这个女孩有点不对劲，并且：他们是同伙，他们想要她变成这个样子，迷失、困惑，围绕着他们转的陀螺。塞缪尔从罐里猛地拉出串珠状的布，往胡子杯里猛吹了一股气，玛丽·简·戴斯的前额都冒汗了。她前面挂着个袋子，笼罩在洋白菜水蒸气中，那是奥德丽在学校里缝的。——一、二、三、四，女孩们。一：右手拿针。二：左手拿线。三：穿针引线。四：拉线打结。现在，开始练习吧……奥德丽的手，天生不适合干这种细活，双手不停地打颤，一边还抱怨自己学不会这种活，甚至觉得自己根本就不会干这种活，但是某些东西从砒霜绿的天花板上像雪花一样飘了下来，带着毒……顶针在你的拇指上，一一二，顶针一拇指，顶针拇指，顶到指……——她念叨着，吃东西的人长肉，喝酒的人打——嗝——！塞缪尔，玛丽·简说道，笑着，塞缪尔，有必要吗？他们是同伙，他们现在总共有五个人了，不会再少了。斯坦利笑话他父亲打嗝，说，《士师记》，第十四章，第十四首——这样就公平了，长官。艾伯特没有抬头看，埋着头做鬼脸，他听到的那些话，奥德丽也听到了：一个兄弟的话也飘荡在另一个兄弟的骨架中。我在这两者之间——我是个棱镜或透镜。斯坦利的光，艾伯特的光，在另一个兄弟光秃秃的脸上互相打闹着……

一个大男人圆滚滚的身躯令人好奇，它用吊带裤支撑着——嘴唇上方是烟熏色的小胡子，湿漉漉的沾满了啤酒。很难想象这样的胡子下面竟然还有片嘴唇，因为塞缪尔·戴斯的胡子是如此浓密，如果不是因为那张渐渐变红的脸，你会觉得胡子就是嘴唇，但光秃秃的后脑勺上倒像是粘了条状的蜡色皮肤：《伦敦新闻画报》上的贝特莱姆皇家医院。——一个值得一看的丰满身躯，沿着地中海港口的码头走，她头上顶着一大篮要洗的衣服。乱成一团的绳索和船柱子前，玩投骰子游戏的四个水手从后面盯着她看。这种不雅的挂纸，戴斯家没人知道来自哪里——它突然就出现在墙上了，满是紫罗兰花的墙纸如今已渐渐脱落，变成一条一条的墙纸带子，它自然比戴斯一家还久远，因为当奥德丽还是个小女孩的时候，她就确信，妹妹的名字来自墙纸上的紫罗兰[1]。——爸爸从椅子上站起来时，维奥莱特正好艰难地爬上那条椅子，手向上伸着，要系他的领纽，脸脏兮兮的。家里人都被使唤着伺候他：斯坦利去拿走廊衣钩上的那件鲜艳外套，奥利芙扣好

---

① 维奥莱特（Violet）为紫罗兰“violet”的音译。

长筒靴的扣子，奥德丽和她妈妈则把他的瓶子倒好茶水和酒。只有艾伯特还坐在桌子边，用三角眼衡量着更纯粹的世界，他的叉子漫不经心地戳着那些肉汤。塞缪尔大喊，上科尼霜！他疯狂地把这种生发油搽在头顶上，前前后后都搽，他先搽这边，再搽另一边，直到关了门，再也照不到椭圆形的镜子——他的头被搽得登峰造极，最后就像个等腰三角形，他也因这个动作和对炫耀的热爱而博得了自己的绰号。奥德丽所想的，不是他像房东西尔弗来的时候打扮得干干净净，圆礼帽、硬翻领，一双亮堂堂无瑕疵、富有弹性的靴子——而是他气色不好但英俊的脸庞，容貌有些夸大，用木炭勾勒的脸庞。戴斯一家人就是白色的石膏制品，上面挂满了枝蔓藤条，一派天主教作风。他们是粉色的、金黄的、褐色的、黄色的，所有人都有着火焰般的荣耀和撒着蛋糕屑一般的脸，除了奥德丽，这意味着……什么？奥——德丽，奥——德丽，奥德丽的妈妈曾怀上一个挖土工的孩子！无论如何，这个污点已经在了，但这些不是区别性的标记——至少不朝向芒斯特之路[①]，那里的房子都被敲遍了，每一间房里有一户——或两户——爱尔兰家庭，街上到处都是姜汁饼干。来了个犹太儿，来了个犹太佬，来了个被割的犹太儿……周四晚上仍是欢天喜地地唱，每人手上都有两个小女孩，在他的脸上又抓又跳。塞缪尔一听到前门传来刺耳的卖唱声，就放下手头的活，走到门边去看热闹，边看边笑话，西尔弗则松开他的裤脚夹，脱下手套，有礼貌地摘下帽子。门前的台阶犹如西奈山，奥德丽的父亲递给他们半克朗[②]，犹豫片刻之后，接着——度过令人难堪的片刻之后——又给了个六便士硬币。他把钢镚放在那个干净男人的手掌上，付给该死的基督，反刍自己的苦涩，他像基督被钉死在十字架上一样，先自我牺牲了一回，因此，西尔弗或许就会小跑到楼上，对其他房客也仁慈一点。

---

① 芒斯特之路，为原文“Monster Road”的音译。在英语中，monster意为“魔鬼”。

② 英国银币名，值二先令六便士。

一个又高又肥的男人奇怪地大口喘气，身体上下起伏，终于穿上了全身外套。噢呼——噢呼！煤油灯下的兔皮又光又粗糙，科尼霜融化成了汗水，一股厕所的臭味。透过父亲的肩膀，奥德丽看到了斯坦利顽皮的脸：一个贴身男仆，准备看看胆量大小……说着，我说，老爹，这对一个探险者而言，是极好的装扮——不敢到刚果去的家伙，只敢穿过帕特尼桥到公交车库——说出来，就是，如果我们都疯了。塞缪尔·戴斯又瞥了一眼这个房间，然后进行了最后的部署：那是什么？他抢过了维奥莱特手上的手翻书，维奥莱特刚从困倦的奥利芙手上抢过来——奥德丽知道是哪一本，女王生日阅兵的最后一天，它夹在《每日邮报》里被送出去了。手翻书的硬卡片缝在了一起，人就可以翻阅了，让人说一句真好！刚与布尔人作战归来的骑士无声地穿过皇家骑兵队，他们的坐骑挺着胸膛，直面一阵又一阵的灰尘。塞缪尔眼睁睁地看着它掉到有色地板上，他解开外套上刚扣上的纽扣，拉开衣襟，伸到背心口袋里摸那块手表。心烦！意乱——欢迎来到贫民窟，玛丽，我的老朋友——她躺在椅子上傻笑着说——如果那时不是我动作快……所有的眼睛都盯着他的笨手，除了艾伯特。塞缪尔·戴斯把带着包金链子的钟表拿起来，它的表面就是个菱形的光泽喷射器，使前前后后的礼物相形见绌。他捏着套子两边的小纽扣，凝视着红色的指示数字，08：54。每一个数字都由直线条组成，末端被截成斜角。牢狱的数字……我在牢狱里……在钉子里——血腥的孵化仓，哈—哈—哄——救我，救我，救救救救我，斯坦利，伯特在折磨我！啊要死——啊要死……——长时间令人无法呼吸的对抗缠绕着她，向四周扩散，沿着走廊，从过去到未来，鞭打她到现在——她的肚子膨胀得那么大，她觉得很奇怪，像我或许……我不——不知道。她下来喝茶前，拿了那块印有阿灵顿广场图案的印花布，她把它放在灯笼裤前，尽管她并不真正明白，为何每一个女士都应该知道这个时代给女士带来舒适的最大发明……斯坦利放下了胀大的内胎，卡进自行车轮里，放开刹车就骑走了！像豆子在锅里跳……像霍利韦尔街上的粉色……咔咔——咔咔——我们只开发电机，时不时地开，奥德丽小姐，难道你不觉得蜡烛的美让人更愉悦吗？电缆在车间来来回回，嘘——哼——锵——锵！她的木板床萎缩了，奥德丽放开了卡盘，转动按钮——导火线在其他木板上面吱吱作响。然后他们涌出一号门，阿森纳的女孩们哪里去了？日夜工作，脸的下方戴着玫瑰，物美价廉……红绿色的旗帜不知从哪里来的，在公车的上方挥舞，挤满贝雷斯福德广场。转肩！脖子挺直了！手臂摆起来！我们是军工厂女工，可以投票的人，热情的革命女性！

这意味着什么？瘫痪突然不见了，可以动了？巴斯纳被呆住了，这个医院里，肠子一样的走廊上所有的酸腐病都出其不意地出现在他的脸上。凭着直觉，他肯定这是某些——某些可解释的病理学……确定吗？运动失能症和慌张步伐症的明显对比，换算成十进制。十进制。很快钱就要变圆了，很快钱就要变圆了！巴斯纳觉得更容易把芙莱恩走廊设想为没有尽头的传送带，不停地转啊转，同时给他带来接连不断的病人，因此，如果他可以保持注意力的话，他将有足够的时间做出合适的诊断，神经衰弱症、酗酒症、早发性痴呆症、精神错乱造成的常见瘫痪、梅毒、社会主义上瘾症、精神分裂症、炮弹休克症——历史上同时出现了这些病症，且都是随便出现的病，他下一步就是，道德缺陷变成精神缺陷，第三步，智障，第四步，精神残疾。圆的——很快钱就要变圆了……他觉得，医院对意大利风格的幻想曲掩饰了它作为人类博物馆的真正目的；在这个博物馆里，完好无缺地保留着这些生物，完全被挫败的、被践踏的生物。我是个猿人，我是个猩猩——够了！他必须采取行动来打断这种幻想，正如老女人踩着刚铺好的瓷砖快速跑开。在看表这个无意识的自动症中，他看到了一个富有感情的动作，他的妻子——巴斯纳曾经假装自己喜欢小东西，她就反应过度了——送给他一个新的石英表，以此作为他三十一岁的生日礼物。这是第一个他们买得起的石英物件。因此：他翻转沉重的镀金手链，在大衣和衬衫袖子底下，把小的黑色表面朝向自己，然后按左右两边的按钮，因此数字就显示出来了，红色的、未来主义的，08：54……对查房来说，已经迟了——他立刻就觉得自己是个巨大的白色筒罐，从上到下，又从下到上地慢慢翻转，清晰地照亮了无尽的黑暗……我迟到了……已经迟到了，必须拧得……更重，我不能……看到……时间！

他醒来，发现自己变成了一个老男人，躺在床上。他用右手指捏着左手腕上松弛的肉，手指因关节炎而发出阵阵痛楚。他因而醒了过来，我只是因为它才醒过来……他挣扎着把身体侧向另一边，因此就可以看看床头柜上的收音机闹钟……四十五分钟之前，他站在臭熏熏的卫生间里，前额不停地流汗，头撞到了发霉的墙上，水肿了——晚发性脑积水？然后傻愣愣地凝视着那个不停地说着话的东西，这里怎么了，那里怎么了……然后，在基督教会的窗口——那个布满蛀虫斑的不透明窗——窗外空寂的日子已打破——湿了又干的卫生纸，凹凸不平，令人怀旧的褶皱表面，自从学生时代起就再也没见过——角膜炎，皲裂疮，先天性梅毒——然后只是教科书中的条条框框。漆布上，埃尔·格列柯[①]的老腿，一堆会议记录，尿迹斑斑，马桶上看的东西，记忆开始脱壳，出现相同的场景——墙，卫生纸，医学杂志——巴斯纳意识到自己回来了！他知道凯旋论不适合一场昏昏睡睡的步行，即使他看着窗，看到蠕虫状的东西从某些地方爬了进来——但，从哪里？他转过身，不想洗漱，所以又走回了床上，他觉得要问一问他熟悉、又懂这个活的人，因为这些窗真的难看的要死，那些被虫蛀了的石块开始进军医院的门柱了——但，是哪家医院？有那么多家医院——二十家？三十家？——他前年才退休，退休前在希斯医院工作了好多年，远远多于他应该工作的年数……但是为什么？当然是为了延长当下的生活方式，但他的孩子认为这是病态的生活方式，老年性忧郁——或许是痴呆的先兆——因闲散而被陷在困境中，他的工

① 埃尔·格列柯（1541—1614），西班牙文艺复兴时期绘画家、雕塑家与建筑家。

作遵循简单派艺术原则，大多是那些会诊医生来向他会诊。巴斯纳更知道：这是真我的重现，因为真正的自我已被埋葬许久，已被虫子咬噬多年……从卫生间到卧室的过道很窄，又加上这幢楼毗邻更现代化的写字楼，过道被改造得有些弯弯曲曲。写字楼里是家保险公司，在建造过程中，不知怎地，从这个没什么特别之处的维多利亚房子中成功地划出了几立方英尺。在千篇一律的维多利亚房子中，一个砖石小房间跟别的房间一模一样——突然从经纪人的键盘上传来一阵弹簧锁的咔嗒声，他倾斜的肩带着危险，几乎让他踏空。约翰！他听到有个人喊道，非常清楚：约翰！女性，五十三岁，十年无索赔——给约翰在英杰华[①]保一份？他们都叫做约翰，但此时此地的我，是一位荒野中的先知……他的脚下没有柔软的波斯垫子，但在雷丁顿街上就有，不过只是粗糙、单调的地毯碎片，他自己从大垃圾箱里拖回来的，就在克里克伍德一家折扣家具店后面，还有斯林百兰[②]！在那里，他捡起了几根木杆，以支撑这种室内装置，爷爷的房子。爷爷！爷爷！你真可爱，爷爷！爷爷！我们爱你！这既是诅咒，又是祝福，正如他走过门口向外看，四月的晨光笼罩着安静的世界，他的木板床横木中间塞着他潮湿的紧身衣。他情不自禁地回想起了这些，七十年的回忆如抒情诗一般，剩下的如押韵的叮当声，但将是种痛苦……时间是一种，他得意地笑了……自从搬到福特斯路上的一楼公寓，他的意识之池就迸发出众多兴奋，带上了更多的意义，巴斯纳喜欢都来不及——面对真相，他退缩了——在他的工作生涯中，一直都是和这些精神大师在打交道，但这些真相不是精神大师经过调查得到的，也不是他们猜到的；虽然他们的模型极为优雅——理论上，精神病学的——或者他们职业性的愚钝。坚强的床垫只让人想起：他疲倦地领悟到自己是多么软弱。他多次想出去散散步，但始终没有走出去；罐头食物当

① 英国英杰华保险公司。
② 英国床垫品牌。

饭吃，或放在塑料碗中用叉子吃，或涂抹在面包上——很多。巴斯纳把软的东西揉成枕头状，然后把他肿大的头放在上面，跟所有逃跑的另一半嬉闹，他们已经在令人晕眩的嬉闹中……从身上逃走了，爷爷，爷爷，我们爱你！他也爱她们，但自从和卡洛琳分开后，再做这些似乎有些多余，娶第四个老婆，就会要求采用另一种方案来装饰墙，自从……几岁？十岁还是十一岁？他就在这座墙里生活了，断断续续地。他记起了叔叔莫里斯，牵着他的手，在雷丁顿的房里走来走去，冰冷的房子，他的外套裹得紧紧的，又长又黑，当他弯腰时，他……就是个活脱脱的排水管……僵硬……刻板……充满张力——。这是多余的，此外，——如果他希望走那条路……可以，他已考虑和米利亚姆一起回来——当子孙辈的孩子相聚时，他看她时总带着真挚的情感，当然，他仍然需要和她一起应付马克。如果不是和她——毕竟，他不知道米利亚姆对他感觉如何——或许有可能给他们的关系以一个轻松的结局，虽然现在他俩的关系还有些紧张……但是，不：关键在于，在这个或那个地方，其中一个我和他们中的其中一个已经被小争吵联合在一起，我们被激情缠在一起……因此，不管他的孩子们担心什么——其中两个是精神健康专业人员，这可以看出来——巴斯纳想到最好的办法很简单，就是走开，在他还活着时将这个房子留给他们，他走开，不是遁世者……他小心翼翼地刮下脸颊——尽管经历了几十年的依赖后，最终决定再关心一次自己，09：01——他停止了对他们的不安后，就不再打领带，明显地……我们把如球一样滚动的兴奋叫做兴奋暂休，病人的眼睛向上看，双手伸到前方，食指擦着拇指根——精神病医生呢？他坐在那里看着他们，把领带从下往上卷，又把卷起来的领带往下放：兴奋暂休。巴斯纳想，天底下没有无缘无故的事——虽然按几下就会出现液晶数字。他梦到了一家医院，起身上完厕所又回到了床上，然后又返回到另一家医院——或者又是第一家医院，只是在不同的地方而已？飞檐周围的塑料线被拆掉了，塑料桂冠装饰着窗户，门已被摧毁，之前用混凝土修过，然后又用混有小石子的泥灰修补。是相同的医院——还是更小的医院？这家医院有几个急症病房，一些办公室，以及用于职业治疗的场所——他曾经喜欢过这样的医院……在他的职业生涯中，巴斯纳已拜访过所有的医院——汉威尔医院、纳普斯伯利医院、克莱伯利医院、希尼菲尔德医院。他去这些地方，不是组织测试或进行研究，就是作为临床医生。他此时惆怅地想到，在一次冗长的小组治疗会议期间，他看到几何形图案的墙纸上，那些弯刀的影子被盆栽植物所切断，他看了好久……不！这是一次拜访——这是一次他梦寐以求的拜访。这次拜访——他身上有那种味道……犹如甜蜜的味道，氯普马嗪的甜味。在他长了斑的前额上，流淌着绿色的润喉止咳糖浆，他的衬衫衣领上脏迹斑斑。他喜欢看着红木，他说，从病房的窗户往外看，他就能看到。当然，巴斯纳也想过，他们尽可以让他保持干净——尽管他比许多人更清楚。当然，娱乐室的陈腐几乎让他放声大哭，他们可以踢他的腿，让他停下来！因为，如果这不是可怜的话，亨利·巴斯纳——我的兄弟——抱怨道：我——我无法控——控制，我控制不住……

……控制我，现在。睡觉是不可能的——并且也没有医院愿意再要他。他已经退休了：微风吹动的棕色窗帘，沐浴在四月的晨光中，下面有一堆橙色箱子，上面印着卡德纳的字样，里面都是粪化石，是他从希斯医院的办公室里清理出来的，转移到雷丁顿路上后，又拉到了这个地方。我——我无法控——控——控制——石化的屎！箱子旁边放着把阳伞，不知道是什么时候放着的，也不知道是借的伞，还是自己拿的伞。但是，他觉得伞就是这样：从来都不是“明媒正娶”，而是莫名其妙地就到手了，快速地被派上用场，然后就变得恼人，让人觉得累赘，直到最后彻底消失。伞不见了，人也不会想起，因此让人受挫的，往往只是伞状的洞，09：10。又十点了。他用右手的手指捏左手腕背部松弛的肉，首先出现的是绵绵细雨般的感觉：十——进——制，然后又如潮涌：十进制！很快钱就要变圆了，很快钱就要变圆了！——上了年纪，巴斯纳感觉自己像被搁浅的船只，躺着看收音机闹钟，这也是一种制度化——它使你失去自己的身份特征，又使另一个人拥有身份特征；简单地说，就是它带走你的衣服，然后给你一套制服，宽松的裤子，磨破的夹克衫，被飞蛾咬噬的羊毛衫，它们要么来自慈善商店，要么流向慈善商店。发了制服，你就立刻被带到一个没有界限的牢笼之中，那里的房间用条形状灯装饰，不成方圆的走廊把这些房间连了起来；在这样的房间里，你读着隔夜的报纸和专刊，日子一天天地逝去——虽然上面的内容跟个人专业并无关系。年迈带走了你本来的食物，把它们变成了汤状，它又拿走了你的饮料，拿走了——不！把钱变圆！他知道这很快就会实现，老年遗忘症刚缠上他，他就变得高度遗忘了——当他第一次到皇家治疗室的时候，他多么敏捷，因此，扑向足球时，他抓住了其中一个队员的肩，摸索着前进的道路，直至阴沉的天空……——任何地方，只要不是磕磕碰碰之地，任何皮革，只要不是我所解剖的尸体的胸膛皮……尔后，他觉得自己被迫在烟囱底下奉献自己……或者是钟楼下，但里面的钟从未响起，因为它只是个伪装的通风口，让医院令人作呕的恶臭升向天堂……

他一到这家医院，就有同事向他透露这些人都是怎么进来的，患者们被装在特殊的火车里，趁着夜色在新索斯盖特下车。月台在陡峭的通道底部，用Z字形的铁梯连着——但患者们却是沿着山脚的隧道向上走，穿过白色的土层，才走到这家医院最东部的位置。这就意味着，他们根本就不露面——他们一旦被转交给医院，就像是被埋葬了一般——事实却是，他们发现自己沿着半隐蔽的长廊走，被搞得头晕眼花，但可以推测出自己到了另一个地方：在水槽边消毒，填写调查问卷，接受侮辱人的体检，刮胡子，等收拾干净，拿到一件粗糙的棉麻上衣，被安排到某个病房，最后分到晚餐：一罐牛肉浓汤，一份葛粉饼干。经纪人的键盘发出咔嗒咔嗒声，穿过墙壁——泡沫正在变大，每一个人都有一些召回……巴斯纳记得，蠕虫般的拱顶石只出现在东边房子的门柱上——东边的房子是后来加到主建筑楼上的。09:15。他不禁想：这些新病人会听到关于这个疯人院的什么谣言？其实听到谣言也没有什么，他们脑中的坏想法多的是，比这些谣言更糟糕。他感受到了自己渐渐老去的脸，疲倦的橙色眼睑陷进眼窝，通过一个裂缝，他看到了床尾白色的横木，他觉得自己好像曾经见过这些横木，他又看了看时间——卡西欧表。他觉得，他几乎就在那里，但有必要插一下：慕格[①]音乐，魅客的歌穿过餐厅的落地长窗，在他的通斯腾餐盘周围回响，又飘到四周，飘到落地式大摆钟上，飘到柚木色的酒柜上……圆——圆的。他陷入了沉思，我们果真用克计量药的重量？——当然，一次又一次的十进位制？难道不可以用“克”算，或用“零点几克”这样算？他从白色横木间看，看到一个更瘦、更年轻的自我看着他——光滑的脸颊，满头的红棕色头发。他有一个老式血压计，挂在脖子上，厚厚的橡胶袋在胸口晃来晃去，测量器重重的钢罩敲到床架上，发出叮咚——叮咚的声响。暗褐色毛织领带已磨损，他用粗短的小指头把领带卷起来又散开，然后漫不经心地抽取血压计的黑色橡胶袋，接着又翻弄领带，卷起来散开，再接着玩橡胶袋。一张脸看着年轻巴斯纳的肩，穆博雅？我不想死在核战争中，我想乘船离开，到一个遥远的海岸上，像一个猿人，木头撞在钢上，钢撞在钢上，叮——咚……穆博雅的脸是柚木色的涡纹，黄色的深皱纹从粉色嘴唇扩散到整张脸上。他的眼白也是黄色的，头发是无烟煤色，几乎弄成了非洲人的发型；他让人平静，不知怎地，巴斯纳想起了挂在脖子上的十字架，他实际上看不见这个十字架，但当他解开穆博雅淡蓝色尼龙外套的纽扣时，他却可以感觉到。巴斯纳知道，这个十字架的横杆和竖杆连接处有一个圆圈……科普特语？凯尔特语？他想向穆博雅……求助？让他止步的，不是职业性的骄傲，而只是羞涩地意识到，值班护士已经给了他很多帮助。她的眼睛？巴斯纳开始观察那双眼睛。穆博雅是个聪明人：是的吧……所以巴斯纳问，像那样卷起来——她们总是聪明人吗？带着这种好奇心，又由于想做更有用的

---

① 电子音响合成器品牌。

事，他把身体移到床边，移开固定针，放下侧栏，这样他就可以靠在那个老女人身上了。她的姿势……很奇怪，脊柱弯曲，甚是僵硬——推一下她，她就会来回滚动。她病恹恹的脸其实并不是脸，而只是一张油腻腻的油皮肤面具，她的嘴唇像是从渐渐枯萎的牙龈中被拉伸出来的橡胶箍，牙龈上是两三颗歪歪斜斜的牙齿。巴斯纳看着四周，寻找床头桌、储物柜之类的东西，或许上面就有个放着她假牙的大口杯，但他并没看到——她的床在病房中间，四周还有十张或十二张其他的床，犹如滴着海鸟粪的岩石，分布在一个脏迹斑斑的油布组成的海洋之中，床与床之间头尾相连，当他们因肺结核而对着每一个人的脸咳嗽时，床位也就只能这么安排了……不是所有的床都装有横木，但很明显，那些被安排睡在这种床上的人，就不能床头顶着墙，旁边有个床头柜。在14号病房里，没有人拥有油灯之类的家常装饰——但至少这些床带有壁灯，像一个月亮，悄悄地度过漫漫黑夜。穆博雅从五十年代后期开始就待在医院，他曾对巴斯纳说过槽床和水垫床，以及其他中世纪般的束缚——尽管这个……这个牢笼看上去非常糟糕。她是否总是……他倾斜得足够远，足以看着她的眼睛，不是眼睛，而是圆形的楔形物，几乎被她的面具撕裂了——圆形拉环，只是在上个周末，他才第一次体验了一把：从霍里山的糖果店买了两罐可口可乐，"啪"地打开，放在长凳上，旁边坐着两个男孩，他笑着和他们侧下身，向充满甜蜜气息的洞里看……并没有——穆博雅用殖民地教育的那种精确口吻回答巴斯纳的问题，虽然他自己早已忘了这个问题——医生，这些症状……或间歇情况出现得很有规律，曾经每十六天，持续……哦，对了，我应该说至少五到六个小时。有时候，我前一天离开时，她是这样一种状态，我第二天早上回来接班时，她还是这样一种状态。啪——哈！突然出现一阵齿龈炎味的气息，然后，啊——呵呵呵，她又吸了回去——她的面具仍然很稳固，眼睛小孔只显示状态欠佳的巩膜——没有瞳孔。你看到没——穆博雅有一个笔记板，装满了笔记，都是他习惯性地会提到的内容，并不是什么必要的内容——通常，她可以自己吃东西，自己去休息室，但是超级慢。其他时候，就好像因为一些小东西——我不知道是什么——像是有人让她生气了一般——会让她走开，她怎么走的，她小小的腿——。护士不再说话，但是为什么？他看自己怎么看他们，是否已经超越了自己的内线？巴斯纳不禁想：他怎么应付？他视他们为被掌控的精灵——还是自动的？然后，再次提及这些小小的腿时，又出现了赤裸裸的猥亵下流；这些腿被固定了，但其中的张力十分明显，并不能被掩盖。她的棉绒睡衣在腰部聚成一团，没有人愿意放下自己的临床冷漠而猛地把它拉下来，盖住这些小羊腿。——他只是抓住了她的手臂，在这之前，巴斯纳记起来：我之前见过她。穆博雅提起她的笔记板。哦？……是吗？巴斯纳说，不，不——不是在病房周围，我是在下面的走廊上见过她——她有紧张性精神症，像这样被怔住了，但是双脚站在不牢固的地砖上。当我放开的时候，她就跑动小小的腿，像火箭一样消失了，他笑了。穆博雅咧着嘴笑了。是——是的，这是迪尔斯小姐的典型特征，非常典型。她在这方面是不同寻常的——其他人通常是这种或那种特征，像这样怔住或全身摇晃，急匆匆的……巴斯纳不再听他……我是否以某种方式沾上了她的摇晃，当我碰她的时候我是否开始模糊？因为她的前臂极为坚挺，在她的胸前形成一个锐角，手指似乎戴上了无形的杠杆，他可以感觉到可怕的压力，以及成千上万个不由自主的重复性动作，挣扎着想要出去。他觉得，这不是平常意义上的瘫痪，而是极端的振动形式：她的肌肉围着骨头转，她的骨头在软骨组织上来回穿梭，她的软骨本身就被装上了齿轮……它似乎是静止的，直到你触碰它，它才失控，疯狂地缠绕在你周围，把你拉下去……尽管这个老女人没有变得疯疯癫癫：她悲剧性的面具碰上了我的喜剧性面具。我不会被这些软弱的脸颊和讨厌的嘴唇认真对待……他转移视线，混乱慌张，看到横梁上突然洒下冷光，洒在扭曲的毛毛虫上，它正分解成了另一个老东西，他大概服了过量的氯普马嗪，在双开门边的床上猛烈滚动，双开门通向病房的主要区域。他往回看，看到了一朵早早开放的矢车菊——医院里苍蝇成灾——盘绕在穆博雅毛茸茸的球体周围，画了其中一个男孩手上的玩具蛙，如果你挤一挤橡胶袋……他的手指摸到了血压计的橡胶袋……一个淫秽的橡胶舌状物，在一个水陆两栖都可用的塑料物前展开，向前弹跳。他觉得，所有的鼓动——有些必须是有意为之。右手边的推拉门向里推，小窗上若隐若现地出现一张幽灵似的脸，病理学的波动用线图表示——然后就消失了。所有的鼓动——救火梯上的箭头标志比他对面的脸更易变，那张脸没有可以称得上是眉毛、睫毛的东西，下巴上有两根——不，三根——魔发，下巴尖尖的，颧骨更尖，皮肤是不再光滑的釉，下面是多年的老雀斑，已长在一起变成了老年斑。他侧下身如此远，以至于血压计的测量器晶体放在她脖子上都变凉了，啪——哈！胸颤抖了一下往里缩。它不是食物——是排泄物，其他东西经常是某个东西或另一个东西……——在海底医院，任何东西都在摇晃，无尽的走廊是不停扑动的鳍，鱼儿在幽深处和枪眼之间游进游出，在拱壁周围盘旋，大马哈鱼群经过台阶时吐出阵阵水泡，底下是抽筋、猛拉和鬼脸，像雾一样若隐若现。即便如此，巴斯纳还是注意到了别的东西，用暂时的永恒捕捉到了他们，正是借助这种一时的永恒性，眼睛看清水中的东西——天气更好的日子里，他曾在外面见过他们，正在医院第一排和第二排楼之间的放风庭院踩水，或去更远的地方嬉闹，去操场；那里的其他病人只是侧着身子靠近倾斜的装饰床。在其他慢性病房的休息室里，里面的病人被束缚在简单的椅子里，他们被紧紧的皱毯子包着，双臂被绑在电视机前，电视上放着能手捏泥——在那些沉闷无聊的座位之间，他看到了另一个。再次地：穿过主厅的门，那里的圆屋顶因悬臂夹楼而变得模糊不清，巴斯纳曾因这种不规律的结构性改变而突然停住：没有什么，我的上帝……没有什么！没有什么……没有什么会无缘无故地出现，再说——进去之后，看到一片暗淡的骚动，一个被遗弃的舞台，满是灰尘的遮光布作为帷幕，一个傻子在布幔之间穿来穿去，穿着黑色的高领毛衫，停下来演剧中剧，剧中演员是极度活跃的科迪莉亚和昏迷的李尔王，李尔王被一群叽叽喳喳的病人所包围，这些病人从周围的病房中拥了出来，包围了这个舞台。在所有的躁动中，一个单一的涟漪引起了精神病医生的注意——不知道如何把他归类，巴斯纳仍然知道，这也是穆博雅所说的其他种类中的一种。

其他人，更多的是这个或另一个，像这个老女人——颤动的手臂被他抓着——变成了古怪的不动，或者是完全的痉挛、张力减退……其他人的其他症状，他也曾见过，体贴周到的护士支撑着墙，只为了让病人在翻身的时候可以舒服一点。巴斯纳曾注意到，这两种情况都具有不可思议的能力：他们不是让周围的人极为关注，就是让他们觉得极为模糊。被催眠的人，运动失能的人，他们都是如此安静，以至于他们带有一点这个医院的构造——巴斯纳站着，被迷住了，看着他们站在那里，身体瘦弱，僵硬地靠在老尖顶窗边，而那些从旁边经过的人，则在他们的视网膜上涂了一层光子路径。相反，古怪的人就被驱使着——被一些既不狠又不仁慈的鞭子所驱使，他们不断地跳跃，用成百上千的小步子跳跃。他觉得，他们就是那些在摆好的空盘子面前不能长时间保持安静的人，因此他们给人幽灵般的可怕印象，他们的身体逐渐消失在未来之中。时间，他觉得跟时间有关系。精神病患者夸张地声称，他们已顺利地沿着发光的曲线从未来被送了回来，提醒我们机器的胜利，这样看来，他们的确立于当下。他们演戏一般的幻觉很好地结合了当下的技术：晶体管收音机、流水线和录音电话——他们的迫害者的疯狂也持续至今：黑色九月潜入灰色三月，或者是为巴斯纳急症病房中的伊斯林顿病人所负责的爱尔兰社会工人，在这些病人中，至少有六个被认为是爱尔兰共和军的女性持枪者，魔鬼似的伯纳黛特。至于脑子受损的人、痉挛性麻痹患者和其他被伤及的人——他们的脸根本就没有表情，相反，出现了新的脸部特征，然后，当他们的身体对昼夜节律作出反应后，这些特征就得以形成。做了前额脑白质切除手术的人——因为他们也在这里，他们的头发变皱，或者头皮裸露，然后在头皮那里，螺丝钳加紧了，锯子不停地摩擦，钻孔机钻着孔。巴斯纳给他们做了标记，前额骨——在医院的石头结构地层中，他们被放在恰切的某一层，同一层的人差不多都是同年的——四十多岁——夹杂着年轻二十岁的人，这样的安排是一种时髦。尽管如此，他们经常更新任性的方式，这只要看看他们眼里的痛苦就明白了，这些痛苦从内心被原始机器释放出来，这台机器就叫做失去控制：医生，我控制不住，二十号病房的一个病人说，我控制不住，我控制不住，医生，我无法控制……医生，我无法，我我我我……但是那些其他人，这次他们都是，逃离它，时不时地……在一种类型和另一种类型之间变来变去的那个老女人，已经把他的生存状态改为群居——现在，穆博雅根据他更丰富的经验而确认了这种状态。

她是——？精神病医师问道。不，护士回答说，没有需要——除了总是要帮助她入睡。对巴斯纳而言，过去的几个星期大多数都是这样的：药物表格记账，检查凹陷的胸部，血压计重重的袖带脱上脱下，在安静的病房里听旺盛的动脉血。进入病人们潮湿的床，就像进入病人们管状的伤口玩洞穴探险活动，这些伤口通向被掏空的病人。他知道，不可能像这样写开方：全天都经常性的、充满同情地帮助他们活动——因此，他只是生厌地用固定的圆圈乱写乱画四环素。惠特科姆安排巴斯纳负责两个慢性病房，十四号和二十号病房，不过聊以慰藉其临床技术的是，他也可以参加二号病房的决策过程——这个病房单独地位于豪利维克游泳治疗区，为了诊断急性病人，就把他们与医院的主体分开了。因此，所有的漫步——这几个病房查一圈，他要散步一英里……他稍微地想了想，如果惠特科姆这个家伙故意这样安排，以折腾他这个矮胖的晚辈——那就说明最近取消了执勤表事宜，这是他从行政办公室拿钥匙时发现的——或他是这么被告知的——由临床医生所做的决策，因为官僚派掌管了这个精神病医院，只在医护人员四年没有治愈案例的情况下才是合适的——或许是十年——像贩卖病人的人，堆积、打孔、装订，最后归档工作量，把档案放在这个盘里或那个抽屉里，或一些其他被忽视的文件夹小间隔里。巴斯纳觉得，在这个医院的地下室里，肯定有这些东西：装模作样的、混乱的、似乎焦躁不安的、十五毫克三氟拉嗪肌注，在某些部门粗制滥造的非正式样本中乱涂乱写的东西，然后被捆在一起，放在金属架上积灰尘。记录……地图中的地图，本身就是……一幅地图，或至少是图表中的医院，医院是个自给自足的地方——舒马赫会同意——有它自己的金属车间、陶器店、面包店、厨房和菜园，长着圆脑袋的病人们种了一些洋葱……虽然芙莱恩医院不是个圆形监狱——即使上帝之眼也不能看清这些套筒式的走廊——然而，在这个不规则的楼里绕来绕去，被作为一个生动的元素合并到了这个图中：闪烁的灯光穿过电路。在他用黑色圆珠笔进行深思熟虑的时刻，这幅图中图里没完没了的反射状态让巴斯纳回想起教堂领唱者的无限极和超限序数——但更多的是，他体验到了令人晕眩的东西，一千八百八十四英尺六英寸的地底走廊站稳脚后跟，变成陡峭的轴，整个的阴沉机构制定它自己的轴测投影……匆忙地从行政办穿过护理办和自愿服务办，他跑得上气不接下气，因为他已经从十四号病房小跑了五百码了。还有三百码要跑——但为了什么？他或许会在门那边碰上珀金斯，还没等巴斯纳拿出钥匙开门，珀金斯就会快速地开门，他通过这个动作来证明自己的控制地位，因此就可以占先一步，不让巴斯纳说没有必要关上门，这不再是医院的规定，现在不是吗？珀金斯用英武气概告诉精神病医生他终究没有错过国民服役，他还是一个典型的军士，虽然他穿了白色的尼龙上衣和棕色的裤子。珀金斯有着像皮鞋刷一样的小胡子和被雨冲过的水箱一般的嘴巴，有着钢铁般坚硬的头发，只有头路才可以将其分开，珀金斯非常清楚怎么对待一个初级军官，怎么控制他，只让他看到自己想让他看到的东西。但对巴斯纳来说，他很快就发现了其他员工对什么东西大献殷勤，或仅仅是被珀金斯威胁着，但巴斯纳并不怀疑这些事情，因为他们被训练着挺近走向病房里断裂的练兵场，把手推车放好，准备好假木头旋盖，点燃炮弹，然后向前移动。绕病房时，他们一起做，珀金斯非常刻苦——这就搞得好像副官已经单独作了决定，同时刺激他用富有文采的问题提问他们：难道你不会想……如果这样不是更好吗……难道你没有从这样的例子中发现……不需要任何的博士来给病人罐镇定剂……钟楼之下，所有的纸条都是重复，而且很简单，后来更多的药掩埋了之前的药……！一个病人的药物治疗卡只是备忘录，提醒这些忙碌的病人贩子该使用多少剂量。事实上，这些索引卡从来都没有归档，如果一个有资质的好事者希望发现谁自从精神失常后喝了什么，他必须要去看记录，探索那些写得满满的笔记，破译前辈的字迹，巴斯纳经常会想，这些字迹难以辨认不是偶然，而是有意为之。

安静！这不是他来芙莱恩的原因——是的，是的，他会履行自己的希波克拉底[①]职责，既不做出任何有意的伤害，也不允许其他人做出伤害，但是现在，他自己也是一艘摇摇晃晃的船。留给杂货店吧！他也带着理论考虑做事，众多理论叠加在一起，脑子开动，推敲，然后过度推敲幻想中的实质性模型，它蒙骗人，以至于他们认为只有一点代表性的现象，我竟误认为……特别地，他会忍住不问珀金斯为何要令人愉快地给女性患者开更高的氯丙嗪剂量——他忍住了，他其实知道为什么。值班护士说了这么个人，躺在小床上，颤抖着，医生，她实在是很不安分，难道你不担心她或许会伤害自己吗？第二个女患者，第三天又被禁锢在这个安静的房间里——好个冠冕堂皇的委婉语，其实就是一个四周墙上放了软垫的病房——值班护士争辩道：医生，我们真的想要她开心，但只要允许她在病房间走动，她就偷别人的东西，然后又说是别人偷了她的东西，这种事还没传到你这里，她们就已经开始大吵大闹了。我说的是，你不会想看到她的……确实，你也不愿意，因为坐在这个奶白色床上的，只是一个皱缩的葡萄干，

① 古希腊著名医生，被西方尊为“医学之父”。

她浑身颤抖，穿着一件帆布中长外套，巴斯纳觉得，这种衣服只适合给奴隶劳工穿……但是她抓住了一个叉子，然后又把它放在了贝塔尼的眼睛里，你知道，如果不是我在旁边的话，我想她就已经——医生，这不好，不是吗？这段话的全部目的就是——巴斯纳自己给她打了针，几个小时后才意识到——潜意识地把“好”和“医生”这两个字注入他自己的脑子里。但是，当然，如果他是个好医生，巴斯纳应该和他的好友一起，对这个坏护士做些什么，对《太阳报》上的谣言——妇女解放论者穿着阿富汗外套，高举被十字劈开的裁缝模型——嗤之以鼻。我会处死这些婊子，他记得珀金斯这么说过——但也不是很确定，办公室里满是丁零当啷的茶杯，二手烟，低温炼焦般的罐头烟灰缸，叮当响的档案柜，这些东西放在肮脏的窗格上，挤满了两个永远紧闭的框格窗。——珀金斯和贝塔尼看到这个，同意他给新来的人点颜色瞧瞧——或者是新员工——他们欺凌弱小而被刊登于院报。贝塔尼有一张丰满、善良的面孔，满是无忧无虑的小酒窝，但在他和珀金斯之间，巴斯纳却更怀疑他——他知道这种类型，迟钝、易变、身躯庞大。贝塔尼会成为锤击疗法的管理者，巴斯纳知道，他们就是这么叫的——有个人从精神病医院逃出来，把一切都告诉了巴斯纳，他就是戴夫·卡特罗尔，来到威尔斯登的康赛普特楼时，他大声咆哮着，说是精神病医院的勤务工打他，要他把湿水毛巾举到嘴巴上方——由于巴斯纳在精神病医院的经历较为简单，且有所限制，所以他认为这是夸大的说法，直到他们收到其他人的信，他才相信这是事实。因此，如果我们也是这样呢？成年护士像孩子一样口齿不清，巴斯纳已经怒火中烧。但是他们怎么知道？他已经不是新人好多年了——只是一个被遗弃的人，看着车道上来来往往的赖利车和罗孚车，听着公交车开进车站时的最后一声提示。被遗弃，一个人游荡在空旷的走廊上，游荡在废弃的教室里，被遗弃了那么久，被遗弃了那么多次，以至于在某些可怕的情况下，他不得不整个晚上都孤单地待在寝室里，房里没有任何东西，只有浑浊的男子气息和一个可怜的啜泣鬼，这个十二岁的男孩就是我——当然，也是其他被遗弃的人。

她可以——？精神病医生问。穆博雅厌烦地挥舞着笔记板。他说，很明显，我们不可能让她站起来——这样的人多的是，有更多的人是这个样子，要不然我们就缺人了，但幸运的是，迪尔斯小姐有她的方式……迪尔斯小姐？我没听错吧？穿着灯笼裤，中间夹着超大的尿布。这是那两个男人不会正眼看的——比全裸更淫秽。穆博雅继续说：我不能完全肯定，但我觉得她或许是这里住得最久的人——她确实有她自己的方式。这个护士比他的同事高出一个半头，此时熟练地坐下，做完全没有预料到的事。巴斯纳走在他后面更为尴尬，然后他们看着一个古怪的东西，一种如此难以解释的现象。直到穆博雅开始进行解释，他才可以看清他前面到底是什么东西。穆博雅说，她收集了所有东西。在底下发现的旧鞋，上面或许是一些从浴室壁龛上拿来的肥皂碟——是的，在这些碟子顶部……我觉得她有种特别的癖好，喜欢碟子，有些年——如果她可以尽量拿，她就只是用这些。但今年，你也可以看到，她从地上捡了些石头——扁石头，上面还有一些石板瓦……结果，这些东西都堆成了这么个圆锥体，大概两英尺高，几乎碰到了床顶部的卷弹簧。这两个男人凝视着——一个从底部，一个从旁边——这个，什么来着？神龛——或堡垒？巴斯纳十指张开，旁边的地面上，含沙的土洒了一地，地上躺着两三株被揉碎的黄水仙，它们的根、茎、顶掉在上面，整整齐齐，显而易见。路上还有盏夜灯，它微弱的光照出了拱门里一堆燃烧的皱纸，那家一般温暖的火焰。噢，他说，那是——？我是说……穆博雅安抚人：医生，这没有什么坏处，我们很确定，就像我说的，迪尔斯小姐——奥德丽——她在这里……我刚来这里上班的时候，她就已经在这里待了很多年，很多年……巴斯纳沉默不语，觉得这个场景已远非可以用陌生来形容，穆博雅误以为是巴斯纳不同意他的说法，因而赶紧接着说：她是个名人，你看到，她的小壁龛，其他病人——和员工——他们喜欢……他指给巴斯纳看，巴斯纳此时注意到了绿色快速引信上的硬币，闪闪发亮的新五分镍币，五便士或十便士，另外还有一些晦暗的六便士和三便士硬币，它们竟然这么快就像是从另一个世纪来的……他伸手去拿其中的一个小十二面体，用手指重重地按下去，由于按得太重，当他拿开手指的时候，它竟然粘在了他的食指上，他看到他的拇指肉垫上有铁闸门印。他把它拿到鼻孔边，闻上面冰冷的血斑。好一会儿，巴斯纳想着那个微弱的声音：请记着我们只是一年长大一次——同事？记得一次案例会议上，也出现了这种低沉单调的声音。请记住，我们长大，只是——接下来，他觉得声音来自一个过于安静的病人，在病房远远的另一边——一年一次，父亲出海了，母亲就要回来了……最后，他意识到自己的耳朵听得很清楚，但声音微弱，他挺直身体，往回靠，听到：更小、更扭曲的老女人的声音在这个人的喉咙里振动。他听着干燥的嘴唇发出的摩擦声：一个便士不会受伤，啊一哈，一个便士不会弄破，一个法新币不会在工人手上……此时，血压计冰冷的刻度盘冷冷地停在她的脖子上，闻上去有股腥臭味——在鱼贩的车底下，她在很多东西之间发现了它，在羊腿店门口的沟里，还有其他更多的东西，在父亲说的所格罗格酒馆门前，她发现了一个出色的小鱼叉，这酒馆为没有技术的工人和犹太佬而开，但奥德丽觉得，那些挡雨板较低的房子——比棚屋更小——有一种浪漫的气息，她并不能完全理解那是什么。母亲把她和妹妹们丢给沃思太太，沃思太太让这三个小女孩坐成一排，让她们保持安静，然后打开她的小钢琴盖，让银铃般的声音像泡泡一样飘浮在闷热的客厅里，这些泡泡跟镜子中的自己吻别。当沃思太太放下琴盖时，她说，孩子们，这就是我给你们表现的一种非常浪漫的气息。——这跟羊腿店周围的浪漫气息相同吗？或者，浪漫的气息就是欢声歌唱的蓝色山雀飞向牛奶容器？奥德丽的母亲曾经说过，那里曾有棵桑树，但奥德丽有点害怕桑树洒在旧木板上的黑色影子——或许这也是种浪漫的气息？牡蛎壳有股腥味，长着杂草似的胡须，但是酒馆旁有个马槽，奥德丽用力地擦洗，直到他们欢呼雀跃地出现，伯特和母亲一起过来，母亲给了她一巴掌，伯特却在一旁大笑：不到七月不许堆堡垒，奥德丽，你竟然还用新鲜的外壳做，不用坏了的做。女孩们都在花园里忙活，你也不能例外。她的确应该跟大家不同，她把壳捆绑在围巾里，玛丽·简把她拖回了沃尔德玛大街。在街上，奥德丽用前栏杆堆堡垒，使唤维和奥利芙去捡鹅卵石，像这样的鹅卵石——不是那样，叫她们轮流打耳光。军中鼓乐队的三四个莽汉过来了，不过无所事事的样子，并不像是行军前进，一个拖拉着个低音鼓，其他人吹着喇叭嬉戏，发出嘎吱声和喇叭声。看到这个反常的堡垒，他们驻足了一会儿——维大声喊叫，把眼睛周围的黑眼圈都哭了出来。他们给这些小女孩一便士，奥德丽叫维去街角的柯蒂斯家店里买根蜡烛，然后她借着烛光悄悄地从堡垒边溜走，随后心满意足地坐在马路边，拿着靴子的脚指头，那是个愉快的晚上，日落正好洒在花环和玫瑰上，玛丽·简骄傲地指着那些花环和玫瑰，看到了吗，合多好的柴火……阳台底层的那些栏杆，柱子又粗又方。在浓浓的黑夜中，奥德丽低声吟唱：请记住，你一年长一次，或可能只是在想，她的确希望可以避开斯特雷尔·彼得，他那橙色头发像云层一般浓密。她母亲怎么可以这样说？当所有的花环和玫瑰都一样的时候，所有的房子都一样的时候？什么都一模一样的时候，怎么可能还有美丽、高贵、或浪漫的东西？父亲出海了，母亲就要回来了——她高大健美，那个人！阿诺德·柯林斯大喊，他和父亲在公交车上一起工作——他是个售票员——下班后也跟着一道走，因为塞缪尔·戴斯看上去非常紧张。这两个男人都抓着各自的工作包，罗斯柴尔德仍然戴着长手套——带着汗味、皮革味和马臭味，他弄乱她的头发，然后把她的一边脸蛋弄成杯形，抓起她的另一边脸蛋，放到他潮湿的胡子刷上。她父亲弯下腰时，他的背心聚成一团，钟表从口袋里掉了出来，因而，有那么一瞬间，这块表会冷冰冰地经过她那被捏紧的脸上。柯林斯站在几英尺之外，拇指放在自己的背心口袋里，帽子摆放成一个时髦的角度。他觉得自己是个调戏女人的老手，他的确是。这话是奥德丽从父亲口中得知的，那时她父亲就是这么跟她母亲说的，但这两人喝着波特酒，并不以为然。——阿莫斯蜜芙有一种贵妇气，是个女店员。他打嗝，大笑，抹一抹胡子。我不知道，这些日子就要过去了——说出这些话时有种近似于带着尊重的放纵。但是奥德丽从来都不喜欢阿诺德·柯林斯看着她的方式，他的一双黑色犀利眼把她的头发、胸部和脚踝都看了个遍。前头卧房里，奥德丽和妹妹们准备上床睡觉，但她仍然觉得自己身上还压着那些黑色大理石——因为男孩们也加入了她们的队伍，所以戴斯家的五个孩子都敷衍了事地跪着低声说话，不信神的父亲，不信神的母亲，柯林斯的眼睛还在她身上。睡下后，她蜷缩在维奥莱特旁边躲他们，但同时又专心地想着心中的灯会：黑色身影在河边雾中穿行，立马就变成了那个贵妇、那个女店员和其他的高贵的女士，她们戴着奢侈的无边帽，穿着裙撑，撑着阳伞，变成了大象般的庞然大物，哦—嘀—哦—嗒，在她们的背部摇摆，军乐队在一旁伴唱，哦—浪—奔—啪！哦—浪—奔—啪！神奇地从南方公园的露天舞台传出来，金子链条一般，那些话咯咯咯地吸进了炽热的喇叭里，然后又被吹出来，当一切只是，当一切只是……一排母牛，被一个农夫的儿子赶着，穿过巴尼斯公地的灌木丛林，在那个绝妙的日子里，伯特逃课带着她到萨里边界——啊，我们看到了！——歌唱吧，妹妹，歌唱吧！他的手表冷冰冰地碰到她的脸，戴着皮手套的双手捏着她的下巴。——歌唱吧！歌唱吧！她颤抖着……一个便士不会受伤，啊—哈，一个便士不会弄破，一个法寻币[1]不会在工人手上……塞缪尔·戴斯开心得不得了：啊！阿诺德，她是只珍贵的小天鹅，不是吗？她必须得有。他把工作包勾过来，在包里摸来摸去，然后把一个又一个的硬币投入奥德丽敞开的堡垒中。——有一个便士，半便士，法寻币——小美人，你知道吗，这些钱对我来说不算什么，因为我是个迅速打破一先令的家伙——整整一先令，记住——到利德贺肉市场跟蒂奇伯恩结账。阿诺

① 英国旧时值四分之一便士的便币。

德，我跟你说过这事没……我没说过？这两个男人走上台阶，各回各家，奥德丽听到她的父亲嬉皮笑脸地大声喊道，玛丽·简，你给柯林斯太太一些上好肉冻，听到没？

沃尔德玛大街的新油灯发出微弱的光，把栏杆的影子投射在疯人院铁栅栏上，灯光洒在床上，洒在奥利芙的小床的护栏上。维奥莱特踢开了床单——她那皮包骨的双腿讽刺着高大健美。阿诺德醉倒在吧台上，奥德丽想：我永远都不睡觉了，我永远都不睡觉了……不睡觉她会变疯的，闻到尿壶里散发出的小便气息也会让她变疯，盘算她的两便士、半便士和法寻币也让她变疯了，然后她把这些钱折算成十一个法寻币，又把这些钱算成总数。木板上的硬币，石板上的硬币，墨水池里的指头，二六十二，三六十八，四六二十四，整个教室里都是奥德丽和斯坦这样的女孩男孩，穿着单调的衣服和开裂的靴子，他们哀伤、可怜的三重音相互编织，分成两股音流，穿过男孩和女孩，飘到午后的街上，最后再次缠绕在一起——脏男孩的手去抓马尾辫，这样就可以抓住那些疯疯癫癫的女孩子，直到有人过来解救她们，想让人抓住你下巴吗？因为你永远都没有碰到我的头，所以……威金兹家的男孩们在她旁边手舞足蹈——小斯坦后来被抓住了，他和她一起冲出去，大声喊叫着，衬衫被扯破了——怪不得我们把这个游戏叫做疯人院游戏，奥德丽这么想，她现在是个十四岁的大女孩，可以在星期六下午从沙罗尔德路走回巴斯，路上看到一群孩子欢呼庆祝着什么。我们这么叫它——不是因为我们知道疯人院是什么。十六岁的奥德丽把它跟圣西普里安孤儿院和加拿斯伯利隔离医院搞混了——孩子们被送进了这些地方，接下来的日子让人伤心，很快他们的兄弟姐妹就长大了。她转过街角，走进富勒姆路，想着那些樱花盛开在池绿色的天空下，就像青蛙在池塘里产卵。她向前漫步，经过安德森茶点店，那里的蛋糕让人喜爱，见到父亲，她停了下来，父亲把脚放在擦鞋匠的箱子上，希望她没有——奥德丽现在相信，一旦她看到父亲，他立即就可以注意到她。他已经变成了一个舞台魔术师，雪茄里的烟雾笼罩着他的脸，就像加了石灰般的绿，烟雾散去，脸就露出来了……阿诺德·柯林斯。走你想走的路，你会遇见那些人，更糟的是，她的父亲换脚的时候，柯林斯摘下他的帽子说：她在长胖，大哥，现在愿意长肉的可不多见。塞缪尔咕哝着。好吧，为什么她不能长肉？她可不是什么赶时髦的减肥女郎！奥德丽，现在我有个任务，柯林斯先生委托我——。他放下手头的工作，对着靴子大声斥责：小子，干点活！然后继续说，我们要到西区去，你和我，一个父亲正在告诉他女儿要去什么地方，不是吗，阿诺德？柯林斯只是抽动他那紧闭的嘴唇，摆弄着硬草帽的边缘，拍了拍两边涂了润发脂的棕色头发。奥德丽一声叹息，感觉到大腿后侧的连衣裙湿了。——但是，爸，妈会想要——。烟雾弥漫的手，像斧头一样：你老妈总是想要什么东西，奥德丽——总是这样。他拿出个硬币，甩在铺路石上——料到会如此，靴子就放在那里，从灯芯绒帽中钻出来的白金色卷发散在脸上，一颗牙齿从下嘴唇中冒出来。住嘴，我的神，他说着，使劲地找他的硬币。多要两次，我就可以到纽约去了。戴斯的笑脸带着讥讽，脸像是被剪成了两半，露出两边颚骨，对着靴子不停地念叨。他说，他们不会让你这种人进去的，你最好脱下鞋，花个半便士把鞋擦干净了！奥德丽惴惴不安，渐渐地明白了为何柯林斯与伦敦军官在一起时打扮得更时髦：燕子领包住了他的圆脖子，硬草帽有根蓝紫色条纹丝带，人工皮靴上有精巧的小山羊皮褶皱，每次一开口说话，他的舌头就在两边滑来滑去：啊，这个，啊，东西，先生？戴斯不再鄙视那个男孩，而是慢慢地把这种鄙视转移到了那个男人身上：不管你说什么，阿诺德——难不成我还在你公寓里，给你发个电报来约定时间，或者你经过玛利乐波恩路时，如果碰巧有电话机，就在那个六便士叮当响的电话亭里打个电话？毕竟，这是新时代了，不是吗——没必要再多等了，不是吗？时间，距离……我们神奇的机械才能已经把它们都搞定了。柯林斯被噎住了，满脸通红。啊，他说，啊——啊，他的舌头一直在打滑，直到戴斯打断了他：好了，弗雷德，跟以前一样，喜鹊酒馆见——那就拜拜喽！他拉住奥德丽的手，把她推到前面，飞快地离开了，速度如此快，以至于奥德丽觉得刚开始的百步之路让她觉得惴惴不安，气喘吁吁，她的裙子被吹开了，然后露出了里面的灯笼裤。奥德丽往回看，只看到阿诺德·柯林斯仍然摆弄着富有弹性的头发上的硬草帽，脚上拖拉着一双靴子。

沃德太太，怎么哑口无言了？从什么时候开始，父亲所说的话无时无刻不让她困惑，让她觉得回话是一种危险？她一见到他就变得这样胆小害怕有多久了？除了她脑子中的心烦，奥德丽还觉得害怕，害怕，毫无疑问，这是渐渐成熟的少女漫步于蜀葵丛中最真实的感觉之一——我说，你变哑巴了？他盯着路的一边看，用屠刀式的鼻子砍尽砖瓦、篱笆和商店的遮阳棚。他们拐进了帕森格林路——罗斯柴尔德和他女儿来喽，一个系着白色围裙的卖肉人说道，他的胡须像书法一般，话说得清清楚楚，但是当然……别人可以听清楚吗？奥德丽觉得既难为情又骄傲，她父亲——这个大人物——似乎并没注意到，径直往前走，伞上的金属扣重重地撞在铺路石上，每走过三块砖石就撞一下。他嘴里嘀咕着，臭鸡蛋不是怨恨，是科尼斯顿的生发油，从闪闪发光的脸上流下来，粉饰了脏法院的墙，掩盖了火车大桥附近的小街小巷。当他们走到新国王大街的时候，一辆奶油棕色的公共汽车慢慢地停靠在路边，它就像一块天然的磁铁，吸引了周围的人，奥德丽感觉到了这种静电的威力，正如有一次斯坦用废绒布打磨假象牙折叠座椅，放到她的脖子旁边时，颈背上的头发隐隐作痛。——嗨！芬蒂曼。她父亲拿起他的伞，把她推到自己身前，他们穿过了人群。戴斯先生，售票员打了声招呼，歪了歪帽子。他们靠近台阶，坐到前排位置上。钱花在伦敦是最值的，她父亲经常这么说，他还说，大世界之窗。奥德丽坐在硬邦邦的座椅上，觉得大腿之间汗涔涔的衬裙不断地被摩擦着，她那长满雀斑的手无助地放在衬裙上——她想到了韦斯特雷的增白霜，她看到任何东西都会想到这种梦寐以求的东西，想着它可以让她像加布里埃尔·雷一样，拥有瓷娃娃一般又白又滑的皮肤……父亲说着伯特的恩人，开着公交车就像拿着鞭子抽着马，马具上的铃铛不停地响，这样的公共汽车是二轮马车和双轮双座马车的结合体，偶尔还像飞机。——奥德丽，你想过为什么吗？为什么菲利普先生对艾伯特如此慷慨？有些人或许会觉得有些奇怪，竟然养一个不是自己亲生的孩子……至少这种说法够直接了——此外，奥德丽知道，父亲并不是真正在问奥德丽，只是让她听着就可以了。——有些人或许会因为傲慢而拒绝他。为了避开一位年轻的女士，公共汽车摇晃得很厉害，这位年轻女郎的裙子缠住了自行车的链条，羊腿似的小腿不断地跳动。啊！奥德丽大叫，然后脸红了。噢！她突然间鸦雀无声，因为公共汽车的轮子卡在了木制路面上。一位坐姿优雅的淑女戴着老式的煤斗帽，坐在走道的另一边，盯着看，盯着看，盯着看，好像她从来都没见过女孩子。奥德丽希望她的海军服看上去没有那么寒酸，希望她的红头发不要在头上闪闪发光，希望屋顶电导体桅顶横杆上的众多电缆是一艘快速帆船的绳索，它可以脱离锚索，随着潮水滑行，滑向格雷夫森德和自由……但是……这种意外的短途旅行是一种……款待。以前，罗斯柴尔德经常会带着这个或那个孩子，但自从他成为副总管之后，她就不能花大把的时间在公共汽车上了——去年暑假到温莎公园是坐车去的，但仅此一次而已，她从家里走到学校，走到市场，走到周日学校，走到浴室，并且还经常看到伯特和斯坦也在走路，而周日下午的活动，对他们而言，就是走到公园，在公园散步。现在，公共汽车疯狂地晃来晃去，弹簧不断地发出响声，前面花园里的紫丁香，商店遮阳棚的拍打声——所有的一切都像苏打泡沫一样填满了奥德丽。圣·马克学院前面的大坩埚里刺鼻的沥青，混合了从劳莰路发电站飞来的煤烟灰——沥青和煤灰这一对恋人使劲地往下掉，锅旁的工人露出亮堂堂的背，他们的脚穿过那些掉下来的沥青。芬蒂曼已经和罗斯柴尔德开始闲扯上了，罗斯柴尔德闻到了新鲜空气，把一根火柴在靴子上划了一下，喷出一股雪茄烟，故意忽视煤斗女的眼神中所露出的厌烦。——他们说着大卫·巴伯先生、狡猾的约翰·庞德，以及讨厌的巴尔弗。这些人中，奥德丽只听说过巴尔弗。芬蒂曼不时转过去卖掉几张票，然后又转过来哀叹电车对公共汽车的威胁。塞缪尔·戴斯是个乐天派。他说，那么，在印度发了财的人永远都不可能让电车取代公共汽车。电车带着电缆，它们在市区里显得太笨重了，开起来并不方便。芬蒂曼充满敬意地听着，脸像驴子一般，穿着黑色的工作服，汗流浃背地听着长官细细说来：不——不，时代的改变已经来了——不要反驳——改变总是对有些人有益，对有些人有害。现在，看到了吧，不仅有廉价旅馆，还有墙四周放了软垫的病室，现在他们还有了保护装置，没有人可以阻止他们一点一点地侵蚀原来的世界，就像乳酪中的小虫。不，改变已经到来——但彻底改变一切的，不是公共汽车，记着我的话……这不是我们应该担心的事情——应该担心的是他们。

有人随意地弹着钢琴，传来散乱悠闲的钢琴声——上一次奥德丽跟玛丽·简一起去西区时，曾在伊奥利亚展览室听到过这种琴声，性格无常的简曾经说过：我们虽然不懂，但去瞧瞧总可以吧。弹琴的先生分开衣服后摆，坐到乐器前，她不停地说话，颤抖着，好像有一只肥胖的夜莺强迫着她用口音糟蹋这琴声，但她似乎还觉得很体面的样子。——哦，是的，难道这不有趣吗，这么好的红木——那个人的脚抬起来又放下，像是踩着旋律，哒——哒哒，哒——哒哒，哒——哒——哒，哒——哒——哒，三连音符升升降降。奥德丽挺直腰板，不再是淘气地弯腰驼背——发现自己真正地产生了兴趣。他继续表演着，解说者说到勃拉姆斯、他的插曲，解释了为何这是高档次的碎煤沟。她聚精会神地听着颤音和鸽子叫声，僵硬的手指从衣服后部自由了，她的下巴平静了下来。这个年轻男人的大腿轻微一动，隐形的指头按着象牙键面，嗦——发——啦！上升到天花板上，音符不停地在旁边旋绕，周围的世界就像翻转了一样——这就是美，这就是康薇小姐在学校里所说的协调。一阵鞭子抽打的爆裂声之后，传来“砰”的一声，公共汽车顶层的每一位游客都惊呆了，因为两匹腼腆的马拉着一辆双轮马车从斯隆广场背后走来，穿过消失在杏花中的一层蓝烟，周围的看客看到了怪事：带有直立黑色双轮双座马车的新式汽车上，轮子和底盘安装在上方。啊——哈！哈——哈！塞缪尔·戴斯咯咯地笑着，公共汽车司机则使劲地摆动方向盘，避开这辆车，随后停靠在路边，其中两个车轮停在路边石头上，车因为倾斜而让人觉得很不舒服。——哦，多么神圣的空谈啊！汽车司机和他的机修工拍打着粗花呢衣服袖子，下面是打开的发动机，发动机仍然冒着烟，塞缪尔说道：一定是来自另一边的——指沃克斯豪尔，而不是埃兹——或许它看着不幸，芬蒂曼，但阿里·塔特和他的那帮朋友会丢弃马……奥德丽的父亲说这些话时，售票员带着尊敬看他，就像其他的乘客一样，心里想着这个大胖子懂的东西真是专业——但是，从他复杂的眼神中，从他大理石一样的鼻子上，奥德丽退缩了。当公共汽车继续穿过伊顿广场的花园，这位富勒姆的仓库总管不停地说着机器的事，她却幻想着那些可怕的神话怪物，人身上的腿居然变成了轮子，他们的肚子上面装着吓人的杆、齿轮和飞轮，铁屁股上还冒着烟。她想象着马的后腿和臀部装上了奥克斯顿离心干燥机，汽车的驾驶杆被刺穿了，以方便跨在马背上的骑马人分开炽热的马甲，或许还可以随心所欲地骑这边，骑那边，马嘶声，尖叫声……马的尖叫声令人害怕，奥德丽并不知道自己早已知道这个事实，就好像她的大脑有一块特殊的区域，专门管理某些她知道的东西——她其实知道这些东西，却并不知道自己知道，这件事就属于这一区域。它来自底下的床垫，那里，东西溃烂了，轮齿按钮变成了臭虫的牙齿状。斯坦的故事就来自那里——豹人和狗人，当他们的身体被切成一片一片、被压扁的时候，他们就在晚上发出尖叫声。这些禽兽在栅栏外面嚎叫，维和奥利芙抓着奥德丽的睡衣，把头埋在衣服里面，奥德丽的衣服被拉下了肩，肩上光光的，什么都没有。这三人被困在床架上，他们的兄弟则张着黑色的嘴，吞噬了夜光……塞缪尔·戴斯说道，夫人，汽车是对正常的马车进行了改装，然后固定在戴姆勒汽油汽车的底盘和轮子上……她父亲相信，他已凭借自己见多识广的研究胜过了那位煤斗夫人。汽车驶过白金汉宫路，停靠在汽车站的前广场，他们都站了起来，这是进行观察的极佳位置：夫人，那里，你或许可以从远处突然看到桑尼克罗夫特公交车，这种车靠蒸汽往前开，蒸汽来自烧焦炭的锅炉，就像火车头那样。再看那个地方，穿过阿波罗的门廊，你可以看到费希尔公交车，这是美国人的发明，它既用电，又用发动机，以此来增加可靠性。那边或许正是……他们迈着小步子走下弯曲的阶梯时，他继续说着，前面是笨重的运丝绸火车……我非常怀疑它的功用，真的，我看到的是无用——。但是，她并不希望听到更多的废话，因此就用帽子遮了遮自己的脸，转了转阳伞的柄。知道她要走了，他就说了句：慢走！但说话时带着极大的反感，还举起手中的伞跟芬蒂曼打招呼，让伞的金属环继续转动，追踪车站上方的壁柱和用铁柱装饰的阳台。我们到终点站了，他说，他举起手，引导她穿过那些招徕乘客的汽车，穿过一块为计末林碱做广告的广告牌，上面的字体那么大，好像笼罩着整个四层建筑端墙上的环形圈圈。“末”这个字里是那些打开的窗户，里面一个戴着头巾式帽子的女用人闷闷不乐地盯着窗下繁忙的街区。顽皮的孩子们蹦蹦跳跳地跑到街上去玩，然后随着投出的铜币旋转，在奥德丽的脑海中，不知怎地，拔顶装置的竖管就变成这样一副模样，里面的水滴在脚上，滴在排水沟里。这里比富勒姆更甚，整个城市尽是矛盾和对比：维多利亚大街上不仅有整齐的石制波特兰面貌建筑，还点缀着肮脏熏黑的小房子，那些小巷子破坏了犹如高级商店橱窗一般漂亮的风景，路上塞满了手推车，手推车里堆满已经变质的水果蔬菜。苍蝇沮丧地停在她的脸上——周围的脸都比家那边的人要苍白……他们是更深的渔具无线电浮标，透着光……他指给她看安妮皇后宫的黄色砖，它那双重斜坡屋顶装饰着花朵图案的布线。他说着有钱人住的十四层楼房的水力电梯，说着钻进大街地下的抽水机的抽水管。——他在奥德丽的脑海中唤起了这座城市的幻景，好像其中的一切都被无形的力量所连接：充斥着字母和数字的电报电缆，圆锥形的电线杆上弯弯扭扭的电力——她自己的幻景消逝了，一个过路人的海狸皮小礼帽上隐藏了……一只眼睛，一个女孩可爱的脸上被纵向分开，被横向分开……她希望自己可以离开，去享受陆海军商店橱窗里精心摆放的扁行李箱、钓鱼竿、太阳帽，她希望自己可以跟她们一起进去……但是她父亲不会放慢脚步，更不会停下来进去看一看。因为在这第一次特殊的远足中，奥德丽感觉到了焦虑却冷淡的手指：他是如此热切，他的胡子湿湿的，沾着唾沫，他高高的额头因汗水而闪闪发光……他们继续走，他的伞暗示着他们的行走时间，嗒—嗒，嗒—嗒，嗒—嗒……她回头，头上没有戴帽子，我无比的荣耀在她的肩胛骨之间摆动。一床巨大的紫灰色被子掉了下来，就像云层一样罩住了匆匆逃走的臭虫，被子散发出有毒的烟熏。天色变得越来越暗：威斯敏斯特医院的围墙像是城墙，飘出风暴般可怕的黄色悬浮液，这医院靠志愿捐献运转——再远处是死气沉沉的修道院，上方是石块房子，就好像一个人上面穿着胸衣，下面穿着刻板的裙子。

大钟的钟面就如被打碎的煮鸡蛋，底座上是惊呆的雕塑绅士——奥德丽看到了议会大厅的管风琴，倾听着它那让人恼火的赋格曲……她向下看自己的双手，上面长满了雀斑，再把手放回寒酸的裙子下摆处，双手怎么会因麻痹而发抖。她父亲在它们之间温柔地放了一只包，褶皱的纸像布那般柔软。她拿出一颗散发着丙酮味的棒棒糖，放到没有血色的嘴唇上——当棒棒糖触碰到牙齿时，她尝到了梨的味道。——宝贝，那里容易翻跟斗，他偶尔关心一下更让人心烦，还不如不关心。他们坐在朝着白厅方向开的马达公交车上，车不停地颠簸——那根挂着的皮带，不断地拍打着他的圆礼帽，他轻轻地抚摸她的双手，这个动作就像她的动作那样不由自主。他说着这辆机动公交车，说着从维多利亚到泊岸口的路线，但是奥德丽并不能清楚地听到他的话，因为她的手已经拧在一起，就像动物的爪，在她的大腿上抓来抓去，无法停歇，这种动作实在难以描述——因为此时所有动作都不重复。他们不断地靠近城市的中心，城市真是魅力动人，奥德丽注意到了她父亲的演说术：使任意的辅音排成一行，排斥白话和口语。——正如我之前所说，奥德丽，菲利普先生最近正在实现对艾伯特的诺言——他就要到伍德福德寄宿学校去了。菲利普先生已跟德雷珀安排好了所有的事情，他本人则愿意支付他的书本费……以及他的运动装置之类的用品。好吧——？她意识到，这并不是个问题——这更类似于换场之间主持者的行话，乞求着出现提问。下面要说什么？她看着艾伯特，就像菲利普先生必定会这么看艾伯特，像在安德森家那样让他难堪，这个高个子年轻人凸出来的灰色眼睛看着那张胡乱写的人名单——这个两便士，那个半便士，葡萄干馅饼蛋糕三便士——他的嘴巴很严谨，立即就报出了总数。他的家人必然清楚艾伯特惊人的演算能力，他的朋友也清楚：他们称他为数王，这个称号源于音乐厅里那个疯疯癫癫的变戏法者。就像他父亲在大街上大声地叫着他的绰号一样，数王·戴斯也有他自己的方式，我算对了吗，先生？尽管不如舞台上真正的算数者，但艾伯特的正确性没有任何滑稽的地方。他在所有方面都很严格，他轻视争吵，如果他因为不能回答一个问题，或不能完成某一计算，而被指责是故意避开问题，他会很合适地解决这种困境。最近，他变得越来越奇怪了，在后院玩捉迷藏的时候，他会把衣服脱到腰部——模仿山道[①]杂志的形象，用体操棍表演报刊里面所描述的锻炼方式，这根体操棍是他自己用锯下的老铁路枕木做的。——数王不是斯坦利的英雄，而是喜剧演员，钢铁之躯——他渴望成为一个机动人，发动机在他的肚子上锤击，烟从他的嘴里和鼻子里喷出来……我从来没坐过机动车！这是奥德丽的反应，她在野百合周围大叫，声音不断地在大厅里回响。她的双眼掠过后面的平台，再看着下面被压碎的柏油碎石地，破裂的路面展露无遗。她尽可能地尝试着，但她并不能让发着咕噜声的公交车开到一堆出租汽车上方，这些出租车组合在一起就像一条百足虫，慢慢地从白厅挪到特拉

① 尤金·山道（1867—1925），国际健美运动创始人。

法尔加广场。奥德丽不能——但斯坦却是想飞就飞：他让她站在身后，两人都站在妈妈新买的穿衣镜前面，向后倾斜，突然，镀了银色一般，向上飞……斯坦说道：二十年之后，每个人都会成为气球驾驶员，野牛比尔将会完善他的战争风筝，报纸上会刊登飞机服务，帝国的所有城市都会连在一起。现在靠走水路的重货，以后都用飞船运输：生铁、煤、加拿大小麦。他们会在伦敦泰晤士河上方抛锚，绳索扩散在空中——码头装卸工人将会操作移动的高速公路，它们就像起重机那么高。看！我们向上飞了，奥德丽！他再次倾斜穿衣镜，因此头发如火焰般的女孩和长着蝙蝠耳的男孩就起飞了，突然地，镀了银色一般，向上飞……

穿过查令十字路口继续前行，奥德丽嘴里仍然含着棒棒糖，纳尔逊纪念柱乌黑的排水管让她觉得恶心，不过就快要在它上面做广告了：费什补药，治疗国王和演员的各种问题。她暂时地被夹在两个人中间，但很快就自由了，吞没在午后喧闹的人群声中——职员和商店巡视员可以享受半天假，去街上逛逛。一个精力旺盛的伙计突然冒了出来——马车车夫轻轻甩动鞭子，包了平纹细布的吊灯下有三位女士，她们不屑于去注意这些。血腥的蠢人！她父亲的咒骂盖过了大吵大闹的音乐，他斥责一个讨水喝的小乞丐——一个跟街头手风琴师嬉闹着的衣衫褴褛的孩子。走了几步，奥德丽回头看这个男人的筒状帽子，他穿着破烂、肮脏的血红色衣服——他是个老兵，曾经拄着拐杖单脚跳，空荡荡的裤子不停地晃荡——但是，塞缪尔·戴斯不会失去警戒的，他沿着河岸街穿过人群，然后带着奥德丽转悠，去老蒂沃利剧院大厅门口后面的电影放映机那里排队，轮流透过目镜看东西。她很快就被那个歌剧迷住了，她看到可爱的柯伦巴因围着一只跳跃的猴子用脚尖旋转——我可以走吗？——她的旋转并不顺畅，向前冲，又向后冲，电影两次曝光，两次都展现了那个真实的她。字母卡片跳了出来：洛蒂·法科小姐，观看夜场的“黑夜之愉”，短时间内保留位置，五至六天，完全电气化……他的手掌又放在她身上。或许你更觉得我们应该走后面的路？奥德丽好奇地想，父亲要给比自己差劲的阿诺德·柯林斯干什么样的差事——父亲总是轻蔑地对待柯林斯，但他的轻蔑又令人愉快？他们穿过科文特花园角时，伞的尖顶触碰到鹅卵石之间的缝隙。他们无视那些围着皮革的搬运工，懒散地靠在空空的板条箱上，无视脚下腐烂的水果和努力想得到水果的阿拉伯人——黄昏笼罩了广场的角角落落，躺在那里等待。当他们穿过特鲁利街戏院区时，他漫不经心地说着小都柏林。每隔三个店面，店面就用厚板围住，一些店面上乱涂乱画着犯罪图章，但为什么？这里什么都没有。凄凉的庭院入口狭窄不堪，还被木头壁垒封锁了，奥德丽穿过去，看到一幢石灰房子，一些被宣告有罪的房客站在房子前面，他们的脸和衣服肮脏不堪——她知道，他们虚弱，根本没有力气造成危险。一个像她这么大的男孩懒洋洋地坐在门口，没有穿裤子——没有口袋……没有可以伸进去拿东西的口袋——他身上的那件大人衣服破旧不堪，盖住了他的屁股，一个傻瓜露齿而笑，他那个土豆脑袋就像被裂开了一样。最后，一阵甜味突然在奥德丽的牙齿间消失了，这甜味持续了那么久，就像被煮熟了一样。他们傻笑着，那三个少女……不幸的女人，戴斯不停地念叨着这几个词，最后终于用更粗鲁的方式一吐为快：不——幸——的——女——人，她们会为了三便士、两便士或一条馊面包而出卖自我……其中一个人好像在调整她紧身上衣里的什么东西：隐形的胸衣。奥德丽感觉到她的乳房有刺痛感，一氧化碳仍然填塞着她的大腿。我不需要雪花莲衣服，我需要双份……，你知道的——没有什么词可以表达这句话，一年或几年之前的确需要，但现在不要。在酒馆门口后面，那里的风尘女子已经聚集在街道尽头，旁边是另一堆木材——两层楼高，满是粉色的笑脸、金黄色的卷发、哈得孙牌子肥皂的白色泡泡。木堆的右边是一条长长的狭窄巷子，车行道的宽度只够让运货马车通过，两边的店面像古董一样，由方格和粗竖框制成的窗户上尽是哈得孙肥皂泡的脏印记，百叶窗也是如此，其中一些百叶窗已被拆下来做成栅栏。窗户上方是更多的木制挡板，向外倾斜，和房子构成了一个角度——奥德丽的步伐变乱了。——哪些人？引起奥德丽兴趣的那些东西也把戴斯逗乐了。那些是镜子，奥德丽，去拿一片天空，然后扔在窗上。因为任何人从高处往下看，都可以看到一个人变小了……他是谁，父亲？当他们继续往前走的时候，越来越安静，但她并没有意识到这种安静，城市的街道上是永不停歇的混乱，但现在却变弱为单一的咆哮，在下颚与下颚之间流动：单一的汽车喇叭声不停地叫着。

小巷深处是潮湿的泥土。她父亲停下来，从路边小书摊的书堆中拿出一本皮革装订的小书——把书拿到面前时，封面已掉落，露出大理石纹的空页，然后，这一页也掉了，一起掉下的还有几片叶子，一路猛冲到地面。突然，书摊后面冒出个白色的头，疯狂的毛拉！结果却是一个胆小如鼠的人，他的头巾是块破印度披肩。他把眼镜的黑色带子拉直，把夹鼻眼镜扶高，夹住鼻子上的肉，他才把戴斯看得清清楚楚。噢，是你啊，罗斯柴尔德，他呼哧呼哧地说着累赘的话——他已经吞下了肺结核病人的小风琴。奥德丽的父亲手里拿着那本书，做了做手势。——当然，费洛斯先生，我会补偿你的一切损失。这个胆小的男人弹了悲音弦：何必客气呢？这——他也做起了手势——修好了又坏了，修好——然后手风琴的脚踏键又被踏了一下，他不应该这么做生意的，要不然他就弹不出个二全音。费洛斯先生没有系领带，衣领散开，土耳其喉咙发出咯咯咯的声音，书摊里面的房子一片漆黑，笼中的鸟儿吱吱作响。——戴斯说了这些话：白纸黑字，这条路上那些租赁时间较长的人……和拥有永久权的人自然都应给予巨大的补偿。当父亲说到合适不合适的时候，奥德丽第一次注意到父亲的笨拙。她脸红了——为了掩藏自己的表情，她从书摊上拿了本书遮住自己的脸，《晚期西蒙布道集》。她是你的年轻朋友，是吗？——她吸引了卖书人的注意。塞缪尔大声说道，是啊，一个特殊的年轻朋友！他抓住她的肩，把她举起来，把一切东西都抓得紧紧的。告诉我——他抓得更紧——博勒加德到底做不做生意了？那个胆小的人用发烧般的粉红眼睛打量奥德丽，从头看到脚，然后才轻蔑地答道：博勒加德不会不做生意的，除非吊车铁球砸在那个该死的阁楼上——不是他没做安排，也不是他请麦尔安德路上的一些犹太佬修房子。戴斯举起他的圆礼帽，然后掠了一下潮湿的头发。那样的话，他说，我就要上去了——他有一些东西，呃，要卖给柯林斯兄弟——。费洛斯先生咳嗽，作呕，吐了口痰：你一共要给这么些东西！实际上也的确如此，还有一张蜡纸，一张包装纸，狠心地把一撮鼻烟刺进他的鼻子里。嗯……戴斯低语……或许。他用左手臂钩住他的伞，右手伸进裤子口袋。奥德丽干巴巴地站在一边，没人理睬。给——他把三便士放到她的手心上，重重地——你总会找到家咖啡店的。买杯咖啡，买片面包，坐在那里等我，我很快就过去。奥德丽离开后，那个胆小的男人一直打着喷嚏，阿——阿——阿嚏！——她曾经转过头来，但父亲却早已消失。

咖啡店夹在两家书店中间，让人难以辨认，橱窗里放着装有蛋糕的罐子。奥德丽看着那块焦炭一般黑的蛋糕，用肮脏的纸包着。后面的标价牌写着：十盎司排骨，六天，炸肉排，五天，炸洋葱，一天。这就是所有的东西。一个人从店里走出来，站在门口——围裙系得紧紧的，身体就像他刚放下的大奶桶。他长着厚而卷曲的黑色络腮胡子，红脸下面是块更红的肉，包在格莱斯顿式衣领里面。一个胆小的赤脚小男孩沿着小巷一瘸一拐地跑过来，他的帽子耷拉着，身上穿着大人的夹克衫，袖子卷得高高的——手臂上露出里面的斑纹衣服。他一只手拎着剥了皮的兔子的耳朵，被咖啡店主拦住后，他就给店主看兔子肚上那个流着血的洞，里面是肠子，什么话都没说。咖啡店主摇了摇头：猪屁股。那个男孩继续跛行。快过来吃点东西吧，要不然我们都得挨饿……好一会儿之后，奥德丽才意识到他在跟她说话，她同意了。咖啡店里没什么东西——四条长凳，两张摇摇晃晃的桌子——每一样东西都带着褐色的烟雾光泽、油脂和洗不掉的肮脏。煤油灯和煤油热水器的管道都连通了——两种管子都在加热。店主问奥德丽要吃点什么，当他的背影消失的时候，热水器不断地加热，开始冒热气——小水滴在天花板上凝固，然后滴下来，滴在汽灯罩上，发出嘶嘶的声音。屋里下雨了……她松开手：三便士在她的掌心留下了格子印记。那个店主又出现了，端着一个盘子，盘子上放了一杯茶和两片涂了人造黄油的面包，斜对角切开的面包。我不知道我为什么要那样做，他说，看着那些小水滴上升又滴落，但我就这样做了。他转动管子上的孔，热水器就突然停止了工作。我可以——？是否——？对她的不适，当然不会不懂……他立即指着说：厕所在房子后面。她朝厕所方向走去，发现厨房墙边是个斜坡，斜坡后面是个两层楼高的木柴堆，再远处，吊车铁球挂在薄雾黄昏中，一个黑色的月亮。当她从厕所回来的时候，他已再次打开热水器，她轻咬着切片面包、喝着茶时，他笔直地站在人造板柜台旁边，头抬得高高的，揉着那块脖子上的肉，像狗一样听着越来越响的声音……他不会害人。剩下的只有碎屑、脏迹、渣滓……但她的父亲还是没有来。突然，奥德丽从座位上站了起来——店主就找给她一便士和两个法寻币，她走到路上，手紧紧地攥着找回的零钱，脑子里的想法代替了她的指关节，喜剧演员，钢铁之躯。路上没什么人，只有一位戴着大礼帽的高个子绅士，这让她想起了自己曾见过的一幅画，画中是演员布兰斯比·威廉斯，但跟他的影子交叉在一起，难以看清。费洛斯的书店关门了——她害怕地敲门，门打开的时候，她松了口气，急忙跑进去，里面是老鼠屎、猫尿和含氨的鸟饲料的味道。屋里根本就没有光——只有不同程度的黑暗，黑夜就像对她眨着眼睛。她走上楼梯，楼梯发出的嘎吱声协奏曲一路伴随——一次飞行，第二次，第三次，第四次——然后窥探着与眼睛平行的楼梯平台，明亮的白色光从底下一间关着门的房里漏出来。她听到——在那里——一阵深呼吸，呼！然后是猪似的呼噜声。她的肚子像萤火虫一样活跃——上个月，玛丽·简用棉褥子和一根让人发痒的绷带修好了肚子，带子是用卷边胶布缝的。当奥德丽指给她看免费图书馆书后面的广告——卫生用品、吸收剂、杀菌剂，德雷珀店里应有尽有——她妈妈骂道：你觉得我们是什么人？但态度并不刻薄。每一阵“呼”的深呼吸和每一次猪似的呼噜声都像一根拉紧的绳，拉着她的肚脐，让她沿着楼梯走到底下的房间门口，把她拉进房间。她用肩膀撞开门，冲进一个明亮的房间，显而易见的灯泡上罩着毛玻璃。在下摆长及地面的南京棉布[①]前面，悬挂着青铜打造的罐子，里面长着叶兰，旁边是一张躺椅，上面铺着绿色的天鹅绒，天鹅绒上就是那个胆小鬼拿着的剥了皮的兔子，两条亮闪闪的兔腿下垫着一堆乱七八糟的衬裙。一个光着屁股的男人背对着奥德丽，他对兔子的肚子做了手脚，明白了——？

——不，不，不！那没用！一个面色红润的男人，头发上涂了润发脂，穿着衬衣和华丽的绣花马甲，从阁楼的角落走了出来。不，不，不！他又叫喊着——他的表情很疯狂，但很真实——女孩子会弄坏这东西——！博勒加德先生？奥德丽冒昧地喊了一句，但那个红脸男人并没有注意到她，他的注意力总是固定的。——奥德丽转过身来，兔子不见了，只见一个女孩子坐在躺椅上，年纪比她大一点，正在把她的乳房放进胸衣里面。这个女孩的头发被不规则地分成几簇，难以形容的头发上戴了顶无边女帽，帽子上带有染成紫红色的鸵鸟羽毛。房间里也没有光着屁股的男人，只有奥德丽的父亲，他站在那里，穿着那件兔皮长大衣，正在戴手套，我之前从未见过的手套。他并没有看到自己的女儿，而是把他的圆礼帽举到博勒加德先生面前，跟他道别，亲爱的，跟宝贝说声再见，然后拿回他的伞和布帘后面的一张棕色包装纸，领着奥德丽随意地走出了房间。他们借着电灯灯光走下楼梯——灯光消失在黑漆漆的街上。没有费洛斯的影子——只有他的名字，消退在百叶窗顶端。——所有这些——塞缪尔·戴斯用伞敲打着肮脏的黑橡木色空地——都会在一个星期内遗忘……面对这样的情景，他听上去既不后悔，也不开心。我不认识他，他带着她穿过

① 一种淡黄色棉布。

堆满木头的街，穿过被人指指点点的贫民窟，走向滑铁卢大桥。到了桥那边，他们就可以透过桥的裂缝看到矿内巷道：挖土工的镐先被插入坑里，在这幅受难图旁边，一群处境绝望的人就会在晚上涌现出来，河里飘出沉尸的气味。奥德丽很想问他，为什么他们在广告牌里面砸钱呢？可以肯定的是，挖土工不像比彻姆面粉店的顾客们，也不像从蒂尔伯里到瑟堡的七小时无障碍通道。塞缪尔说，将来会有一条林荫大道，一路向北通到霍尔本，这是伦南镇的新街道，路上都是来来往往的有钱人……会有一个隧道连接桥吗？那样的话，那些电车就可以开上桥了，它们现在在两层高的楼下开来开去，到时楼里会有商业场所、时髦商店、剧院……当他们在林肯旅馆里克服了周六晚上的瞌睡时，奥德丽才意识到这些是他的礼物：这次伦敦之旅将会被遗忘，刚才说的是这个城市的未来，一个秩序良好的城市。——法院街上，一群男孩子大声叫着保加利亚大屠杀！那些微醉的职工聚集在三明治小摊周围，就像发了疯一样。夜终于降临。吊车铁球已被放了下来，空气中充满了灰尘、雾、污染物……因漆黑的气氛而更浓，我不知道自己为何做了那样的事——但我就是做了……乘客们从地下车站走了出来，高霍尔本地区的老木头房子前面，带着露水的蘑菇迅速成长。——这让我想起，奥德丽说道：闪光绸和油布做的套子，很多很多——只有一点毛毛雨……吉尔伯特·库克简洁地说，这对伦敦的小中产阶级来说，就是非洲原始人的崇拜物——他杜撰，说出来，又忘了，不去想后果，如果天神想要展示他们的不高兴，他们没有可携带的庇护所就会迷路。奥德丽，想想这个，当克鲁索——那个典型的中产阶级——被遗弃后，他给自己制作的第一样东西居然是伞！如果吉尔伯特没有光着屁股，这些话就会让人难以忍受——他不觉得丢人，与他们之间的其他行为相比，这对于奥德丽来说已经是最令人满意的：他无动于衷，站在那里，在玫瑰花瓣状的盆里冲洗干净预防疾病的东西，用他那圆圆的小指头拉起来，就像在碾压机的滚筒中打滚，然后水就喷了出来。这让她想起，他的引诱中，大部分都是指导：他描述了她事先应该如何插入子宫套——用完后，又应该如何蹲在另一个不同的盆里，用注射器把它冲出来。奥德丽之所以佩服吉尔伯特·库克，是因为他致力于有利于自由恋爱的技术，而不是因为他撰写的其他建议。——因为这个而佩服他——也因为他放下了所有的嫉妒之情。我告诉你，亲爱的——他第一次这么说，当时他把手弯起来模仿她的阴道，说着如何消灭烦人的精子——不是单单这样我就能享受你的快乐，还有，嗯……更复杂的东西——尽管我的确热诚地希望享受它们，用正确的术语的话——但你或许也会觉得很享受，或根据所有的可能性，你跟自己选择的任何人都会得到欢愉。他用导师般的方式使她失去童贞，这正是我所需要的，先充满羞耻感和罪恶感，然后对他的指导进行回应，她发现自己正在自由地享受——第一次也是——他的示范。但是，除了给她留下印象的他那激情四射的想象——性关系只是你我之间的事，以及我们不像动物，也不像平常人那样做爱，而是主动地去吸引它，像避雷针——奥德丽还在他们的第二次性交之后惊愕地发现，呈现在自己面前的是被爱袭击之后的所有症状，模糊的达芙妮或索然无味的维尼夏，她们不关心女性的新黎明，而只关心过时的、理想化的东西。现在，他的动作慢了下来，然后坐到她的身边，说道，告诉我，你为什么现在说这个事情——你父亲和婊子享受云雨之乐的事——是因为我们刚刚……性交了？奥德丽轻轻地抚摸着来自维尼夏·斯坦利的躺椅上的绿色锦缎，把一个手指放在一个纽扣周围，然后又放了第二个手指。不，她最终说话了，不，吉尔伯特，不是因为那个……是因为……她从来没有如此厌恶维尼夏·斯坦利，因而狠狠地盯着她的眼睛。奥德丽尽可能地克制自己不要问那个问题，但她还是问他，他们是否有身体上的关系——尽管他蔑视这样的想法：维尼夏？亲爱的，她是个孩子，她永远都在孩子气的襁褓中，被她的保姆擦拭溺爱，家庭聚会时还要奶妈……或许如此，但对奥德丽而言，社交名媛和社会主义者之间的交往是不能忍受的，特别是这里，在一幅肖像画中，她打扮成了女猎人戴安娜的模样，盯着附近的什么东西看……是把伞。啊，伞，你的工作成果。他必定有方法修伞——他的假牙——因为在客厅或公共会议上高谈阔论，他的音调很饱满，很高亢，就像发声的铜管乐器。像这样的时刻，自由自在的时候，他就会脱去衣服，头发蓬乱，口齿不清，但十分可爱：吉尔伯特，我不做雨伞，不做阳伞，也不做花园帐篷或可以移动的海滩大帐篷——我是个打字员，我打字。打的是这样的字：亲爱的先生，鉴于您的订单交货日期十五号即将来临，我们很抱歉地通知您，由于佛克斯公司为了申请宇宙盾散架专利而迟迟未能向我公司交货，因而我们无法及时给您提供全数的无双伞和帕拉贡伞模型。谢谢您的支持。得益于宙斯盾骨架的优越品质和高效性，英斯·科尔出产的所有伞都满足最高标准。运输公司已委托我公司生产一定数量的无双伞和一百把帕拉贡伞，佛克斯公司一交货，我们就会尽快完成您的订单。始终为您服务。奥·戴阿斯，打字员，英斯公司。写个首字母就够了，戴阿斯小姐——阿普尔比总是这么说，这是个性情暴躁、爱挑剔的老员工——在聘用女员工这件事上，我们的一些客户或许不会那么宽容……比你更宽容，我可以打赌！阿普尔比只是比奥德丽资格老，这两人的办公室在主教门前面空地上方的阁楼上，阿普尔比的个人专属高脚凳在阁楼斜面下方，上面是被老鼠咬过的护壁板。奥德丽的小办公桌上装着支撑柱子的垫板，每一次她踩着踏板回到这个小空间，她就会强行想起这是女人的工作：工资低、地位低、不断地重复。尽管她的真正职责超过他——阿普尔比穿着恐怖的旧套装，亚麻布衣领散发出一股发酸的馊味，绝对是个累赘的东西，他在英斯公司工作了大半辈子，公司也只是出于这种感激还继续养着他。他在账目单、工资单和存货单上乱写。每到星期五，他就会摇摇欲坠地到银行去，同去的还有一个彪悍的年轻男孩，用棍棒武装——而且阿普尔比只向奥德丽交代他手头工作的大概情况，让奥德丽自己去寻找必要的材料。所有的信件，所有的备忘录，所有的广告语——她想出的这些词变成了爪，在垫板上不停地张牙舞爪，说不上是什么模式的动作，因为没有一个动作是相同的。

不，我也不是指这些，奥德丽……对于一个自认为被劳动阶级的进步事业所奴役的男人而言，吉尔伯特极端厌恶劳作本身。不管是什么类型的劳动，他都讨厌，除了说出自己的话……我指的，是你在那条脆弱的小船上所说的话。在他的衬衫影子下，他的生殖器弯曲了，被皮肤褶皱包围，被你所困的竹子。在英斯公司，在商业大街的背后，大多数计件工是犹太男人和犹太女人，他们剪开丝绸和条纹棉布，涂上油，拉开，缝上讲究的环和套管，然后装上骨架和伞柄——好了！又是一顶无双伞或帕拉贡伞，或淑女的随身伞。他们日复一日地做着伞，奇怪的土灰色脸也像上了油一样，被拉开了——双手皲裂，冬天感染拇囊炎——夏天一来，黑狮子院里的卖鱼摊就发出恶臭味，但总是不及家禽的恶臭。

吉尔伯特，这种事说什么说，她一边说着，一边站起来拉开衬裙卷长筒袜。啪嗒！一只吊袜带响了一下！一件小事罢了，只有那些早已知道的人放在心上，我想他们甚至都不会仔细想想。啪嗒！银盘子上带有刻花玻璃瓶和苏打吸管。奥德丽轻轻地摸着瓶颈上的凹处，冰凉冰凉——她拿起针，一针一针地缝那个红色的编织品。窗上有块厚窗帘。她知道，窗外是高墙房子，上面的三角窗充满了艺术气息。房子更远处是堤坝和河流，河水发出有毒的水蒸气——她想象着可怕的漩涡，制革厂的废料在萧条的河流中涡旋。——我该走了。——是吗？——是的。——回到波娃镇的费尔普斯夫人住处，回到在油炉上加热的灌装功汤，回到快要入睡时的轻快感，没有父亲、玛丽·简和其他人的重压……她钻进衬衫的怀抱，扣上纽扣，走到窗帘边，把窗帘拉开。楼下有一位出租车司机停在路边，喋喋不休，维尼夏·斯坦利——不可能是别人——站在那里，从钱包的内袋——用珠子装饰——掏出硬币。奥德丽想象她刚在多尔切斯特喝完茶回来，或刚在贝奇施坦因大厅听完钢琴独奏会回来——而且她不关心什么事，只注意到自己帽子上的那些紫色羽毛越来越多地出现在比她低等的人的帽子上，真让她讨厌……奥德丽果断地转过头说道，我真想拿块碎砖砸她相好的车窗——砸穿他所有的血腥窗户！吉尔伯特给自己拿了件法兰绒内衣，不怎么干净。他说，她不敢打扰我们的，只是以防万一……他用一只手放下维克多牌留声机的摇摆，另一只手熟练地绕动摇摆。罐头状的留声机喇叭传出音乐旋律，时不时地会有嘶嘶声。音乐让他的脸涨得出奇的奇怪。奥德丽想到，思想是一种旋律，但身体是迟钝的齿轮、弹簧、链条、棘轮……他的手放在她的脖子上，她的手指则钩着鞋带……——不，吉尔伯特，真的，我得走了。他用手拍拍大腿。哈！好吧！他说，那就走吧，一边还在找让人心烦的裤子。周四开会时可以看到你吗？我相信斯坦利也会去的……他知道他们的分歧……这个词太不足以涵括他们发生争吵时的暴力和野蛮。嘀嗒—嘀—嘀嗒—嘀—嘀嗒—嘀—嘀—嘀—嘀！留声机里出来可爱的颤音，但她那时还未站起来，现在这颤音又来了：斯坦利尽管任性，但她知道，他会受折磨的。斯坦利，他柔软的手臂被拉着，手掌被钢拱架的尖头刺穿，脚踝被一个天然橡胶环绑在伞杆上。对库克而言，奥德丽是个强硬的人：斯坦利之所以来，不是为了乔治·兰斯伯里，也不是为了汽车专家，或任何跟主义扯上关系的人。他被那位风尘女子和她的皮条客绑住了——我兄弟没什么立场，他几乎同我的父亲断绝了父子关系——。她停下来，听到下面的客厅有人注意到了窗帘的晃动——维克多牌留声机像是被塞住了一样，渐渐地不再转动，嘀嗒声越来越弱。她的情人一边审视着奥德丽，一边笨拙地扣好纽扣。穿好衣服，他叼了根烟——老子牌香烟，一先令就可以买一包，一包二十五根！你爱他，库克吃惊地说。你更爱他——远胜于你那些支持妇女参政权的朋友，远胜于我们的社会主义同志，远胜于——。他是个没有形状的粗花呢布袋，袋子上的抽绳冒着烟……突然，她抓住他，把他往后推，用热情的脸贴紧他裸露的脖子。在缩紧的大腿之间，她感觉到自己的爱流出冰冷的细流。我爱你，吉尔伯特，她喘息着，我爱你。奥德丽知道这不是一般意义上的浪漫，不是明目张胆的勇敢，而是革命性的：按时间劳动的人，都是奴隶……——你也爱我，吉尔伯特，不是吗——她摇晃着他——你也爱我！他的肩碰到了乳头状的铜按钮，他们向上看，装饰灯在他们的头上方旋转，钟形灯里的白热化灯丝让他们头晕目眩。除了这盏灯，还有第二盏，还有第三盏——等等，沿着弯弯曲曲的屋顶，一派灯火通明，这种奢侈的光照吸引了奥德丽的眼球。塞缪尔·戴斯解释了电的产生，在伍德路上向西运输，又解释了为何铁路附近一直都有变电所，在变电所里，这种奇怪的液体又如何经受更多的神秘处理，最后才被固定在管道中用来供养他们脚边的灯和中横档，中横档不像邪恶的闪光姐妹，呆滞的它一直被忽视。奥德丽无法跟他待在一起——她知道这没什么。——她父亲以伟大的头脑为盾牌，不是为了她，而是为了那些不在场的人……我算对了吗，先生？空气中冒出一些新鲜空气，一个假象牙尾座放在棉绒布上摩擦……她的脚边是其他人的脚：放好的鞋罩，高跟的靴子，像蛋糕上的装饰那般讲究。奥德丽努力地不去注视那位女士和绅士：她的手上戴着皮手套，妆饰过的脸两边都有颗热斑，他则拿着怀表，用手杖轻拍站台，把大礼帽的帽边往上提了提。然后又是相同的场景：机械的动作，不带任何思考。斯坦只是让这个人带领战士，一个戴着太阳帽的喇叭手穿着血红色上衣和花格裤子，他举起破喇叭，放到裂开的唇边，轻轻地吹着，举起破喇叭，放到裂开的唇边，轻轻地吹着。他的肩两边各有一个大弩箭，是斯坦小手上的大手指把他打扮成了这副模样。火车来了，压紧了轨道下的斜坡。罗斯柴尔德·戴斯扯着嗓门，大声说着道路的延伸计划和阿克斯布里奇路下面的环形转道。他听上去像个十足的发明人员——南部的延伸路段，那个怎么样，奥——德丽，然后当我们回去的时候，路上就会经过隧道，整洁干净，就像——。引擎在发动机孔里爆炸，就像被无畏舰点燃的炮弹在遥远的棕色海上巡游。火车灯发射出震耳欲聋的光线。火车沿着轨道快速前行，奥德丽虽然听得到轨道上的咆哮声，但听到的却只是两耳之间的废话。虽然她知道这咆哮不会伤害他们，但她还是抓住父亲的手臂，这个部位注定就是被阿诺德·柯林斯用环形绳套住他的地方——还真是个“好”旅伴！她父亲对她的恐惧幸灾乐祸，把她拉得更近了——奥德丽惊讶地看到，在他那毛茸茸的手臂下，放着硬布货物、硬草帽、低垂的羽毛，月台在黄色的车窗中消失殆尽。她坐在父亲旁边，没看到写着“雷德芬橡皮垫，供办公室之用”的广告牌，只见车厢消失在匆匆变黑的夜色中，在大不列颠博物馆站重新出现，然后又一次消失。她的两只手放在膝盖上，像钢铁车轮的咔嗒声，两只手也发出啪—啪—啪—的拍打声——但奥德丽仍然跟火车相分离。地铁出现在图腾汉厅路站、邦德大街站、大理石拱门站时，她在座位上上下晃动，经过这些站时，她的头靠在窗户玻璃上，当再次离开月台的时候，她只能通过车窗玻璃看外面，车窗上还有自己的模糊影像，外面的风景就像用电播放的电影，这一次它放映了更多的东西：裁缝的模特挂着乌尔斯特大衣，雨衣穿在两个人身上，哑剧演员的专用马挂着伞裙，下面藏着哈利雷夫……这些镜头之间无序地穿插着油炉、扁行李箱、展品柜上用珍珠装饰枪柄的柯尔特枪、旅行毯子、插在小垫子上的帽架、写字桌上吃得饱饱的乌鸦、微小型玩具火车模型、绣着威尔士王子皇冠的膝垫、自动钢琴、客房呼叫服务的指示器板、咽喉探针、电镀大酒杯、在麦基诺厚毛毯上呈扇形铺开的马六甲手杖、印度兵射杀老虎的桌子摆件、烤面包机、电灯、火锅套件、申请过专利的“电流冲击牌”减肥带、电动毯、立体式盒式磁带录音机——管它是什么东西。奥德丽可以听到旁白——甜美得让人垂涎——在她面前移来移去的东西的名字，让她觉得极为不舒服的是，电影放映机很难对焦……烧烤！他和她的晨衣，还有个可爱的男孩！这个声音以胜利的口吻结束了，其他各种声音又如音乐般不断升起，模糊中，一位观众做出鼓掌的动作……艾伯特会做这种极恶劣的事：调整脚撑，卡住她，让她眼睛朝上，盯着天花板看，螺丝穿过两只眼睛的骨头。这个……电影院电影也是他做得出的事情：一种折磨方式。脚撑压着奥德丽的脸，只露出鼻口，闻着陈酸味——她的两只腿被塞在花格子裤子的一只裤腿里，她的手必须松开卡盘，转动钻头，转动车轮，只能摸一摸就转动——她感到火雷管掉到了自己的膝盖上……吊顶板之间的线挤在一起，令人厌恶，但不至于那么糟糕……她不像格雷西，那个在危楼里住了太久的格雷西——可怜的格雷西，跟奥德丽一起住在普勒斯台德招待所的一个小卧室里。她也收到了克丽丝塔贝尔的口信，让她去为战争做点什么，工人们曾和这些后线人员一起工作，天没亮就得起来干活。可怜的格雷西，不认识我，精神错乱，暗黄的皮肤如金丝雀的皮肤一般——他们给她吃含三硝基甲苯的药？前些年，奥德丽很乐意帮个忙——温柔地说话，轻轻地爱抚，让他们慢慢地平静下来，使他们的精神以太重新恢复，因此他们就不至于渴望各种幻象，如果这不是自在之物：干酪放一条电动毯子——他贪婪地爆出所有的词，没有停顿，立体盒式磁带录音机烧烤！他的护士服裙装可爱的玩具——！到此结束。噼里啪啦地打出来。在旧录音机上，一根天线跟其他天线分开，温暖中带着烧焦的灰尘的味道。巴斯纳伸了个懒腰，转过身——十四号病房休息室不再安静，渐渐地夹杂了呻吟声、嘀咕声，然后：那是干什么用的？加维先生——六十多岁，轻度躁狂，最近刚住进来——申明道：那是我最喜爱的流血方案，什么干什么用。巴斯纳抬起其中一只柔弱的手，轻轻地比划着。他说，不好意思，不好意思……只要几分钟的时间，我只是有点事情想问问迪尔斯小姐……另一只手拿着笔记板，他一边说，一边挥动笔记板，纸上带着奶粉、尿迹。他的对面是笔直的扶手椅，靠背很高，犹如两弯浅浅的新月，比里面的包裹更让巴斯纳觉得难堪。巴斯纳在座椅间拘谨地移动，撞到了盖着毯子的膝盖和其他吓人的东西：哎呦，看那个伤疤……滑铁卢大桥的日落。休息室的框格窗参差不齐，被风吹得七零八落，还曾经受雨点的扫射，不过这正好让他想到，此时正是暮春四月，他在她身边坐下来。她那张可怜的老脸塞在靠枕中，双腿骨瘦如柴，笔直僵硬，转个身就痛苦不堪——但是，尽管如此，她的双手却有条不紊地动来动去，灵巧敏捷，像是从一个隐形的杠杆中拉出来，然后转动隐形的飞轮，她的动作如此精确，眼前的精神病医生竟相信自己看到了涂了润滑油的钢铁，青铜如炉边的火一样闪闪发光。迪尔斯小姐，他开始问她，我这里有你当初的入院登记单，以及……你在这里头几年的记录。——他花了一个月的时间去恳求、哄骗、诱惑记录部门的那些人，那些人像惠特科姆一样，觉得拿了这些东西也没什么用。——巴斯纳，这个地方飘着各种各样的幻想，你就不要瞎掺和了，最好只让自己关注事实，例行公事……听从上级的安排，或照贾维斯的话做事，贾维斯是条丑陋的老龙，躺在纸堆牌堆里，对他吹着满是官僚味的火焰，这些记录就是：事实，关于例行公事的事实。奥德丽·戴阿斯，入院时间一九二二年九月二十六号，出生地富勒姆，出生年份一八九零年（三十二岁），未婚。身高五英尺二英寸，体重七英石[①]八磅，住址伦敦西南部斯托克韦尔克拉彭309号G室，入院经过体检，因此，值得注意的是：她没有肺结核、风湿热、天花等症状，也无经历分娩等。奥德丽·戴阿斯入院时——表格的空格选项如此填写——需要他人陪同，具有紧张症症状，因而胡德医生，也就是院长，毫不犹豫地将其诊断为原发性痴呆，管它到底是什么病。一年之后，文特医生做出了相同的诊断，因为只有一个奥德丽·戴斯。大概三年之后，海曼医生决定性地——拉丁文标签下用紫色墨水笔强调了三次——描述了奥德丽·迪斯的病症，病情如前所述，患有早发性痴呆。巴斯纳把以前的表格和档案卡摆放在员工休息室黏糊糊的咖啡桌上，开始思考这堆名字的演变。正如一九三零年的《精神卫生法》把科尔尼哈奇收容所改为科尔尼哈奇精神病医院，奥德丽·迪斯就变成了奥德丽·迪尔斯，她被诊断为同等程度的精神分裂症——在他的想象中，这是由于布洛伊勒的术语渐渐地被收进英语精神病学结构。在一个一直都存在身份危机的医院中，追踪一个匿名患者几十年来的踪迹几乎没有可能，不是戴阿斯小

① 英国质量单位，1英石＝14磅，1英石约为6.35公斤。

姐，就是戴斯小姐，或者迪斯小姐，或者迪尔斯小姐，正在同一个地方，一只飞蛾——没有死，但年复一年地不断冬眠，长得越来越干——尽管所有的支脉都沉淀了，初始者的劣质手艺需要不断地进行创新，火药和战时炸弹失去了威力，成千上万个精神病患者因死亡或出院而进进出出。二十世纪三十年代后期，有人觉得医院应该改称为芙莱恩精神病医院，把疯人院的回声改造成——或者，他们希望如此——儿童的歌唱声。借助病情记录的另一处错误，巴斯纳猜测，迪斯变成了迪尔斯。因而，她被安放在十四号病房，是个不可治愈的精神病患者，最持久的症状是严重的紧张症。现在，时间消磨了所有的偶然事件，性别、年龄、阶层和名字。她患有紧张症……运动失调，以及各种各样的肌张力障碍，她皱起肌肉开始痉挛，她一发病，双手就会在空中胡乱挥舞——因此，到了六十年代，当医院开始用芙莱恩这个时髦的绰号，而且氯丙嗪的浪潮开始上涨之际，临时员工中一位充满热情的年轻精神病学家开始持续性地关注老迪尔斯小姐的症状——他就是莫汉·罗摩占陀罗医生，他必定像后来的巴斯纳一样，花了大量的时间阅读她的记录，发现她曾于三十年代后期接受过一次胰岛素昏迷治疗，十年之后又接受了一次实验性电休克疗法，在接下来的二十年中，她主要就是跨越大脑上蛇形般的高电压电缆。他如此总结道，过于随意地使用镇定剂，所造成的后果并不是她的扭曲，而是痉挛和呆视——自从她服用这些药物——或许——只是或许——就可以对她四十来年的麻木作出生理性解释，这一猜测让他极为犹豫不决地匆匆记下，用铅笔，一个词，帕金森氏病，在那些笔记的最后一页，后面跟了个“？”，这绝对可以说明，后面再无任何补充内容。

直到现在。好吧，她从来都不会妨碍其他人，总有一些令人愉快的事情可以说。噢，多好的事。我可以把她一个人晾在一边，知道她即使一个人待着也不会有事，也不会出乱子。她是个淑女，哇，哇，她是个淑女！我推测，你，呃，还有其他人——迪尔斯小姐、迪斯小姐、戴斯小姐，呃，戴阿斯小姐——你们是……同一个人？巴斯纳放开胆子靠进靠枕，把自己的头发和她的头发缠绕在一起——除了鸽子呼吸时发出的液体冒泡声，他什么声音都听不到。他换了另一种途径：在你的记录中……迪尔斯小姐……这些年来很多医生接手过你——还记得胡德医生吗？不。或者还记得海曼医生吗？又是不。一辆饭车一路吆喝着过来了，里面堆满了盘子，用铝盖子盖着，里面的抱子甘蓝煮得太熟，有股硫磺臭味，他的腹部沟开始翻滚——其他病人站起来去拿盘子，嘈杂声尚可接受。受挫的巴斯纳也站了起来。穆博雅已经走了——仅有勤务工还在，穿着蓝绿色支票一般的尼龙长袍，在那里分发羽毛般轻巧的刀具，把磨损了的大塑料杯递给病人。噢，多好的事——秩序井然……他再试了一次：卡明斯医生——或者马库斯医生呢？最后一个名字是他的王牌，无疑会引起她的反应，确定吗？是犹——是犹男。什么？他竖起耳朵听——由于她不定时地在被单上睡觉，所以脸上的皱纹很深。是犹——犹男。是鱿鱼干吗？他的耳朵凑近她的皱嘴唇说，迪尔斯小姐，或不管你那该死的名字是什么，请再说一遍……她清楚地说话，放出恶臭的气味和两个让人产生感觉的单词：犹太—男人。巴斯纳曾以为她站起来只是为了辱骂他，但她又放出两个词：他……是，不过又恢复了沉默。当然！做出一连串疯狂的动作从来都不是巴斯纳的风格，但他觉得，那却是他的本性。他的出现释放了她的飞轮——所以，她的手又开始舞动：右手旋转，左手调整，他则紧紧地抓住手中的笔记板，在一排排的椅子之间不断地跳来跳去。啊！加维用敌意的眼神看着他，像一个濒临死亡的巴基斯坦人，没有牙齿的嘴里还有颗尖牙——巴斯纳看到又有人打开电视，觉得有些难过，尽管他像我一样缺少最大的耐性：他不断地换着台，电视上跳出不同的画面，每一个都有布鲁西。他暴打电视机的木制外壳，一次，两次，重重地打，凡克斯医生盯着他和他猛烈的手掌——但他并不回头。复活节正好是星期天，复活节前夜，也就是星期六晚上，他本应和自己的妻子儿女待在家里，米利亚姆、马克、丹尼尔和那个宝宝——而不是在医院里。夜色渐深，奥斯丁车的前灯迅速扫过看上去模糊不清的医院正面，这是种欺骗。在这个恰逢节日的周日，它看着像个医院，但整个收容所里却不可能会有医生，一个医生都找不到，三千左右的疯子只靠已成惯性的惯例管制着。——他是个易受伤害的猎物，被自己猛增的热情所捕获，在花圃旁边，巴斯纳用力地转动方向盘，过了小屋向左转，开往芙莱恩巴尼特路。他坐在被寒冷、潮湿的乙烯基气味所包围的车里，把我自己的海绵乳胶和它的合并在一起，在暮春时节的暴雨中，他朝圣·约翰伍德开去。在护士值班室的时候，他给马库斯打了第二个电话，告诉他自己真的要过去，马库斯的声音——清楚、厌烦、幼稚——说道：昨晚我们商量这个事时，我觉得已经跟你说得很清楚了，巴斯纳医生，你想什么时候过来就什么时候过来——没什么用。对巴斯纳而言，尽管米利亚姆责备他，但他依然觉得没有什么其他办法……上一年他们不要康赛普特楼时，其实就给出了最后通牒：不要什么热情——热情几乎让你遍体鳞伤，鲜血直流！此时，热情让他亮出了最后的牌，并把他缠得紧紧的，就像他紧紧地抓着犹如驼背一样弯曲的方向盘。热情也让他开着奥斯丁车勇敢前行，车迟钝的鼻子劈开阵阵大雨，犹如闪闪发光的金属片。昨天晚上，米利亚姆带着孩子们去了自己的父母家里过逾越节[①]，但是他没有去——自从她跟他结了婚，这种事还是第一次发生。他仍然在卧室一角的书桌上钻研奥德丽·迪尔斯的医院记录，双膝放在书桌底下。他给米利亚姆看马库斯医生和他一起制作的病例分析条目，但这并没有让米利亚姆也对这个事情感兴趣。一九三一年，马库斯开始了这个工作，他的同事把她诊断为精神分裂症，但马库斯对此提出了异议。到一九四一年时，这个工作进入尾声。正是因为这件事，巴斯纳觉得自己受到了召唤。你看——他抓紧她的手肘——这里，他写着脑炎嗜睡症。这里，他又这样解释：这样的病人，或许正在承受脑炎嗜睡症所引起的双眼瞌睡症状。那里……他翻着记录——

① 犹太教三大节期之一。

这里，这里，这里，还有这里！每次看到十年之后的她，他就开始写东西——他在她的药物卡片上乱写乱画，卡片上显示她所服用的仲醛并不是必需药。另一个医生的观察结果是：她的眼球转动问题——管它是什么——是功能性的，他在这一观察结果后面写道：胡说。看，看！米利亚姆虽有心理学学位，但看不到，她只是重复着从另一个房里传来的宝宝声嘶力竭的反抗声：看到什么？她走开，不过问道，脑炎昏睡症是什么东西？巴斯纳知道她上钩了，所以就开始拉她的羊毛衫衣袖，把她拉到发霉的《大英百科全书》旁边，给她看上面的条目，这书还是莫里斯传承给他的：那里——他已经在上面作了注释——第一次世界大战结束后……在西班牙流感病毒之前——或许是前兆？帕金森氏病开始出现——发烧，夜间盗汗，昏厥——但后来的症状截然相反：一些人陷入昏迷，另一些人却相反，长时间睡不着，甚至失眠！或许三分之一的感染者死了，另外的三分之一完全康复了，但剩下的三分之一情况似乎有所好转，但是一年、三年——或许长达五年之后他们旧病复发——她一边拿回自己的手，一边说道，扎克，宝宝在哭，她睡不着。米利亚姆刚做了波波头发型，在可调节台灯的亮光下，头发显得更加乌黑亮丽，他说：难道你没看到吗？我这个病人所在的这家医院，正是我之前标记过的其中一家——必定会有成百上千的人分散在大收容所中，或许成千上万人。难道你没看到？他们根本就没什么精神问题——或至少没有什么精神病诱因，现在……谁知道——这是种袭击脑干的病毒。米利亚姆站在打开的门边，手放在刚剃了毛的后背上，表示赞同？她的臀部仍然男孩子气似的推着柳条洗衣篮，篮里漏出他的两条内裤，热腾腾的。我告诉你我看到了什么，她说。我看到你工作中可怜的简化论，你受到了罗尼的影响，工作一不顺利就出现这种简化论……那句话打破了我的全神贯注……然后就觉得世界上并没有精神病，只是那些人用不同的方式看待世界而已。不同，她轻轻地抖出每个词——关于—存在—的—现象—学。现在又说，没有精神病——嘿！都没了！都正常了！现在就用跟脑有关的东西代替它。我在想，扎克——真的，我在想，什么时候你也会变成个神经病……他这只沉默的狗坐在那里，顺从地等着神经病的到来，她的最后一句话是……仅仅希望疯狂消失并不会让任何人重新恢复神志——没有人做得到。很快，宝宝的哭声断断续续地停了，嘴里塞了奶瓶或奶嘴。他可以听到，米利亚姆大喊着让男孩们穿上外套——然后传来一阵刺耳的车钥匙碰撞声，前门“砰”地关上，奥斯丁车的发动机发出像人一样的咳嗽声、哭诉声，又一阵咳嗽声、哭诉声。他站在那里，担心她会走回来，把他骂得更凶，直到最后，他听到车越开越快——他又开始担心她永远都不会再回来了。现在，在亨利角的路灯下，这个相同的发动机发出响亮的声音，巴斯纳在这个湿冷的日子里坐着等待，等待亨利小心翼翼地从叔叔干洗过的西装中拿出所有的聚乙烯塑料包装纸，然后，拿出金属衣架，弯腰搭出框架，薄膜塑料纸就可以摊开了。这些奇怪的未来之花完成了，带着大量的透明胶带，然后被种在——那时——前花园里的飞燕草之间，因为雷丁顿路的房子带有前花园，虽然贫瘠但收拾得整整齐齐。他的手总是很有本事——现在也是。扎克早就知道不要干涉他，尽管从亨利提早回来的日子算起，到现在也才只有几个星期，他期中放假，从剑桥回来，肮脏不堪，没有刮胡子，关节上结了疤，告诉他哥哥，当局已经在学校的方形庭院中隐藏了洲际导弹发射井。亨利的塑料花种好了，他打开水管，站在那里浇水，往相同的地方浇了一个小时，然后第二个小时，然后第三个小时。他把土浸湿，直到泥土溶解，泥水从小路上流出来，流出花园的门，流到路上，就像虎背熊腰、蜿蜒的背脊上背上了女贞树树叶、嫩枝和割草机的刀片。他把地面弄得跟汪洋大海似的，直到他们的叔叔回到家，发现他站在那里，万花筒眼睛对着橘子色的天空，裤子湿透，沾着泥点。然后，亨利开始向莫里斯射水。很快就出现了响亮的警察罗弗——又很快出现了救护车。对埃尔斯特里电影制片厂和那些发型诡异的朋友深感兴趣的莫里斯叔叔，为了戏剧艺术而大吵一架——说句公道话，他之前曾尝试着说服他，很多次。

马库斯一九四一年时所住的地址现已丢失，档案部的贾维斯毫不吝惜地扔掉了这一信息。但在圣·约翰伍德医院的医生名单中，巴斯纳发现也有一位马库斯医生，但并不确定这就是自己要找的那位，直到耶稣受难节那天晚上，因为自己给他打了个电话并为此而道了歉，他才确定此马库斯正是彼马库斯，电话打通后，电话那头说道：我们犹太人同样庆祝耶稣受难日——极为无礼的回答，大概是为了故意气走打电话的人，但这次却起了相反的效果。巴斯纳胆怯地觉得——他如此清楚地听到另一个人的声音——他们是同一个大脑的两个半脑，被覆盖全市的胼胝体电话线连接在一起。巴斯纳那时想，他就是那个马库斯；此时，巴斯纳正迅速地走进修道院路的住宅区，踏着宽而薄的踏板阶梯，去看一个有军人风度的犹太人——他肯定就是那个人。我当然记得迪尔斯小姐，马库斯第一句话就这么说。他站着：一个驼背的高个子男人，带着斯特拉温斯基的丑陋，大肚皮，大鼻子，鸭嘴状的宽扁鼻尖，双焦眼镜高高地挂在光秃的头顶上。那十年中，少说也得一个月见到她一次，怎么可能记不住？我见自己最亲的亲戚也没这么勤——觉得亲情更淡。鸭嘴朝着胆怯的马库斯太太动了一下，她正站在黑暗的走廊上，巴斯纳闻到一股令人恶心的味道。马库斯带着他走进屋里时，巴斯纳相信，这种恶心的味道的确存在。马库斯还没来得及向自己的太太介绍巴斯纳，马库斯太太就躲进了另一间屋，大概是厨房吧。他们的身体泡在难闻的碎肝脏和炸土豆气味中，双脚踩着地毯上的塑料长条，劈啪作响，后来就进入了另一个怪异的房间。来点雪利酒？马库斯问道。桌子旁是三十年代的核桃镶边椅，马库斯指着其中一条让巴斯纳坐下。椅子就像奥斯丁车上的仪表盘，摆在一张红漆桌子两边，面对着彼此。雪利酒是塞浦路斯口味的——出奇的甜。马库斯移动了一张桌子，再移了第二张桌子、第三张桌子，这样就可以放下巴斯纳公文包里的所有病例记录。纸质灯罩里的高瓦数磨砂灯泡暴露在扇形边缘之外，亮度反常，并没有额定瓦数那么高，微弱的白色灯光照在马库斯的脸上——正如其他老男人的脸，马库斯的脸上胡子刮得并不干净，脸颊骨和刚毅的下巴周围还有胡茬子。他说，你得知道，流行病刚来的时候，把一个病人正确地诊断为嗜睡性脑炎，并把他送到治疗发烧的医院是很正常的，但是在他看来，似乎每一个人都还会被诊断为早发性痴呆，然后再送到精神病医院。这种事……他喝了口雪利酒……经常发生——然后到了二十年代，流行病又卷土重来，许多原以为已经完全治愈的人又倒下了。但是，为那个年代的医生说句公道话——马库斯自己打断了自己：不过为什么？他们怎么可以那样做？雪利酒喷在我宝贵的笔记上！他们中有些人是彻彻底底的性交狂——这是事实。马库斯颤抖了。猥亵女病人——强行发生性关系，如果她们不顺从的话，就先用鸦片、东莨菪碱——甚至天仙子迷惑她们。他们把性激素传给精神分裂患者——我觉得这些变态医生在吞噬她们！也有一些人是虐待狂——我猜想现在还有这样的人。最大的快乐就是束缚别人，把人绑起来——或命令别人做这种事——。马库斯的愤慨突然停止：他自己有罪吗——或者他狡猾吗？当然，马库斯继续轻蔑地说道：这些只是例外，一锅粥里的老鼠屎……或只是感动而已？……那种情况下，绝大部分的员工都是尽可能地负起责任——只是某些人，呃，没有人性——。门静静地打开了，她静悄悄地走了进来，两只肩一高一低，避开他的殴打？手上拿着一只椭圆形的蓝色塔珀牌盘子，盘子中心是排列整齐的里兹薄脆饼干，就像放在盾牌中心一样，每一块都裹着碎肝脏。她移过来一张掉了红漆的旧桌子，把盘子放在上面，然后走了出去，头埋在死气沉沉的烫卷发中，这是假发吗？马库斯拿了块薄饼放入嘴里，牙齿在用皮肤做的袋里打转，碎屑就立马如雪崩一样，往下巴下面掉，掉在这个老男人的羊毛衫上。别客气，尽管吃，他有点吝惜地说着——然后：你也不能这么嫩气，你不知道诊断学还处在起步阶段。你不知道他们要处理的病例是那么多，又那么复杂！即使在三十年代早期，哈奇医院的精神病人仍然跟很多肺结核病人住在一起——而且每个星期都会有新的病人。病人们都得在脖子上绑个带子，戴上警告卡——肺结核病人是黄色带子，白喉患者是红色带子，绿色带子……是其他病人戴的，我忘记是什么病人了。我说了别客气。巴斯纳就开始吃……易碎、带着乳香、咸咸的——惊人地……好吃。我们觉得肺结核和精神病总是相辅相成，难分彼此。在我那个年代，我可以肯定，我有很多同事仍然相信其中一种病会引起另外一种病，尽管这两种病并不总是同时出现——一个，一个——那个。马库斯做了个引导动作，纤长的手指就像竹片，像鸭子嘴，他举起手——巴斯纳想，如果他可以看到自己的话，就会诊断出是强烈舞蹈症——然后又放下来，第一次，第二次，第三次，所以薄饼碎屑和小块薄饼就悬在空中，在明亮的灯光中闪闪发光——流星雨，这个老精神病医生刺入自己的身体时喷出的流星雨：我怀疑你在教科书外有没有见过粟粒狼疮样结节病……马库斯的鼻子上没有光照，只见黑黑的一片，就像被腐蚀了一样，巴斯纳想，我现在正可以看一看，但只是确定地回答：你刚才说的是对的。马库斯接下来又问，再来点雪利酒？尽管他说这话之前，已经拧开了另一瓶雪利酒的瓶盖，倒了酒又盖上了瓶盖。马库斯继续说，上个月，也就是十二月，我们把蜡烛放在这个地方，拿出一盏旧蒂利灯，那一刹那，我想起了在哈奇医院的头几年——那些没有尽头的走廊，每隔三十码左右才有个煤气灯管。你知道吗，有个神经病学家从皇后广场到医院里做了几次类似的大脑摄影图，用的是最初的可移动仪器——那时，他们还没有给这个陵墓的所有地方装上电灯，所以他就很少能够足够清晰地阅读病人的大脑活动！马库斯又向后靠，不过又坐了回来，可以被灯光照到：我这里指的是，我们有感染了伤寒的白喉病人——双重的血腥野兽，没有忘记……鸭嘴刺入了空气——被铅、砷或酒精所毒害的病人。他们所有人都会表现得像得了神经病一样，所以医生就眉毛胡子一把抓：歇斯底里症。巴斯纳没有说什么，什么都不说，不管是对病人，还是对医生：如果你想要他们开口说话，就什么都不说……看——什么，你这个鸭嘴，看这些碎屑吗？——脑炎后帕金森氏病患者只是得了另一种病而已，我们既没有概念性的理论，也没有资源把它从心理学上和生理学上进行区别。对脑炎后帕金森氏病患者而言，神经病学家诊断的全身僵硬症就是精神病学家诊断出的紧张症——但是，不管如何，这种病的过程才真正让人困惑。你作为个年轻人，或许会相信不会重回过去——瓦色尔曼氏反应试验等……疾病类型被疾病过程所替代……但这真的完全是种胡说，因为，毕竟，你现在从你所谓的病态人格中所得到的——又只是某种疾病罢了，说病人只是得了不好的品性，其实是在污蔑可怜的病人。这让我想起了……马库斯给自己倒了另一杯雪利酒来帮助自己回忆，这次忘了给他的客人也满上……地上曾有座雕像，是个维多利亚时期小孩，衣衫褴褛，光着屁股，叫做来自哈奇医院的疯狂和悲伤——你晓得的，贝德莱医院现在就这样——雕像底座上有个牌子，写着“无名的穷苦疯子纪念碑”。它还在东部大道别墅旁的灌木林中吗？巴斯纳想了一会儿，出于某种原因，决定不告诉马库斯丑陋的真相。不在了，他说，不在了，我相信它……嗯……几年前被拆掉了。我理解这种反感来自卫生当局，因为他给病人们传达了相当负面的东西……马库斯高兴地叫起来，看，看到了吧！他们丢弃了它，因为它代表了真相：病人们又穷又疯——而且，确实，他们中的很多人之所以变疯是因为他们很穷。这是他们所有的遮羞布和表面的废话所掩盖的事实。但是，巴斯纳并不希望追寻这点，不管它在多大程度上提醒了我的状态。相反，他问道：脑炎后帕金森氏病患者？他们有绰号吗？马库斯哼了一声，当然！毕竟，他们只是另一种战后现象——就像战争期间的军人打完仗后失去了手脚，战争结束后经济出现了停滞。我记得自己年轻时去电影院看电影，看到关于脑炎后帕金森氏病患者的新闻短片——很多都是直接拍摄他们运动机能亢奋时的样子，你可以理解为什么，因为他们具有奇怪的身体天赋，能够突然敏捷地移动身体——但非常地滑稽搞笑，你晓得，他们像玩杂耍一样玩很多球，把球扔向医院的员工，还蹦蹦跳跳。马库斯试着形容这种身体上的运动天赋，手臂扫过空中，把放在一起的其中一张桌子撞了出去，上面的笔记撒了一地。他什么动作都没模仿成功。他因自己的笨拙而心情沮丧：我不知道……如果你现在看这些电影的话，我想你可能已经认不出来了——我是说，那个年代的电影里，每个人看上去都像卓别林或巴斯特·基顿——甚至像劳合·乔治——我猜这跟他们手动操作摄像机有关。他身上的小怒气没了踪影——雪利酒也喝了大半。巴斯纳说，那迪尔斯小姐怎么样——跟现在一样吗？马库斯扫视着房间，若有所思的样子，眯着眼看掉在地上的病情记录，旁边的那位年轻同仁把散落在地上的资料从地毯上捡起来放进书架里，书柜上密集地塞满了几十年之前的专业性期刊和誊写报纸，马库斯或许已不再拿起这些杂志报纸，更别提看了。那……他最后慢吞吞地说了一句……她的什么？巴斯纳继续说：我说的是，在你看来，做出自己的暂时性诊断，并把诊断写进她的病情记录中是件值得做的事情……马库斯耸了耸肩。——一句玩笑话罢了，我觉得——我指的是，我很清楚，她是得了脑炎之后才精神异常，我写下这种诊断，既是为了笑话我的那些同事，也是为了说明我知道……或许，哼！是为了后人……或许是为了吸引未来的你——其他的我就不知道了，这都是很久以前的事了。不过我可以跟你说件事——那些病情记录都被重新放在镶边红漆桌子上，马库斯身体前倾看那些记录，时不时地停下来拿起一张放到脸旁细看，或许是为了审阅自己年轻时的笔迹，镜片从前额上掉了下来……显然不是为了帮她——她的病是治不好的，况且我们也意识到，根本就没人照看她。如果考虑到她的病很严重，把她关在什么地方其实有很大关系——你也是这么说？巴斯纳表示赞成，然后大致地描绘了他的病人的状态：她的长期紧张症伴随着躁狂症和更奇怪的症状——他把他的特征浓缩成近乎奥德丽·迪尔斯的症状，无法使注意力固定下来——她有自己的关注点，她凝视着……位于她上方和左侧的某些隐形物体迫使她那么做。马库斯是自己强迫自己。——是的，是的……他那苍白暗淡的眼睛注视着陈旧的窗帘盒，窗帘上剥落的棉布跟蜘蛛网痕迹混在一起，让人难以分清……这是得了脑炎的典型症状。但——他从中恢复过来——我很吃惊，她居然还和我们活在同一个年代，她现在肯定非常老了。你或曾想过，脑炎后帕金森氏病患者不可能完全被他们的疾病所拖垮，很多人当然都是自然死亡，但我也意识到，其他人——像她——几乎因为嗜睡症而保存了生命，好像这只是一种被暂时搁置的兴奋。有时……但这很奇怪！巴斯纳几乎大声地叫了出来：不，不！这一点都不奇怪——跟这些令人惊叹的病人相联系的东西，怎么可能是奇怪的？所以，请——请充分调动你的思维！他意识到自己已经对这个极度缺少魅力的老人无能为力了，唐突的马库斯停下又开始，这让他回想起其他人的矛盾状态，他们干树叶一般的皮肤脉络清晰……他们在没有尽头的走廊上疯狂地打闹，直到时间尽头的到来……钟楼倒塌……药房的破天花板开始漏雨……蓝黄色的胶囊在一个透明玻璃碗里打转，精神分裂的患者设法咬住它们……——他们一定已经得出了某种结论，因为他们从去了结的核桃木制箱子中站起来，离开使人不舒服的白色灯光，他们此时：这个老人笔直地站在过道上，巴斯纳已经走出了宽大的前门，被马库斯夫妇弄得很不好意思，从他们的公寓向下走一层，仍然可以闻到犹太食物异味，对他来说，这种异味似乎不仅弄脏了堆在一起的紫色地毯，也弄脏了这座房子的黄铜门牌。巴斯纳无法克制自己的想象——他们很快与新来的犹太人围坐在茶叶箱上，其中一个人舔着里兹拉卷纸，然后给另外的两个人……在另一个地方，迪斯科的灯光让人的大腿变得血红……真是恐惧，恐惧的地方在于，不管何时何地，这都被认为是某种意志的体现。马库斯的手像藤蔓一样放在大门柱上，室内拖鞋在垫子上长了苔，他说：征兵报名时，我说自己是普通内科医生，但他们发现我是精神病医生时，很快就把我调到了野战医院，因为着陆之后，滩头阵地上立即就设了那家野战医院。非常的突然——在走廊一片漆黑的科尔尼哈奇医院只待了一个星期，第二个星期身处同样压抑的诺曼底矮木树篱，树篱后面搭了帆布帐篷……我第一次到哈奇的时候，那些不断地弄脏自己，或被关在四周放了软垫病房中的病人们被迫穿帆布衣服……每一次有表演的时候，越来越多的男孩们被带进帐篷里，皮肤白得像……像……他们以前从来没见过表演——他们的训练只包括机器人训练。他们把自己弄脏——许多人都扔掉了他们的步枪……到那时为止，大部分人都还没开过枪。他们坐在自己乱糟糟的位置上，我们就开恐怖的玩笑——黑色幽默，知道吗——那是个平常的休息天。一个我知道的家伙——打仗前，他在纳普斯波利——他给那些美国佬留下了深刻的印象，他们一起学习射击，非常神秘。结果，十个美国佬步兵中只有一个可以射中，达到致命的效果，我不能想象他们跟我们的步兵有什么区别。正常工作假日那天，他去了哪里？想想那些暴行、那些杀戮，难道不奇怪吗？——现在巴基斯坦也是这样——但大部分罪行都是由极少数的精神变态者所做，剩下的人只是在那里凑数而已。他们就那样站着，站了很久，要是马库斯懂点人情世故，就应该把巴斯纳再次请到屋里坐一坐，但相反，他打量着这位年轻人，看着他羊毛领带上的粗领结和领带上那只焦躁不安的圆乎乎的手，然后只说了一句，很高兴跟你聊这些——下次还来吗？巴斯纳笑了，当然来——而且，我还想来的时候捎上好消息。我说的是，如果这是帕金森氏病……我在《柳叶刀》[①]上看到过一篇文章，说化学治疗现在已经取得了较大的进步——。《柳叶刀》！这个老男人大声叫了出来，多么离奇！

巴斯纳想：回答得这么机灵，看来我要投降于你的伪装和利剑了。他试了另一种方法：你是否……你曾经考虑过如果——是这样的，通过观察迪尔斯小姐，我觉得她的高性能或许……完好无缺——她或许非常清楚自己周围发生了什么，尽管她对此无能为力，无法……参与其中。他陷入了沉默，觉得喜爱和嘲笑这两种情感怎么可能同时存在呢？他觉得有些纳闷。马库斯更加若有所思地大声闲谈：

① 国际著名医学杂志。

四十年前，我也有这些奇怪的想法，我们都可以清楚意识到——他向上伸出一个警告的指头，指着那个散发出年轻男女之热情的地方，这种立体音响系统的声音调得太高了！——周围发生了什么情况，但是没有办法进行干涉。巴斯纳想知道，我用两只手去摸他拉长的屁股是一种放纵吗？到马库斯的那张老皮里面去放松，站到磨光的黄铜皮鞋刮板上，或就这样站着，向下窥视他那弯曲变皱的肚子，这是和精神病调情吗——正如过去疯狂、糟糕的日子——？……一切都井然有序。

他没有发现自己已在风萧萧的大马路上，也没能从押韵中让自己恢复过来，雨啊雨啊，请你走吧，改天再来吧。他也没有想到上议院就在对面，没有想到板球季就要来了。他并没有艰难地爬进奥斯丁车的铁肚子里，也没有在修道院路上开车——他仍然站在那里，蜷缩在那个老男人的大网膜里，等待着自己的老年期到来，不过长期工作之后，老年期的确会来，那个久而久之被拉长的命根子，上了年纪的男人试着进行平衡的前列腺，也会一边暗暗地发痛，另一边还要方便……外面是抱怨声、有节奏的殴打声——脚手架叮叮当当的声音渐渐地停了下来，下面的人行道上站着个穿了皮革围裙的指挥。拉卡邓葛是一个非洲女人的名字，她的臀部被什么围住了……印花布？掺杂着水果的葫芦放在她高贵的头上。他睡觉时一定打滚了，因为现在巴斯纳仰卧着，他的膀胱积满了水，那些曾经堆满办公室的黄色箱子清晰可见。10：22。他又睡了整整一个小时，现在，他真的得起来了，要不然就会回到床上倒头大睡，再到小厨房吃点东西——哇！怎么回事，想吃什么就有什么？尽管巴斯纳绝不是一个过分担心健康的人，但他仍然从这种小事故中学会，必须事先正确地计算所有轨道，要不然再改变线路就不可能了——甚至是在家里。他的大脑漂浮在头骨里，蹦蹦跳跳，因满是灰尘的牛奶什锦早餐而成功着陆。他坐在镶嵌着泥土色瓷砖的餐柜上，倒出牛奶，把汤匙放到牛奶中，搅拌燕麦谷物——为了让车站旅馆显得不那么荒芜，他们用浑浊如泥浆的薄膜掩盖黑线鳕。他的叔叔莫里斯坐在对面，那个玻璃黑色的石狮小瓷像显示在他的肩上方，很久以后，巴斯纳知道小瓷像所代表的动物可以想吃多少就吃多少，只进不出……就像英国的上层中产阶级。莫里斯仔细地把雷诺兹报纸卷起来，压在盘子边缘底下，像是一根长棍棒，我们会在哪里过周末？他知道。现在，参观之后，莫里斯说，你今天还有什么计划吗？他用纸巾轻轻地拍打自己的小胡子，然后放到桌上，又欢快地拍打他的大腿，但这种欢快却与他谨慎的性格如此不协调——在帽盒、旅行皮包、扁行李箱里写案例喽——他们两人都大笑，扎克就想到了詹姆斯·罗伯逊·贾斯蒂，现在：我什么时候第一次知道莫里斯是个同性恋？总是。他的叔叔：谨慎、聪明、小心仔细、一丝不苟——但最突出的是聪明，他那个年代的犹太人试图遮掩自身身份的那种聪明，但对莫里斯而言这并无必要，因为他在各个方面都是个标准的英国人，他当然是个英国人，除了是个同性恋。那时有更多的人像他那样，表现为中性就可以被社会接受——同性恋几乎是被禁止的。老处女的处女膜越长越厚，老处男的阴茎包皮从不拉起。噢，我们这里说的是那些值得尊敬的死者，而不是任何……活着的人。莫里斯曾经很聪明，无需自我夸耀那些他不在乎的东西——太聪明，太善良。他对音乐有点兴趣，但没有激情，会点高尔夫——那些高端大气、令人印象深刻的车，比如布里斯托尔、罗孚和劳斯莱斯。他还玩钓鱼——我曾经和他一起去钓过一次，在苏格兰的什么地方……到处都是杜鹃花，海就像掉在地上的蓝天。莫里斯还会一点射击……雷丁顿上有一个枪柜——但在亨利生病前消失了。但任何一样都只是会一点——就好像在他的投资中，有一些丘纳德公司的股票，有一些福特集团公司的股票——他知道罗科吗？——还有一些帝国化学工业公司的股票，但大部分都投资在盖恩斯伯勒电影制片集团上，因为这是让他开心的投资，莫里斯积极地关注——他的头脑可以探测到的东西，他的褐色胡子抽搐着，修剪得极为漂亮的两根手指头不停地转动，手上的戒指引人注目，戒指上镶着一颗斜切的绿石头——是颗祖母绿？当然，它的硬度很高，他的心脏几乎快要爆炸了——而且确实爆炸了！国防部已确认……至少葬礼上没有出现社区核心人物的那种扯淡……英国第二皇家海军陆战队的布赖恩·卡尔克罗斯中士……那个女演员，叫什么来着？明娜？明娜……斯坦迪什？有关画眉，当然，还有春雨——布朗宁？……一种临时爆炸设备……但这只是发明！四十五年之后，只有临时记事簿旁边圆形支架上的橡皮图章还有任何实质性的东西。记事簿放在书桌上，股份证书放在最底部的抽屉里，用不同颜色的丝带捆绑在一起，就像律师的案件陈述。在这个抽屉里，还放着他的遗嘱，一式三份，以及一本预先印好的复式账簿。好聪明！再向前回溯四十五年，条目完全还是一连串公鸡和蠢驴，它们的尺寸、样子及主人的特征。在最宽的空格中，莫里斯曾经用清楚的字迹整齐地写下做了什么、在哪里做以及和谁一起做——但没有名字、只有数字。从这种综合性的表格中，莫里斯的侄子可以推出的东西极少。扎克里不知道他的叔叔到底是一个幸福的家伙，还是一个因无法选择性取向而深陷烦恼，并因此而狂躁不安的色情狂——他只知道，他的叔叔从性实践及整个生活中得到了相同的原则：任何东西都不要过度。扎克里一直都很清楚，莫里斯曾是个世界主义者——但不是偏好或似乎偏好所有年龄、种族和阶层的世界主义者……听众朋友，您好，现在到了“女性时间”，我是詹妮·默里……扎克坐在那里，迅速地翻阅账簿，开始真正地理解为什么……房子以及令人愉快但为数不多的个人收入——都传给了他：这是最有效的回击。住在租来的破公寓里，坐在餐桌旁，年纪大的足以成为我叔叔的叔叔，巴斯纳回想……再回想……几乎非常享受因羞耻而出现的脸红，这种极为女性化的东西从他的脖子渗透到他的脸上，同时他也觉得，时间的逝去都不充分，不管是生物上的——所有的秩序和鱼群都趋向消失——还是地质上的——慢慢移动的板块拱起山脉——放弃这种可耻的想象：我，充满自我，在另一张早餐桌旁边，在我叔叔身上摩擦……这是因为压抑可以转化为各种有悖常理的行为，因而一旦受到抑制，便会像锉刀锉物体一样产生漂亮的锉屑，我相信，应用自己最近机械化的分析工具既聪明、又善良。真是荒谬！居然质问他跟他兄弟是什么关系——继续这样问，拒绝在“不”这个答案面前善罢甘休。但他对这件事表现的如此优雅——开玩笑的，真的，他一边说，一边折叠《泰晤士报》，收好后用盘子边缘压住，提醒我他太太的亲切，他稍微地皱起那对修得极为漂亮的眉毛，同时像嘲弄我一般地试探我，早上读了伯纳德·列文的专栏文章了吗？我觉得我俩会对他文章中的一些说法产生相同的看法……——一定有一些燕麦片蹦了出来，因而必须得做点什么，巴斯纳的手跟着它潇洒地闲晃，关掉收音机，因此：卡梅隆·麦金托什的新——。寂静。然后，从下面的街上传来平板货车的后挡板被关上的砰击声，楼上的人可以听得一清二楚，接下来是柴油发动机开始启动的声音，一阵低沉而洪亮的曲子。脚手架向下掉……培养记忆是什么——通过独居，通过幻想——要不然就是竖起脚手架，以促进构建当下的行为。是的，它就是这样：一种行为辅助，比如，抓住乒乓球，然后让球往下掉，以此刺激运动；或戴一只滴答声很响的手表，用手表的速率重新校准复杂的运动系列，这些运动需要经得起时间的考验，它应该是自动的，但需要重新学习……每一次。

巴斯纳站了起来。好一会儿他都在想，如果有更多的闲暇时光，他或许就会对莫里斯的同系染色体做点什么，因为这显然就是通过性别上的自我审查而和哈夫洛克·艾里斯及金赛的广泛性调查进行竞争。他猜，或许在窗户下的某个黄色箱子中，或者在雷丁顿路上的某个阁楼里——不管在哪里，都应该和茶叶箱放在一起，箱子里装满了巴斯纳父母之间的信件——但他从未见过他们，还有锯齿状的明信片，以及塞在厚信封中的奶油色信纸，虽然信纸此时已褪了色、长了斑，信封上是奢侈的邮票，盖了邮戳。他曾预想自己把这一切打开、取出、抽出、展开的情形，去世了很久的收信人把这些信纸藏在这里之后，他第一次读这些书信，压在里面的花朵散出灰尘，像开了一朵灰尘花。不是——他漫无目的地举起条纹图案的帆布，发现真人靠在贴花纸上，正好靠在贴纸上咧嘴而笑的胖披萨食客身上，福特斯路远处的阳光照出了他们的肮脏不堪，这时他想到——不是未经审视的生活不值得度过[①]，而是没有被合格的人重新审视的生活才不值得度过。他立刻就决定把所有的那些东西都扔掉。让下一代人把它们找出来，或者很久很久以后被一个业余系谱学家所捡起，他渴望自己的根可以导致更远的错误，提供他父母的生活，莫里斯的生活，他自己的生活，更没有价值的生活。——那，卡尔克罗斯中士怎么样？巴斯纳对着一屁股高的冰箱、涂了瓷釉的面包箱和电水壶大声地叫喊，徒劳地试图唤醒它们自鸣得意的无意识。他怎么样？巴斯纳看到那个年轻人躺在萧瑟的马路边，他的双腿被炸飞了，他不禁觉得好奇：用直升机把他拖回基地的时候，他们找到那些被炸飞的手脚皮肉了吗？在医院的床上被镇静下来之后，他还好吗？他等待着被告知……像罗纳德·里根那样，他下面什么东西都没了？他们或许会尽可能地安慰他，或许还会在他的残肢上擦爽身粉，给他装上穿了丝袜和套了皮套的假肢。毫无疑问，称职的护士会站在两边，把他举起来放在步行机上——但这只不过是另一种麻烦罢了，因为到最后，与这种醒着的状态相比，幻想一两只假肢就会是一种幸事，幻梦中，曾经靠假肢走路的另一半身体，现在已回到了自己身上……这会是什么感觉？巴斯纳相信，未来的人们将会把微处理器植入大脑，附在椎骨中的传感器上——这样的话，这种感觉或许就可以被检查出来，但现在，它仍然是个谜——她是个真正的美人，先生！借着缓慢移动的密集人群，那个奇怪的小个子法国人把奥德丽挤到了草地周围的栏杆上。只见那个法国人腾空自己的双手，斯坦利很快就对他产生了怀疑，因而用力地举起自己的手，同时还急骂，我知道你们这些家伙在她旁边转悠——你们这群笨蛋！不要这么嘲笑别人，奥德丽想——她也不介意那个法

① “未经审视的生活不值得度过。”是古希腊哲学家苏格拉底的名言。

国人看上了她，帝国号阴影之下的人都穿着蓝黑色衣服，法国人的淡紫色丝绸背心和鲜艳的草帽犹如盛开在人群中的花朵。请问我有幸——？他把手腾得够空，拿起他的帽子，但是……太迟了！她不禁哈哈大笑，因为那个殷勤的家伙被一个飞奔过来的圆柱体挤到了一边——一群面色红润、穿着足球衫的年轻男孩子，他们哼着歌，你的疆域被开拓，宽而益广，上帝——！带着他们前面的所有人穿越世界上五分之一的土地，帝国里的人有通晓神智学的印度人、欢乐的霍屯督人、懒散的东印度水手，也有沉闷的马来人、头上毛茸茸的黑人，共有四千万人！但是……奥德丽不禁纳闷了……大帝国中有几个帝国呢？伯特会知道的……伸长的圆屋顶和这幢楼的尖顶掉在人群上方，维苏威火山灰。远处的阳光下，白颊鸟跳着捷格舞，乐队正在做准备——伴随着欧姆啪—啪欧姆—啪欧姆的声音，一段不连贯的进行曲开始了，指挥的白色手套尽情地在炸土豆的香味中挥舞……一股脑儿地冲向我。接下来，这群人出现了一阵开心的抽搐，看——斯坦站在她后面——他们居然搞出了两缸的西德利发动机……这句话他已经说了好几次，但奥德丽知道，吸引他的并不是汽车，而是把汽车从牧羊人森林地区引到坦普尔酒吧区的机器人，它的发条必须装得一丝不差。汽车被绳索围住，一架绳舷梯通向汽车，另一头是帝国号的各个门，在黄铜铰链上不停地摇晃，然后门被打开，出现了恩尼格玛海勒！与其说是一阵喊叫，不如说是一阵浪潮，恩尼格玛恩尼格玛恩尼格玛海海海勒，在他们冰冻的脸上回荡——立刻，奥德丽被挤进了激情四射的人群之中。的确，钢铁之躯尽其最大努力，以一种机械的方式进行移动，启动右手臂和右腿，然后把它们拉到下面的台阶上，但是，就像拥有血肉之躯的观众把奥德丽推来推去，她在遥远的地方感觉到了机器人发光的管子里面，肌肉和筋腱也被推来推去。而且，谁会被那个金属盔甲所愚弄呢，盔甲下面是一个优柔寡断的下巴，上面涂满了厚厚的漆。人群中有一部分人对着乐队大喊大叫，伯蒂开着小汽车，女孩们都爱上了他！恩尼格玛海勒的高跷沿着过道走向等待他的运输工具。那是恩尼格玛海勒的发明者！斯坦在她的耳旁大吼：弗雷德·爱尔兰！爱尔兰戴着眼镜，胡子刮得甚是干净，华丽的服装让他看上去具有一股科学范。他对恩尼格玛海勒的肩胛骨进行了操作，钢铁之躯就做出了开汽车门的动作，然后摇摇晃晃地爬到它的座位上。注意人群的欢呼声！这些人太夸张了，爱尔兰坐在时间观念极强的司机后面。奥德丽，你觉得机器人是怎么动的？斯坦的开心表现得非常明显——他怎么会相信这种伪装的东西？那个爱尔兰家伙在这个机器人的肩胛骨之间瞎搞，就像演哑剧一样，恩尼格玛海勒就把僵硬的手臂伸到方向盘上，穿着诺福克短夹克衫的机修工猛拉手动曲柄，嗒—啦—啦地转了一圈，嗒—啦—啦地又是一圈，嗒—啦—啦——一阵低沉的声音—嘚—！机器燃料的爆裂声让手巾飘了起来，让女店员晕倒在地上，他们的爱慕者就抓住机会找点感觉。钢铁之躯的腰部倾斜，拉起一个杠杆，把第二个杠杆往下推。哦，天……哦，天！奥德丽的近旁，一个黄毛丫头居然向下看，看到了她肮脏的内裤，洛蒂·柯林斯没有抽屉，你会做个好心人，把自己的抽屉送给她吗……靴子重重地踏着，发出哦—啪—啪的声音！街头手风琴师顺利地完成了自己的工作，他的乐器被音乐所包围，乐器活塞不停地鼓动，装有钢靴的木屐不停地踢着。当这个机器人在发明者身旁向前慢跑的时候，自命不凡的管理员就大摇大摆地扔出绳索——汽车启动，人群分开，虽然奥德丽有所怀疑，但她并不否认这场表演是最先进的，乐队所在的那个地方满是装饰帷幕和彩纸，实现了地狱般的燃烧场景——黄铜机器人，红色的脖子……牛蛙……红色与金色交相辉映。斯坦已比他姐姐高了一个头，但仍然无法忍受较低的视线——他跳着，脚尖旋转着，靠到栏杆上，两只手上都用指尖撑着，不停地跳来跳去，奥德丽开始教育他，别这么疯疯癫癫的，小心你屁股！他这才停了下来，但仍然超级兴奋，看到没，它居然在开车，它真的在开车！奥德丽没看到这些东西，她看到表演者爱尔兰扔了一把法寻币和麦芽糖给观众，看到西德利发动机在草地周围加速向东前进的时候，那个机器人活生生地把着方向盘，在栏杆后面闪闪发光，后面跟着一群渺小的男孩，尾气逐渐散开。或许，奥德丽觉得，没必要用这样的速度欺世盗名。或许，爱尔兰并不关心卖石楠花人的好感，也不关心身穿脏粗棉布衣服的铁路挖土工，或许，他觉得站在帝国号阴影处的她，并不会看到自己在恩尼格玛海勒的那个畸形耳朵里大声叫喊，或许——但是，现在安静下来了！这些东西如此遥远，让人怀疑是否有必要对此心怀梦想，唯恐他们一旦出现，就像……比如，钢铁之躯出现在她所工作的那台车床上。那天早晨，她发现一切都准备就绪，可以开始工作：每一条腿或每一只手都要经过六道工序。啮合轴，转动切割器，切断丝——内切和外切——切凹处。每一条腿都需要六道工序——但我只能看到它的右手臂。其他人看到左手臂，沿着车床生产线还有更多能够操作专业工序的年轻女工人，她们用氧乙炔棒的乙炔火焰焊接腿，再后面的工序由操作转塔车床的女工人完成，这些女工仔细地放低主轴承，向下移动的主轴承碰到铁板时，就发出一阵厮杀般的声音，然后女工们升高轴承，让它升到机器吐出新肢体的位置，罐子状的肢体并不是实心的，而是中空的，沾满油渍，等待被装上大脑——我们从未见过这些，至多只见过它的士兵……奥德丽相信，用机器制造这些东西时，必须是在一个秘密的工厂里，它隐藏在其中一幢敢死楼中——或许是四号楼——那里的工人若是上前线作战，不是太老就是行动太不方便，但他们对自己从车场上生产出来的钢轴觉得非常自豪，每一个钢轴的产出都伴随着嗞嗞嗞嗞嗞嗞的尖锐声，还有预制毛屑。当奥德丽在她那台车床上工作时，她需要在每五只左臂中测量一只，她把它倒过来，这样就可以进行检查了——就像她第一天工作时，她的老板检查她那样：通过普拉姆斯特德职业介绍所，签约三年或至工作完成。带着所有的家当，穿过贝雷斯福德广场，穿过兜售围巾之类的东西的黑人和黑鬼，笼子里的美冠鹦鹉，各种爱说话的人，各种小摊，其他的食物，公共汽车追上行人，他们那群人就集体聚集到楼梯扶手旁边。——第一天上班的时候，在钢铁般的枪手们冷漠的目光下，奥德丽和格雷西径直从一号门走了进去——其中一个警卫兵……他只检查了我的绿卡，还向我敬礼！多好玩！一个雄性的两足动物向我卑躬屈膝！但女厂长可不是这样，她具有维斯塔·维多利亚的风格——和善地说，她的工会会员身份在她棕色奶牛眼睛中闪闪发光，或许她体内的某个地方还有个钢铁之躯。她的办公室墙乱糟糟的，上面挂着身材结实的军工厂工人的照片，她希望我们也变得如此魁梧，办公室的角落里坐着个打字员消磨时间，看上去胆小如鼠，穿着讨厌的天蓝色府绸衣服，像水痘的水泡。这个女厂长把听筒放回电话机上，然后大声问道：年龄？之前的工作？我说了英斯公司的工作经历，当她说只有敢死楼里还有工作岗位时，我说，啊，我正好曾经做过车床工人——我操作过车床，做过伞的标杆——无双伞，帕拉贡伞——你在角落里就放着一把，太太，或许那就是我做的……当然并不全然如此，但上帝知道我见过很多——我还是个容易上手的人。但可怜的格雷西却不是，尽管——她看上去整个人都累坏了，鼻子上有斑点——她一定来月经了——她那珍珠菜一样的头发从发卡中钻了出来。格雷西开始大声说话的时候，女厂长也开始说话：我只有在敢死楼中还有岗位空缺，格雷西就温顺地点了点头，用一只颤颤巍巍的手轻轻地拍打着太阳穴。——愿意精神饱满地来工作吗？女厂长问道。愿意在黄色粉末和强烈炸药堆里工作吗？可怜的格雷西坐在那里，看上去诡计多端的样子——她在想这个人是什么，能读懂人的梅尔基奥？女厂长并不关心我们是否听着那个令人不悦的阿斯奎斯，或游手好闲的福西特，或叛徒戴克·福克斯——她所关心的，是我们可以包装更多的炮弹。可以吗？女厂长问，格雷西温顺地点了点头。那个打字员站起来，把我们的表格递过来，然后女厂长就直接送我们到新工人队伍中，还有另外十六人也即将开始在这里工作。那里有一排小屋——正是在这些小屋里，我们说说笑笑。这些小房子没什么装饰，只有很多的出气孔——一派街边廉价厕所的风格。另外一个人也给我们下命令：都脱光了！把衣服鞋子都穿上，排队等待体检！她穿着过时，真的穿着蓝袜子[1]，但却被掩藏得极好，因为外面穿着卡其色的工作裤裙——不，裤子！朴素的装饰，只有分裂的小孔……不可能反抗！大胸的女人喧闹而欢乐，胸部丰满，长时间跳动的乳头……你打算一整天都待在那吗？那个蓝袜子女人问道，我回答：不，不……不过不要表现得漠不关心几乎很困难，吉尔伯特就会说：亲爱的，不用太在意，将来面对丑陋的伪善，你就会变成这个样子——我也是，脱掉我的长袜，让我的灯笼裤掉下来，然后在木头中闻树脂香，感觉从兵工厂飘出来的煤烟味。吉尔伯特说过，用战争结束一切战争，说这话时，他还没有决定要回到沃金，我们坐在宜人楼下的一间雅座里消遣时光，电灯光穿过灯泡和缓冲器在他的手上打旋……——我再说一次：你打算一整天都待在那吗？在日光下显得讨厌、放肆——然后，当其他人检查完散开后，我直接就穿过白色穆斯林长门帘进入检查室，脸盆架上放着一个上了珐琅的腰形碟子，就像婴儿摇篮等待着黑色的胎胞……我赤脚站在体重秤上，砝码倾斜，发出咔嗒一声。七英石八磅，她说。你很瘦……不过，你有非常健壮的体型……直到此时，奥德丽才审视着那双同样也在审视她的眼睛，戴着圆圆的厚边框眼镜。她们是孤单的——尽管她可以听到从后面穆斯林门帘中传来的金属咔嗒声。你撒谎，奥德丽想，我的腿是弯的——我小时候没有吃足够多的燕麦粥，大多数都到了我兄弟……和我父亲嘴里。然后她想：她的手给前面十五个人做了检查之后，怎么还是如此冰冷？同样冰冷的还有放在一侧胸上的听诊器。那位女医生听了一会儿，又把听诊器放到另一侧，她说，咳嗽，然后奥德丽就搅起胸前的冷空气。女医生移到她的身后，她冰冷的手指像我的一样。她命令，吸气——然后……呼气，慢慢地。好。女医生在奥德丽面前蹲下，她的生殖器就在几英寸之外，那几个手指分开又重新分开。女医生说，不要害怕，她的呼吸吹动我的阴毛，我只是看看是否有什么感染，或者……

---

① “蓝袜社”源于十八世纪英国，指有学问的女知识分子。

她继续低声地说着……性方面的感染。奥德丽想要告诉这个女医生，她真的愤怒到了极点——这就是她想象中女性的未来：不人性的温柔和科学关怀，为了克制自己不胡扯，她只去想自己屁股上那只冰冷的手，以及女医生头顶因秃发而显示出的兔子皮。她一边站起来，一边说，一切似乎都很好，然后坐到那张作为办公桌的轻便小桌旁，拿起一支笔，蘸了点墨水，最后问道：麻疹？百日咳？白喉？天花？肺结核？——你，你家里其他人呢？她在病情单上乱写，但是她没有问腹痛。奥德丽不禁纳闷：她可以说出为什么吗？当她和吉尔伯特第一次成为情人的时候，奥德丽被感动了，她感动地看着那个地方，猜想她身上能让他们两人都拥有这种快乐的部位必定是粉色塔夫绸，淡黄树叶，神经末梢雕刻铭刻在我的心上……不是金雀花中那个短平而上翘的裂缝，这跟吉尔伯特的木偶太不像了。你这个尖叫器，她曾经这么叫它。在柔滑的手套里，它就是个被打扁的鼻子，然后它站立起来了！不，他笑了，它不需要名字，它就是它，自在之物……不，奥德丽现在觉得，它在我身，它在我自身……啊哈，那个女医生大叫，那个……那个——她从职业介绍所检查了奥德丽的标签——戴斯，是吗？不常见的姓，是吧……好的，似乎你一切都很幸运——女孩子长大成人绝非易事，不管是在伦敦，还是在——如果我可以这么说的话——那些不怎么宜人的地方，没有感染这些病灾的任何一种，现在许多病已经被消除了，只是通过采取卫生措施，常见的——。她突然不再说话，站起来走向盥洗盆，从水壶里舀了一些水，倒进上了珐琅的碟子里，然后用煤焦油条擦手，那双能干的手被肥皂水包围。她回头叫喊：你可以穿上衣服——和鞋子了。但奥德丽已经因自己的裸露而变得非常快乐——她的屁股凸出，一只脚泰然自若——并且享受着另一个女人的评价。——戴斯小姐……穿上衣服的奥德丽开始欣赏女医生的坐姿，在她的浅黄褐色裙子里，双腿坦率地分开，穿了白色衣服的手臂放在膝部，外套的V形领口露出贴身棉布女衬衫硬而挺的褶皱，饱满的喉咙上戴着一颗宝石……——我几乎不知道，也就是说——她站起来，走过来，果断地伸出一只手——我叫——也就是说，希尔达——我是希尔达·特里维廉医生。我相信自己以前见过你，或许是在妇女社会政治联盟的会上？当然，上个月在歌剧院时，她从潘克赫斯特小姐的车里下来，啊，金发美女……她并不确定——不可能，一定不是……奥德丽并不期待更多的争论，或友好关系——尽管从希尔达·特里维廉医生疲劳的眼睛和厚嘴唇中，奥德丽看到了友好。——我也很烦，可我又能怎么跟人说：为了从德文郡到安多弗，塞缪尔·戴斯奔波了整整十四个小时，一天就在铁路上过去了，到了安多弗之后，他在一家酒馆借宿——这种事情他从不介意。所有的咔嗒咔嗒，只是为了给他的小儿子在新队友面前长脸，然后带着他去镇上逛逛，逛街时当然得穿着那件浅黄色上衣，戴那顶不常见的小帽子，像戴着军用平顶帽的土耳其士兵，但仍然穿着平民裤子：马裤——或者正如父亲所写的那样——长统橡胶靴，奥德丽猜测它要么来自费多，要么来自某个戴了绿帽子的男人，或许我那个可怜的弟弟可以从他们那里得到的，也就是这么一样有点实际功用的东西。可怜的斯坦利！罗斯柴尔德拉着儿子去商业街走上走下，然后回到混乱的帐篷中，那里的啤酒糟透了，尽管一品脱只要半便士。第二天天还蒙蒙亮的时候就要去接受惩罚，或去潮湿的平原上干活的，不是罗斯柴尔德——不是他，不是吉尔伯特·库克，也不是特里维廉医生，这些人将会为了结束战争而去作战……——我不晓得，姑娘——伦敦腔上升，口音略重，断断续续——我有会必去，除了教会军的会，不过只是进去喝杯水，吃点面包……特里维廉医生站着看奥德丽，比一般的正常做爱时间要长——检查完了吗？奥德丽听着那个老女人鼻子里含糊的呼吸声，闻着她手上的煤焦油味——她并没有看着奥德丽的脸，而是看着我的头发——如此独特，犹如站在楼梯上——铺了贵气的紫红色毛毯——的菲利普所发出的光，他的头发仍然光滑，贴在他圆圆的头上，尽管从他们对面的大视角镜子中，艾伯特可以看到他的资助人的脸因劳累而显出病态……或更糟？你以后不再这么做了？菲利普问，用雪茄吸新鲜的绿色烟。不，艾伯特叹了口气，永远都不会了，先生……害怕他自己的脸变红，害怕自己变成罗斯柴尔德，这个称呼非常书面——他懂一些德文，他知道很多东西……但是他拿了杯从多佛买来的白葡萄酒，对自己的能力轻微下降感到遗憾，他评判这些能力的方式是计算大厅地板上的瓷砖数量和枝形吊灯上水晶的数量，然后把它们相乘。菲利普斯把鞋套从它下面的鞋套中踢出来，直到他像个大块头一样站在大厅的方格图案上，很开心。一个用人从门那边走过来，打开门时悄无声息，他手上拿着一条电报纸带，把这一条也钉到台面呢板上的那一捆电报纸带中。大厅宽敞又阴暗，两头的壁炉都点起了火：用人们把海运煤小心翼翼地放进壁炉，那两堆煤就像两个灼热的金字塔，上面出现四千三百十八片碎片，犹如爆炸时被炸飞一般。菲利普斯说，富尔顿，今天晚上没有多少人，然后这个用人就开心地回话，他们会挂冬青树之类的东西，先生。菲利普斯一脸苦相。我很怀疑那个，他用强调的语气说——可以吗，戴斯？——他已经举起一把电报纸带——我把眼镜落在自己房里了。艾伯特接过那捆纸带，小心翼翼地解开，这样就不会从板上扯下任何一条纸带。他知道自己的资助人很乐意把这看成是某种证明，证明自己具有远见和洞察力。吃饭时，菲利普斯一边疲倦地切着肉片，一边讲述着自己在委员会工作是多么的累，都有点想把一切都抛给一夜暴富的批发商了。艾伯特很快就浏览了其中的六条纸带，然后宣布：棉花，交易所比柏林贵三个百分点，伦敦交易所仍然贵四个百分点……艾伯特浅酌手上那杯薄白葡萄酒，发现菲利普斯嘴唇下有颗肉色的痣，他陷入了沉思，我到底欠他什么？菲利普斯说道：这是否可以非常好地说明……他的声音，是对自己的发音感到很满意的那种声音……他们将会……将会，什么？我是指，我们可以想到他们会有哪些对策？艾伯特清了清嗓子，嗯哼，继续说道：他们——也就是说，磨坊主，先生——觉得或许这样对他们自己更有利，如果所有制造商都停止生产，他们就可以证明自己控制局面的能力，他们或许就可以掌控织布工。他一开始就付给了我，当然……尽管艾伯特曾经投靠过班克里夫特家，但他很快就得到了公费——然后赢得了奖学金。菲利普斯说，过来——不一会儿，他们进了图书馆，懒散地坐在沙发上，看来亲近应该比欺骗更容易。艾伯特想，我还是个小男孩时，菲利普斯就已经认识我了——他会一如既往地在我衣服上闻富勒姆的味道吗？他会经常看到我就看到晾衣绳、烟囱管帽和两便士的葡萄干蛋糕吗？如果这样的话，艾伯特的外套或许对乙级队而言非常讲究——由燕子街上的裁缝精心裁剪——裤子吊得老高，离地毯远远的，磨损后的裤脚边被贵族子弟们看得清清楚楚，他们从图书馆墙上往下看，眼里尽是赶快扔了吧的傲慢。这些贵族子弟靠在大理石柱子上，无视打开的大部头书，嘲笑哈罗公学的人用啊—吼—吼，啊—吼—吼之类的话嘲笑那些暴发户，真是以五十步笑百步。菲利普斯一定打了铃，因为另一个仆人走了过来，从一边的烛火堆走到另一边的烛火堆——图书馆里没有煤气，因为嘶嘶声会打扰人看书睡觉——他的夹克衫衣领像镶了金一般忽闪忽闪，一双老手拿着放有酒瓶和葡萄酒杯的托盘，不停地颤抖。是的，是的，放在那里吧……菲利普斯唐突地说道，后来觉得有些不礼貌，就给了那仆人两先令以缓解刚才的气氛，他们喝了一杯，又喝了第二杯第三杯，艾伯特希望我可以松开这个该死的结……指他所有的旧领带。这种政治手段……菲利普斯的行话要求正确的回答……——你觉得它会——？俱乐部每季度聚餐一次，今天第四次。根据传统，宴会的主题是回顾过去的一年。艾伯特所要做的，就是在轮到发言时汇报阿加迪尔、斯托雷平、溥仪和的黎波里的情况，汇报删去了谣言闲话式的新闻报道、报纸中的某些内容和他自己有条不紊的分析。但是你说什么，菲利普斯揶揄我，到非洲吃中饭去了？艾伯特勇敢地回话：回想他们的音乐真的好有趣啊，最终，那些生活在丛林中的人……菲利普斯非常享受这种玩笑：他大笑，他狂——笑——他一定很紧张！冷静的艾伯特不会轻易反省，但却理解：他们的感情错综复杂，久而久之，自己就像是资助人的车床上生产出来的产品，从喀布尔撤退的时候，这台机器充分运行。作为维多利亚女王时代的一位后起之秀，菲利普斯不可能被我——或被任何其他人知道，他家业庞大，多年来既做着偷偷摸摸的事，也做着明目张胆的事。他日复一日地坐在安德森茶室中那个最偏僻的角落，看着周围的一切。他用《晨躯报》换《每日电讯报》——但总是拿着报纸，而且报纸被送进来的时候，总是卷得紧紧的，就像伞。就在父亲的做作让自己觉得反感的时候——塞缪尔啤酒一样的汗水和如骏马般高昂的精神——艾伯特被拉进了菲利普斯先生的轨道，很明显，他鼓励其受监护人运用不平常的计算能力——计算账单时，他用那凸出来的灰色眼睛一扫就行，绝不会漏掉任何一张订单，还可以同时做两件、三件……甚至六件事。艾伯特对细节的掌握很牢固，这确保：他是部门中迅速升起的一颗新星，那里的天花板边缘装饰着塑料花冠，但这种理想的天花板却被煤火所掩盖……比这些更脏，学校教室的气氛、老笔尖、干透的墨水池、粉笔除尘器相互撞击——总之，手头的任何东西。副国务卿总是服服帖帖地走进办公室，在他的房间里，艾伯特或许可以享受片刻的宁静，花一点时间看看榆树——自从酷暑到来，一切就静止了——装饰性的湖泊上正在形成的冰，以及最近开始可以看到的白金汉宫。然后，他一定让我挺起胸膛接应更多的文件：从孟加拉来的黄麻纤维数据，那位愚蠢的白人拉甲[①]的评论，尼亚萨兰人的边境委员会——以及会议记录。这个帝国——承担着各种细枝末节——是个相互矛盾的例子，它的外层是繁荣，没有疆界，但内心却像老国王的心脏那样被堵塞了，港口封锁，炮舰泊在默西……而且爱尔兰人，总是爱尔兰人——！我们把其中一些放在这里……菲利普斯插了一句，雪茄灰正好掉在他的背心的折痕处。就在图书馆里！一个只剩下四分之一躯体的恶人跟我作战——用一根木制的矛刺我！刺我！我说，你在说哪个恶魔？她说，博阿迪西亚，你们是罗马压迫者！我说，你不

① 指印度的酋长、王公或贵族，也指马来、爪哇等地的酋长、首领等。

是这种人——你是塞西莉·格特里奇，我知道你母亲！超级搞笑，警察花了好一会儿才把他们请出去。我要说的是……菲利普斯向前倾斜，艾伯特担心他已忘记自己的身份，开始侵犯别人隐私。不可能发生的事：我被毁了吗？因为艾伯特并没有过多地讲述自己的故事，菲利普斯也是。——有一次有人打电话给莫特莱克的一幢临河别墅，艾伯特正好十六岁，电话里的人用慷慨激昂的语气详细地说：没有什么力量或欺骗可以把我们分开！啊，不管你是北方人还是南方人，不管是在东方还是西方，标准的贵族声音……他有点耳聋的耳朵听到，这最微弱的声音似乎给菲利普斯太太带来了极大的苦恼，因为她在窗边不断地挣扎，但却让人看不出发生了什么。她总是戴着白色长手套，钟爱波斯蓝——多年后，菲利普斯赐予这种打扮一个荒唐的名号，因为这些东西深深地欺骗了她。气氛很沉默，这次拜访注定不会成功——双方都有原因。菲利普斯的确知道，两位老人和奥利芙被送到了切里顿主教教区，他也同意这件事。但是其他人，艾伯特仍然很沉默——菲利普斯也是，至少直到现在？——但是这跟那件事无关。

……是否跟陆军部的丘吉尔在一起时考虑你的调动较为合适，我知道这种调动完全没什么问题，但此时并不怎么合适……我的确认识克莱门斯先生，他是个被大家所关注的焦点人物……就是那种人。这人在海事法庭上具有巨大的支配权，我相信……艾伯特深深地咽了一口，觉得喉结磨了一下衣领，因此，借用欧几里得的术语：正是如此。现在，他可以看到精确的抛物线，他可以吩咐电话那头的人，命令他们为了菲利普斯的商业目标而训练大人物。询问过多的详细特征——飘扬的旗帜的细节，配备人员，等等——既是一种愚钝，也是一种无礼。但是，艾伯特非常清楚：菲利普斯涉猎布商公会公司更多的是：一种幌子。他从自己的父亲那里继承了批发商关系——但或多或少地每况愈下。他在不同的地方进行投资——他暗指拜访杰斯蒙德沙地的阿姆斯特朗，他的职责——以纯粹非执行能力的方式——是被用于给国外买主凑数。森林中有一间与众不同的小屋，很特殊——令人愉快的位置，通过宽大的窗户可以看到满是落叶的溪谷……黄昏，罗英格林的号角听上去充满了留恋：士—士—士—啦——阵低沉的声音—嘚—阿兮！放荡的年轻姑娘穿着美妙的衣衫踢开双腿，展示给男孩子之前从未见过的东西……克利科！克利科！威廉先生喊道，鸥翼状的胡子在碗的上方展翅翱翔，碗犹如翻转过来的装饰灯。这是他的产品展览室。外国经办人员赞美用二十二磅重的盒子所装饰的桌子和用来盛放来复枪子弹的容器——这种实验性的机关枪可以点燃面包丸，旁边不说话的人则从闭嘴不语的男服务员中轻轻地拿汤喝……你知道，菲利普斯说，艾伯特正蹲在地上，靠着座椅的直角，努力地朝上问资助人的腰痛情况，这时，他发现了那种可怜的笨拙……但菲利普斯战胜了他：我最开心的事就是你快速进步，你没有辜负我对你的期望……他放下那杯红宝石色的酒，然后以算术方式不断上升……十次——二十次！艾伯特不习惯喝这么多，不禁开始想卢瑟福的基本光粒子是否放慢了速度，因为他看到十只或二十只不同的手——或者他们是带有手的幽灵，但不复存在？他坐正，膝盖回到正常位置，手放在膝盖上面——如果手具有可以触碰的最远位置，而不是绕来绕去，绕来绕去，绕来绕去……陀螺，不是个机智的玩意，他想，他后面是什么东西，苏格兰方言？另一方面，相貌奇怪的木偶肯定令人不悦，但它们很普通——丹尼尔的床上就有一个，毛茸茸的黑脸快被白色的枕头搞得窒息了……——我说。我说？！！——穆博雅……我无法前进。我是说，我们一起工作，这么亲密，我们——我。他停住了。食堂里那些人的噪音非常可怕，大量刀具撞击盘子的声音，叉子在刀具上的撞击声，那么多机器人的上颚摩擦声都传到了同一根声音之链上，这根链子从低天花板上掉下来，通过香肠、薯条和豆子进行传播，最后又回到天花板。巴斯纳的白色外套口袋里放着小平装书，其中露出这样的难题：我之所以尊重杰克，因为他不尊重我……他叹了口气，啊哈哈哈，然后想，这是哪门子蠢事？罗尼……罗尼——你快要崩溃了！在一个开放的上菜窗口，监管用餐的女士们努力地服务这种舌尖产业，但是为什么，为什么他们一定要用长柄勺不断地击打？为什么——为什么我们都如此贪婪，病人们也如此贪婪？惠特科姆告诉我，他曾经有个强迫症患者，他什么话都不说。他的脸颊如仓鼠，他发现了回形针、螺丝、大铁夹子……把他送到高尔街，给他拍X光片，给他动手术，发现三便士银币，注射器——带着针！——一些茶匙，火锅叉，一码长的橡胶软管——还喷出东西……为什么？毫无疑问，他既是一位安慰者——同时也患有精神分裂症，越来越把一个物体看作是……另一样东西。那我们呢？巴斯纳看着自己周围那些贪婪而饥饿的嘴巴……我们想要吃了这家医院。从上菜窗口中拿出哈奇医院，然后开吃……穆博雅一脸苦相，不知道这是针对他，还是针对巴斯纳他自己的一叉土豆泥，里面的豆子像鹅卵石一样。他说，巴斯纳医生？巴斯纳大声喊道，那就是！那就是我要说的。穆博雅，我们可不可以用名字称呼对方？我的是……他放下刀叉……扎克里，但很多时候都叫扎克。穆博雅伸出手——手很干燥，跟他的脸一比，手出奇的干燥，今天，他的脸看上去像果酱一样，真正可怕的剃须疹。巴斯纳感觉到了穆博雅手上的老茧，心想这就可以肯定是方向不对？我们应该用名字和握手来介绍彼此，握手这种更亲近的方式需要……什么，一个吻？穆博雅笑了。他说，伊诺克，然后巴斯纳笑得更加灿烂。穆博雅说，是的，就像伊诺克·鲍威尔，悲伤地摇了摇头。巴斯纳并不同意，说，不，我正在想，我们都是《圣经》里面的先知。穆博雅放开手，开始吟诵：在那些日子，必有十个人从列国诸族中出来，拉住一位犹太人的衣襟，说，我们要与你们同去，因为我们听见神与你们同在了。精神病护士和精神病医师安静地坐着，沉思了一会儿，然后：《撒迦利亚书》第八章第二十三节。巴斯纳被这一切惊呆了，一直盯着穆博雅脖子上的科普特十字架，但穆博雅却大笑，我之前从未听到过的笑声，一种温暖、友善的笑，说，扎克，不要担心，上教堂的事现在已经过时了，我有这个十字架，是因为亨德里克斯的某张唱片封面上也挂着这样一个十字架。你可以别把这个男孩看成是信教的人。他张大嘴巴吃三明治，嘴里都是这种陈词滥调，巴斯纳则暂时地被鸡蛋堵住了嘴，水芹在粉色的牙齿搅拌机中翻滚，然后抗议道，不要说你记住了那整本破书？穆博雅耸耸肩，不，当然不——但记住了很大部分，我很荣幸，上天赐给我过目不忘的能力。巴斯纳想要问关于他的一切，他身上有很多有趣的东西：他那几乎没有口音的英语，他的控制能力，由于我也有这种能力，因而对此很熟悉。他还在芙莱恩呆了十多年，肯定知道很多……但巴斯纳却没问这些，而是说：我想要给患了脑炎的病人录短片，可以帮个忙吗？穆博雅的一只眼皮耷拉在充血的眼白上。巴斯纳想，他很累——就像我们都很贪婪。穆博雅吸着自己的脸颊，窸窣—窸窣，如百叶窗的嗞克嗞克声。——扎克，你想要借用我的记忆吗，因为我的确记住了他们中的大多数——。不，不，巴斯纳开始变得非常严肃。我有三十五毫米电影胶片和宝莱克斯的电影胶片……然后他意识到：你在嘲笑我！不过已经好久没有人像这样嘲笑他了，连嘲笑都很亲密。巴斯纳和米利亚姆开始恋爱的时候，米利亚姆曾经嘲笑过他，但这种温和的嘲笑，不知怎地就消除了巴斯纳在寄宿学校里遭遇过的更为无理的侮辱——别人嘲笑他反闪米特，在更衣室里扒下他的内裤，亨利根本无力帮他……她不再嘲弄他了，不过——她把评论调整为耻辱。巴斯纳把他的盘子推到一边，开始玩领带头，把它卷起来又抹平，这根领带曾经是莫里斯的，很重，是真丝针织领带，留下来的那几条领带中，这是其中一条。

穆博雅说，扎克，你给他们摄像时，得让他们站在同一个地方才行——让他们待在同一个病房。巴斯纳点头表示赞同。——是的，是的，我的想法正是——现在我们没理由不这么做……——因为，庇护体制内出现了一场文化革命：混合病房，居然还有相互舌淫的淫鬼！他已经发现两个活跃的年轻家伙正是如此，在他那个急症病房，可以看到豪利维克游泳治疗的全景，他想，祝他们好运；但他们也会因为健康的性功能而被立即开除，如果他们做出那种事，不立即把头从套口中伸出来，眼睛鼓得超级大——即使根据精神病患者的标准，也是膨胀得很大——然而没有缝合的嘴巴说着：我把耳朵放在里面，听到它对我说你来了，说**你谋杀了苏联太空人**！你的眼睛像死人一样。然后护士们跑了过来，这是事实。巴斯纳猜到自己的诊断戏法已被这位急症病房员工所察觉，因为自己虽然会尝试着去实践这些方法，但这种诊断手法的似是而非让他疲惫不堪。因此，面对病人们歇斯底里的痛苦，他只是把这些痛苦强加到了自己日常生活中的不开心上：早上，当他心情低落的时候，巴斯纳就把病情诊断为沮丧，但在他情绪低落又喝了大量咖啡的情况下，他就把病情诊断为狂躁性沮丧。但若在这样的早晨，他紧握水槽边缘，从镜子里看到自己正瞪着镜子中的自己，头发乱成一团，像古时候的水手，眼睛迷离，看不清自己，太阳穴随着无数超现实主义航行的韵律跳动，他刮好胡子，穿好衣服，开着奥斯丁车到芙莱恩巴尼特医院，就会把看到的第一位病人诊断为精神分裂症或轻度躁狂症，这取决于投掷硬币的结果，他对硬币出现正面还是反面很自信……都取决于他从哪一面开始投。——穆博雅说，四十五号病房有两个，三十四号病房有三个，三十一号病房有一个非常可怜的老人……他用柚木似的手指报人数。尽管巴斯纳对这种编目能力大为惊叹，但他不想打断穆博雅的思路，因此只是从夹克衫口袋中拿出伍尔沃斯的小笔记本，用红色的圆珠笔把这些都记下来，然后加上他在十四号病房看到的那个人，以及其他四个一听到工业治疗室注模机器的噪音就及时痉挛的病人——巴斯纳和穆博雅都见过这四个人，通过二十六号病房的墙可以清楚地听到这种噪音。穆博雅领先巴斯纳好几步，他不仅排列了这个医院所有的陡坡——从东边的病人再社会化小组到西边的媒介安全小组——他还有一双关心旁人的眼睛，如猎人般精准，正确地把他们从人类陷阱中拯救出来。当他做完这一切的时候，二十二个脑炎后帕金森氏病患者就被找出来了。——扎克，其中二十二个是确定的，另外的四五个人我不能绝对地认为就在……巴斯纳心里觉得怒火朝天，孤独者身上带刺的自豪感，因为穆博雅经常直接叫他名字，而这是刚刚才约定好的，他的新玩具……因而他含糊地说道，伊诺克，你怎么知道？你怎么区分他们？这位护士以辩论的口吻说道：就像图雷特氏综合征患者，得了脑炎的病人做出各种各样的运动机能亢奋行为。你自己也见过：他们打哈欠，嗅东西，像累坏的狗一样喘气，然后屏住呼吸，合适的时候就立马爆发……巴斯纳盯着这个天才时，屏住了自己的呼吸，那位天才评论说，是的，他们瞪着眼，他们经常这么做——我应该想到，任何精神病医师，如果配得上他们那些工资，就都应该注意到这些病人跟精神分裂病患者的症状大大地不同，这些人经常瞪着眼看，但精神病患人的眼睛却是游离不定的。然后是那些病人的大吼大叫声和不断的咒骂声——奇葩的咒骂！扎克，我发誓，我已经听到那些小个子老女人们嘴里的恶言恶语——也包括你的迪尔斯小姐。巴斯纳真想打断他——但—但—但——但却被穆博雅交警一样的手抢先一步了，而且——是的，冲动，那就是他们的症状：无法控制的冲动。你知道，我去科林代尔的报纸图书馆查阅传染病的第一手资料时，你去查了吗？我看到他们如何被标记为道德智障，麦科诺基的可悲阴影，甚至是年幼的精神病患者。这里有一个病房，专门用来关押这些病人，用钥匙和锁把他们关起来——可怜的灵魂！扎克，想想这种事，他们不知道为什么他们做出这么……这么猥亵下流的行为，也不知他们为何要抓东西、碰东西，但你可以想象二十年代的人是怎么对付这种行为的……巴斯纳感觉自己被这种突然袭来的事实所奴役了，挣扎着说……控制。他说，过敏症，我是指无法控制的性兴奋——他希望我听上去并不傲慢。但是穆博雅低下头表示同意，继续说：真让人吃惊，扎克，你看得越深入，你就越能发现，由于精神病治疗新观点接二连三地出现，患了脑炎的病人就首当其冲地被新观点的浪潮所侵袭。只举一个例子，你就会注意到十四号病房的那个奥斯特雷奇先生，只要有人靠近他，他就会伸出舌头——而且现在还是如此。在医学界，这叫做捕蝇舌，但是在三十年代，当布洛伊勒的观点很盛行的时候，很多人都认为这种行为是病人有意为之的结果——而且还是针对精神病医生。现在，除了一个长了粉刺、戴着发套的女孩子，食堂里就只剩他们两人了，那个女孩子在一个漏水的罐子下面擦干地上的一摊茶水。远处，在医院内部，口哨声和叫喊声被推拉门的声音打断。巴斯纳按他的时髦电子手表按钮——不是他有事要做，更多的是他觉得自己被感动了：莱斯特广场上，成堆的黑色包裹，苍蝇在一旁嗡嗡地叫，因此我对邋遢不堪的兔子耳朵吐舌头，只为找出我父母的身体碎片的形状，他们被德国空军搞得死无全尸，后来还被丢弃……——扎克，我没有拉着你，是吗？——不，不，请……伊诺克，我只是被感动了，被你的——我不知道用什么词好——你的勤奋？热情？穆博雅正在用一根香蕉暗示道德障碍和他们的违拗症，现在却努力地想把它的皮剥了，但这个香蕉过于成熟，粘在上面的皮不容易剥，因此他敏捷地用指甲把它撕裂，边剥边说，我不是先知，扎克。巴斯纳开始说话。——什么？事情正在朝不好的方向发展……但是穆博雅开始深思。——扎克，我不是个先知——你说我们都是先知，但是在《圣经》中，伊诺克并不是一个先知，他没有预言血河，也没有把这座收容所围起来，吹嘘着要把它推翻……香蕉皮碰到他的……他是雅列的儿子，是挪亚的曾祖父、玛士撒拉的父亲——在希伯来语中，这个名字代表创始人、遵守纪律的人……献身的人。你就是这样的人，我的朋友，但为什么？穆博雅向前靠，身体几乎跨越了整张桌子，巴斯纳的身体有点抽搐，满面羞愧。——唐小姐的音乐治疗课在星期二下午，地点是小礼拜堂上面的那个房间——我已经带着二十号病房的奥斯特雷奇先生和尤德金小姐去上课了。唐小姐弹奏斯科特·乔普林的拉格音乐——电影中的那种音乐——一直都是，但奥斯特雷奇先生和尤德金小姐听了音乐后变得一塌糊涂，他们的抽搐症状越来越严重——这音乐让他们抽搐，哒—哒—哒—哒哒——哒—咚—哒—咚—！如果唐小姐演奏军队进行曲，那就更糟糕了——但是有一天，她把拉格音乐弹得非常缓慢，听上去高贵典雅，我不得不这么说，他俩竟然开始跳舞了，非常流畅地滑到这边，滑到那边——大多数时候都表现出紧张性精神症的人，现在竟然跳起舞来了……我被这样的场景惊呆了，因此，唐小姐演奏完音乐的时候，我就问她这是什么曲子，她说这是勃拉姆斯的音乐，他的六部钢琴曲之一，不知是什么作品，所以我就找了张有这首曲子的唱片，嘟—哒嘟，嘟—哒嘟，嘟—哒嘟—，嘟—哒嘟—……穆博雅失去了自我意识，在员工餐厅里陶醉地哼着这个曲子，巴斯纳被穆博雅搞得有些难为情……好了，你知道大概情况了——不是我的事，但我似乎知道他们正在对什么东西作出反应，他们缓慢、温柔的舞姿……如果你想听的话，我可以去录音，拿到这里给你听——我敢肯定，如果给其他感染脑炎后的病人也听这个音乐，他们的病情也会缓解——。这是段长长的对话，现在已经结束，穆博雅似乎有点尴尬，但巴斯纳觉得有些难以理解，因为他既勤奋，又有很强烈的激情。激情这个高贵的基库尤人带走了他，他走出食堂门口向西转，到十四号病房去，像非洲人一般在废墟一样的走廊里疾驰——之所以说向西，是因为在芙莱恩说左还是右根本就没有意义，政治上也如此，在汉普斯特德花园郊区的酒和奶酪外销大会上，惠特科姆或许就会说这种事情，他站在那里，手拿大口杯，脸上满是酒商的不屑，好色地看着某些小政客，跟他说话的人则问他关于那些蠢人的情况，还问中产阶级又有了什么喜好，但是你怎么看，惠特科姆医生——你相信朗福德侯爵真会讲道理吗？别人向惠特科姆问这种问题，不是因为他是精神病医生，希望他可以谈谈对犯罪或精神错乱的看法，而只是因为惠特科姆跟帕克南、弗兰克的样子极为相似，毛茸茸的头发，头上有块秃顶，像头皮上的小草坪。巴斯纳傲慢地想，这就是惠特科姆。他们坐在低矮的现代风简洁椅子上，椅子没有扶手，两人几乎是面对面：柔软的长方形厚木板靠背跟椅子成一个钝角。惠特科姆的身后是一张检查床，上面盖着黑色乙烯基塑料。他把下巴的胡子精心地刮了，脖子拗口处有一颗棕色按钮，巴斯纳有种冲动，想往前倾，按那颗按钮，但巴斯纳克制住了这种冲动，眼睛看着别的地方，一瞬间他就记不住惠特科姆到底长什么样了。那个会诊医生说话时有种不常见的迟钝，为什么？巴斯纳说，在我看来，这里似乎有真正的机遇——既是治疗机遇，或许也是科研机遇。惠特科姆低语，一个真正的机会……他强迫性地重复你的话——这是种抽搐！现在，巴斯纳在每个地方都注意到了这些……好吧，巴斯纳，我欣赏这点，但我不得不说，我很吃惊——为什么？——你来这里只工作了六个月，然后就因为你的，嗯……治疗团体的惨败，你就确定不再追求你的科研工作？惠特科姆是个墨守成规的人，但不至于不管理他自己的治疗小组——巴斯纳曾经坐在其中，会诊医生叫着他们的名字，他发现这是种悲惨的事情，因为叫到名字的病人被迫承认各种关系和其他——很可能——并不存在的错误，然后同样受到吓唬的同伴们就给他施加各种各样的批评。惠特科姆坐在那里，像红卫兵一样看管他们，他的衣领变得越来越圆，也越来越高：对这个郊区埃瑞璜幻境负责的小组骨干，病人们被惩罚，那些犯了罪的迫害者受到了大家的同情……我不是说董事会给你提供这个岗位的前提是你不能做研究，但我想，我们都知道，前提是你可以做研究……需要航空摄影学进行勘察。惠特科姆的墙上贴着从高空拍摄的医院的照片，五千英尺高？夏日的强光显示出它的外表，围墙正面和主要大道的周围是橡树、伦敦式的平原和桑树，经过修剪的草坪……据说办公室刚造好的时候就有了这张照片，是某个精神病医生开着飞机拍的，战争结束后，他请皇家空军的朋友们出去玩，他们从亨顿出发，带了个照相机，所以就有了这张照片。但巴斯纳又开始思忖，为什么每个人都想要这种东西？对付芙莱恩的唯一办法就是在这个地方迷失，因此这个医院就变成了整个世界——令人心旷神怡的郊区住宅，宽敞舒适，坐落在北伦敦的断崖边，根本就不是真正的医院。事实不需要评价——但需要一个计划：作为机身的中心大楼，两边的房子是伸长的机翼——轰炸机在城市上方嗡嗡大叫，准备把它的精神负载都释放出来……——马库斯曾告诉他，战争是低谷中最低点——病人们不在定量配给名单之列，有什么就吃什么。曾经运过来一货轮的玉米粉，给他们的是：玉米面包，一天三次，直到腿上出现溃疡，浮肿的头不断地掉头发，皮肤上一些明亮的火花让他们意识到得了糙皮病！这是一种营养缺乏症，南方腹地黑人们的照片形象地解释了这种病。医生和护士去打仗了——只留下病人们继续为钟楼服务，大多数是犹太人，因为哈奇医院已成为这个地区每一个具有精神疾病症状的犹太人的阵地——一千人在那里成群地生活、等待，就像维多利亚式建筑那样，空气是如此的活泼愉快，潮湿的土地引来了霉菌。盥洗室因痢疾腹泻而被堵塞，用咸肉治疗的植物加倍地显得累赘，鞋厂和装饰工厂被搁置不用，啤酒厂和面包房也空空如也——当战争来临的时候，充满了塞缪尔·斯迈尔斯式骄傲的整个地方都变得无法自立自足，零散的炸弹毁灭了三幢用于隔离结核病患者的房子和另一幢红色房子，毁坏了第二排房子背面的所有窗户。战争降临医院，病人们最后都逃了出去。战争年代，巴斯纳怀疑自行痊愈是否存在——他觉得更有可能的是，军火大炮的轰炸声比平时的声音更响，因此他们为了安全就逃到地底下的防空洞中，在那里，他们可怜的脸与那些驼背病人的脸混在一起，难以分清。他们逃跑——但总是有更多的人取代他们的位置：那些被伤害、受到精神创伤、被抛弃的人，脆弱得足以被这幢楼所捕获，被一个世纪之久的沼泽地所吸收，在这个地方，他们的嘴巴被塞满了巴比土酸盐和三聚乙醛类药物——这些也不是定量供给的。外面的蒙蒙细雨中，站着无名的穷苦疯子雕像，眼睛里满是铜锈绿，因此他可以看到什么？当然不是针筒的那一滴药水所代表的世界，它从上面滴下来，把葡萄糖注射进这个医院的灰色地域，因而让医院意识到，现在的白日梦魇——不可能……忍住。巴斯纳维持着我的冷静。——正如我说的那样，研究方面只是种可能——我绝对欣赏董事会的立场。我觉得，如果我可以把感染了脑炎之后的病人放到同一个地方，那就可以为这些人做得更多。他笑了，只是现在，我大部分的工作时间都在跑来跑去，从医院的这头跑到那头——。他希望自己可以收回这些话。惠特科姆察觉到……不讲理的——他一定是个运动健将，所以在过道上跑来跑去时，虽然汗流浃背，但他挥一挥汗，觉得很惬意……啪！啊，打得好——！那个会诊医生简洁地说道：我们的其他同事似乎处理得非常好，这家医院啊，非常大——你加入我们这个队伍的时候就知道……巴斯纳等着确认这就是惠特科姆所要说的全部内容，他呆头呆脑，相信别人会服从，然后做了更加聪明的开场白：我们需要考虑那样做的代价。我是说，我不能做任何保证，但是，我觉得专注于感染了脑炎的病人，既可以更方便地照顾他们——因而也就更便宜——也可以使我们寻找可能，把他们中的一些人赶走——。——赶走一些人！惠特科姆的手向上挥舞，说，好吧，祝你好运！巴斯纳继续述说他希望对自己有利的东西：这个星期，二十号病房已经有一个人死了，第二个病人也快不行了。我不是希望立马就做这些所有的事情，只是一件一件地做……惠特科姆的手又往上挥舞，巴斯纳意识到了惠特科姆的吟游技艺——苍天啊—苍天啊！我被你说服了，但是，兄弟，只有一件事，别希望我跟行政部门商量这事，更别提跟医务人员了——巴斯纳，这是你自己的孩子，你自己应付。

一个抽搐的孩子，一个流口水的孩子，一个被阉割的孩子，一个被切除大脑的孩子……它坐在病房的地板上，眼睛没有焦点。护士们对它不感兴趣，我也不去打扰那些护士，没什么好奇怪的——在芙莱恩，它多了去了，记住：被关在收容所的，不只是那些疯子。它——她——对一切东西都失去了控制，特别是她的肠子。她坐在自己的拉屎缓冲器中，清洁器擦洗着她周围那一潭亮闪闪的尿，其中还有漂白剂。他已不是第一次这么想，这一定就是下水道的味道：混杂着清洁剂和排泄物的气味，神圣的东西和世俗的东西被一起禁闭在没有空气的通道中。运动失能，冷漠、自动骚扰——她流汗，流口水，巴斯纳感觉到，她那塞得满满的脾脏中酸液在翻滚，他想到了溃疡。为了中和这些刻板的事实，我有专门术语——因为他正在看书。看着她那张无名穷苦疯子脸更容易，如果他用这样的术语描述：厚厚的面具。把那双半开半闭、迷离的眼睛描述为眼睑抽筋更不使人觉得可怕。她的脸是娃娃脸，面部特征清晰，没有缺点——但是深深地陷入长满丘疹的肉褶皱中。它——她——患有失音症。——格罗斯太太？格罗斯太太？格罗斯太太？他不停地叫她，但没什么用，因为我们没办法让她说话。巴斯纳招了一个不情愿的护士，他们一起把这个大山一样的女人举了起来。她不仅展示出危险的肥胖，还展示了渐渐弯曲的身体，她曾经让自己的双腿站在身体下方，她非常乐意地站着，困难在于，她无法保持站立的姿势——即使穿着她那如大矩形方针一样的防水帆布衣服，她也无法站住：她的身体歪了——如果不是史无前例的二比一，两个医务人员照顾一个病人，她的身体就翻倒了。那个护士冷笑：我不能整个下午都站在这里。但实际上，她最多也就给巴斯纳做了五分钟的帮手。她抱怨：医生，我有自己的事要做，很多人还需要我过去帮忙。这只是个谎言：没有人需要你。因此巴斯纳亲自给她清洗了一遍。在她米其林轮胎一样的大腿上，皮肤开裂，裂口上残留着屎尿，他发现这不是本职工作的一部分，而只是自己在跟病人打交道，加深感情，因为这只是换尿布而已，是他已经做过的事情——尽管并不是经常做——是为了支持他的女性主义文凭。这个病人躺在她特别强化过的灵柩床上，当他在她的女性阴部周围用海绵擦洗时，她呻吟了一声，啊—呵啦！然后，当她那双赤脚轻轻地拍着他的双肩时，她在磨牙齿——几只苍蝇飞近她的特殊部位，但这些都没关系。她现在是我的，我的细枝……长成了红杉木。她臀部的褥疮结痂了，跟内裤粘在一起，是偷懒的员工耍了花招，巴斯纳拿来他的三脚架和宝莱克斯相机。他靠直觉操作——没有明确的想法。在威尔斯登和以前的那些日子，他用摄影来给受蒙骗的人展现客观的东西，反驳发疯的病人。出于同样的目的，他给病人们注射完硫喷妥钠药水之后，就用磁带录音机录下他们的反应。有时候，他带领他们做麦角酸二乙基酰胺麻醉药旅行——他现在承认，所有的努力只带来不一样的结果。但是，这不同：莱蒂西亚·格罗斯完全是惰性的，深深地隐藏在她的厚脂肪里，她那庞大的死气沉沉的活动图像似乎整个地都与此无关。但是……但是……他有种预感。正如对奥德丽·戴斯的预感一样，他感觉到夸张的抽搐像疯狂的复调音乐一般在她体内歌唱，捡起来捡起来捡起来，头发轻轻地吹动头发轻轻地吹动头发轻轻地吹动，乱抓、乱伸、持续说话，他立好摄像机，她则填满了取景器：马特霍恩峰，她的眼睛如陡峭的山峰，脸颊如冰流。光照很单调，但他按下了按钮，然后等待……等待……——最后，巴斯纳告诉乔纳森·莱斯利，我让其中一个护士给我找个大铁夹子和一些橡胶带，我设法偷工减料地做个连续电影。这一卷只有短短的二十分钟，但其他三卷都是一个小时。莱斯利戴着皮革头巾皮革腕套，穿着皮革裤子，其他就什么都没有了。他的肩上有疙瘩……简直跟她一模一样。他坐在施滕贝克剪辑机旁边，转动沉重的酚醛塑料把手——这个小屋很热，是一个木质结构的旧车棚，位于去往尤斯顿的主干道上。满是灰尘的光线透过窗户上的遮光布，轴转得越来越快，剪辑机屏幕上，一阵新鲜空气带来的风模糊了莱蒂西亚·格罗斯的不可预测，一些发白的东西在左下角的角落处不断变大时，她婴儿般的嘴唇在傻笑，不易察觉——砰砰砰砰砰砰！胶片尾部不断地响着。莱斯利说，他妈的蒙娜丽莎画像啊，这就是格罗斯的二十分钟屏幕测试。他熟练地把下一卷放到轴上——巴斯纳想，这是他唯一掌握的专业技术。在威尔斯登的康赛普特楼里，也就是莱斯利被冠以多媒体协调人员这一夸张的头衔的地方，他熟练地把自己奉献给了病人们，但别人不会这么说。正是这种侮辱，以及抹了屎的墙、破了的窗户框、急救电话这些侮辱，让巴斯纳厌倦了小组治疗中整个被糟蹋的实验。呼呼呼呼！那个白色东西变成一只手时，莱蒂西亚的嘴又开始傻笑，在开始发出砰砰砰砰砰砰的声音前，那只手突然在半路伸向她的脸！那是最快的东西！这东西会走十六英里，莱斯利说，巴斯纳用手靠在旋转椅的背面，这个自成一派的游击队制片人弯着腰，想着是不是因为莱斯利的每一个毛孔都流出强烈的性欲气息，因而他正在体验一种从他的肩下冲到他的乳头的冲动，同时有人在他肮脏的耳朵后面亲吻？家里情况不妙——紧张，米利亚姆看我的眼神越来越冷，虽然夏天越来越热——呼呼呼呼，那只手继续它的远程对月射击，嘴巴沙沙作响，影子移过坑坑洼洼的脸，巴斯纳现在意识到，肯定是有员工和其他病人经过窗户，所以才会出现这些影子。如果，他想，如果……老摄影作品极为缓慢地展开，其中的画面捕捉到了过去的所有时光，抓住了路人全然随意的行为，那些被鲸须吓到的人夸张的鬼脸，被玻璃房上混合了硝酸银及明胶的涂料粘住时的表情，然后可以对这些电影说些什么呢？当然是：他们花了好几个小时，把其中的人都聚集在一起，形成一个永久持续的东西，现在砰砰砰砰砰砰地响着！但对于我们而言，这几个小时浑浑噩噩地就过去了。但在这个摄影短片之前，两个人都看到了这样的场景：莱蒂西亚·格罗斯傻笑着，脸上现出一种怪相，她的手指玩弄着凌乱的头发。啊呀，莱斯利喊道，扎克，我觉得她在跟你调情。是的，巴斯纳想，她花了两个小时二十分钟完成了这个挑逗的动作，但是——这话他说得很响——我的心思不在那里。巴斯纳想，莱斯利并没注意到：他擅长跟人合作，但这种想法犯了大错，因为他身上没有一点合作基因，他所有的细胞都代表赤裸裸的交易。他愿意帮我操作施滕贝克剪辑机，他就要我不断地给他开安定药……这种建议真扫兴。莱斯利现在跟一家伦敦的电影公司合作，但是巴斯纳可以想象他迫使马卡比书自杀，或迫使拥护巴黎公社的人进入危险境地——伊诺克会知道他是哪个使徒……——当巴斯纳在路上大步前进的时候，锡制新硬币在他的口袋里发出沉闷的叮当声。这里既没有磨损的柏油，或像地底下的走廊那样气派地抹了灰泥，也没有俗气地进行抛光，中心大楼最先应用了抛光装潢技术，然后它竟然扩散到了医院的第一排楼房，这种自我复制的夹板病毒就如着陆灯一般，隔墙中镶嵌着带有金属丝网的玻璃，还有凹陷的座位椅和极为素净的油布毯子。病患办公室外面设有装了填充材料的长凳，巴斯纳经过这里时，看到其中一条长凳上坐着三个中年男人，他们没有用吓人的声音进行反抗，可能是长期抱怨者。在他们闪闪发光的老伯顿西装——蓝色、棕色、深棕色——中可以推断，他们似乎刚被某军队解雇了，只发现自己：走路摇晃，几乎无法稳步前进，手臂永远都是倾斜的。他们系着紧紧的尼龙领带，穿着有很多纽扣的背心……他们已经落伍了——开放的衣领和拉链已经到来！不仅从上面可以看到这些：跟任何其他楼的走廊相比，一楼的走廊可以说是相当长，但这里的走廊却只是个连接处……连接疯狂和悲伤。穿过门进入二十四号、二十五号和二十六号病房，然后……令人困惑地——他快步走向五十四号病房。走到走廊尽头向右转，巴斯纳可以向下看到圆柱形的大鸟笼，里面是一群相思鹦鹉和长尾鹦鹉拨动着笼子的金属丝。如此残忍的监禁！所有的本能让它们啄—啄—啄—，拍打不会飞的翅膀，低头乱抓眼前这个小世界的穹顶……他得走了，并且意识到，此时他才消化吸收了这家医院的布局，此时他才可以正确地理解它的构造：重复的尖顶窗、拱璧和炮眼，统一地刷了白色墙漆，但又掉了很多，像是盖着一只破裂不堪的盐盘。他想，更糟的是什么？涂漆时无穷无尽的无聊，或忽视它时的倦怠？他用稳定的步伐沿着这个坑道走，发出啪啦—啪啦—啪啦的声音，走向走廊尽头的媒介安全小组。他可以听到从钢门后面传来的微弱的叫喊声和刺耳的歌唱声：耶稣的鲜血从不让我失望！他不禁在想，里面的人是精神饱满的男孩子，或者，只是平常那些又打又闹还撞头的音乐疯子——流行音乐的底线。但是，这或许比慢性病房要好，因为慢性病房里集体性地缺少想象，就好像长方形中的长方形中的长方形，住在里面的人遭受直接的惩罚，他们的香烟盒和火柴盒直接被拿走。当转身进入最后一个拐角处，再在通向二十号病房的小路上走了四十码远时，他在另一个窗前停下了脚步。巴斯纳看到园艺部房子的沥青屋顶上枝藤缠绕。再向外看是苹果园，里面都是些矮小的苹果树——一个月前，他曾经在苹果树荫下散步，发现没有一棵苹果树高过自己的肩。苹果园外面的路上停着一辆卡车，正在卸一箱箱的科罗娜啤酒。再远处就只有一些附加楼和辅助性的楼了，楼后面就是围墙，围墙里面是医院的场地，围墙外面是污水处理厂和一片废地，那里地势稍高，如阴间一般。那片废地已经和北环路连在一起。北环路外面是一个高尔夫球场，下面埋着排泄管道，街道两边是半独立式的住宅，一直延伸到下一处陡坡，陡坡上耸立着亚历山大宫：一群哥特式建筑，像一堆狗屎……他想，或许应该带着病人们去那里透透气？他可以看到，新来的病人们只要开始绕着抽干水的池塘走，就会及时地颤抖。池塘里躺着一些破碎的混凝土高台，曾经被用于支撑高射炮。在那个巨穴一般的宫殿中，他们可以发现什么？什么都发现不了：举行婚礼后，镀金椅子被堆在一起，摇摇欲坠，第一个电视信号的幽灵在筒状的拱形建筑中嚎叫。巴斯纳的手臂夹着浅黄色的硬纸板文件夹，文件夹里面装满了感染了脑炎之后的病人们的照片，是他照的——把他们哄到那个地方住的工作正在很顺利地进行，第一个搬的病人是奥德丽·戴斯。巴斯纳一直在寄宿学校求学，所有的寄宿学校至少很好地教会他：如何用花言巧语进行哄骗，如何舍弃诱人的处境。当他把最后一位病人转入这个地方时，他看到他们都被安排得妥妥当当。丰富的展览，圣·库思伯特学校的混凝土新大学体育馆，高唐学校的混凝土实验室，连着克莱蒙特的粉色花岗岩小教堂，这些房子的屋檐都伸向卡尔特修道院的五个球场，就像一排打开朝上的箱子，高度不断降低，直到变成海里特—瓦特大学的自行车棚，深深地插进这个古镇的小巷……——如果门不打开的话，这种幻想本应该继续下去的，但外面已经吵成一片，劈啪声、厮打声和尖叫声混乱不堪，高级酒店中的僵尸们吵个不停。巴斯纳的第一个想法是：噢，见鬼！今天伊诺克休息——这也就无需更多地解释为何两个老年女病人正在护士休息室旁边厮打，其中一个恶狠狠地咬另一个女人的厚下巴，牙齿已经陷在那个人的肉里，她如此担心——地板上已是血迹斑斑。一个黑色登山包一样的女人，脸部松弛，头发干枯，巴斯纳一开始以为只是一个刚被关进来的病人，想不到也是个珍贵的脑炎后帕金森氏病患者！纳希尔的牙齿陷得如此深，以至于另一个女病人能够拿着针头在她身上划来划去——。巴斯纳的第二个想法是：我的文件！因为他刚才无意识地拍着手臂，那些文件都飞了——拍摄的照片、纸张、电影胶片放大的照片。真要死！这些东西是几个月的工作成果，自从给他们创造了空间以后，为了轻松地把病人从那个病房移到这里，他仔细地考虑了所有的移动方案，全部写在那些文件中，以前的那个病房就丢给了医院火葬场、外面的世界，有时候也只是给他们换病房，但是所有的情况都有利于游戏的进展——巴斯纳如此想象：国际跳棋游戏，游戏地点是医院八十码见长的院子。病人们是跳棋——员工们也是：穆博雅已经跳过珀金斯，跟二十号病房的脑炎后帕金森氏病患者在一起……要是珀金斯可以被送到火葬场。这是什么?！他对一个叫做英格丽斯的护士大叫，她正在看那两个人厮打，这是什么?！她立马就同样地叫了一声，回敬巴斯纳。你可以看到那是什么，医生！极不情愿地，他拥抱了莱蒂西亚·格罗斯如亚历山大官殿一般的肩膀——之所以不情愿，是因为不管那些血液和唾液斑点，以及那两个女人的尖锐叫声，他意识到，不松开另一个人的下巴是不可能松开她的。英格丽斯气喘吁吁地说：把伞拿来，医生！把伞拿来！这是个委婉语，他知道这种委婉说法很快会在员工中流行，但他憎恨它。——工工工工具具具具——！——医生！快！巴斯纳凭直觉知道，英格丽斯不太像穆博雅，尽管他已经发现她很有能力——更重要的是，她对他试着去实现的东西也有兴趣。他只能猜测，这是非洲跟西印度之间的相互反感，其根源他根本就无从知晓——但他希望他们不会，他需要同盟。在超行距纸张中滑来滑去，他把自己撬得太低——另一个护士已经到了，手上拿着伞，一滴令人镇静的药水水滴末端膨胀……金属箍。这个护士叫薇儿，白色的脸发红，说，医生——你会吗？然后他大叫：不！不！工具具具具——！你是我客人，你先来！当针打进骨瘦如柴的大腿时，悲伤、精神失常的脚后跟跺着脚，巴斯纳转身离开，去收集其他人的照片，要不然就是我缝合、遮盖莱蒂西亚的伤口——除了穆博雅，他仍然不信任护士具有我的特性。后来，巴斯纳看到那个咬人的攻击者被关在强制安静病房中，穿过窥视孔——她非常可怜，倒在地上，昏迷不醒，像是在一个塑料便壶上沉思冥想。她的体型不比一个孩子大，脸颊下陷：他们拿走了她的盘子。一些残发——虱子？——盖住她小小的头，他看到，她的额前骨上留着一个特别的伤疤，是前脑叶白质切除手术后留下的。英格丽斯已经告诉你了：医生，你在期待什么，把更多的病人带到这里？你知道这些人是个什么样子——他们不会改变的，他们憎恨改变。自从那个二十四号病房的女病人来到这里以后，这个人就开始不停地没事找事，她不断地赶她走，骑在她上面，变本加厉地赶她，骑在她上面——所有的一切都可以理解，莱蒂西亚·格罗斯的庞大体型引起了别人的攻击，只是因为她就在那里。尽管可以证明其他类型的人比二十号病房的病人们更加恼人，——低能的精神分裂症患者和曾经叛逆的女孩们，她们的私生子很久以前就抛弃了她们，把她们丢给了疯人院，至少这样他们就可能寻找更好的生活。巴斯纳觉得，这跟其他任何一个战区都一样，男性的死亡率更高——四十多岁的中年人中，每年的死亡率是百分之二十——但那里的女性，她们的月经被药品所压制，年老之后，这些没流掉的血就引起老年血栓……放弃她们无用的——确实也是禁忌的——药物治疗，巴斯纳的支持者队伍已经像这个病房那么长了，但是，虽然取消了安非他明药物，但这已经使患了脑炎后的患者——比如莱蒂西亚·格罗斯——的嗜睡状态转变为更极端的麻木懒散，现在已不再受氯丙嗪药物保护的运动功能亢进患者，已经出现了狂如暴雨的抽搐、痉挛和颠簸，被雷电所击中的行为如此强烈，如此急促，似乎这些都是瞬间动作。对于那些困倦的脑炎后帕金森氏病患者，他们的看管者已经想出了一定的对策——很简单，就是让他们动起来。唐小姐所开设的音乐治疗课，还有更多的机械性方法：抓住乒乓球，然后让球掉下；或戴一只滴答声很响的手表，用手表的速率来重新校准复杂的运动系列，因为他们必须重新学习这些运动，每一次，这样他们或许就可以……站起来。但是对于那些失眠的脑炎后帕金森氏病患者——这些黑暗的小星星——只是给他们做屏幕测试，然后观看他们的摄像短片时，放慢放映速度，这样一来，巴斯纳就可以分解他们不能静坐时的呼呼声，鉴定——只举海琳·尤德金的例子——不少于八十七个不同的抽搐动作，它们包括：抚摸头发，捏鼻子，伸缩脖子，劈啪劈啪地弹胸罩带，旋转脚踝，轻轻地拍脚、拍膝盖，转动铜手镯，口齿快得听不清，拉耳垂，调整领口，双脚交叉又分开，脸颊内部咀嚼，吞唾液，皱眉头，耸肩，屏住呼吸再呼气，摆动手指，猛拉裙子边缘，等等。也就是说，没有什么是镜头不可以捕捉到的，换个词，就是她的言语—言语—言语—言语—言语重复症：不断地重复单词或短语，似乎经常是为了与她的抽搐动作进行对比，一个引导着另一个。尤德金身材娇小、皮肤黝黑，是一个近乎完美的西班牙犹太公主，她那磨平的脸似乎定格在少女时代，也未受雨季的影响，虽然雨水一次又一次地扫过那张脸，但几乎没有什么痕迹，简直就是超自然的存在，她是巴斯纳最引人注目的摄影对象。关于她的影片经过莱斯利的剪辑机放映时，若速率是每秒钟十六帧，则是让人难以理解的旋转运动，但是放慢到每秒八帧，再放慢到每秒四帧、每秒二帧，那个新潮派人士盯着他的脸看：若像管弦乐一样进行和谐编排，她的动作看上去充满了异国情调，但若把这些动作分解，则属于正常手势的曲目——管弦乐似的编排法和对中间动作的省略——因为当巴斯纳花越来越多的时间仔细地观察这些影片时，他开始察觉到各个抽搐动作之间的复杂关系，犹如分阶段实行的不同的抽搐动作，包括小而精湛的表皮抖动和发梢分裂，以及海狮一样打哈欠，大猩猩一样捶胸——有种歌剧般的宏伟。他用摄像机花了好几个星期才定格住那些动作变化，它们非常突然，但若放慢播放速度看这些动作，他现在也可以在活生生的表演中看到从弱音踏板到持续性音律的一系列动作，就像从尤德金的抽搐动作中，他可以看出粗野和失调的破节律。尤德金的抽搐动作经常——尽管不是始终——突然改变动作的前奏，从亢奋转变为低沉，从上到下，从雅克·塔蒂[①]的打闹剧到固定的动作，那时，她会保持那些巴罗克式的音乐性，再降低为单一、单调的持续音……巴斯纳或许从海琳·尤德金身上看到了最极端的症状，但他仍然更喜欢研究奥德丽·戴斯——他想，她的首要性将一如既往地保住她的优先地位。当他走在放着三张床的男病人宿舍隔间时，心里想着要研究钉在同一个十字架上的三个人，奥斯特雷奇先生、沃斯先生和麦克尼尔先生，每一个人的体型虽然不同，但都被相同的病症所扭曲，他们的姿势张力减退，在这样的时刻，他就会想：即使让她大口喝下忘忧药，但她心灵上的痛楚依然无法消散，我是否只是把她束缚起来而已？她睡着的那张床被钉得死死的，但至少没有横闩，她也有自己的储物柜。她的姿势让他想起了强制安静病房里的前额骨：她纤弱、弯曲的身体开始罢工，大脑皮层已经停止工作，她的脸部已远不止深邃——这是种悲痛的龇牙咧嘴，它如此呆滞，以至于苍蝇在她的上嘴唇边悠闲地漫步。她此时会想什么呢？因为他确定，她在：从这个脑炎后帕金森氏病患者的嘴里漏出来的小小的暗示———阵又一阵已经说出来的想法——，巴斯纳开始相信，不管他们的间脑、下丘脑和中脑大神经细胞受到何种损害，这些被抛弃的大脑仍然不是空空如也。如果把他们被消减的大脑活动进行排列，排在上层的大脑活动中，真正的知觉能力仍然存在——当然，它们被残忍地扰乱了，因为他们在这个狱中狱里被监禁了几十年。他把整理出来的文件放在奥德丽的床上，然后从其中一个文件中拿出一叠照片，呈扇形放开，在灰色的医院毛毯上黑白分明。看到了吗，他没有意义地问道，那一天，当我把你录下来的时候，迪尔斯小姐——奥德丽——我，嗯……，我被某些东西打动了……她并不回应他的出现——她为什么要回应？你不承认一个幽灵继续说道：像以前一样，你做着那些动作，这些动作我见了很多

① 法国著名喜剧演员、导演。

次……他柔软的手在空中画着小馅饼一样的小圆圈，旋转无形的方向盘，向上拉隐形的杠杆。他知道，这是种可怜的模仿。她的动作既准确又连贯，而且——明显是在操作机器——刚强有力，没有真正的机器，但却有发动机的节奏！八十一岁的高龄，仍然辛勤工作——但为何工作？……正因为如此，所以我很好奇，你可以告诉我你在做什么吗？这个问题让巴斯纳的步伐变得沉重，因为他早已深信自己知道答案。在电影小屋里，当他们剪裁好十六毫米的底片并把它们冲洗出来时，一些自作聪明的人在暗室里飘来飘去，把莱斯利的拼凑作品弄出来。在令人毛骨悚然的灯光下，他们看到印记被固定下来并开始变干，他说，见鬼，这个老女人在操作隐形的六角车床——然后详细地说：看，她正在用那只手转动一个飞轮，清清楚楚——这是那只移动车床床身的手——那应该就是她猛拉的杠杆，让车床上下运动……看这里，她正拉着另一个杠杆，这只手向上打开卡盘，把完工的产品倒出来。是的……这个自作聪明的人对自己感到极为满意……这是个六角车床，我确定。巴斯纳问：但是她在造什么？那个轻率的头脑又变得斗志昂扬：我怎么知道她在造什么破玩意？我是说，我只是暑假里在一个金属铸造厂打过工，就在伍尔弗汉普顿那边——那些车床用来加工任何需要翻转的金属片。而且，他哼着鼻子，穿着破烂粗棉布衣服的得意鬼，它是看不见的，不是吗。现在，巴斯纳靠近那张保卫尔牛肉汁嘴巴听她说什么，我们在这里因为我们在这里因为我们在这里因为我们在这里，他从许多其他的病人身上也听到过这种言语重复。他把放大的照片一张接一张地拿到她的脸旁——但没有一张照片一出现在她眼前就让她大为吃惊。她唠唠叨叨地说下去，因为我们在这里因为我们在这里因为我们在这里，然后他生气了——有那么一瞬间，他都想揍她。对他而言，她就是米利亚姆和所有其他反抗他的女人……然后，一张纸条从最后一张照片中滑了出来，在空中飞舞了几圈掉在地上，这是什么？原来是他轻率地用拇指和食指夹着的照片的第二张底片，莱斯利肯定做了两张……今天食堂里的热食会是什么——？其中的两帧不同步：其中一帧中，她的右手拉着隐形的杠杆，左手转动透明的飞轮，但在另一帧中，她的左手却在操作杠杆卡盘？而她的右手仍然是空着的。巴斯纳看着第三帧，发现竟然跟第一帧是相连的！大便色的奥斯丁车真他妈劣质，前轮撞在温宁顿路的一个大洞边缘上，底盘上的车轴被弹了一下，整个车身提高，然后又像福斯贝利式跳高那样落下：我在月球上开车啊，这意味着什么？当脑炎后帕金森氏病患者抽搐的时候，他们的动作速度很快——于是就把这些动作摄下来，再一帧一帧地分析：那一连串似乎无法自制的运动如喷雾一样喷射出来，他想从中抽出单个动作进行观察——但是这……这难以理解，时间在镜头之间交切。他用激光镜头看剩下的底片，我是转录酶吗？在这个古怪的帧所属的动作序列中，他找到了开头部分的前五帧，但是：这意味着什么？他毫不困难地发现，在神经元层面上，她已经成功地从一个序列跳到另一个序列，再跳回原来的序列，这是不会错的——只是在大脑层面上，他体验到了欺诈：她的大脑……在时间之外……如此远……在另一个地方……在另一个发展阶段，在那个他们都安顿好了的早上，威利斯说了这几个字——大学里的男生，一两个来自讨论俱乐部的人，以及斯坦利，他们看斯坦利时都有一种奇怪的尊重，特别是考德·杜伦孟德推着辆手推车出现之后，手推车里堆满鹤嘴锄、铲子和其他必要的劳动工具。虽然斯坦利绝对不想出风头，但他的确拿起一把锄头，试着挥了几下。他只想告诉别人，这样的工作根本就不会让他紧张，正如他可以轻松地对付另一个发展阶段，这是他所喜欢的一个短语，并且当他们干着活，太阳在他们的头上升起时，他的脑中仍然想着这几个字。另一个发展阶段，听上去就像威利斯所撰写的政治经济小册子中的用语——这是斯坦利尽了最大努力才通过的课程，尽管他害怕自己会非常恐惧，因此，虽然他试着去看那些书，但他一看书就犯困，睡觉就是下一个发展阶段。这些男大学生看上去像盛开的癫狂之花——他们都背着包，穿着运动服衣领和板球呢套衫。他们觉得挖土就是扣上长统橡胶靴，穿好靴子，像是去田野玩稍微有些野蛮的射击活动。工作开始后的第一个或第二个小时内，他们在通向高街的鹅卵石路上苦心研究，热情不断地高涨——然后，他们缺少经验的真相就露出来了。其实，斯坦利并不比这些健壮的小伙子——其中一些人脸上很激动——更熟知体力劳动，但他的确知道，所有的工作都有一种节奏，一种可以把这个工作更好地做下去的节奏，一种为了保持精力而应该较好地加以判断识别的节奏。那些男大学生继续唠叨——显然，不管他们对威利斯的社会主义牌子持什么信念，对他们而言，这仍然是一种巨大的嘲弄：他们从未劳动过，也从未有过劳动的机会，工作就如一日游之类的短途旅行。他们拿起鹅卵石，用镐当球棍，试着玩槌球戏。杜伦孟德尽自己最大的努力让他们保持工作秩序，到道路上的不同地方视察男孩们的工作，他吩咐一个小伙子捣碎泥土，告诉另一个小伙子带走碎土，命令第三个小伙子到汽车马车店里买一些姜汁啤酒。——姜汁的，记住了。杜伦孟德是个猿人，他的头有两个橄榄球那么大，但是，那些男大学生们看到他在旁边踱来踱去，也只是用笑声回敬他，但是，如果他仍然这么做的话，男大学生们就会戏弄他，戏弄别人可不是什么难事。——噢，我是说，考德你这个老男人，你去动物园看过猿吗？没有——为什么没去看呢？人们路途遥远地把她从最黑暗的非洲抓到这里跟你聊天，你应该给她点面子嘛——同情同情她嘛！说得对啊，考德，同情同情她——为了你，他们把她打扮得漂漂亮亮，不会是你不喜欢那些非洲女人吧——不好意思，我说的是物种？杜伦孟德像邮票一样贴在这里，又贴到那里，他那斜纹棉布裤上都是白色的灰——他的脸已呈紫色，放在帽子边缘底下的手巾犹如透明的面纱，透过这层面纱，粗脖子上的褶皱可以看得清清楚楚，一——二——三，他是我：跟这种人在一起真不舒服，永远都不舒服，除了跟……艾德琳的结合，让斯坦利成为一个完全意义上的男人，非常不像那些没有经验的……一大批处女，除非，你为了她们而具有她们学校里所流行的那种兽性——这是艾德琳告诉他的，斯坦也深信，这样的男子不应是一个天真无邪的人，曾见过穿得特别讲究的男子在皮卡迪利大街漫步，也不应是一些下流的人——喜欢卫兵形象，并经常光顾苏格兰之门附近的酒馆……手，背……颈——一种英武的气概向下延伸……兽性。八月的上午又长又热，他们一直在工作——他们会挖出以前的鹅卵石，再填平路面，尽管威利斯已经安排了合适的承包商来铺设新的碎石路面，因为这种工作明显不是为了让只知道玩的男生们表演劳动者。男孩子们的板球呢套衫堆在旁边，像一座小山。那些男大学生戏弄杜伦孟德，他的不幸犹如一条大尾巴鱼，对他的嘴巴来说太大，所以大尾巴就拍打着他的下嘴唇，形成泡沫小点——因此，斯坦利觉得，真是条鳕鱼[①]。来自讨论小组的那两个人——爱迪生和普尔——非常努力地工作，但同样不见成效，而这场劳动表演秀的主要演员威利斯，不断地向来来往往的路人解释这件事，他首先遇到的是市议会的绅士们，他们正在去汉普斯特德地铁站的路上，然后是杂货店和卖肉铺的伙计们，最后是一群漂亮的富太太，她们撑着阳伞来这里散步，推着摇篮车的育婴女佣跟在她们后面，每一群太太都配备了小地毯、大篮子和大包裹，包裹里是保健散步和在叫做健康谷的草坪上休息时要用到的东西，斯坦利从来没听说过这个健康谷——虽然威利斯曾盛气凌人地告诉他，这是具有诗意的人的栖息地，那个约翰·济慈[②]和他的同仁们。值得表扬的是，威利斯用一视同仁的方式证明了自己的社会主义信仰——他会拦住任何人，不管他们是值得尊敬的，还是不值得尊敬的。他会给一个粗野的电报男孩讲授劳动的尊严，给一个困惑的运货马车夫——显然他希望自己也有这么一个帮手——大说特说机器的丑陋。他会安抚生气的房子主人，跟他们这样解释，道路的小小弯道和路边的筑堤就是法律上所说的私人财产——他自己的东西——并且，虽然不需要得到区政府的许可，他实际上表明了他的

① 威利斯的姓“考德”由原文 Cod 音译而来，在英文中，cod 意为“鳕鱼”。
② 十九世纪初英国著名诗人。

多计划方案，在白赛姿公园的市政厅里，这些方案已进行公示。——威利斯现在站着，胡须钩住他的胸部，他那特殊剪裁的耶格式骑装非常贴身，袜子亦如此——一个卡通间谍的形象，总之是一个非常杰出的人，艾德琳说过，写小册子评论时事，给大学的校外部系讲授课程。——你脑子中没有什么想法……她在斯坦利的上方画圈，发出嘶嘶声，一只脚夹在他的两腿之间，另一只脚横跨在他的两腿之上，脸贴在他的肚子上，她的气息吹在我的那个东西上——他们总是互换角色，她变成我，我变成她，他虔诚地相信，没有另一个人可以理解艾德琳，她因为失去了他而在绿色的雪尼尔织品中啜泣……我的小丑男！斯坦利安静地走在从诺尔到卡苏顿的小路上，眼泪汪汪，罗斯、格雷斯和塔利这些侍应员从他身边经过，他们正从车站出来，下午的休息时间过去了就回来工作，他们朝山上走，但却不回头看看那个极为年轻的男子——他们没有认出他，但他却早已在监视他们，在他们的情人的闺房中，在两旁都是石灰栅栏的小巷中——房里房外，监视其他人……另一种仆人，或许？当然，服务中，沿着隐蔽的通道和后楼梯走动，这些都是他和情人们的发明。一颗鹅卵石从斯坦的手中掉落，发出叮当的声响，他想到，考德·杜伦孟德会总是处于服务他人的状态：乌姆杜尔曼，克鲁格斯多普，拉萨……汉普斯特德高街……炽热的空气中升起一股强烈的肥皂味，那里肯定有人在洗衣服……闷热的正午热浪翻滚，斯坦利回头看，一条多云的长枕躺在天空这条长沙发椅上——他想到自己胆怯地站在齐柏林硬式飞艇里面，向下看那鼓起来的中心部位。他想到了科迪上校的美国梧桐种子投入——艾德琳曾经答应过他要买一张联票，那他就可以在亨顿开 8 字形路线，然后带着她去高特格林的竞技场剧院看《空中之战》：蜘蛛一般细长的飞机用无形的电线绑在一起，在观众的头上爬行。他不会跟威利斯说这件事，除非他成为奇怪的知己：他明知自己与别人有关系，但却因为自己的怪癖而无视这种关系的肉体本质——一个快四十岁的单身男子，买了束花到西区后台入口，没有任何动机，如果发现演女主角的演员在更衣室，身边又无年长的妇女陪伴，那他就把她们引向社会主义的友善之光，这就意味着任何人都没有损失，各方都只有收获……这是我的脓漏，他坦诚地向斯坦利这么解释，他相信可以从新新人类中仿效的就是这种坦诚。斯坦利大笑：再说一遍？我的脓漏，威利斯又说了一次，露出他发炎、红肿的牙龈，掩藏在他略带红色和毛茸茸的胡须网中。这使得几乎不可能让我……呃哼，成为一个女人亲密的情人……斯坦利并不完全相信这些，觉得更有可能是，女性两腿之间的自行车车座或许会点燃她们的激情，残忍的皮革只会更容易打败小男人所拥有的东西，他们只是自由恋爱的信徒罢了。

威利斯手下的劳动人员悠闲地躺在长满草的河岸边，喝着姜汁啤酒，然后把凉爽的陶器贴在他们燃烧的脸上。不管他们那个主张平等主义的长官说什么，他们都很难逃离这样的结论：这是种农奴制度——虽然这是一种不同寻常的标志。威利斯是个大人物，第二个儿子，只继承了一小部分财产，但却继承了高地顶部的庄园，庄园里有非常漂亮的小别墅，老蜂巢色的砖，较新的烟囱，一个闪闪发光的标志性门环，虽然都不怎么豪华。花园跟高街有个倾斜角度，非常陡峭，因而就种了些藤条来培养红花菜豆、西红柿和豇豆，这个可食用的地方用可食用的绳子围在一起。威利斯是个素食主义者：我经营自己的园子，他说这句话的那一天，正好带着斯坦利去诺尔的游园会——也就是斯坦利见到艾德琳的那一天，一切都在她丈夫殷勤、像狼一样的黄色眼睛底下开始上演。我漂流，我漂浮，我翻跟斗——翻跟斗——但是，像佩古德在布鲁克兰游刃有余地表演绝技，我觉得自己坐在靠背长椅中，拨开舒适的炉火时就很自在。他对飞船的激情，对他们的机器的热情，都让大家觉得非常开心——一个过路的老庄稼汉停了下来，放下他的长方形粗篮子，只为和他们一起笑一笑。斯坦利想，不管那些空中飞人如何向上飞得越来越高，他们仍然屈居于这些装作有学问的淑女和纨绔的绅士朋友们之下。威利斯曾借给他一件气派的上衣，一顶硬草帽，还亲自给他开了个钮孔。有辆马车在卡苏顿站等他们——直到那时，斯坦利才窃窃自喜，感觉到自己有模有样，因为猎场看守人的儿子穿着便宜的绒面呢衣服，用畏畏缩缩的眼神注视着斯坦利——确实，那个男孩看的是他这个人的本身，但我仍然有模有样。聚集在他周围的年轻姑娘们穿着漂亮的长外套，问候他的那些人，就像说出他的这个那个那样自然，以跟他小心翼翼的演说术相协调，他不断地从自己的嘴里抖出谎话：他们在达利奇停下，他的父亲在城里。那些年轻的姑娘们笑了，斯坦利和她们一起笑，在这一刻，他才明白，她们的偏见里藏着有毒的汞：对她们而言，飞船驾驶员，甚至更多地上的生物都远远要比做贸易的人优越。开满紫丁香、绣球花和菟葵草的砖砌花坛中间，精心地铺了土耳其小地毯，放了金色刺绣流苏垫子，在花园大帐篷内，有人认出他是英斯的员工，仆人们正在摆放自助食物：大红色的盘子里放着黄色奶油葡萄酒，旁边的肉上还带着肉汁，切好的大马哈鱼放在黄瓜上，就像穿了黄瓜裙子。有人问他要不要杯香槟——他知道最好拒绝。他们就给他丁香味的沙士汽水，他对此很开心，让他觉得开心的还有那只躲在姑娘们裙底下的小毛绒狗，它后来又恢复了精神，大声叫嚷。他随意闲荡，听到他们谈论西南部的暴行时，有些人陷入了沉默，一脸惊异——一些年轻姑娘用无声表示同情，后来，他们又对殉难的戴维森深表同情。如果他自己够老实的话，斯坦利或许就会添油加醋地再说些什么——但他不，什么都没说。他继续闲荡，被女仆们白色帽子上的简洁曲线和洁白无瑕的围裙上整齐的褶皱所吸引。——后来，由于狡猾的美洲豹势不可当，他就去寻找可以方便一下的地方。不料，他发现自己走到了一个地势更高的地方。他着迷地看着那些蜂蜡。透过半开半掩的门，他凝视着屋里的一切，柳条编织的托盘上放着亚麻碗柜，四周用褶边装饰，下面铺着刚洗过的亚麻布——纯白色的亚麻布，白色的内衣、白色丝带、衬裙、直筒连衣裙、女式无袖衬衫、有袖衬衫，以及其他的轻薄衣服。这些白色的地面上散落着薰衣草，他真想在上面嬉戏打闹，把他那晒黑的脸埋在这些甜蜜芬芳的花丛中，但被……拒绝了。他发现了卫生间，然后解了小便——像马尿一样飞溅，水箱发出长长的一声尖叫，“当啷”一声涌出水，最后发出一声呻吟。艾德琳问了他的情况——威利斯介绍她时，说她是艾德琳·卡梅伦太太，大款，听到威利斯这么介绍，她放开嘴巴笑了，哪有，费！斯坦利知道这是费多的简写，费多是威利斯的绰号，荒谬的绰号。斯坦利微微笑着：我什么都没有。正是这种笨拙吸引了她，她的脖子伸向他的方向，如此长，如此白，脖子上面是一头黑发，散在脸的两侧……某些男人或许会觉得这种魅力太强烈了。来，让我们都坦诚地面对彼此——她的态度并没有不和善，不过他很清楚，她指的是工作。因此他就实话实说。她听他说着被英斯公司解雇的事，以及之前在邮局的工作。——我父亲……他犹豫了……是伦敦通用公司的。她盘问他：医生？不过她非常清楚他说的是什么。斯坦利全盘托出：不，是公交车公司——但现在已经不在那里工作了，人也不在伦敦。我哥哥在德文郡给他们找了个地方住下，我母亲就是那个地方的人。在他的欺骗中，真诚一点点地被削弱——不过，她假装不知道。不知不觉中，他们已离开那些客人，走到了一条偏僻的路上。往回看的时候，他看到客人们都聚集在新房子下面用石头铺起来的平台上，新房子的屋檐伸向远方。那些客人——其中并没有很多人——运用一下运动原理，已经稀稀散散地分散在两个轨道上，一个轨道的中心是坐在轮椅中的一个老人，另一个轨道的中心是一个小男孩，他给他们展示着双翼飞机模型的精彩之处。威利斯摸了其中一只翼——斯坦利又转过身看他的女主人，然后看向她所看的地方：草坪突然倾斜，像是融化了的象棋棋盘，田野上躺着仿佛上了釉的母牛，甩着尾巴打苍蝇，云朵点缀在丘陵周围，天地之间，空中的雨画出一条模糊的影线。他们脚穿靴子，脚下是斯坦利最近刚填满的坟墓——他打了个寒噤，窗台上放着个松木箱子，里面是一些五香碎肉和两个煮熟的冷土豆……现在箱子没了。他的租金远远不只是拖欠，不过他们也清楚，他没什么家当可以用来做抵押——他们或许会把这些可以收的钱留给儿子们……第二个冷颤，法兰绒裤子里面的汗毛刺痛大腿，好热——但他觉得很冷。他抛弃了阿诺德·柯林斯的观点，也放弃了受他恩惠的建议，如果他请求一点点的帮助，他就不至于如此。狭长的草地上，罂粟在摆动，修剪过的宽大叶子把倩影留在地上，让地面上原有的篱笆荫变得更大。对斯坦利来说，任何东西都会大量地减少……一对红雀在黑莓荆棘丛中歇息，旁边是篱笆栅栏，都在橡树枝叶的怀抱中……那你怎么维持生计？她问。他提到了给讨论小组做会议记录的那点收入——但他没有说起自己的姐姐，也没有说她如何千辛万苦地给他谋了这个职位。他只是提到了她的名字，奥德丽，但这也只是为了唤起她的精力，同时也确认自己的确已被感情所累。斯坦利低头看自己锃亮的鞋子，犹如草坪上堆着的牛粪堆，说：我也……做东西……造东西。她的乌黑色眼睛看着他，看到一个身材匀称的年轻男人，撇开他简短的叙述中所透露的境遇——她不能让自己想到贫穷这两个字——他看上去干净整洁，面容清秀，脸上充满了男人味，没有丝毫的不正派……噢，她说，什么样的东西？他的另一面又复活了：很难解释，或许这样说更容易，我可以用这些东西做什么——现在是木钉和米纸，或包肉的纸，因为这些东西容易做……我和造伞的工人一起工作时，总能见到损坏的骨架和切下来的大量剩纸——油纸棉布、刺绣丝线什么的——噢，还有鱼胶，这种东西总是很容易得到……路上并没有碰到什么人，他们走回她的房子时，有些人不禁大声叫喊。女仆们和男仆们急忙收垫子，卷地毯。艾德琳仍然仔细地看着斯坦利。她看着那些仆人，问他：他们像福神娃娃吗，戴阿斯先生？他此刻意识到，他跟她没隔几年，因为她也同样地渴望过这些好笑的玩具，虽然她现在既聪明又冷静。他大笑。——不，比娃娃的个头大多了——小孩子们一看到那些娃娃就想和它们一起玩。我不会让他们玩的。我的那些东西很精致，很脆弱，要是被小孩子玩的话，它们就会倒塌，被撕破……所以……我不会让他们玩的……她没有戴帽子，雨淋到他们头上的时候，他的第一个直觉就是把他借来的硬草帽递给她——但他没有这么做，欣喜之情已经让他失去了理智，她猛烈的魅力融化在温暖的雨滴中。她脖子上精心折叠的白色平纹细布因雨水而变得透明，她的锁骨周围形成了一个充满爱意的杯子。此时，两人都没有说话。穿过她湿透的肩，斯坦利可以看到牛槽中冒出完美的水泡——他们仍然站在那里。伴随着雨中的嘈杂，她说，我家在奥尔巴尼有个公寓。我有时间就去镇上——其实是经常去——不只是逛塞尔弗里奇百货店和其他的商场，我也去听讲座，听委员会会议。或许你会觉得这些都很琐碎——一个空闲的女人浪费着时间——。斯坦利用低声试了试音，试图找到正好可以对此表示异议的音域。她无视这些：如果你去那里看我，我会很开心——比如，下个星期二……她的裙子被雨水浸透了，衣服紧紧地贴着她的胸，她的腹……她的大腿。斯坦利无法克制自己对她的话充耳不闻，她既没有说不能停留，也没说不允许……下午茶时间，我是说四点半。直到此时，她才撑起自己的阳伞。他把手臂给她。在阳伞光滑的外壳下，他们走回房子，在潮湿的草坪上滑来滑去。在卡梅伦太太这位贵妇的更衣室里，斯坦利藏在一个屏风后面，身上的衬衫已经湿透了。当他向外面偷看的时候，他看到她已经给他准备了一整套衣服：夹克衫和裤子挂在衣架上，他曾经羡慕不已的洁白无瑕的亚麻布，也平整地放在躺椅上，像人的形状一样展开摆着。他脱去衣服，赤身裸体，用一块手巾擦身子，心里想着，她一定也用毛巾在两腿之间做着同样的动作。他幻想着她的风骚，一阵抽动——他们之间不需要羞怯，现在不需要：她和他是兄妹，出去玩的时候，两人被雨淋湿，然后擦干身体，坐在炉火边。穿衣服时，斯坦利看到抽屉柜上方摆放着柔软的米黄色皮手套，一个装满了男衬衫袖的金银链扣雕花木盒，一些高尔夫球球座，以及银色背面的画笔，笔上的刚毛被固定住。在一个窗间壁的玻璃中，斯坦利看到了自己贪婪的脸，小心翼翼，因为自己正在那个木箱子前面走动，还不时地摆弄那些高尔夫球球座，摸一摸那些手套，这些东西是至高无上的，或近似于至高无上——对于一个缺少糖的小伙子而言如此，他没有足够的银餐具，没有足够的钱维持一个月，即使大多数时候都是吃面包，也是费尽心血才吃上——牛排和腰子馅饼、炸肉排、白色的面包卷。他的嘴巴里满是唾液，他为自己身上其他猛烈的饥渴深表遗憾：有一些那样的饥渴。从下面飘上来钢琴声，雨拍打着窗玻璃时轻柔的雨声，玻璃窗已褪色，但褪了色反而更显艺术气息。这套衣服是粗花呢布料，很重，因防腐油而发霉——但对他来说，这刚刚好，他猜想，这应该属于一个更年轻、更瘦小的大款。客厅里，一位年轻的姑娘继续残忍地弹奏着，绅士们则嘈杂地讨论着过早的定价体系和恺撒的五百人军队，艾德琳的态度和衣服变了大样，斯坦利很是懊恼，虽然完全可以理解——她穿着一身艳紫色的晚礼服，领子是流行的圆领，没有什么配饰，仍然和威利斯躲在一个角落中。斯坦利此时才看清，轮椅上的那个老男人得了震颤性麻痹症，而且他也推断出——没有任何证据——他是她的父亲。斯坦利没有被介绍给其他任何一个人——如何跟熟练的细木工手艺吻合是种工艺，但他在这方面没有受过训练——因此，他坐在苏塞克斯圆椅上扫视这个房间，长长的餐厅桌上放着许多花瓶，花瓶里都插满了花。他心情愉悦，对映入眼帘的东西有种不屑：天花板上的装饰木板占了四分之三的天花板高度，装饰木板雕刻着男女勇士，女勇士下巴突出，男勇士穿着闪闪发亮的铁甲，他们被雕刻在独立的正方形木板上，粗糙的石膏上面装饰着更多盛开的花朵。因此，为了不显得沃莉，沃莉，旁观者，现在长得这么高——所有的年轻姑娘，以后都要死，他站到了窗边。他们说着保加利亚和某些同盟，以及爱尔兰人——他想，总是该死的爱尔兰人。——房子对面的陡坡被山谷劈开，沿着山谷整齐的V字形地势，地面装甲舰的巨轮轰隆隆地开过来。步枪从舱口中伸出来，横穿，下沉，又横穿，然后点燃。舱头的美信设备欢乐地运作，子弹“飕飕”地飞驰，轻松地打中目标，让人洋洋得意。更多的机械化骑兵部队穿过山脊，前面的汽车在泥泞的地面上旋转，时不时地撞击用粉笔做了记号的小弹坑，这些都是被空军临时炸开的弹坑。除了那些戴着蓝色护目镜的驾驶员，还坐着技术辅助人员，全都穿着白色衣服，他们的电炮炮口不断地爆炸，伴随一声巨响，一道闪电闪过草坪、柏树大道和菜园上方，最后降临在女仆身上，她的下巴开始沸腾，触须开始燃烧。她的身体开始弯曲，然后倒在地上，像一块石头那样死气沉沉，她的裙子被撩起，贴在她的腰部，告诉所有人她死了——。——一天，当斯坦和威利斯爬上那辆等着他们的马车时，斯坦跟威利斯说，将来会出现空中汽车，开这种车很容易，就像驾驶马车那样容易——而且还是智能的。那个猎场看守人的儿子偷偷地笑，然后威利斯说了句很少见的笑话：谁会在飞船里呢，珀加索斯[①]？走下宽宽的阶梯，一个女仆走了上来，就是那个下巴被沸腾过的女仆，现在复活了，手里拎着个包裹，因为她抓着包裹的绳子，所以包裹在她身前晃来晃去。先生，这是你的东西，她极不情愿地说出这句话。斯坦利用更不礼貌的语气说了声谢谢，那个男孩荒唐地大叫：嘿—走大坡啦！然后马车就在快车道上滑来滑去。晃来晃去的斯坦利又开始预言：将来会有人造的瘟疫……到其他的星球旅行——科学家们将会开启原子的威力……马车的车轮掉了下来，然后甩了出去，马车陷进了路坑里，他们用一只手紧紧地抓住轮子，另一只手抓住对方的帽子……一条运河把欧洲和亚洲连了起来，为什么不是连接英国和法国的隧道呢？三人都躲开了，一个人躲开靠近地面的橡树湿树枝，它们在太阳底下倾斜——太阳已不见踪影，但仍可以从路旁边开满花的草地上看到几缕阳光。威利斯保留他的建议，斯坦利认为人类的制造工厂就像费城汽车里的东西：一条伸得长长的硬带，懒惰的工人们从巨大的锌桶中拿出不同的东西，一条腿，一只手臂，另一条腿和一个胸，另一个胸和一个聪明的人，他们把这些东西放在一起就是一个艾德琳，然后是另一个女人，他们强硬地触摸女性，她们的命运不断地被阵痛折磨。斯坦利借来的裤子口袋里有三便士，还有？以后会怎么

① 希腊神话中的马神。

样，他回过头对威利斯说话，但发现很难缓解他怒气冲天的心情，少了那些东西，女人还会觉得满意吗？他们会放弃那些东西吗？自愿地放弃，就像放弃他们的土地、房子……他们的仆人？猎场看守人的儿子手里拿着皮鞭子，鞭子尾巴犹如蛇的舌头。他用皮鞭子轻轻地拍打马肩隆，马开始往上飞奔，马车轮子一个接一个地朝着前方的大路飞奔。威利斯正在玩他的领带——对他而言，这种领饰是种麻烦，他更喜欢技术工人戴的那种围巾，他多数时候也戴那种围巾——威利斯亮闪闪的小眼睛转向门徒，花了点时间回答他的问题。马车被前面的一辆货车堵住了，一辆牵引机正在拉那辆货车，他们不停地抱怨，不停地发牢骚，但对方也不断地用草做成矛，朝着他们的脸投掷过来。直到货车被拉到旁边的田里，这种争吵才停歇。现在，威利斯说，说说上议院吧，这一届政府的所有改革和前一届政府的改革措施——都让人哀叹，因为这届政府走得并不远，那些改革只不过是总体趋势的一部分而已——另一个发展阶段。或许那不是，呃，嗯哼……一种臭名昭著的征税行为，但是，对资本积累收累进税就是同一回事——慢慢地，人们或许会在暗地里说，这将会夺去他们的伯恩·琼斯[①]画作和他们的日本防火墙，让他们，呃，什么都没有，只拥有由建筑师所设计的房子空壳。你已经让—哼—你已经让—哼—，当威利斯快想到第二个史无前例的妙语时，他嘶叫着嗦—啦—希，斯坦利怀疑他是不是紧了——你已经起了个头，把那套花呢衣服重新分配给你的无产阶级同志！斯坦利激烈地反驳道：我会尽早还给你的！威利斯怎么可以在这个多嘴的男孩面前说这样的事呢？好吧，好吧，威利斯拍着斯坦利的手，说，冷静下来，年轻人，这只是我的玩笑话罢了。当马车加快速度冲上铺有鹅卵石的斜坡，并且继续向车站前进时，斯坦利想到了威利斯身上最好的一点，那就是，他不会怨恨，也不会欺骗——他的信念或许非常孩子气，但他对这些品质之珍贵深信不疑，他用孩子

① 爱德华·伯恩·琼斯爵士（1833—1898），英国画家和图书插画家。

般纯真的热情深信这一切。他们要乘坐的火车已经在月台边了，火车的蒸汽头对着他们大声鸣响。在二等车厢坐下后，威利斯从一直随身携带的公文包中拿出一些纸，说着没救了、没救了，我必须校正这些排版毛条——这个催眠的车厢也没救了——没有人进来，也没有连廊。他们就像以前那么孤单。直到他们在从东克洛伊登到巴勒姆的直路上一路颠簸时，斯坦利的手才恢复知觉。他把手放在他发痒的膝盖上，开膛手杰克偷了块腌鱼，开膛手杰克偷了块腌鱼……然后坐在那里颤抖了一会儿，像打字机一样发出怪物的节奏切克—呛咳—切克—呛咳—切克—，后来手伸进大裤袋中，摸到一张方方正正的名片。威利斯在打盹，他的头上方是灯罩，灯罩边缘里侧尽是硬臭虫的死硬壳。斯坦利像个侦探顾问一样对椅套上面的污点分析来分析去——这些是头盖骨印记，每一个人反映了其所使用的独特的生发油或润发油种类。如果这些东西可以被破译的话，他就可以找到罪犯。他抽了抽鼻子：罗斯柴尔德！他的手比尔·赛克斯升向另一只狗——或一只像孩子一样的狗，它狂吠，然后咳嗽，喉咙被科尼斯顿抓住，然后在一条小巷中被砍掉——巷子沿边有个恶臭不堪的屠宰场，那里有成堆的破烂大木桶，还有用木桩支撑的小木屋，像是踩着高跷一般。马的头盖骨堆在下面，像金字塔一样，其中一些被完全剥皮，只剩下抽播的耳朵旁边的那些皮。像孩子一样大叫的狗发出最后一声令人绝望的嚎嚎嚎嚎嚎嚎嚎叫，然后这个城市就进入了安静的八月之夜，夜晚伸开自己的四肢，静静地躺在肮脏的橙色天空之下，天色渐黑。

在巴勒姆，车厢门关上时发出刺耳的声音，斯坦利被吵醒——麻雀是天空的弃儿，犹如月台上被人丢弃的面包屑。威利斯断断续续地打着呼噜——他是一个暂时失去了牵引力的机器，无法拉到未来。火车启动，离开原地，第二次启动的时候，斯坦利意识到，自己一直都抓着卡梅伦裤子口袋中的那张名片。最后，他把它拿了出来，或许，他就可以借着穿窗而过的日落看看上面到底写了什么。夕阳很是温暖，但车窗很脏。艾德琳的笔尖在上面雕刻出名字和地址，别致的墨水笔记露出放纵的色彩，下面的字可以证明：下周二，四点半——不要忘了你的药，这话被儿媳妇或其他的人说烂了，他们因为关心他人而愁眉苦脸——愁眉苦脸是口是心非的中年人的长处，他们既看不起老年人，也看不起年轻人。巴斯纳有个特点，忘记她的名字时总有种小小的快乐：无论如何，是同一个儿媳妇，把他的一周七天分为几个不同的部分，药丸盒放在——他可以记得这个——煮蛋计时器旁边，在面包箱上方的架子上。

巴斯纳把运动裤往上拉，把有弹性的腰带在腰部扣好，思考着药丸和遗忘。他真的可以对付更大的格子盒，把它分成四个部分，每一个小盒子里放一周。十二个这样的月度盒或许就可以放在年度盒中，再把多个这样的年度盒放在一个长板条箱中。乐观地假设这个板条箱的某一部分是表示二零一一年的年度盒，然后一直排到，比如说，2025 年，那么，这两个盒子之间的盒子就被标记为：我的余生。正当他回想起自己的双手笨拙地打开小瓶盖，倒出预防胆固醇升高的白色药丸、预防血压升高的小胶囊以及可以弥补身体缺陷或治疗其他病症的大粒橙色保健药丸时——他不能愚蠢地向他的全科医生咨询这些身体疾病，尽管他觉得这或许跟胆囊有关，他仍然记得——后面十几年的风烛残年，残余人生。不，他对大大小小的讽刺并不是没有感觉：这些不是老年人的糖果，至多只能说药房是我们的糖果店——我们不是站在深色的地板上，手里紧紧地攥着三便士硬币——以至于硬币在手上留下了痕迹，出现粉色的铁栅栏状凹痕——用手指着这个罐头或那个盒子，跟店员说要买四分之一磅的柠檬味糖，然后看到她拿着一个天平铲子从大罐子里取糖果时激动不已。孩子们总是无法抗拒这个铲子所喷射出的那股甜蜜力量。不，HMG-CoA 还原酶抑制剂的分子结构是脚手架，我们借此在虚幻的世界中构建父母的生命大厦，远超出我们所分配的三个二十年再加上十年——我们需要他们活下去，但我们却不会出现在他们的余生中……好了！借着嘴巴里的温水，他把所有的药丸都吞了下去，手里还拿着倒了温水的大塑料杯，杯子上布满了许多条对角线，线上画着其他药丸。他用手撑住，靠在水槽上：一个肥胖的老男人，一双布满黑色素的手，一头凌乱的银发……一个小男孩身上会发生什么怪事……巴斯纳轻轻地摇动岁月盒中上下都标记为星期二的小盒子。他想，在我的工作生涯中，我站在糖果店柜台后面翻倒药物罐头，把巴比妥酸盐药、安定药、安眠药、镇静剂、抗精神病药、抗抑郁药以及所有剩下的滑稽药物都乱七八糟地倒了出来，我到底开了多少颗药？当然，他对自己的敏感性感到骄傲——而且厌恶那些同事，说他们在药物处理方面太过随便，那是便宜了他们……而且在我完全离职之后，我在医疗系统之外也过了好些年……但是，最后，我翻倒了这个罐头……我翻倒了这个罐头……他以前在希斯医院的小公室放得下这堆有毒的东西吗？不！比办公室要宽敞的病房都放不下！他知道，自己多次把大量的药粉装进胶囊中，或者混在实验室用的大烧杯中。因此，这些药粉就以液体的形式倒出来，或者用非常大的注射器打进肌肉里——好痛……好痛，医生，好痛……他又一次发现自己身处卧室，一只腿跨在另一只腿上。他把一只袜子卷起来，让那只黄色的老狗钻进去——但是去哪里？他应该去哪里？巴斯纳想，在工作生涯中，我一直都是面朝临森林或长满草的草地。让收容所这艘黑色飞船着陆在幽闭恐惧的英格兰南部乡村，既是出于经济上的考虑，也有利于促进患者病情的好转。职业生涯的最后三十年，仍是一段漫长、安稳的日子。穿过办公室的窗——总是有小虫子飞来飞去——他看着外面的希斯医院，一棵又一棵的橡树不断地长高——多汁的桑树，托斯卡纳圆柱形的伦巴第白杨树……人们或许会觉得这些景象与世隔绝——在不断扩张的城市森林中，这是一块小空地——但他仍然渴望出去走走，放下他那像裤子一样紧凑的日常工作，哒哒哒地走进长满蕨类植物的树林小谷地中，一个不像好色之徒的好色之徒在池塘中寻找水中的仙女，一头犹如青色藻类的头发……现在呢？他意识到自己以前错了，有点错了。除了这种约束，几乎什么都没有：身体……精神……都分开了。你发现自己可以在新发现的土地上自由地定居：睡在一个平坦的硬纸板箱上，睡在潮湿破烂的灌木丛安全岛中——社区中的本·葛恩，在他周围，这个世界不停地转动。那又怎样？他现在穿着被晚辈所鄙视的老年服饰：宽松的运动裤，宽松的短袖——胸前印着"圣达菲1997国际实验心理学大会"的字样，一件臭臭的老多尼戈尔花呢夹克衫，脚穿一双便宜的训练鞋，没有其他东西看上去比这鞋……更脏了。他现在已穿好衣服，所以必须出门。出门前，他先在这个公寓的房间之间紧张地来回徘徊，眼睛扫视着每个房间，寻找钥匙、钱包和灵敏的交通证——还有一顶棕褐色的帽子，带有宽宽的帽边：由一些不太硬的合成材料做成，因此总是折痕累累。他不知道何时开始戴这顶难看的帽子，只知道自己很喜欢它：觉得很合适，这顶戴了多年的个人专属小王冠紧紧地贴住他的太阳穴。他决定不碰书：看到书里那些比自己年轻许多的人让他心烦，看到这些人精力如此充沛更觉心烦——至于学术作品，他已经发誓坚决抛弃——至于哲学，他一直都不看。他想，我会拿起一张报纸，瞥一眼镜子中那个极为悲伤的自己。他不禁想到了衣服的返祖现象，这是个体胎儿发生的逆转，其显性特征成功地通过时髦的舞台表现出来，很快就流行长筒橡胶靴和手套了……他想，或许到我死的那天，身上盖着的是动物皮。借着穿过矩形横梁的太阳光，他看到了毛茸茸的地毯装饰边，满是灰尘，如沟壑一般的走廊上和楼梯上都铺着这种合适的厚地毯，一直铺到信箱吐出传单的地方。太迟了，他多余地看到，卧室窗户下面的一堆箱子顶上放着套筒伞，他看得清清楚楚：黑色的尼龙套和黑色的包皮手柄。什么时候……他停住，陷入沉思……伞开始成为一种被经常遗忘，而不是被经常记起的物品？当然，首先，它们曾是贵重物品，被赋予了深情厚意，不会被人随意丢弃……如今，由于它既便宜又无处不在——巴斯纳转而注意到了自己的无动于衷，因而开始自我责备：不要害怕他们，因为他发现自己已经走到离前门几码之远的街上，正在公共汽车停靠站等车。他想，这就是在公共汽车停靠站要做的事。他因为自己的漫无目的而觉得甚是开心——没有计划，但不幸的是，由于自己发现了这一点，之前的开心变成了完全相反的情感。他仍然穿着灰色的运动裤——尽管这些裤子同样闪闪发光，上面有银色条纹——一个酒鬼在欺骗自己这方面做了大量的工作。当公交车停下来的时候，他会侧身从后门进去，身上的酒瓶罐子发出啼嘶嗑啼嘶嗑的声音……提斯克——一种波兰啤酒，大概是。这个酒鬼穿着厚厚的太空装夹克衫，鼻子单薄，一根大血管犹如蜘蛛一样附在鼻子上。他像往常一样，跟旁边那个包得严严实实的老女人或许也是我这个年纪打了个招呼，四月能有这种好天气真是难得啊，你等了多久了？那个老女人胸前抱着一只约克郡小狗，一条僵硬的腿在空中晃来晃去。耳边的跳蚤。巴斯纳推断，若只是喝醉酒的缘故，那个酒鬼不至于像现在这样放纵，相反，他诊断……什么？几年前，他会把这个男人简单地标记为自我药物治疗精神分裂症，头埋在啤酒里说话——但现在？那种病理学的力量正在分解——现在是精神错乱，他这种人，想想就是精神错乱，但也可以说是人格错乱，发育不良所导致的根深蒂固的错乱，以至于无法让他明白自己表达感情的方式是多么地不合适——这是只可爱的小狗狗，我可以抱抱吗？——更别提能够真正看出自己给她造成的恐惧，这从她难堪的脸上可以看出来，这是个愉快的日子——不需要伞。精神病治疗法有了各种诨名，但那是本质相同的不同东西：人格错乱只不过是歇斯底里症或忧郁症的另一种说法……对那个酒鬼而言，他鼻子上的蜘蛛咬噬着鼻子，他叫什么？最后，巴斯纳觉得自己必须过去一下，调解调解，停止他强迫性的心灵治疗。因此，他想靠近那场临时性的戏，但仍然不愿意离开公交车停靠站，因为他仍然被坐公交、游伦敦的想法所吸引：一位慈祥的售票员从他的金属肚子中撕下车票，变薄的厚毛毯料支票，自己与污迹斑斑的车窗之间是一段安全的距离，车窗外，温柔的世界温柔地呼吸着……他希望自己有一张印着全世界的报纸，然后把眼前的世界包起来——但他不想因穿过马路去报刊店买张报纸而错过公交车。通向拱门站的交通仍然非常拥挤，卡车、货车和大体积的汽车让交通便秘，莫里斯被人看到开这种大体型的车就不会觉得难为情……交通拥挤不堪……它吼叫着，火冒三丈……我很脆弱！他蹒跚而行——一个老人在臭气熏天的逆流中咳嗽——用指尖抓住公交车停靠站的支柱以恢复身体的平稳，金刚一般的咳嗽。头晕眼花逐渐散去：我寻找的保护盾被人抓得这么紧，以至于沉重的手提包不断地被往下拉，手提包的皮带把他的棉外衣拧得变了形……总是包的缘故。巴斯纳重拾起那段早已忘却的关于包的记忆：陆军的防毒面具，带着流苏边的民族风羊毛料袋子，带有皮带子的帆布背包。他并没有完全失去感觉，还可以意识到自己正在看什么东西——但需要一些时间，在这期间，他只看到酒精从细小的瓶颈中流出来，流到闪闪发光的面板上，伸展、偏离，然后转了几圈，消失殆尽。他只看到这个，以及屏幕上的数字，它们在屏幕上轻弹，又在屏幕中沉默。他的食指和拇指在捏东西，然后分开，又捏，然后又分开。路边的那个男孩做着重复性的动作，以剥落平台上的石灰，这种抽动叫什么？巴斯纳想，如果他把这个动作抽象化，那么，他只看到：同一侧的手臂和手牢牢地抓住某个伸长的东西，另一侧手臂弯曲，手烦躁不安——我们把这个叫做什么？他对此不假思索：不受指使的球样滚动。球样滚动。那个男孩盯着手上的平板电脑——眼睛敏锐地关注某个地方，且完全茫然的眼神——这难道不是一种动眼神经危象吗？如果是，下面是巴斯纳所改编的东西：这个世界中的物体又包括了整个世界，他会想，重写本从无中逐渐发展起来，又从无中溜走，平板电脑完蛋——一个接一个地，对于任何即将执政的新政府，如果公共部门削减力度不负公众所望，那么对政府而言，重要的是在政策上避开公众广泛期待的工业改革，眨眼间就被一个假笑的奥斯本所取代，他又反过来被单个病毒的细胞体所消灭，这种病毒的活动空间立即就变成环形，可以用微米进行测量。经证明，H_2N_5 病毒远远没有最初所想象的那样容易传染，世界卫生组织的调查研究已证明传播速度是——没了，被公交车门恃强凌弱的六角乐器所取代。那个男孩在巴斯纳前面爬上来，上车后，刷了一下交通卡，一旁的司机漠不关心：没有令人开心的售票员，只有孤僻、操作单一的机器，他的眼睛盯着远处的终点站。那个男孩滚上阶梯，巴斯纳固执地跟在他后面。双层巴士上层的助兴音乐如游说议员一般令人兴奋，座椅套为钢青色，车上的塑料货颇为温馨。公交车急速地涌进慢速移动的车流中，那个男孩“哎呦”一声翻倒在座位上，那位退休的精神病医生也“哎呦”一声翻倒在后面的座位上。巴斯纳想，慢慢来，那个时候他们就是这么说的——那时他们叫做委员会工作人员、垃圾收集员和医院勤务人员——或者是辅助教员：他记得，公共部门工作人员被杜撰出来，此外，公共部门仍然不断地发展，然后吞并了造船公司和电子公司——狗血的英格兰利兰汽车公司！长着马嘴唇的时髦人，带着个大舌头——一个烟斗客，一些人觉得我们会成为善良的小苏联。都有点下贱，真的，他和威尔逊都是。所有的烟斗客都是贱人！他咆哮着，那个男孩的刘海猛烈地拨动着没有睫毛的淡蓝色眼睛……象征性的流感病毒体探索任何地方以求得……巴斯纳蒙住自己的嘴巴，把他的咆哮假装成咳嗽，那个男孩眨动淡蓝色的病毒体，它变成带着大量斑点的墨卡托发射，上面是大量的被感染者，感染所致的意外死亡者两次被挑选出来：实际的感染致死者和预测的感染致死者。一种值得注意的反常情况打击了巴斯纳，虽然他从来都没有把自己想象为任何种类的流行病学家，那就是：数据的传播速度比疾病本身的传播速度更快，然而，为了回溯至某种比他自己的新闻都跑得快的传染病，你需要往回走多远？不是七十年代的亚洲病毒，但或许是第一次世界大战之后的西班牙型流行性感冒和它更特殊的前兆病毒？他看着地图，它的病毒体——想着那个男孩的抽动如何联系着大范围和小范围……我——我们感兴趣的是，这些微小的重复性动作是怎么突然放大为歌剧一样夸张的大动作大—统—领！哪里的作品？几乎可以肯定的是，科芬园——哪个夫人？不管是哪个……她坐在摊位上，钱包搭在嘴边，大统领站在两层高的舞台上，后背靠着背景幕，杀死了唐。她对演出技术的精彩无动于衷，只是渴望我会被他征服。他得意地笑：亲自拿个剧本，需要强大地放下怀疑——！然后他自我检讨：但我不能记住这是谁的夫人……因而承认：这不只是对缺少感情所表现出的失礼。经过图夫涅尔公园隧道的十字路口时，公交车跟几个骑自行车的人打了擦边球，但沿着联合道继续开。马路两边都是便利店、房产中介、更多的房产中介：这个城市消化它自己的资产，因此给房子增加更多的狗屎价值，这些房子曾经必定是坚固的中产阶级的家园，前花园里满是由波特公司管理的蜀葵花，公共马车开过时，它们的茎在风中摇曳……近在眼前的肥料。现在，这些花园都消失了，被重新开垦出来，被一层楼高的零售商店所取代，房子后面是台阶，这些商店就像钉子一样钉在台阶上。路上有什么？自行车巡游，亚历山大日游行，大赦年游行……它们给我们留下什么？购物商店。公交车已经到了拱门站和浮渣般黑的塔，塔提供社会公益服务，是一个吸进酒鬼、疯子、穷人的漩涡……巴斯纳看到，公交车停靠站上车的那个男人在这一站下车，不过，他对此并不吃惊，那人手里仍然拿着提斯克啤酒，还抓着一小把树叶和从塔里掉下来的塑料袋，像跳着华尔兹一般轻快地朝北走去，穿过三条碎石柏油路面的小巷走向惠廷顿医院。巴斯纳热诚地希望公交车不会朝这个方向开——这个令人愉快的日子，有着初春的自由气息，在这样的日子里，他最不希望做的事就是重游任何一间秘密病房，那些精神病人在里面不停地晃荡。在以前做临时医生的那些日子，或只为顾及那些迷失在医疗系统漩涡中的病人，他并没有时间惊叹这些场景，但一个人必会对这些场景感慨万千：惠廷顿医院里，被锁上的病房像沿路的池塘，打开吊门的时候，脸会撞到精神病人组成的人墙——这些人的喉咙后部卡着痛苦的滋味，煤焦油中的尿，让人悲痛不堪，他们发出不间断的低语声，偶尔夹杂着满是痛苦的大喊大叫声。然后……然后……就没有理由反驳分类和综合的必要性——诊断方法是……护身棒。他看到自己过去的样子：在溺死者和被救者之间忙活，尽管区分一个人就像给波浪命名那样无用……虽然，此时的确有个人冲向他：一个年轻的男子，穿着刚发给他的病号服，但屁股处已裂开，露出两瓣大屁股——并不是巴斯纳没有见过成千上万个像他这样的人，咳嗽之后憔悴不堪，从霓虹灯下厌恶地逃走，逃到人造地平线之下——而只是，这个人因服了太多的氟哌丁苯强安定药而开始窜来窜去，像水滴从人海之中滴下来，没有滴到接水的桶里，而是流到了满是泡沫的地上。医生，医生，他胡乱地说道，帮帮我可以吗？这件往事就代表了所有其他忘掉的事情，对于其他人，我也帮不上忙……带着一丝苦涩，巴斯纳现在祈祷公交车不会开往海格特，他鞠了一躬，头撞在前面的座位椅上，他勇敢地承认：要紧的总是个体，而不是某一类人，因为我不是我兄弟的监护人？那个做了发型、玩着苹果平板电脑的男孩已经走了——他又孤单地身处双层巴士上层，公交车侧身转过弯口，继续行驶在陡峭的上坡上，开往拱门路。穿过宽阔的窗户，阳光煮着橡胶，炖着乙烯基塑料——但外面仍然很冷，还是原来的空气，不需要任何证据，他相信，人投入往事的怀抱寻找温暖，大脑完成了这种寻找，我身上只剩下过去的往事……我老了。巴斯纳首先想到了青少年时期的亲吻——那时显得如此重大，白色的短袜上方隆起小腿腓肠肌——然后想到了其他关于吻的一切：他不断地成熟，因而渐渐地离开了母亲的怀抱，自己笨拙地去摸索，母亲的怀抱消失于自己的记忆之中，因此——他比大多数人更甚——这种让人起鸡皮疙瘩的摸索是种代替品。他退而想到了他的生殖器脐带，他转而想到自己当下变垮的模样，他往回退了更多，细胞变大，像水泡缠绕在一起……现在，不管是他去碰东西，还是自己被其他东西碰到，他的反应都很慢，一个吻就真成了重大之事，另一个人的双唇收回，收回，收回——开裂的头盖骨。不到五个月前——在情感障碍会议上，他又一次失败

结合，他觉得很是丢脸。她的包装风格曾是褶皱硬纸板——尽管那不是。会议，啊！总是他喜欢的魅力竞技场：在以前专科学校的会议室里，不仅有方方正正的方地毯，还有涟漪般柔软的生命气息，

难道这些不让人觉得振奋吗？全体大会时的大范围沉闷和兰布鲁斯科酒宴上的狼吞虎咽？介绍议程时的正式和她躺在渐蓝羽绒被上的随意？她开心地看着他眼里的软弱，说，为什么不试试伟哥？然后，他一边沮丧地说，不，我坚决不要，一边努力地把老黄狗塞进他的内裤套中。这种药到底会让他怎样：通过化学方式而得以变得饱满的火箭在斯蒂夫尼奇或索利哈尔上方爆炸，后面拖着有效负荷——他下垂的身体？不。最好接受事物本来的模样：阳痿是欲望按着一定的节奏向内射：一个平稳增长的缺陷性圆柱体在他体内努力地运动，发送出几乎没有的麻痹性震颤。不，最好接受这样的事实：水鸟都飞到运动场上刚喷上去的白线上了，当人们说，那些麻雀都去哪了？就只要回答，被那些水鸟吃了。而且，再次变得生动形象的，不仅只是那些回忆起的赤裸裸的事实——现在还有重新触摸，重新嗅，重新听——整个感觉中枢都被加强，以重新回顾那些该死的东西，正当合法，但现在已不觉罪恶。——每一次泡吧蹦迪都抵消了上一次泡吧蹦迪，同时又坚决地告诉自己再也不要有下一次——性就这个样子。此外，当你身处热烈的紧急关头，重复性的动作支持同样重复性的幻想：除了那些稍稍不同的臀部推力、嘴唇亲吻和颈部爱抚，只有这个才是被抓住的东西，然后一次又一次地恢复，用作自我刺激。公交车停了，停靠在杰克逊路社区中心外面的路边，发动机喘着气，冒出的烟涌到窗边，窗外是炸鸡外卖店，巴斯纳的前额撞到坚硬的玻璃窗：从窗玻璃所显示的棍棒，他看到了钻石一样的镜子，看到了镜子所反射的福米卡家具塑料贴面上有曼德勃罗图案，他看到了自己、裤子和短裤下了半旗，衬衫下摆拍打拉紧的半边臀部，他正以慢跑的速度穿越北伦敦，从一个特殊的心理治疗地慢跑至下一个治疗地——从希斯医院到惠廷顿医院，再到圣·蒙戈医院和塔维斯托克医院，再到东部的鲍尔比中心，在这样的郊区，他摔倒了，头向下！他又恢复了意识，发现自己正在挖掘肥沃土地上的一小块柔软之地——一个营养学家或一个职业治疗师，一个护士或一个专科医生。他现在觉得，那些都不是风流韵事——即使考虑这个词所暗示的各种复杂——而只是性交的视觉恶作剧，加上白脸的小丑就完整了，他们的嘴巴浓密地涂抹着肉欲的化妆油。明显，这一精心编制的摔倒——屁股着地，没有人会真的受伤——或像他想象的那种受伤结局。但因为他的解放，他可以从每一个角度检查自己被性欲所奴役的情况——身体的、感情的……一大口唾液！道德的——不得不承认昨晚我看到自己的妈妈唱了一首歌，性首先引起更多的性，因此早上醒来我的妈妈走了，坏行为给更多的坏行为设置了黄金标准：以固定的速率不忠。当公交车经过东芬奇利的牡鹿饭店时，公交车哞哞哞地叫着，令人怜悯。巴斯纳充满讽刺但又带着悔意地说道：我总是能够鉴别那些容易迷路的人——但那是什么？在一个充斥着迷人之音的世界中，它像呼呼声这是最容易记住的音调之一：昨晚我听到妈妈唱了一首歌，哦……他们第一次做爱时，毫无疑问地，两人都有点醉了，尽管当时正是正午。他已决定不要在午饭时间去酒馆——这是什么，为了给同事饯行？不管了……她也在那，当他和她一起回去看那一箱烤好的面包时，她果断地关上了他们后面的门。我想，这是什么？给女人喝的啤酒，现在是她给的手交？药房就藏在总店的房间后面——很多房间其实已经不用了，堆满了最奇怪的东西：旧课桌，衣帽架，解散的乐队所抛弃的乐器盒。护士长或精神科医生来采购仓库里的药物，仓库像餐厅备餐室，他们走到过道尽头，噢—咦，但我们已经在她那个小型实验室里做了秘密之事，噢—咦—啁啾—啁啾—吱吱—吱吱—。就是这种鸟！那个夏天，哪里都是这种鸟，在绿色的碗状灯罩下面，一大群多巴胺灰尘涨成粉状。他站着，看米米操作仪器，想到了他叔叔的厨师菲茨太太转动粉碎机手柄的样子，然后蠕虫状的肉就蠕动着爬出来。米米把粉末倒进漏斗中，更换长凳上的刻度烧杯，透过那些徐徐飘荡的微弱白烟，他看到她夹着空胶囊去接漏斗，熟练地按下控制杆，让这个极小的容器跟漏斗尖锐的出水口结合，他注意到了她手指上的单颗钻石。磨开，弄湿，捣烂浆糊，捣碎粉末——我没有忙手忙脚！她那修剪过染了红色的指甲滑动弹簧游砣，转动天平的浅盘旋转，给装好药粉的加上胶囊帽，米米拿起这些胶囊，然后转过头面对着他，在她神经药理学的专业背景下，她只是极为轻微地摇摆着。她说，两克，嗓音穿过她脸上的棉口罩，像卡祖笛的声音一样动听。我可以调整一下，做一克和三克的，但是带半克的就不一样了——。他在她身上，角度计算得极为精确，他的骨盆恰好可以让他的手抓住她的半个臀部，大腿放在她的两腿之间，他的嘴巴分享同样的过滤器，他们的舌头紧紧贴着对方的一侧脸，牙齿把口罩叼到一边。当他们以两人三腿竞赛的方式跑向地面时，他们的合作极为糟糕，她“哎呦”一声打了个啤酒嗝。巴斯纳的手猛烈地剥开她的实验室工作服，撩起她裙子的边缘，把她身上使人热血沸腾的紧身衣和短裤组成的诱惑之网拼命地往下拉——她闻上去有种酸酸甜甜的味道——柠檬牛奶冻？她紧致的卷发几乎是亚麻色——一丛羊毛。他们躺下的时候，一定撞倒了一个玻璃容器，因为当她抓住他的皮带搭扣和拉链时，他可以听到它撞倒支架时轻柔的摩擦声。现在没用了——因为他面前是一个赤裸、叉子一样的她，停不下来了——他希望烧杯里放的不是八十盎司的L-苯丙氨酸，因为这得花两千英镑！今天早上刚从瑞士的山德士运到这里。漆布毫无诗意地压着手腕和膝盖——他的脚指甲戳到了漆布，但他却弯弯扭扭地开启神圣的壮丽篇章——进入她的身体，米米，她的头、她的胸、她的手臂应该去死！在这用于放纵的时刻，巴斯纳表现得最为专业，哈哈哈哈—哈哈——哈，最终，她大声呼气，本性被他所揭露：一个被诱拐的受害者，似乎只希望被眼前的诱拐者强行夺走，因为她用那些指甲把他拉到自己的身上。有那么几秒钟，至少他的眼前一片空白，但是柠檬牛奶冻强化为烈性性交汗水……他把她的乳房从围墙中释放出来——罩杯比他想象的要更大更白，乳头陷进去了，所以他弯了腰去吮吸它。哈哈嗯！她咬他的耳朵，他诊断她的一连串动作是手足徐动症，她的抽动诊断为肌阵挛。为了甩掉这些医学术语，他看着她的脸，只发现她明亮的蓝眼睛被她身后及左边的某些东西所强迫——动眼神经危象！在米米张开的嘴巴中，他偶然发现了她潮湿、闪烁的唾液——她颤抖的卷发扫去珍贵的灰尘。他感觉到消肿已经开始，加强他的信念需要米利亚姆的脸在熟悉的枕头上两侧已被弄脏：在承担职业性错误的义务方面，配偶权这一形象有力地起了作用，当地面上的大脑向后弯曲到我的那一侧，他想：她也这样做吗，我是她的未—未—未—婚—夫？他突然拔了出来，少量精液射在她的皮肤上和衣服上，以及漆布上，使他们两人都警觉到了他们所做之事的疯狂。他想，我把这些东西擦干，与搞出这些东西相比，这更能让我们之间的亲密度加强——开头几次必须用社交语言，聊一聊生殖器……在酒馆里，从她那里，以及在他解释他们要做之事具有高度实验性质之前，巴斯纳收集了关于这些东西的所有内容，因为她条状的白色紧身衣和雏菊图案的迷你裙都透露出女孩子气，米米非常庄重。她是个公主，从酒馆回来……透明的塑料伞是她的轿子。在四月的暴风中，他嘲笑她，然后她说：我不想弄湿头发……被他自己的衣服弄得一瘸一拐，他笨拙地跪了下来——肯定有块布卡进实验室用长凳中，比如水槽中的抹布。在麝香味的酯类中，她的脸是一片空白——下巴下面的肉已下垂，肌腱穿梭于其中——她颤抖着醒了过来。她升起手，把他的呆头勾到自己的肚子上。在天窗下面的木头壕沟中，这两个激动的身体恢复了作战——借助一个薄套环，口罩又重新挂在了她其中一只没有耳垂的耳朵上，从这里向外辐射出一个不断扩大的不安漩涡，沿着昏暗的走廊，穿过旋转门，跨越令人窒息的院子，在那些哭房下，这个不安的漩涡穿过所有的人肉之躯，把歇斯底里的痛苦扩大为刺痛神经的愉悦——穿过躯体，穿过摇晃跳动的墙。漩涡穿过了许多墙，犹如一个静电环，沿着医院的中心走廊扩散了一八八四英尺六英寸，不断地压缩、扩大冰冷的旧石灰泥天花板。病人中出现裂缝——他们被开心地分开了，医生和值班护士跑了过去，含有镇静剂的刺刀已经就位……但是他们不能阻止病人们继续用头撞地砰—砰—砰—！也不能阻止他们清扫溢出来的 L-DOPA

左旋多巴胺药水——巴斯纳费力地前进，汗液从橡皮膏中流出来——上次他到贝雷斯福德广场逛时，从那里的街市捡了根六号铁头球棒，他的伤口就是这根棍棒柄所赐。更衣室里，艾伯特正在穿羊毛袜，一边穿一边对着自己的脚傻笑。他笑了，然后想着为何只有经历过了，才能意识到微小事物——他可以听到梅修和阿巴思诺特在他后面走来走去，但他看不到他们，长凳上方的衣架上挂着的夹克衫遮蔽了他的视线。留在衣服上的汗水，干了之后有种独特的味道——挥发运动是种徒劳的运动，因为汗仍然是汗，他觉得，挥发了的汗也同样可以辨认——混杂着医用擦药、亚麻籽油和杜仲胶的气味……然后是登山鞋尖锐的摩擦声，以及穿好紧身格子呢绒裤时轻柔的啪啪声——但是他没有专业衣服可穿，也没有专业设备可准备，相反，他穿了自己三流的办公室套装裤子，一件浅色的法兰绒衬衫，他那件旧的班克罗夫特运动套衫。艾伯特又笑了：他想，他会把裤子边卷进袜子里——这可以让他更加自由地活动手脚，也让他像是穿着超出膝盖两厘米的紧身高尔夫球短裤。——当他被领入总监办公室时，那个人不知道艾伯特手臂中夹着的高尔夫球杆是怎么回事——还有那些他没注意到的东西。不管怎样，艾伯特克制自己不提球棒的事，然后跟他们一起去视察军工厂、芯片加工服务厂和机械工厂，手上仍然拿着那根球棒。某个时刻，他用了那根柄——然后绷带松开了，上面的皮带裂了个孔——为了用球棒戳工作台上的一个铜制炮弹盖子，以把它拿起来，在从高窗倾泻而下锦缎般的阳光下检查这颗炮弹的抛光度。人事军官怎么看？或许这是一些新型的轻便手杖，尽管他也是个平民，要跟其他人打交道的时候，他似乎极为慌张——对方也可能只不过是在这样一个“资深”的岗位上而已。有一两次，他称呼艾伯特为先生，还敬了个礼。人事军官年纪更大，穿着蝴蝶领的衣服和十九世纪九十年代的外套，面容——艾伯特猜测是种正常的红润肤色——已被神经所过滤。艾伯特生硬、直接的行为举止让他困惑——这种行为不是为了炫耀，这完全是足球比赛和棒球比赛所锻造出的人的模样，最近，既然威尔顿先生有他自己的路子，那深夜就奉献给了各种关系。他知道，他用运动员那种无意识的优雅在活动——尽管他的上司依赖艾伯特超常的智能、推断能力和记忆能力，用他无懈可击的正直坚定他们的抉择，但他，却反过来依赖他的身体……长长的茎，最浅的绿，神秘的……大黄，长在萨里家的菜园粪堆上。赫奇斯太太把大黄馅饼放在她的房客面前。她廉价的房租让人一见如故，她勇猛的脸因愉悦而松垂。如果费尔·罗莎琳德接受他……她的家人也接受他……他就可以结束简陋的生活，相反：新的家具，分娩设备——所有的烦躁起因于婴儿床单和之后的费用。他想，她或许每年可以继承七八百……但这是种懒惰的空想，到目前为止，他只是在追求她——他只见过她一两次，当她和她杰出的叔叔经过政府大楼的楼梯时，他摘下帽子问候他们。想这种事情太荒唐！虽然他觉得，难道他配不上她或像她这样的人吗？他难道不洁身自爱，只能穿过我们救世主的手看她的手指，而不允许眼神偏离至随意穿着的紧身上衣吗？艾伯特坐在那里，一个星期又一个星期，寻找教堂长椅上的破棉袋漏出的硬币，用内行一样的耳朵去听圣犹大代理人器官支气管似的呻吟，在教堂的灯光下，他既看教义问答书，也看由公共部门信息办公室所编写的年度统计表：他用心看这两份东西，确认他仍然信仰三位一体的国王、基钦纳伯爵和威尔士能人——。

戴阿斯—戴阿斯？艾伯特并没听到，直到一只史无前例的手拍在他的肩上，他才听到了这两个属于他的合法音节。那个人一边拍他的肩，一边说，我说，戴阿斯，要是我们看上去没精神没活力，我们就会在双打比赛中落后的。梅修对着艾伯特笑了一下，身体倒向背着大包的那一侧，两个酒窝吃掉了软木炭一样的小胡子的尾巴。他们离开更衣室，经过具有高端名字的俱乐部，从前门走向第一个球座，此时，艾伯特开始评价梅修欺骗人的步态：他太瘦了，拿自己的包都不禁让人觉得吃力，但这几乎没有关系：球童们从小溪边的爆竹柳树荫下一路慢跑过来，热情地帮梅修拉东西，只收三便士或更少。此外，在到汉威尔的火车上，梅修承认了一个人的不便。我自己没什么优点或技巧，他穿着法兰绒衣服——显然，梅修的家乡背靠高尔夫球场。夏天，在沙丘上和拉斯汀顿附近的路上闲逛——然后是大学时代那种莫名其妙的忧郁。当活塞沿着大西部主干线徐徐前进，穿过罗亚尔奥克、阿克顿和伊灵，艾伯特即刻的优越感放任了他自己的谦逊。艾伯特因阿巴思诺特而心存感激，梅修给自己介绍了这个人，在银行里做着单调但开心的工作，打扮得很有派头，就像个从事证券经纪工作的犹太人，有他自己的薰衣草鞋套，镶了丝带的帽子和丝质的钮孔，钮孔大得足以让大黄蜂飞进飞出。阿巴思诺特似乎就只是等着火车“嘎嚓嘎嚓”地早点离开帕丁顿，后来他终于可以拿出酒瓶请旁边的人喝酒，一边还说，老子我已经把这酒瓶子举了这么久，没人愿意喝点吗？听到梅修的谎话时，阿巴思诺特没有矫揉造作：省省吧，梅修，你这个老鬼。你说自己连挥杆都没有入门，听你说这话，从身体构造来说——圣灵为你做了一切！阿巴思诺特肉感的脸变成了红蓝相间的变质羊肉，他大笑——笑的时间最长。此时，他用一块洁白的手巾擦他那饱满、深色的嘴唇，并把他那塞得满满的包递给其中一个球童，留心到艾伯特仍然只扛着那两根球杆，他在火车上见到他扛着那两根球杆——六号铁头球杆和同样古老的三号球杆——把这些看在眼里，也看到了这位比自己年轻的年轻人胡乱搭配的高尔夫球服，在五月晴朗的日光下，那套不像样的衣服跟他自己整齐的高尔夫专用球服形成了强烈的对比：有弹性的格子呢袜子，超出膝盖两厘米的浅绿色高尔夫球裤，像是在奉承他那条结实的大腿，还有一件相配套的防风外套，上面有皮质腰带和肩带。他说，你只有这些球杆吗？当艾伯特承认这一点的时候，那个银行家又开始说，没关系，我的东西你随便用——见鬼，你或许更想把这些东西都抛在身后，只愿意分享那个包。在部里，一个人不会靠动怒而爬得那么高、升得那么快——不是因为动怒让人没有能力察觉到那些有意无意的言论——但这个银行家所指的正是他所说的，而且这是他行事风格的一部分，带有简单、自然的平等主义，跟梅修的作风极为不同，梅修听到他们的对话，赶紧插嘴：为什么，戴阿斯，我应该早点送给你的——当然，前提是你也想要。艾伯特提出异议，谢谢，也谢谢你，阿巴思诺特先生，我宁可继续用自己的这些东西，我熟悉它们的，啊……特性，老实说，我很高兴接受这种挑战，听到艾伯特的话，梅修令人不快地逼他：好了好了，戴阿斯，我想球场上没有这样的礼节——这里，第一，我们都是打高尔夫的人，第二，才是……绅士，但这两个字先是让大家觉得颇为别扭，后来又让人觉得困惑。艾伯特觉得梅修有些可怜，他欣赏自己所扮演的角色的聪明之处：绝不让自己表现出不属于自己的模样，他那平和、中性的口音和完美的措辞，绝不会让人想到他曾经是个富勒姆男孩。俺不要了，多太太，俺不要了，多太太……不是这样：白眼卡菲尔墙上有成千上万个他的印记……艾伯特比他的同伴更清楚，战争总是机遇。最后，梅修成功地挤出了这样的话：……公务员，然后弯下腰放他的球座，放直，来回摇摆，视线落在大橡树之间的球道转弯处，漂亮地屈膝，杆头往上挥，然后猛击，挖球。他的球反弹了一次，再反弹了一次，然后消失在乱草区——艾伯特思索着，不管梅修的差点[1]来自哪里，它不可能来自他的发球。——从汉威尔站走向沉寂的大街，经过两幢新别墅和一幢旧郊区长条形住宅，其中上面的一块地方是古老的紫杉和油腔滑调的乌鸦，阿巴思诺特和梅修谈论着国家保护区的消失，银行拉进一袋又一袋的黄金——阿巴思诺特争着说道，那么多的黄金，城市警察队都封锁了威廉姆斯国王大街的所有交通，这样的话，汽车火车——甚至马车都被当地较大的分支机构所雇用——或许就可以组成有秩序的队伍。在其中一幢别墅的前花园里，一个用人正在拍地毯，这三个男人优哉游哉地经过时，她因害羞而变红的脸甚是漂亮。艾伯特看到铁路线远处是黑色的小教堂尖、市收容所的红砖烟囱和棕色石砌塔。疯子或许是通过铁路或公路运过来的——但为什么不是大运河？他听到他们的叫喊声包围着煤码头……疯女人……根据

① 差点，衡量高尔夫球员在标准难度球场打球时潜在打球能力的指数。

每个人的用途，她们被分成几类——为什么不是孩子，低能儿，或许？毕竟，他们也可以很好地用作……机关枪饲料。一年的时间所造成的差别——三年之后他们会在哪里？嘿，嗨，打她一下，然后这个老女人就高高低低地跳，嘿，嗨，高低跳……此时，阿巴思诺特已经观察到梅修的球在那个草丛中隐藏了好一会儿，他弯下腰放自己的球座，说，终于可以说说我想怎么下赌注了。那两个正在偷笑的球童——以及另外四个没有笑的球童，确切地说，几码之外盘腿而坐、坐成一排在偷笑的四个人……谄媚者的谄媚者。阿巴思诺特的落后展现出汹涌的扩张……驳船张开满帆，风航驶向下游……但是当他直起身的时候，他拿出一张新的十先令纸币，夹在他的手指之间，布拉德伯里的签名在空中飞扬，犹如一束束的高空卷云随风飘荡……他说，我要么把这个作为奖励，奖给今天表现最佳的人，要么让自己永远好好地藏着。梅修又犯了另一个大错……他错乱地说，卢西塔尼亚号撞倒了他……——难道你不觉得这有点不合理吗，老伙计？然后用球杆朝艾伯特的方向挥了一下以拉拢艾伯特，但艾伯特很快就说，别客气，尽管放马过来。的确不怎么合理，阿巴思诺特先生，如果你也赞同，我可以加倍吗？然后，他从随身笔记簿中抽了张一英镑的纸币。——你看，我也有其中一种新钞票，果断地拿出来以应付跟这种情况一模一样的突发状况……阿巴思诺特热情地表示赞成——梅修没有选择，也只能从身上拿出一英镑增加赌注。阿巴思诺特站好击球姿势，极为简洁。他成功地把他的手臂在头顶上方伸直，对这样一个体型庞大的男人而言，他简直就是完成了艰难的壮举。球杆击球时发出一声清脆响亮的“噼啪”声！但艾伯特觉得发球时力道太大，所以这个球往上飞，发出微弱的“嗖嗖”声，陡峭的德国迫击炮火箭抛物线，在它到达顶点之前，艾伯特计算它会越过目标。一个二百六十码四标准杆，对着那些危险的东西开炮军火掉进了八号壕沟后面的一个矿坑中——阿巴思诺特的球正是这种情况。更安全的球场是在树林前面的无人地面铺设掩护火力，然后使用一个中型铁杆瞄准果岭——这就是艾伯特的打法，尽管缺少一号木杆和合适的铁杆。他熟知自己的三号球杆上的每一个缺口和隆起，甚至还可以把这根球杆的侧面角度计算到小数点后几位：一旦他调整挥杆，他不需要费任何力气，就能让撞针畅通无阻地戳进弹药筒，因此那个球高高低低地跳，然后停了下来，离树林还有二十码。梅修要求击球两次以通过乱草区，阿巴思诺特则要求击球三次以打出沙坑，沙子从他贪婪的挖掘中喷出来。为了达到他完美的谎言，艾伯特放好球杆，回到他的下杆，把球击高，高过橡树，干脆利落地削下一块小草皮，落到地上。他不慌不忙地把草皮填好，把那根凯旋的六号球杆挥过头顶，对着果岭大声地喊，不好意思……那两个年纪较大的男人鸦雀无声地看着他，艾伯特使用三号球杆上的平脊把球打到了七码深的球洞中。他那两个同伴受一号洞所赐的虚弱——而且也不清楚另外的十七个洞，只不过清楚这些洞的长度和标准杆数而已，正如俱乐部的公告所告示的那样——但艾伯特已经领先了。他想，他几乎可以肯定自己击球十三次就会赢——如果有一些实在无法预料到的情况发生的话，那就是十四次。在去往二号球座的路上，阿巴思诺特停下来点烟斗，用火柴暗示，艾伯特应该等他。他的鲤鱼一样的嘴巴吹出烟雾，像吐着泡泡，问，你是塞缪尔·蒙塔古的人，还是站在劳合·乔治那边？他那厚眼睑眼睛已经失去了他们在火车上时的那种呆滞无神的开心——他的眼神并不冷酷，但在对人评头论足。艾伯特回答说，我从来都觉得自己只是个不值一提的小人物，不足以被这两位能人所关注……他自己的眼睛转移到了球座上，那里，梅修正在表演古怪的屈膝。阿巴思诺特讽刺地说，我倒不觉得，如果梅修先生没有用“二号”这个如此能干的名字，他就不足以让这两个绅士注意到他。阿伦斯迈尔或数字大叔达塔斯之类的人，肯定带着狡猾的尖锐钻进这个饭桶中了，这个人正在火柴盒上划两根火柴。艾伯特说，阿巴思诺特先生，如果你不介意我这么问的话，你觉得自己在银行里的确切职务是什么？——噢，可—可—怜的，戴阿斯先生，我相信你可以做得比那个更好，但因为你问了……头顶上飘着冒烟的三角旗，一个蒲公英头在下面被碾碎了……我确信，我们有足够的资金提供给你的新部门，以使你们有能力解决它台面上的账单问题——什么时候你会开始在军械库工作？他转过身，穿过白色星星般的烟雾走向二号球座。四百多码长，懒洋洋的S形路线，到达欧克斯桥路，避开显然危险的贮水池，球洞喜欢那些能够用力量快速推进的人。梅修的球童弯腰放他的球座，梅修弯腰放他的球——他来回甩球杆和肩，站好击球姿势，然后又开始甩，站好，然后又开始甩，站好。艾伯特自己的肩也充满同情地耸动着——他最不希望出现的事情就是他的上司丢面子！这个发球力量够大，尽管阿巴思诺特至少高出了五十码。两个人都有效地打到了果岭上，而艾伯特明智地落后，后来，他毫不留情地挥舞那根六号球杆，打了个二十五码切滚球。所以这三个男人已每人击球三次，高于标准杆数一杆。接下来的四个球一帆风顺，把这些打高尔夫球的人带向绍索尔村，后来他们的斜坡因一个罚球区而转向，然后他们就向东撤退到布伦特河：宽阔的球道，令人心满意足的沙坑，单调的小山丘。艾伯特并不需要很努力，就能让梅修相信自己的技术在提高。但是，阿巴思诺特却定时地用奇怪的眼神看艾伯特的眼睛。当他们站着看气喘吁吁的梅修做更多的屈膝运动时，阿巴思诺特说道，早知道，我们就应该去布伦特山谷球场，我也是那里的会员。另外还有几个犹太人，梅修添了几个合适的新内阁，我知道，他们需要一辆大型游览巴士带着他们绕一圈这样的九个洞，这就是他们的懒惰——。和吝啬！阿巴思诺特又说了这个词。然后三个人都大笑——他自己笑的时间最长。在第九个球座上，艾伯特意识到自己耗尽了力气，因为都被用于控制好挥杆：他的背脊上镀满了紧张，压力缠绕着他的手臂，用尖锐的倒刺刺扎他的神经和韧带。到目前为止，球洞是最有趣的：在一个平缓的斜坡上向下滚一百三十码，到达一个桤木果岭，其中隐藏着球道所勾着的方位点。穿过树叶的绿色碎片，高达远处的河岸，艾伯特看到旗杆刺穿修得并不平整的草坪——告诉他同伴，河流只是种掩饰，这只是出于运动友谊精神。真的？梅修一边问，一边用鞋子的足尖部位踩草坪，摸索地雷。源于其下属的秘密指示，他已经开始扮演宽宏大量的胜利者的角色。艾伯特说，我倒觉得，球场的设计师浪费掉了所有的发明，迄今为止，已经无法从这些洞穴中看到这些发明了——我敢打赌，那些树后面有水景，就在河边。梅修又开始愚蠢地说：真的？当被来自前线虚张声势的电报所折磨的时候，幻想是梅修经常戴的面具——这正是艾伯特所看到的，它模糊了他的特征，通过球场上的洞穴，他多泪和怯弱的眼睛扫描着中线。傻瓜！你的国家不需要你……因为梅修提出要三号铁杆，在任何人——除最好的专家之外——都会击短球的地方，接受两次击球到果岭处，以此作为安全三标准杆的代价。现在艾伯特已经无力解救他了——脸上涂满乳清、因恐惧而发抖的年轻兄弟们也无能为力了，他们已在这个绝望的演习中被抛弃了。艾伯特受到了深深的侮辱，他因而没去观察梅修的膝盖像女孩子一样躲开——而只是意识到球慢得令人讨厌，乘蒸汽的舰载艇穿过骗人的和平气氛向上飞，舰载艇对着云雾缭绕的君士坦丁堡鸣笛。他们嗡嗡地叫，机关枪子弹——至少艾伯特听到休假的上司这么评论：当他们生产锯齿状软东西时，发出嗡嗡嗡的叫声——果肉、布、脑浆……因此，这就证明，梅修的球，达到的高度不够，致命地停住，呼呼的风使其偏航，然后骤然下跌。非同寻常地，艾伯特幻想：恶心的烂泥中的眼泪，突然从血泊和污水中浮出来的圆面孔。他想，球童们会被他们诱使而进入其中，把球捡回来——不是心甘情愿，只是脑子愚笨和解决饥饿。突然，他拍打愤怒之杆，我给了他每一个机会！这种转变那个聪明的顽童立马就留意到了，他不仅只是半醉半醒，而且他自己也可以肯定，艾伯特并没有给出暗示，而只是表现出夸张的尊重，在他面前向阿巴思诺特招手，让他也到高地上来。那个银行家打球很稳，他的球从斜坡上高高低低地跳下来，正好落在目标位置上，因为它本来就应离果岭有一段长长的距离用于起扑。若打球的人达到印度圣人所描述的心境，那这个人构思如何挥杆是有意义的——至少艾伯特相信这点——这种心境被描述为：瑜伽式地设想击球姿势——手臂向上升，然后离开，躯干的整个长度恰好落在两脚之间——力量反而不利于在冥想中计算角度：杆头将要经过的杆头弧线，打出去的球的弧线。一切都已被决定——击球具有幽灵般的结论，徒劳，没有具体形式。此外，冲突的对象不是他表面上的对手——对手是种低能的生物，其特征在软铅中被可怜地铸造——而是球场，完全任意的一片土地，复杂的山谷，未用于放牧的草地，被赋予了极为重大但又不值一提的重要性。球场是无辜的——它招致别人的怒火是因为它的范围太大。它那明显的特征、溪流、小树林、孤单珍贵的榆树林，都不再带有任何意味。的确，它们只是存在那里用于提供方位而已，从这些方位中，打球的勇士分出胜负优劣。艾伯特让瘦长的身体放松，又重新变得紧张，当他变轻松的时候，他的每一根神经纤维都感觉到愈趋完美的击球——他还觉得，六号铁头球杆或许只是为了这个时刻而造。好球——梅修自言自语——他们三人，还有球童们和跟班们，都随着空中的球飘走了，那个球在空中不断地升高，过了好长一段时间，终于在最高点停了一下，然后掉下。所有人都期待它在果岭上高高低低地跳，隐形兔子的白色短尾——但那里什么都没有。当他们继续往前走的时候，梅修说，似乎你也遭到惨败。阿巴思诺特露出不见牙齿的谄媚之笑——我的愤怒让他开心！一切都按艾伯特所预测的那样发展：球童在溪流边的脏池塘里艰难地走，梅修则在岸边慢慢地走，而且越来越没有节制，大声地发出各种命令。直到阿巴思诺特用重重的手拍他的肩，他才停下来，接受两个罚球和一个新球。当这两个人击中果岭的时候，艾伯特悄悄靠近球场的腹地，他分开一丛又一丛的草，每一次都只看到他所期待的东西：一群散乱的山毛榉果，柳絮，一些干透的羊粪……艾伯特鄙视自己的自我怀疑，虽然别人身上也有自我怀疑的毛病——但梅修身上并不一定有——这人正撤离球杆以找回自己的球，在弯腰拔出第二个捆在洞穴中的球前，惊讶地大声喊叫，噢，我说呢！他对着艾伯特大叫：你还记得你的球有什么标记吗？艾伯特嘶哑地回叫，三颗心！艾伯特听到的，既不是阿巴思诺特简洁的祝贺，也不是梅修矫揉造作的祝贺——他也忽视了球童和跟班们零零散散的欢呼声，而是大跨步走向下一个球座，松开齿轮，把双脚向前移动，拧紧齿轮，站好自己的击球姿势，紧握球杆，眼睛转向地平线，点击弹簧轮选好范围，装上曲柄，铺设掩护火力，在掩护火力之下，他可以增加自己的名声。两个连续的小鸟球——十二号球洞老鹰球。如果这场比赛的前半场突出表现为糟糕的停滞，因为艾伯特的欺骗都把他们牵制住了，那么现在，比赛就发狂地释放为移动的战争，这个三人组合将这个球场的剩下区域四等分，然后又四等分。十七号球座旁边的山楂树上有一些鸽子，让人恶心的胖身子在树丛中扭来扭去。这是种戒备状态，山楂树的西边，太阳从湿软的云朵中透出来，树的东边，在卡斯尔巴山和德雷顿格林地区的别墅中，所有的玛丽·安们和梅们都小心翼翼地拨开向下沉积的山脉：煤必须用手推车送到家里，一次半英担。从车站里走出来的下班族已经被死亡闷死了——烟囱里炊烟袅袅，溪流染红了下一个黎明。一块被春雨镀上了银的石板——梅修站在十八号球座上，推开了球童撑着的伞——他刚从他的包里拿出来打开撑着。——不，小伙子，撑着伞就看不见了。当他们走回俱乐部的时候，艾伯特的靴子被泥拉住，又被泥拉住——大量的愤怒消失了，他倾向于宽厚仁慈。当他们在擦鞋机前面排队等候的时候，梅修和阿巴思诺特把费用支付给各自的球童，他们先从背心口袋里掏了一些二先令银币和半克朗硬币，最后才从花呢料衣服中拿钱包。真惊人，梅修一边说，一边交出一英镑纸币，结果是什么——六七个击球？艾伯特回答得很干脆：十四个。梅修悲伤地长叹一声，像长笛之音，用两根球杆就得到了所有得分——没有一号木板，也没有轻击棒……但是——他轻轻地捋了一下自己哑剧一般的胡须——有些人或许会说，只有两根球杆让事情变得更简单，选择正确的球杆是……比赛……技巧的一部分……他开始沉默。艾伯特接受了阿巴思诺特的一英镑纸币，最后跟两个人都握了手——他靠在自己的三号球杆和六号铁杆上，挪威人靠在杆上，小酒瓶在他们中传来传去，然后用球杆的杆头撬出陷在鞋跟和鞋底的直角中的金属盖。我会接任伍尔维奇的职位，他说，每一个字都轻轻地拍打着梅修经雨水冲刷的脸，外形危机必须得到解决。梅修的脸呈肉色，是一个充满了愤愤不平的痛楚的伤口：你呢……你是可以接大任的人——你相信吗？是的，艾伯特说，那正是我所信的。——然后就先回了，他从更衣室的衣架上拿他的夹克衫，大步走向汉威尔站，两根球杆的杆部摩擦着他起泡的手。在帕丁顿的时候，他意识到天色已变。当他沿着月台走的时候，他不得不东躲西躲，以躲开狙击他眼睛的伞柄尖——一个高个子男人，一个拥挤的石头壕沟。三个女人在检票机边潜伏着——最年轻的那位向前走，大胆地盯着他，头上的帽子就像个黑色的稻草洞。艾伯特注意到了她时髦的短裙，还有她那双纤细的脚踝——法国人会说，锦上添花——她说，懒骨头，他假装没听见。懒骨头，她又说了一遍，努力地克制自己，因为她从正义换到了礼仪……检票机让她通过。她用戴着手套的手捶他的胸。好了，好了！年纪大一点的女人没有下巴的浅色脸用屁股高兴地制止了她。你只要把它给他就行了，露西。另外一个女士害羞了，或许？在靴子一侧用伞尖敲打月台，再换到另一侧。艾伯特认得这把伞，就是他姐姐工作的那个公司生产的。这个健美的身体没有戴帽子——或许说，她的头发就是她的帽子，日本天皇式的发型。这是什么？那又是什么？他的攻击者大喊，但是，艾伯特完美地意识到了所泄露的东西，仍然无权干涉：他踩着水走开，回头看那个高个子女人。温柔的年轻男子，一只手上拿着高尔夫球杆，运动套衫的下摆露在夹克衫外面，裤子上的泥点也钻进了袜子之中。——难道你没看到你自己吗，我亲爱的朋友——没看到吗？勇敢的人在伊普尔快要死了，但你——你……艾伯特想到第三个女人的动作很神秘，几乎是仪式化的：她轻轻地在月台上敲这里敲那里时，分开裙摆的方式很特别。如果这是和平年代，有些人或许就会干涉，他想象路人——急匆匆地行走，脸转向一边，雨点打在肩上，穿着冰冷的灰色华达呢雨衣——已经被委托了这种任务，因为有更多的路人经过：贮藏啤酒被倒进查尔罗顿斯特拉斯的排水沟中，布谷鸟钟从咖啡屋墙上被拆下来，随便地放着，没上发条，贝多芬奏鸣曲的复杂艺术不知怎地被撕碎……那位姑娘……艾伯特开始了幻想，他可以感觉到前胸口袋中部长那封信的尖角，想着他是否应该拿出来高兴高兴。但是，他这个平日相当专注的人，此时却迷失在眼前的景象中——岸边的溪流和河上肮脏的烟雾，偶然出现的汽油不祥地预兆了这些——远处，雨水倾斜至屋顶的玻璃弯角上，旁边是工人们把铁轨上的防撞棚连在一起的场景，这种吃人的活发出叮当叮当的声音。不管怎样，一根长长的白色羽毛已经落在他的手上。艾伯特把球杆靠在自己的肚子上，仔细地看着这根羽毛，指尖在丝一般的羽枝之间滑动。那位姑娘……他又开始了，但是看到：她狂热的眼睛露出胜利的气息。他停下来，去看他的脚后跟，六号铁杆和三号木杆高傲地升高。他这么做的时候，突然放开喉咙大笑，因为从第三个女人的表情中，他相信她已经推断出——这可能是受她发型的影响——最高刽子手就是艾伯特。他想，赫奇斯太太晚上会准备牛舌，懒洋洋地躺在盘子边缘，每一个舌头上的乳头状味蕾都清晰可见。这里是水塔和医院第一排楼房的钟楼。他看不清第二排楼房——如果他回忆无误，那它只是一层楼高——但是不管这是因为它被拆除了，还是在这个视角看来，它被第一房子遮住了，他就是看不清，也不知道原因。——他在麦斯威尔山下了公交车，在那里站了好久，盯着一个网络咖啡屋的玻璃窗看，试图弄明白上面的所有内容：塑料贴纸贴在窗户里侧，是利百拉通讯公司的广告，上面的非洲人笑得异常灿烂，他从国旗清单和附加费中得知，用这种通信服务套餐往斯威士兰、卢旺达和加蓬打电话，每分钟只要花几便士。他想，上面那些开心的非洲人都是些什么人？喋喋不休了一个小时又一个小时，他们的言语重复症在这个世界游离。我不需要这样的服务，因为那时刚好出现一个衣冠楚楚、穿着栗色皮夹克的人，他从拉链式的口袋中掏出第一个手机，然后是第二个，然后是第三个——从左手换到右手，再从右手换到左手，当他一只手上有两个手机的时候，他不断地换来换去。巴斯纳百思不得其解。在他看来，这似乎是最大的浪费：把那些经艺术设计的微型电路技术珠宝看成是解忧珠[1]，然后停下来告诉其中的每一颗珠子，然后又重新开始新一轮的切克切克，哔剥哔剥，上上下下，来来回回。现在，站在他那个位置——视野的制高点，他可以扫视北伦敦的所有部分——从托特里奇的帕纳塞斯山到埃平森林的乐土——当然，他无法看清所有地方，尽管那三个多层楼聚集的糟糕街区搞笑地相似或许是埃德蒙顿。“他的鼻子把他引向了这里”，这是种陈词滥调和谎言，因为至多就是他的双脚把他带到了这里——那双浮肿、抱怨的脚，已经吓得他脱下训练鞋。——不，坐在长凳上，看着北环路的溪谷——曾经是芙莱恩医院——的巴斯纳，带着稍稍的满足感反思他作为忏悔者的第一个早上。他从肯特镇出发，没有任何计划或事先想好的路线，但在每一个分岔路口，记忆——这个永远的伴侣，给他展示了正确的方向。说实话，不管他的转变是多么的随机，巴斯纳的良心都会把我卷进其中——我的孢子，我的粪化石，我的一团如麻，广泛地散开。他事后才意识到，由于行凶者并不事后清理，所有的攻击都被和解了——首先走开，然后远离。在他后面，他感觉到了房子内部是一个又一个的洞，它那腐烂的地板，高高的天花板下不断剥落的瓷砖……巴斯纳觉得，这是种不为人所爱，也不再可爱的东西：巴黎有圣心教堂，里约有烟雾缭绕的救世主耶稣像，但伦敦的上方是什么——亚历山大宫。难怪它的开端是划船，之字形路线的铁路，一个破纪录的管风琴神圣的唠叨，大范围刺耳的嗡嗡声——一切都是帝国时代忙碌的放松。而且，不管他什么时候进去冒险——不管什么年代——巴斯纳都能发现相同的城市缩放模型，弄得一团糟：一个竹帘消失在繁荣的大厅里，一块块霓虹灯蓝色尼龙粗糙地隐藏着装饰过的折叠椅，椅子堆得有三个人那么高，脏得可怕的

[1] 类似念珠，在手中拨弄娱乐，有安心安神的作用。

竖井向下挖隧道，成为厨房陵墓……北体架？北体阶？不，没有人可以给这个东西给出一个名字——但它仍然存在这里。它被烧了——什么时候？毫无疑问，至少有两次，在战争中因炮弹而受重伤，但它太大，要毁了它没那么容易。巴斯纳一脸苦相：对它而言，火就是种农业技术，只是清扫旧土地上的枯草而已，因此，同一枯根的嫩枝就可以萌芽。你有只大脚，一个孩子经过他坐着的那条长凳，站在一旁嘲笑他的那两只脚。巴斯纳闻到了咸咸的呼吸和他的思考，虽然此时此刻他已意识到了什么，但看上去仍然思绪连篇。这个孩子——一个男孩？——穿着罩衫之类的衣服，上面有个卡通人物脸，也做着鬼脸。这个孩子动了动他的小下巴，一次，两次，三次，然后是捕蝇器一样的语言：抽搐一般的弯曲。我是个怪物……巴斯纳开始说话，他的幻想让他具有这种信念。这个孩子的眼睛开心地张开了——但是他的妈妈走了过来，她的手松开印有赛舟会图案的童车，然后婴儿车就在路上曲折地滑行。可以预测，她患有厌食症——一旦产后忧郁未得到治疗，那之后就往往出现厌食症。巴斯纳很高兴，她把这个孩子抱走，扣在婴儿车里面，猛拉上面的捆绑带，小孩子的罩衫就鼓起来了。这条平缓的小路上有两辆婴儿车拖曳而过，他们什么都没留下，除了：一张小脸回过头看着他，仍然在思考，仍然舌头打颤，仍然狼吞虎咽那个怪物。不久，他们就在巴斯纳脚下的平台上了，我饿吗？然后走了。一些划时代的信号从这个公园顶部射出来，这个他知道的很清楚：一个木偶被分解成波形，然后又在一两英里之外被聪明的苏格兰人重新整合。——巴斯纳其中一只脚的脚指甲被真菌中度感染，他用这只脚的五个脚指甲在另一只脚的脚底板摩擦——这是什么？他对米米说过的。跨过悲情郊区的泥沼，痛苦之宫和快乐之宫两两相对。她怎么回答？什么都没说。一年，两年，三年……一些年之后，自从他离开了我曾经做过的蠢事，巴斯纳发现，她花在实验室的所有时光影响了他，因为她在实验室把 L-DOPA 药丸粉装入胶囊，忍受周围多巴胺粉末形成的云状物，这都是为了他。与他在二十号病房所看到的雕塑广场相反，每一次见到她，她似乎更多地失去了随意运动的力量：绝望地站在长凳边，脆弱的身体穿着白色外套，金色的卷发凸起发网，面罩把她弄得像只猴子，前额尽是汗——加油，化学家！他曾经这么戏弄她——但没有必要，当他们小心翼翼地动那个设备时，她的眼睛盯在她自己的手上，倒出来，称重量，轻拍，摇柄，旋转，她让非常真实的球样滚动成为——至少我相信这点——停止帕金森氏病模拟的必要部分。只有我们触摸到彼此的时候她才解开衣服，做她的滑液流动，我感觉到她的肌肉僵直液化为肌肉强直。我们在实验室里慢舞，她的脸埋在我的肩膀上，贝—比，贝—比，给我加糖，她含糊地说这个那个，越来越刺耳的言语重复，在这些话中，同事的名字、他们的玩忽职守、行政部门沉闷的粗俗都扔到了一盘言语沙拉之中。我把唇停在她的脖子上，可以感觉到她的脉搏加快：一百二十，一百三十，一百四十，让我的糖自由，嘿—嘿—！有活力的小吉格舞，被甜点变成小军鼓中的大米布丁所打断。再也没有关于未婚夫或妻子之类的讨论——这就是通奸行为的黑暗之镜，其中双方都选择忽视一切，相反，她透露了家庭计划协会提供的一个职位——因此，随着时间一星期一星期地流逝，又一个月一个月地逝去，我们做爱时出现了奇怪的想法，连做爱之前的准备工作也变得千奇百怪：没收留在走廊里的轮椅，用于机械化我们的性交，在另一种情形下，我们偷移动式升吊机，以把截瘫病人放到浴盆中。我们在角落里、靠在架子下面打起精神。呼吸困难……她气喘吁吁地说，这个——她的拇指？——任性地完全插进我的肛门……她的舌头，围着我的耳朵……不停地舔……无法控制。向后靠，跨在我身上，她被大量非人类的躁狂症所占据，她的脉搏继续加快：一百四十，一百五十——如果她是我的病人，我就会给她注射大剂量的巴比妥类药。她眨眼，她磨着牙齿，她的肩膀因一种可怕的麻痹而发抖，因为她的阴毛在我的阴毛上狂暴地摩擦。一个给你，一个给我，原谅我——变成三个了！因为一枚针从不可能在它的针孔里，因而不可能达到平衡，因为一边是狂暴的深渊，另一边是昏迷的深渊——没有任何提醒，竟然有一个庞然大物的灵感！她屏住呼吸，屏了十秒……二十秒……烦恼的半分钟，在这三十秒内，他不得不采用伦勃朗式照明[①]：她的胸起起伏伏，一丝不挂，有些脏但小天使一样的脸，松散的头发像个镀金球体。还有很多：过多的漂白剂在磨损的漆布上留下的异味，一个中度不满的痛苦邻居被门槛所拦截，药尘让他自己的鼻子发痒，最后：阿阿阿阿阿阿阿嚏！花生味被强制清除，他突然来到了一个盐的世界，充斥着眼屎、皮屑、原地打转的微生物、鱼油、墙纸浆糊、男人们的——调味品。很快，他就要再次学习支持站立的复杂运动序列……玛莉·匡特怎么了？蜜丝佛陀。——这对我没什么用，伊诺克·穆博雅说，我只是觉得不好玩。好吧，巴斯纳骂他，你这人真是迟钝又假装正经——你是谁，玛莉·怀特豪斯？穆博雅拿了少许橡皮膏放到拇指和食指上，仔细检查，然后说道，我哪里是这种人。两人都笑得轮廓分明——他们现在深陷其中，这两人，同谋者，是一对绝配。惠特科姆已经批准同意购买 L-DOPA 左旋多巴胺药水，但是，除了翻一翻巴斯纳推到他面前的期刊论文，他并没有对这个实验表示任何的兴趣——也是，这根本就不是实验，因为没有控制因子！穆博雅正把分好类的最新一批胶囊在药房药柜中一格一格地放好，看着傻笑的他，眼神中流露出责备。最近，巴斯纳已经开始觉得，他的值班护士看得懂我的想法。他们变得如此心心相通。巴斯纳宣布了他的下一个问题——控制因子有什么用？——尽管他只是在重复他们两人多次提及的话，因为在他们准备给已选组的病人服用这种药物的那几个星期，以及准备工作完成之后他们的焦虑感不断增多的日子里，他们一直在问这个问题。确实，穆博雅说，对照剂没什么意思：他们不知道我们会给他们吃什么，我们自己也不知道会给他们吃什么。两人大胆

① 指一种用光技术，依靠强烈的侧光照明，使被照射者脸部的任意一侧呈现出三角形阴影，因这样的人像酷似荷兰画家伦勃朗的人物肖像绘画，因而得名。

地向疯狂世界进军，都带有不安：寻找至亲这项工作也只是马马虎虎地完成：巴斯纳所组织的实验已被行政部门复印出来，上面还用模糊的术语大致地描绘了这个实验的大致框架。穆博雅、英格丽斯、薇儿和其他负责照顾脑炎后帕金森氏病患者的护士们，都已经把这些信息告知那些仍然来看望病人的亲属，一旦有需要，巴斯纳就出现在他们面前，回答他们的问题。在这些会面中，他利用自己所鄙视的医生开场白：先压倒他们，直到他们水平提高。对于一小部分人中的少数人——只有一两个——他承认：我们知道的也不是很多，L-DOPA多巴胺药水对平常的帕金森氏病患者有一些疗效，但是，脑炎后帕金森氏病是另一种病——不确定这两种病是不是一样。他克制住自己不这样说：此外，他们又会——更别说你了——失去什么？他也没有明说这些啄食、摇晃、塞满东西的身体几乎不能叫做人，实际上只是跛脚鸭，这些人的政府补贴或许——总而言之合情合理地——在几年前，甚至几十年前就已经用掉了。为什么让他们活下去，这些大便制造者？这些脑炎后帕金森氏病患者的子女们似乎已经承受了这种病的后果——过早地衰老，他们费力地走进病房，巴斯纳总是想象他们穿着战前的橡皮布防水衣，或者用伞撑住自己，他们的聚酰胺纤维衬衫湿透了，发了霉——他们是哈罗德·斯特普托，是一群孤儿，虽然父母仍然活着，并且生理上是成年人，但是这些父母回避生活中所有的忙忙碌碌——经济上的、感情上的和性方面的。当然，他知道，那些仍然来看望他们的子女和配偶，应该具有权利自己选择到底要不要来看望他们，毕竟。如果不是你在生活中本应拥有的东西少之又少，你会把这种忘恩负义的做法作为第一选择吗——而且老实说还是徒劳的——做法？可以开始了吗？穆博雅说，这个科普特主教拿着一盘煎饼——因此，他们就亲自开始了分发药物的工作，因为他们两人都不相信还有什么其他人可以发放这种珍贵的圣餐，特别是现在他们已经选择——穆博雅可以参与临床决策——大量地增加剂量。一百，两百——一直到五百毫克，积存注射法最多也就注射这个量，但不是按这种物质的整克数计算。他们已经增加了剂量，也已经限制了具体人数，只分配给六个病人：四个昏昏欲睡的眼肌瘫痪患者，这些人被严重的紧张症完全毁了——三位男士，奥斯特雷奇、沃斯和麦克尼尔先生，还有巨大的莱蒂西亚·格罗斯——以及另外两个仍然具有所有的抽搐、痉挛、运动机能亢进紧张症的病人，除非被阻止，这些症状才有可能停止——海琳·尤德金和奥德丽·迪尔斯。奥德丽·迪尔斯……巴斯纳偏爱她，但对自己坦率的偏爱并不觉得特别内疚，因为她有时表现出可怕的眼神恍惚——动眼神经危象，有时则是忙绿地操作隐形的车床，即使对于这种最矛盾的病症而言，她身上交替出现这两种症状也颇为独特。现在，他看到她在休息室，纤细的柔弱之躯陷在椅子里，他觉得她具体地表达了一种活生生的过去，而这种活生生的过去正是思想者最无法参透的东西——没有无知之幕，也不是思想中从理论上进行构造的理论性部分，而是一个真正的界限，他——我！——会参透，曾经，我们实际上触碰到了，因为对他而言，似乎他们永远都只是沿着一千八百八十四英尺六英寸的走廊，不断地靠近彼此——一直都在靠近，但一直都碰不到…准备好没？穆博雅问。巴斯纳点了点头——他们已经想好他们的姿势。穆博雅打开她的下巴，然后巴斯纳放进两颗胶囊，每一颗都含有一克布赖顿水族馆——给演出海豚喂鱼，其实就是可疑的治疗。奥德丽仍然没有感觉，而是被她头顶不远处的土星引力和宽松的聚苯乙烯瓷砖表面所吸引。巴斯纳给她服了 L-DOPA 多巴胺药囊之后，再倒了些烧杯中的水到她嘴里，让药跟着水一起下去。当穆博雅把她的上下牙床闭合时，巴斯纳开始按摩她的颈部鸡皮没有造成障碍。奥德丽的假牙没入烧杯中剩下的水里，马克沐浴时的潜水玩具……扭曲的皮尔斯培克斯塑料制品变成兔八哥的门牙。巴斯纳若有所思地大声说，他们把她的假牙放到水里过吗？穆博雅耸了耸肩。休息室里一片寂静，除了她轻微的倒吸气声。巴斯纳瞥向朝西的窗户，只看到升起的太阳，他们所居住的这个白色外星球让他胆战心惊，同样让他心悸的，还有在那光滑表面散步的极度缺乏活力的人，噢，好慢……

迪尔斯小姐……迪尔斯小姐？她没有反应，但她听得见，哦是的，她听得见。他们继续给病人服药，在三只雄性豚鼠身上再次操作相同的程序，服药之前，这三人被打了镇静剂，安静地躺在男病人宿舍的一潭死水中。巴斯纳已经让英格丽斯负责确保这三人每天早上都起床清洗，穿好衣服，刮净胡子。她就是种讽刺：噢，饶了我吧，医生，你想要我装作他们是去旅行？她的手放在屁股上，胸部高耸，脸色红润。巴斯纳心里苦涩地想，她这种怠工态度有消停过吗？但他只是又一次真挚地跟她说，是的，是的，我就是想让你装成那样——因为等待他们的是一场非常奇怪的旅行，总不能让他们身上还带着一股屎尿味——或还长着褥疮吧？护士，这是医院，不是集中营！但这种信念其实他自己都不相信：他知道，强制性的机构只会恶化病人的病情。马库斯怎么形容他在哈奇医院的那个年代？只是对付精神病的壕沟战……巴斯纳想到，英格丽斯知道我是哪种人……试图……没什么意义……但是：性产生更多的性，他沉浸于其中，所以或许值得一试……她的性感若隐若现地呈现在我面前……一个隧道——一条走廊——。在这里继续？穆博雅说，他们接着干，巴斯纳的头因容忍这个老精神病院而头痛，它正处于鼎盛时期，走廊加起来有六英里长，男女病人严格地分开，理论上是一个自营自立的社区，有它自己的农田和果园、供水系统、废水处理系统、煤气厂——煤气！——废物埋藏场、啤酒厂、洗衣房、西装店、染织厂、家具店和——解决方案中最关键的部分——铁路专用线……在摸海琳·尤德金丰满的脖子时，他恢复了往常的机智，她的颈就像威尔斯登的拉布拉多犬，而且还需要给它活动活动。虽然穆博雅熟练地固定住了她的下巴，但尤德金，这个至少有七十岁的老太婆，却还有力气及时反抗，有力地磨牙、屈曲喉头盖。她的声音产生回音，像回头浪一样把他往前推……米利亚姆和她那台搞笑的机器，她把它放在后门旁边，用来抛光海滩砂砾石，机器不断地被泥摩擦。巴斯纳吃惊的是，她抱怨家里没洗衣机，但对这台翻滚式圆筒机器却表现得非常开心，结果就是，公寓里到处都是那些富有光泽的产品——桌子上，坐垫下，莫里斯在他们结婚时送给他的书桌上也漂着一个小小的卵石海滩。手工艺品倒塌时，巴斯纳对她提出了挑战，但米利亚姆却说，儿子们，你们喜欢这个，是吗？马克和丹尼尔异口同声地说是，很顺从的样子，是的，妈妈，就快成为一种惯例了——她说一个给我，一个给你，原谅我——现在有三个了！这句话时就是惯例。尤德金小姐的海绵乳胶摸起来肉肉的，福米卡桌子上放着一只精致的盘子，上面是煮烂的大黄和奶油蛋羹，一阴一阳，没有人自找麻烦喂她吃。椅子扶手上，她扭曲的手舞动着，手指们在小跑，手跳着方丹戈舞，拇指上翘，脚趾调皮地缠绕，摆出剪刀脚，指甲都高高地挑逗疲倦的小睡。巴斯纳知道，如果他可以找到时间进行分析，就可以把这种舞蹈艺术分解为非常特别的动作，并且这些动作反过来又可以分成不同的运动类型。但这是些什么动作？海琳·尤德金把自己常见的重复性动作概括为——女裁缝或烘焙助理的动作吗？因为巴斯纳从资料中看到她曾经做过这两种工作。或者它们是家务劳动所引起的指状分裂：打开、关掉，大扫除，掸灰尘？或者，还是说她把这些动作——如果真是这样的话，那她在自己的帕金森氏病的阴曹地府中陷得如此之深——只看成是休闲娱乐。对这些动作的疑惑并没有让他陷入类比困境：战前，医院接收了伦敦郡议会辖内的所有犹太病人……因为？方便，他觉得是因为便利，因为这符合犹太教教规，可以继续接触长胡子的怪人，并从合法的喃喃自语中得到似是而非的精神益处……呵咯呵啊啊啊啊呵呃，她的鼻子——如果可以从她身体的其他地方抽出来——很有魅力，双翼沾满粉末，鼻孔犹如精细的瓷器……那时有大批的犹太人从东伦敦移到西北郊区，把他们移到这里或许也是这种大逃亡的一部分——沿路一片荒野。不管是什么原因，结果都是：当纳粹德国空军的炸弹落在波普拉区、白教堂区、码头区和我自己随机选择的民众聚集区，一千多犹太人被集中关在这里，……但是这些得了脑炎后帕金森氏病的犹太人跟其他病人的关系怎么样？他们是否也显示出英裔犹太人与英国人之间的分歧——完全相同，只是那么多，还是更多？呵呃呃呃呃呵——。有那么一会儿，尤德金小姐犹豫了，她的喉咙振动，L-DOPA药囊开始了它充满希望的梦幻之旅，然后她又重新开始发出呵咯呵啊啊啊啊呵呃的声音，穆博雅说，现在可以吗？因此，他们带着极大的恐惧，潜近下一个雌性动物寄宿港口，那里，一头人面海牛正躺在她铁框架灵车中。你很担心，穆博雅说，他们站在那里看莱蒂西亚·格罗斯，她那巨大的侧翼已经撑破了上面的衣服。当然，巴斯纳回答说，看着她，她还保持原来的样子：明显很呆滞。穆博雅跟巴斯纳一样不安，至少很累——或许更累——但还是做到了，明白这是一团更巨大的肉，挤成一座女人之山，高强度地压缩在一起——她的组成物质机械化地塞进了她的身体套子里面——这必然暗示着相反的一面：同样高强度的爆发——她体内大量的大鲸脂块溅到我们的脸上，血柱喷到我们的白色衣服上，之后是一阵比氢弹爆炸还要响亮的海啸……我们不能就这样开始，巴斯纳接着说。不是因为我觉得L-DOPA药有毒，虽然只是这么些剂量——尽管他对这些东西一无所知，说这些只是为了相互慰藉——相反，我是考虑到，如果惠特科姆真的开始带着他的警笛声进来了，我就会无法解释那些费用，怎么解释都没用。穆博雅叹了口气，接着巴斯纳的话往下说，然后是英格丽斯……巴斯纳的下巴向前靠，靠在垫子上，我会变得圆圆胖胖……他大笑，如今这年代你不能让员工……但是他知道真实的情况正好相反：医院里的员工不让病人——他们怨恨因照顾完全丧失能力的脑炎后帕金森氏病患者而多出来的额外工作，喜欢那些更加易于管教的神经过敏者、容易对付的抑郁症患者和渴望逗他人开心的疯子。护士们同样讨厌因出现更多的男性病人而不得不重新安排病房的工作——这种工作带来所有的低落情绪和不开心。但是他们之所以憎恨巴斯纳，是因为他跟他的很多前辈不同，他想让他们更熟悉病人，他坚持施加自己的规定，包括经常性的喂食、整理、厕所援助。为他们说句公道话，这是种离谱的要求：他们的工资已经被冻结了，他们的孩子的免费牛奶已经被取消了，啤酒的价格涨得那么快他们都被逼得要自己酿了……此外，他们这些人人手明显不够：沉重、顽强的病人不会飘到病房中唯一的厕所里——他一头扎进男学生的幻想中

……开心的时刻：飘浮游戏，选出一个人，然后把手指伸进怕痒的腋窝和膝盖窝，其余的人则吟唱吹好了的气球吱吱地漏气……然后轻轻地把他往上推，毫不费力，直到我们的手臂伸直为止，直到他把教室里盖着绿色金属苦力帽的灯遮住，灯光变暗，上方的他犹如灰色的毛底边……他们靠近莱蒂西亚·格罗斯的床，床扶手之间是一大团肉，穆博雅不禁啧啧称奇。我不明白她怎么这么胖，他说——确实，这完全是件神秘的事：她没有能力把一只勺子放到玫瑰花蕾一般的嘴唇旁边，而且护士们也因为给病人喂得太少而经常受到指责，但是称一称她的体重，至少抵得上两个亨利·库帕，或者更多……巴斯纳很久以前就已经让她那个滑稽的小个子丈夫难住了，她丈夫很多时候都是急跑着进入病房，穿戴整洁，帽子边缘闪闪发亮，佩斯利印花图案的带子沙沙作响——他跟所有的员工和护士都闲聊几句，巴斯纳怀疑他是不是真的藏有一股暗讽，他看上去如此天真……兢兢业业的看护者的忏悔录……因为他后来就开始照顾这个蜂王，拿这个，搬那个，矫直身体，冲洗……但受到质疑的时候，他就愤愤不平：我只给她吃分到的东西，医生，他如此抗议。我相信这里有她需要的所有吃的——维生素之类的东西。他叹道，她过去一直都是秀丽的小身材，我是说小巧可爱，但现在只要看看她吃的东西，都是切碎的！巴斯纳不禁这样想，是否暗讽也是一种强迫，一种幽默的举动，而非一种幽默感？但他并没有跟西蒙·格罗斯说这些，正如他也克制自己不要去想，自从他的妻子变成这副完全惰性的模样已经四十多年了——如果她变回原样的话，会是什么样子？如果这个浮肿的蛆被劈开——可能会出现什么？一个小女子，两侧是纤细的手臂，查尔斯顿舞中抬起的双脚？不能确定。——不，我也不明白，伊诺克，但其中的另一个东

西倒让我相信，这种病的本质就是悖论。穆博雅一脸苦相：他也见过其他的脑炎后帕金森氏病患者，被他们的病所吞噬——一种病态的恶病质让他们变成新闻纪录片中的饥饿者，他们的头倒向一边，穿过铁丝网，因此痉挛着夷平快速靠近他们的死亡。它自己的铁路专用线。但是，有那么一些人却被纳粹残酷地对待，另外一些人，比如莱蒂西亚，则通过大量饮食而被虐待，他们都可以被放在供红十字会代表团参观的展览中——不是你想要他们靠得很近！他们已经把她抬出了床外，她的胸对着他们呼气，一块肉释放一麻袋新鲜煤气，另一块肉释放不新鲜的汗，很不新鲜，已经到了有毒的程度……这没什么，兄弟，除了虔诚地擦拭她最深层的槽，巴斯纳见过她丈夫这么做——很像一个男人擦着他非常心爱的车的样子。为了激怒她吞下药物时的反射弧，巴斯纳找不到脖子上还有什么地方可以按摩，因为脖子上只有橡皮泥卷一样的脂肪，一圈接着一圈，但是所有的脂肪颜色都是放了五天的胸肉的颜色——里面应该会有蛆——他像飞虫一样飘走了。针对莱蒂西亚的情况，他们觉得要继续给她服用 L-DOPA 药丸——毕竟，她的体积是那么大。这是种绝对的偏见，因为他们很快发现，她的每一平方英寸都有着各自的感受能力：她咆哮了，他们给她打针的时候，注射处周围的皮肤被激怒，她破裂的静脉显现在表皮上……他们得找另外的方法。她的嘴巴散发出一股恶心的气味，混合了食物和腐蚀的牙根的味道，头深深地陷在脖子的褶皱之中，她仍然漂亮的脸跟麦克风独白时的不稳定声音极不协调，她轻柔地说着一些模棱两可的话，这个妈的，那个妈的，妈的婊子，妈的这个……妈的这个……巴斯纳觉得，表面上混乱的一串话，如果接受连续性的深层次分析，可能反映同样复杂的规则性……等差级数，基本的韵律和复杂的复调——在这些脑炎后帕金森氏病患者的摇摆中，他都察觉到了，特别是现在，他已把这些东西从他们的硫代二苯胺、丁酰苯、金刚烷胺和所以其他的药物中提取出来了，这些药物确保他们保持四四拍的曲调，哦—咦，啁啾—啁啾，吱吱—吱吱—。够了！巴斯纳观察四周，以便可以找到方法进入这张散发浑浊之气的花瓣嘴，穆博雅则无所事事地站在一边，心烦意乱的精神病医生想到了护士站，其中里面堆满了看守人员的烟灰缸和香烟包，六号烟、肯斯塔斯烟、彼得·施托伊弗桑特烟……他们慷慨地把呛鼻的烟雾赐给旁人，他经常觉得，这些烟具有特殊的味道，而且也只是为了激怒那些病人，因为员工所采用的主要控制方式就是剥夺病人们的烟。我想要一根。当他离开威尔斯登的时候，他已经戒烟了——但不是因为多尔。不，他联系了烟和所有其他的混乱行为：从一个平常的锅里盛一团绿豆，贴在楼梯墙壁上的壁纸花哨地连在一起，来访精神病医生的长发缠绕在一起，这些精神病医生入乡随俗，跟病人们肮脏的马尾辫一个样，环状的围巾像呼啦圈一样缠绕着另外的环状围巾……同时还有更加可疑的事情——比如他们拒绝把他们的男病人和女病人跟疯狂这个词联系在一起，也不承认任何一个与之同义的词——疯癫、精神错乱、脑子有病——而只承认一个无用的词：不安。那些不安的男人和女人结合起来，把来访精神病患者搞得晕头转向，他们变成了塞得满满的卢比露，肚子都被剖开，里面被动—攻击型的次人格都滚了出来……巴斯纳说，等这里完工后，我要到英格丽斯那里讨根烟。穆博雅说，好啊，不错，但是，我们应该怎么完工。我没看到她主动地吞下了那颗胶囊，你可以看到吗？巴斯纳接着说，我去找个长度合适的漏斗，你就负责打开那些胶囊帽，把里面的药粉放到水里，我们用这种方法让她把药吃下去。穆博雅愁闷地说，这就像是我们要采用强饲法。不，巴斯纳打断了穆博雅，不是像，我们就是要采用强饲法。然后他走开，搜索破碎的墙和破旧的地板以找到他要的东西，他路过坐在椅子上的尤德金——路过坐在椅子上的迪尔斯小姐……他停住，转身，进入那个为了保障她的安全而找到的特殊小角落，这里正好是窗边，因而也可以看到外面的景色。她坐在那里，头朝上，肩靠后，她的脸——那张长了皱纹的空白脸——具有柯达彩色胶片和清晰度，没有麻痹或中风所导致的模糊，但很多脑炎后帕金森氏病患者却因为这种症状而成为长期曝光的不安对象。相反，她用一双蓝色的眼睛正对着他——蓝色！——穿过那些盘子，她的话说得清清楚楚，那些盘子一定是她放在自己身上的，啊，巴斯纳医生，真高兴看到你路过这里，你可以帮我跟英格丽斯护士说一声吗？我要喝杯茶。斯坦利并没有听到这句，因为他站着，背对着女佣，他被鸽子房中飞进飞出的鸽子迷住了，一根硬石打造的坚固石柱高高地立在菜园围墙的横木上方，下面由石头支架所支撑。或者，她又说，一杯麦芽酒——食品室里有水壶？他听到了这句，但却觉得说话的是其中一只忙碌的小鸽子，它从角落里探出珍珠一样的头，竖起羽毛，咕咕—咕咕—地叫着……白色的羽毛混杂着灰色和棕色的污点，他的双脚穿着靴子，下面是砖砌路，氨水混合了蔷薇花的新鲜，斯坦利听到了他自己迟缓的心跳声，一片羽毛以羽茎为轴旋转而下，白色，不怎么白，白色，不怎么白。最后，他向后转：她并不漂亮，脸部平坦，宽宽的，头发是黄褐色，藏在她的蘑菇帽下，嘴巴小得有些不成比例，牙齿不怎么整齐。但是，她年轻——并且清新，他感觉到了心甘情愿，因为她看到我姿势笔直，是一个肩上佩有下士军阶的英雄，穿着那双借来的长筒靴，我健美的小腿优美地转动，我的帽徽闪闪发光，我的边带在今天早上用布兰可擦白剂擦了又擦，当时在奥尔巴尼，艾德琳任性地在一旁看着，说，你擦那个东西干什么？只戴了帽子、赤身裸体的斯坦利抓住他的利器，用力拉出包皮，因此粉色的伞打开了，对着她炫耀，大叫，现在别骂我，亲爱的，我还不是你骑兵吗？艾德琳哈哈大笑——尽管不是笑得特别美好。

——先生？她说不上韵味十足，仅有的魅力也只是牛津郡特有的粗舌音，以及把手放在翘臀上时的一丝风骚。他们走得远远的，远离了那个大花园，倍觉孤单——其他人在房子尽头的水果树下喝茶聊天。黄瓜架热闹非凡，覆盆子藤凌空出世，但他是孤单的……那里摆放着大量的食物，盘子中是切好的火腿，切开的裂缝如愈合的伤疤，还有一堆水果，就像煮烂的大脑。喝茶时称王称霸的是个骷髅头，不过艾德琳告诉过他，这个骷髅头的确是个伯爵。女佣并不漂亮，拿着蔷薇果的手上还沾着黑莓酱，沃莉，沃莉，旁观者，现在长得这么高——所有的年轻姑娘，以后都要死，但她年轻又清新，有一次，他对她动手动脚，因为他可以这么做，也因为他生艾德琳的气，但这是唯一一次——他大胆地扑到她身上，并用他的嘴巴闷住她的叫喊声。她反抗了一会儿——但这段短短的时间正好可以让他品尝她牙齿上的酸味，闻一闻她把偷来的旁氏面霜擦在自己的羊脂脸上散发出来的香味——但后来屈服了，我们需要你卫国作战，但非常地想念你，当你凯旋归来，我们将为你欢呼，感谢你，亲吻你……斯坦利想，我会归还这些：她柔软的舌头羞怯地滑动，被我抓住的小手小心翼翼地挣扎，S形的后背凹处正好可以放进我的前臂，她挺胸……后仰，一层又一层的衣服都神奇地滑落。这个女佣把自己的身体跟他的身体相适应，把自己安放在他的暖巢里，放松，瞬间……酥软。杰克·约翰逊在第二十六个回合被击倒——她四肢上的关节消失了——所有的肌腱都被切断。她的舌头在他的臀部滑来滑去，当他想要去品尝一下的时候，发现她竟然窒息了，鲜血直喷，他清清楚楚地听到奶油甜点分裂为牛脂：头被撞的声音一直在坚硬的长凳附近回响。她的前额和一只眼睛荡然无存，头巾掉在玫瑰刺枝之间的陶制碎片中，褶皱中露出一卷卷的黄褐色头发，下面是她的大脑，如炖烂的水果。斯坦利把她轻轻地放到地上，把她的身体裹起来，她——死了——。——我建议，那个被大家叫做伯迪的骷髅头说，男孩们一到十八岁，就应该被分成三类——非常武断……他说话的方式：用极有条理的句子，他的话从瘦骨嶙峋的嘴巴洞里一股脑儿地喷出来……——第一类男孩应该被送到一个装满致命毒气的房间里被无痛地处死，第二类男孩应该被断手或断脚——或者挖去一只眼——第三类不幸的人应该日日夜夜都浸泡在我们可以想象到的最最震耳欲聋的声音中。接着，他们必须接受炮弹袭击和机关枪的机械化折磨，直到他们都屈服于神经紧张——耳朵聋了，精神盲了，说不出话，接近疯狂……伯迪停了很长一段时间让威利斯插嘴：然后？这个骷髅头插座转向那个疑问重重的他——仍然，他花了点时间回答他的问题，在一片三角面包上小心翼翼地抹了一圈黄油，然后又抹了黑莓酱，最后放在他的上排牙下面大快朵颐。——目前——他咀嚼着那个绝妙的反语——他们应该得到自由，从而，不列颠民族的男孩们都能成长为男子汉。我觉得，自己的这种计划会得到大多数人的同意，因为它比当前的战争决策形式更加人性——当然也更加合算。他们两人都坐在斯坦利对面一条看上去很不舒服的高背木制长凳上，上面雕刻着水仙花：伯迪坐在艾德琳旁边，艾德琳的另一边是威利斯。他们的头快要被花架上的玫瑰花绕住了。他们的女主人——斯坦利有那么一会儿记住过这个名字，但后来又忘了——先请求大家的原谅，说着，我得走了，用金属丝去提醒提醒那些杰里鬼，那帮劳工就可以被赶到田里去煎熬了……他曾经想象过她的高傲，虽然她长长的上嘴唇上有颗被遮住的斑点。高傲的她拖着几码长的奶油色雪纺裙——他实在想不明白，那两片奇怪的桅肩会对她的战时特殊工作有什么用。那些伙计穿着短外套，腰部粗野，在她前面跳来跳去。她巡逻完毕，消失在果园外圈的紫杉树中。

戴阿斯下士？伯迪打断了斯坦利的遐思，用上升的语调喊他。虽然斯坦利并不是很确定刚才叫他的人就是伯迪先生，但他还是把视线落到了伯迪的身上。斯坦利加入米查姆路兵营时，用的是戴斯这个姓，登记台后面的那个彪形大汉告诉他眼前的男孩，走开——明天再来，看看你到了十九岁没有。斯坦利领自己的先令和月钱时，他的姓是戴斯；斯坦利发誓会为了国王和国家而战时，他的姓也是戴斯。以戴斯的姓，他拿着一把假来复枪接受训练，模拟十五发速射——没有人觉得奇怪。他晚上躺在钟形帐篷里，别人的尿流到他的脸上，但没人说自己正在戴斯脸上撒尿。用戴斯这个姓，编号 5665，作为女王皇家团的士兵，他行军至奥尔德肖特[①]——军官们则骑马前进，身穿黝黑

① 英国东南部城市名，与英国陆军有着密切的联系。

色的长筒靴，衣领又白又挺，他们不时地跳下爱马，路面上扬起阵阵尘土，对着新兵们擦亮他们的单片眼镜。士兵戴斯的父亲从德文郡来看他，用他平常的方式骗取了通行证——当这位父亲以塞缪尔·迪尔的名字向准尉介绍自己时，实在是令人有些困惑，但又相当滑稽，但这种好笑的事情很快就被“贼多贼多杯啤酒，两便士一杯”这句话盖过了风头——那天晚上，尽是这种超级迷惑人的混乱，高街上到处都是，他的新朋友们大声嚷嚷着，他竟然是只鹿[1]！因为罗斯柴尔德并没有失去他的从容魅力。但是当他醒来后，宿醉未醒，却说自己是戴斯！不过这也没什么，只是别人骂他有种无声的傲慢。而且，给人的感觉是，他像是犯了军纪，拿起他的小酒杯，强咽下去——然后又吐出来。部队驻扎在肯特郡的桑德林，在一间小小的士兵房里，斯坦利躺在自己的床位上，木制百叶窗下的那些中国病夫让他心生厌恶，他等待着站立的口令！听到命令的人，穿好衣服站好队，先看人数后看时间，因为你命令他们出来，又命令他们回去——他粗糙的手握着鸡巴，不停地跳动：她在高顶床上放了个圆柱形的靠垫，然后把她的臀部放在这个靠垫上，然后命令他抽打她的臀部，并保持一段时间……这是你早上修理刺刀的方法！但是当他告诉她自己完成这些步骤之后，她抓住他的脖子，对着他大喊大叫，我现在对你没感觉了！香肠配麦芽浆，肝脏配培根——都是五便士一份。在营房里，他们就像好斗的公鸡，但是当他们整好队，等待奥尔德肖特的总指挥官带着基奇纳来视察他们时，他站在那里就是戴斯，眼睛前视，看着那个麻袋一样的灰发老男人沿着队伍一路走过去，斜视那些墓碑一样的脸庞。卫生官员给他所在的连讲解淋病和艾滋病的可怕时，姓戴斯的他嗤之以鼻；姓戴斯的他呆呆地坐着，束腰外套被屁股压住都没注意到，像是吃了迷幻药一样，姓戴斯的他向军需官汇报，军需官把自己和其他的六个人介绍给了他们的新爱——维姬。戴斯和其他的小队人员接受了

---

① 迪尔为“Deer”的音译，在英语中，deer 意为“鹿”。

教导，要在口哨吹响的时候向前冲，松开保卫着她前腿的棘轮，这样就可以把棘轮打开，再把它弄紧。斯坦利·戴斯坐在那里，从她乌黑的头发中拿出针，然后二号就升起来，把她的躯体放在她的前腿上，她的躯体——她那致命的躯体，她重达二十八磅的躯体。作为机枪手的戴斯在一旁查看，同时二号胡乱地把子弹链上的第一发子弹装好。他姓戴斯，他轻轻地弹起她的保险擎，抓住她的臀部，睁大眼睛盯着她的钢铁之眼，温柔地触摸她的扳机。

——是的——是的……伯迪？斯坦利说得很响，那个骷髅头的瓷下巴都被震碎了，茶从他的杯子口溢到茶托上——连苍蝇都被惊吓得飞走了，在火腿和果酱之间倾斜转弯。——戴阿斯下士——十个瘦骨如柴的指头比划来比划去——我无意打扰你，也丝毫不想污蔑你的爱国主义，更没有怀疑你的志愿活动——但仅从你出现在此处这一点看来，我觉得你同我们一样，也有一些我们的担忧？人间真情出现了裂缝，在这种裂缝中，老房子阴沉地吹着口哨——斯坦利觉得房子很漂亮，有其独特的风格，长满青苔的石灰泥，一闪一闪的黑窗户，以及紫杉栅栏所散发出的黑人灵歌的气息，哦，我们不想失去你，但我们觉得你应该奔赴……是的，斯坦利最终说道，是的，我的确跟你们一样担忧——这场结合土耳其人的秀，已经让我们思考颇多。封好裂缝，把螺丝锥钻进去，绑好金属丝，放下铺路板，拉起沙袋——足足需要五英尺的高密度沙土来阻挡一颗机关枪子弹。幻灯发出噼噼啪啪的声响，骷髅头突然折断……——费多，几千个人都像这个年轻人一样坚定，当德比计划得以撤退，黑巫师公布他的方案时，我们的机会就到了。威利斯用两只手猛地拉了一下他的胡须，之前满意的微笑被撕裂，说，是的，我也相信，伯迪，这就是为什么联谊会希望你立马就出版小册子之类的宣传册。这样就可以吸引很多人的注意，我们也可以把它——如果你同意的话——作为演说之旅的起点，不管是今年年末，还是来年年初开始。艾德琳雪白的手坚强有力，招摇地把糖罐子递给斯坦利，艾德琳的手痛苦地颤搐，但当斯坦利意识到这种剧痛时，她的手已经恢复正常。斯坦利最终感觉到，这种痛苦不是她的手放在自己手上时的那种力量感，而是她袖口上的纽扣因颤抖而生的喧闹。她的手指轻轻地抚摸他被火药烧伤的手背，她的拇指不知不觉地滑过他的手……——斯坦利永远都不会习惯于他们的结合，虽然这种关系看似平常——不仅仅是威利斯、伯迪和被诅咒的女人喜欢他，而且她家里的那些人也喜欢他。在诺尔，他跟他那些人才待了一天，她就引诱了他，她的丈夫称赞斯坦利的奉献，硬要送给他一套上好的美式服装，而且不仅对他俩的关系熟视无睹，甚至还有些纵容的意味。卡梅伦家的保姆舔着安全别针时，看到他们手挽手走在花园里，她是如此愤怒，但卡梅伦却威胁她离开——如果艾德琳不干涉的话，他就要开除她了。斯坦利了解卡梅伦的个性——他真诚的脸上隐藏着绅士的癖好，他跟最骇人听闻的大老粗绅士们一样，都有这种品性。他在贝蒂讷突然撞见皇家东方肯特团军士，这个人只是不停地敲打木制壁架，头发中分，分别散在屁股一样的脸上，像皮毛那么厚。一个卑鄙的家伙骗了斯坦利，让他相信排在那个弯弯扭扭、排到楼梯下的队伍里，就可以得到很多吃的东西，而且从英国本土出来的人将会拥有优先权，所以他就在烛光和门后面的英国兵的嘲笑中消磨时间。那个军士不慌不忙，狡猾中流露出恶心，他满意地打了个嗝，然后他用背带拔起他的屁股，坐到一边，潮湿的嘴唇露出多个牙齿洞，魔鬼一般的头发，褐色眼睛一般的乳头——就像一个被岁月侵蚀的老女人的面容，一点都看不出年轻的痕迹，虽然她的身体还跟年轻姑娘一样。这个军士已经转向斯坦利，他的气促减弱，腹部令人毛骨悚然——他既不恼怒，也不失望，只是用手示意，轮到你了。三个星期之后，斯坦利在霍亨索伦战役[①]的无人区认出了他的尸体——这个军士已经被金属丝缠绕，四脚朝天，像是废弃的农具，全身肿胀——蛆正在享受巨大的美食……——斯坦利把自己的手从她的手里拿出来，用手指从糖

① 1915年路斯战役的一次战役，作战地点在法国北部。

罐里挑了些白糖块。他们说现在糖很难得——一磅要五便士。他把糖块放在舌头上

……她是个甜蜜的人，艾德琳穿着烟灰色的小山羊皮衣服，上面绣着丝质俄国小松鼠。她那线条优美的胸上是一件紫红色鼬毛皮大礼服。当他在奥尔巴尼看见她的时候，她正穿戴整齐，梳洗完毕，准备出门，斯坦利让她重复说了好几次：大礼服，甜蜜的声音让她的话充满了吸引力。此时，鼬毛皮的小线头紧贴住她的纽扣，她应该给它找个奶妈……斯坦利的眼前出现蒸汽——他们忘了加满水，维姬里面的水又开始沸腾了！蒸汽会泄露我们的位置——！先生，请问您需要再来一杯吗？一个被他在厨房里吻过的女仆问道——她的双手托着个沉重的茶壶，这又让她复活了。喔，是的……他说，谢谢。她给他倒水，然后走了，像她的女主人消失在紫杉栅栏尽头一样，这个女仆也走出了他的视线。艾德琳和其他人全神贯注地谈论着同性恋式朋友，在希腊中，这些人被人蜇死了…——他们什么都没观察到，看到的不是伦敦公共汽车公司的B型车——或许就是罗斯柴尔德自己开过的其中一辆车，四十二个人组成了逃生小队——都是幸运的人，他们刚在布伦下岸，从一条因维克塔客货船上下来——然后被小心翼翼地送到伊普尔，柔软的轮胎让他们感觉到了前方道路的坑坑洼洼。这辆公交车同它的司机一样，都意识到其中一名乘客就是戴斯。在波普林格市的时候，由于计划发生变化，机枪手们就被甩掉了。一个背着假包裹的参谋扭扭捏捏地跑了过来，后面跟着他的勤务兵，跟手上的重行李箱不停地较量。斯坦利所在的小分队向南行进，走完四十英里到达纪梵希，然后再调进霍亨索伦地区的皇家东肯特营。这是他第一次听到明妮这个名字，也是第一次听到人被子弹打中时声嘶力竭的咆哮声。防毒面具的滤毒罐很重，尺寸跟装满弹药和霰弹的炮管一样，因此它以索状线路慢慢地上升，然后进入晚春的天空，在房子的两个大型烟囱体之间停留了极长的一段时间，两只白嘴鸭拍打着翅膀停在了上面……时间如此之久，如果斯坦利想这么做的话，他可以建议他的兄

弟们抽签，以决定他们应该采用什么方式打掩护。但他什么都没说，只是看着，稍稍有些困惑，因为明妮最后哭喊着掉了下去……——斯坦利，有烟吗？——是的，谢谢，威利斯，请别介意，如果我……在假山庭园里不符合要求，拿起所有充满艺术气息的石头、发育不良的灌木丛以及如刚才所描述的抛物线那么高的可爱植物。假山庭园现在被搁置了：泥土似的云朵拖曳着肮脏的羽毛，羽毛慵懒地重新排列，变成一圈圈脏兮兮的涟漪，像一块窗帘，扫过他们的脸庞。从点燃的香烟头往里看，斯坦利看到了这个火山口深深的隧道——假山庭园被消灭了，那个女仆也死了，她沿着砖路走，路两边放着两个石头女人，一碰到明妮就跟她联络。她拿着的托盘——弯曲了，也烤焦了——掉在了桌子上，但很久以后才把托盘从桌子上拿走，茶、牛奶和水组成的黑色污点在锦缎上散开——破碎的陶器片上尽是果酱，碎葡萄皮重重地打在艾德琳流血的手上。女仆什么都没留下——至于她的尸体，斯坦利想象它将会被放进火山口的哭墙中，它会在那里拥有自己干净的小房间，死亡和拘留同时达到。——伯迪，帮我递一下烟灰缸可以吗？更多的吸血鬼从这个房子的屋檐中缓慢地走出来——然后还有残忍的后果，他们蹲伏在银桦树下，光线穿过这些树，地上形成美洲豹皮般的影子，有个人经过此处，小分队的其他两人跑过来——像两个球童，中间拖着个弹药箱。支架餐桌、茶具、桌巾、餐巾纸，还有他们的银戒指——都散落在一边。带着男子汉的活力，斯坦利从未猜想他拥有这些东西，威利斯打开双腿，然后，带着同样令人惊讶的热情，伯迪挂上了维氏硬度计。跟拒绝服兵役者的坚硬相比，机枪手明显具有神经过敏症——但是他们这种病从来都不被认为是种病，有什么好惊奇的吗？其他人一边喝茶，一边谈笑风生，他们却要反抗这种连续的猛烈炮火：轰——轰！轰——轰！总是一次四声，一个残忍巨人的定音鼓，纷—飞—佛—芳！五点九秒从房顶上一路高飞过来，八号壕，拖曳着他们起烟的斗篷。杰克·约翰逊！斯坦利大声喊叫，以坚定周围的人的决心，我们都知道储藏室在哪里！他朝前倾，抓住维氏硬度计的柄，威利斯把子弹链带绑在支架上，斯坦利装上扳机的曲柄。那些黑色杂种不断地涌过来，他们脉冲的力量和强大不断增大，极为无情冷酷，伴随着最后一次恶意的猛冲，他们对着盆栽棚冲击，这个棚的门设了五个障碍，远处是翠绿的草地，比草地更远的是池塘。伯迪拉大嗓门说话，两个法兰克人说你们不能把傻瓜安排到迫击炮上！他从胸前口袋中摸出破旧的笔记纸。威利斯大喊大叫，我可以抵得上他！斯坦利计算着幅度范围，大概一百三十码——他继续拉动扳机，枪把他往后推，后坐力单调地连续冲击，每秒十发，所以他的双臂不断地摇动，十个手指痉挛，牙齿不断地打颤。他在三十度范围缓慢地来回转动枪口，眯起眼看，子弹一点一点地咬掉房子的角落，并把紫杉树剪得不成样子。斯坦利意识到了机关枪和他自己之间危险的和谐——他熟知机关枪柄上的每一个刻痕和凹凸之处，而且在狂风暴雨般的齐射式攻击之下，他仍然可以听见机关枪的砰砰声。没什么用，尽管——他的齐射射程很短，射进了小橡树林，稳妥地降低为发射放火而已。我们不得不换阵地！高速扫射结束后，他如此命令小分队——艾德琳放弃掩护低墙，转而前进，并一路侦查。看她！她的裙子在淤泥中艰难前行，她引以为傲、不戴帽子的头高高抬起。她没有一丝害怕——她拥有奇怪的高深莫测的信念，不管帕提亚人的箭如何飞来飞去，大量的燕子出现在浅玫瑰色的天空中，她将会安然度过整场华丽秀，没有像她身上的抓痕那么多——只有她浓密的深色卷发变得更蓬松、更自由。另一支明妮快速地扫射，她站起来，从她漂亮的臀部拿出信号枪，对着它直接发射照明弹。一个步枪神枪手穿破喧嚣——她旋转，打滚，极为敏捷地进入铁丝网，铁丝网就盘绕在她旁边，用镀锌荆棘把她紧紧地缠住，直到从这个睡美人身上只可以看清她的圆脸，血如涟漪——她的血凝成胶状，像一条鳗鱼躺在花园的围墙上。斯坦利站起来，又飘回到了茶会的疯狂……伯迪坐在那里——身体笔直但支离破碎——他自己的尿液湿透了一个折叠好的细布防毒面罩，就放在他鼻孔上。威利斯无视在杯子和碟子上舔来舔去的深黄色舌头，负责管理一个大肚子茶壶。麦片粥？他问，但不等斯坦利回答，他就给斯坦利倒了褐色的薄粥，因此它就流经桌子，带着一团一团的羊油……你知道，伯迪评论道，你的国家并不需要你去前线，它——她——需要你在这里。斯坦利用锐利的眼神看着他：防毒面罩已经消失，伯迪拿着根烟，就像一个左撇子拿着支钢笔。斯坦利简略地说，明天早上，我必须向总指挥官奥尔德肖特汇报自己的备战态度。如果我不在那里汇报的话，我就会被逮捕，被判为逃兵，然后被枪决。带着一种感人的随意，威利斯已经移动了他的假牙——上下两套——现在又使它们重新达到平衡，上面是壮丽的蜂窝。他拿了块饼干，浸在他那杯麦片粥里。伯迪坚持说，我们需要一些做好准备嘲笑权威的人，一些可以承担其早期基督徒责任的人。在前线，我们觉得，这样的姿态非常，呃，无用——但在这里，由于全国基督教基金会的援助，我觉得，如果公共意见可以得到足够的重视，就可以对任何过于残忍的事情都产生影响——你知道，这些人仍然是人，还不是怪兽。威利斯吸着那块饼干，口齿不清地说着这些话，斯坦利弯腰解开不熟悉的长统橡胶靴。——递一下可以吗，大哥？斯坦利对着菲尔那的鲸油罐头示意他，威利斯递过鲸蜡。斯坦利解开靴子的带子，把它们拿下来，然后脱下袜子，开始在烂脚上涂药膏，一双烂脚看上去就像放了五天的臭肉。——因为以这样一种方式在艾德琳的脸后动来动去，所以他们无法再直视彼此的眼睛，在极短的时间内，奥德丽的眼睛看到了她的视野的角落，而且这让她意识到到底是怎么回事，她的脸依偎在艾德琳的脸上，她的鼻子插进艾德琳的鼻子，再也没有比她俩更相配的了——总是会有误差。艾德琳爱斯坦利，奥德丽对此并不怀疑——她心里清楚这件事，从她看他的频率中就可以看出来，因为艾德琳的眼睛总是在寻找斯坦利的眼睛。奥德丽知道这事，也还因为，威利斯或伯迪说任何话时，艾德琳都认为那些话是对她的莫格利的威胁，都会对他们匕首相见。艾德琳对斯坦利的爱，远非奥德丽可以理解，从这一点来看，奥德丽跟她的关系就不仅仅只是：她疲惫的胸部在这个年轻女人壮观的胸部里面起起伏伏，她松弛的皮肤吸走了艾德琳皮肤的紧致。奥德丽总是爱着斯坦利，远非我可以理解——吉尔伯特说是什么来着，一条面包，一瓶酒，荒野中的你，就在我身边……在这个荒凉的地方，经常陪伴她的是斯坦利，我的肿块是朵雏菊，我忧郁的男孩。奥德丽为何喜欢解开他的长筒靴，脱下他的靴子和袜子，然后在他可怜的脚上擦上鲸油——他们说，这有用。他坐在桌子旁边，沉浸在他可怕的臭味中，茶具无法靠自身意志而移动这一事实压垮了他：杏仁水果蛋糕放在柳树图案的盘子中，涂黄油的餐刀放在餐桌布上，精致的杯子排列好——所有的东西都是靠邮政快递寄到这里，堆在一起，挤来挤去：茶匙和茶托对着干，侧衬板被黄油碟挡住。从纽波特到伊普尔，再到欧贝、阿拉斯，沿着蜿蜒的路线穿过皮卡第，跨过索姆河①，然后环形穿越苏瓦松，向凡尔登②前进。由此到达划时代的时刻，每一个在场的人——不仅仅只是奥德丽和她的弟弟——都意识到，这就是为何它是今生永世。灰色、蓝色和棕色的人群无情地纠缠在一起？他们由此明白，他们早已被注定如此：喝更多的茶，听聒噪的三姑六婆闲聊，看着黄油弄得到处都是，然后被束缚在桌子旁的某个位置上，一连几天都是如此，直到极为狗血、没完没了的茶会又再次开始……他只请过一次假。请这次假之前，他曾从亚眠寄出了一张照片，照片上是蒙普莱西尔广场的英伦花园，花园里有高耸的白杨木和让人惊呆的柳叶形喷泉——他在照片上潦草地写，甜口乐果酱，甜口乐果酱，我是多么爱老牌的甜口乐果酱，梅子和苹果放在一磅重的罐子里，从英国本土送过来，一批十吨，每天晚上快要入睡时，我总是梦见自己带着一罐甜口乐果酱，艰难地跨越达达尼尔海峡……一位身宽体胖、勤勤恳恳的犹太人取代了费多的位置，但对伯迪而言，一张黑鬼的脸代

---

① 位于法国北部。

② 法国东北部城市。一九一六年的凡尔登战役为第一次世界大战的转折点。

替了他那张破裂后又再粘合起来的白脸——或者，至少，奥德丽察觉到了对她的关照。

再来点茶，迪尔斯小姐？巴斯纳问。这个老女人——淑女？——有一副直立的骨架，笔直地坐在床上。她的话也带有一种特别的口音——夸张到极致的伦敦腔？不，她说，我觉得不要了，巴斯纳医生，但我可以——每一个元音都发得清清楚楚，且语音极为流畅。闷热的夏季，病房中棕色的小山羊皮和黑色的皮革让人更觉得闷热——为什么你叫我迪尔斯小姐，但我的姓却是戴斯，戴-斯。我可以想到，这样的名字或许在医院里听起来不吉利——听起来有些晦气……我承认，好多次我都想到了平时的迷信说法，所以称自己是戴阿斯，但是，据我所知，所有关于我的正式文件——比如劳动介绍所等单位的文件，以及人口普查表之类的表格——都把我的姓写成是奥德丽·戴斯。巴斯纳和穆博雅互相使了使眼色——他们听到了她的话，她说这些话的方式让他们吃惊：她小小的尖下巴没有藏在她的胸骨里，而且，她面具一样的脸上，眼睛既不呆滞也没有反常地转动——的确，她的表情开始正常，脸和眼睛同步发生了微小的相互作用。皱纹消失，帕金森氏病患者的噘嘴巴动作也不见了，强迫性的痛苦表情和连续性的咀嚼也都没了踪影。假牙让她的下巴轮廓变得清晰，让她的脸颊变得丰满，当她微笑的时候——她的确笑了——假牙极为迷人。巴斯纳想，这所有的一切变化仍不足以展示她的变化程度——因为她已回归到不可思议的良好健康状态。——我——我敢说，戴斯小姐，至少最初——根据你的入院信息……他渴望擦热她的手背，把她的两只手都抓住，手心向下，然后用他的拇指漫不经心地弹血管、骨头和肌腱……你的详细信息记录无误，但这是很久以前的事了，你现在已在芙莱恩医院……巴斯纳的音调低沉、迟疑，这种极为古怪的声音真是让我混乱……他的想法像果酱一样粘人……他的眼睛一直看着床下面，他无法提高自己的视线，那里有一个淡蓝色的塑料便壶，散发着肮脏的气息：女服务员早就走了——只剩下……放了很长的一段时间。奥德丽的脸，这些年来留下了数不清的凹槽抓痕……——我知道，巴斯纳医生——这些年，我不是个傻瓜，也没有完全失去知觉。如果你希望了解我的大脑结构，或许你可以把我想象成刚从前线回来的士兵，被一种非常特殊的弹震症所折磨。巴斯纳意识到，她的平静深深地吸引了他。这真是耸人听闻：她是个美人，并且很可能一直都是那么漂亮。最后，她终于逃离了黑暗，浑身散发着因意识到自身魅力而闪现出来的光彩。——那，戴斯小姐，我可以问你个问题吗——希望这不会冒犯你——今年是几几年？一种无限的焦虑破坏了这张古老的脸——她的手指滑到了喉咙上、脸上。——我……我……你永远都别想——她用做作的文雅挖苦自己——用这种简单的平常问题困扰我。巴斯纳希望让她摆脱困境，因而从他的外套口袋中拿出血压计，穆博雅则站起来帮忙——但是奥德丽已经自动地把她的睡衣袖口拉上去，这是种条件反射。当他们做常规检查时——脉搏 120，血压是 170/100……130/75——她试着自己计算：是一九二几年——，不是，是一九三几年——？她努力地计算着永远没有说出来的年代，直到她的医生看到了放在她周边床位上的一份《每日邮报》，然后说，伊诺克，帮我拿一下那张报纸。奥德丽从他手里拿了那张报纸，把漂亮的报纸打开。她看着自己的双手，有些踌躇，这些……皱巴巴的手是谁的手，是——我这种病的折磨所致吗？然后报纸首页的月球车照片吸引了她的眼球。——这辆车真是超凡脱俗，她说，司机像是穿着潜水服——还有，他们在露天折叠加座后面装的伞竟然……竟然是朝下的！她大笑，精神病医生所预见到的那只飞向天空的快乐云雀，在既透明又坚硬的此时此刻粉身碎骨——但是，奥德丽恢复了正常，开始留意报纸的报头和表示日期的那几个单词。她慢慢地把报纸折好，把它还给穆博雅，然后对巴斯纳说，可以帮我叫黑人给我拿一下晨衣吗？他看着穆博雅如何拿衣服，但那位把两条长腿随意地交叉在一起的值班护士却只是讽刺地笑了一下，轻微地动了动一只脚，所以向外展开的斗篷状裙摆就往回缩。巴斯纳说，你的确明白这种情况——今年是几几年，你在这儿待了多久？回答这个问题之前，她先让自己平静下来，十指交叉，然后把用带子系紧的双手放在皱巴巴的床单上。他专心地看着她的动作，对她的颤动十分敏感——振幅和频率是否都在升高？她清了清嗓子，说，嗯哼，情况——正如你说的那样，巴斯纳医生——的确非常特别，但记住，对我而言，在很长一段时间之内，都非常非常特别。如果这种特效药或止痛剂，不管你给我吃了什么药——顺便问一下，你怎么叫那种药？他说：L-DOPA。她说，L-DO-PA，呃——好吧，如果这种 L-DO-PA 药继续尽本分做它应该做的事，或许我将会有机会告诉你它对我而言是如何地特别。但是，现在还不是时候，我也不能坐在这里，整天玩弄我的拇指……脑炎后帕金森氏病就是这么回事，手指用异常的速度和柔软度快速地转动。巴斯纳快要窒息了，被这种旋转的东西完全迷住了，直到伊诺克走了过来才回过神来，穆博雅极为庄严，拿着一件石灰绿的涤纶长袍，他端庄的走姿更加衬托出长袍的没有样子。这件衣服很丑，给她穿太大了，而且衣领上还有骇人的假蕾丝花边——他期待着她拒绝这件衣服，或者，她莫名其妙地恢复正常，此刻又变得不正常，众多细小的束缚扼杀所有恢复正常的可能性。但是不：奥德丽拿过这件长袍，把它举在空中，扔开毯子，露出她的双腿，抬起并转动她双肩周围的肩胛骨。侧面：她犹如被重新改造的安尼哥尼皇后，摇晃的床边柜，单薄的塑料水壶，剥落的绿色墙——一切都被放进了背景幕中，蓝色调的小山构成远景。她用双手把长袍扣在一起，十分稳妥地穿好衣服，——不好意思，巴斯纳跳起来，顺着她的意思，赶紧拉开他的椅子——他们看着，尼龙窗帘依附在他们上面，她走过宿舍，继续走向病房的其他地方。她既庄重，又动作连贯，隐藏的双腿给她的持续性走动提供了节奏，哒——哒哒，哒——哒哒，哒——哒——哒，哒——哒——哒！她经过那些运动不能的人，巴斯纳和伊诺克看着这些人——柱子旁边的一个人瘫痪了，另一个人只能从椅子上升起一半的身体——她又向另一些人点头打招呼，那两人仍然看着她经过的人，他们就像是她冰冻的世界中被冻住的物体。哒——哒哒，哒——哒哒，哒——哒——哒，哒——哒——哒！她在自己的糟糕世界中轻快地活动——这个世界就像不见光明的隧道系统。奥德丽这样描述她的状态：我不思念音乐，她会对自己小声地说——不思念音乐，但是现在，她又开始思念音乐了。另一个病人，她不是脑炎后帕金森氏病患者，坐在桌子旁边，手里拿着一支铅笔，笔的顶端套她手中所握的有机玻璃唱片齿轮中，笔尖在捐赠来的纸上不断地画圈。窗外是早早的午后，一阵猛烈的夏季暴雨在职业治疗室上方的平坦屋顶上画肺活量图，形成了一堆堆的积水坑。——这是什么，奥德丽想，吉尔伯特曾经说过的——是的！当你打碎镜子的时候，就出现一个宇宙……打碎似是而非的镜子——从迷信的角度来看——这是最小程度的个体思想。哒——哒哒，哒——哒哒，哒——哒——哒，哒——哒——哒……我是架钢琴……我的记忆就是音乐，我的思想哒——哒哒，哒——哒哒，哒——哒——哒，哒——哒——哒……她的前额倚靠在又硬又冷的窗格上——它是透明的，但这并不代表它就不在那里。他曾说过这句话，她很愤怒——愤怒！——她从伍尔维奇一路赶到这里，颠簸了十二个小时，在贝雷斯福德广场上勇敢地穿过人群，冒险爬上轮向齿轮，通过楼梯到达顶层，支付半便士，然后再付两便士在伦敦大桥上乘地铁——远离地底下的危险和成千上万个躺在站台土堆上的人——只是为了让他偷偷地把她带到格雷律师学院路上一家颜料店上面，像偷偷地带一个典型的妓女，那里就是他的房间所在，因此她或许就可以听到这个——这个！肿胀的小花花公子慷慨地念他最近所做的幻想曲草稿中的诗句。他躺在淡绿色的灯光底下，台灯灯罩让灯光变成了这种淡绿色。在一个四开本的手稿书上，他用绿色墨水写下了一行又一行少女似的圆体字，记事本外面是绿色的摩洛哥皮革，放在同样裱好的记事簿上，那些字描述了——或者是他曾注释——通过注释对自己的作品表示认可和赞许，对她的字所造成的破坏却一律忽视——一个离这样的未来并不遥远的社会，其中蔓生的城市集中在一起，成为由玻璃、钢铁和混凝土组成的山峰，就像近来曼哈顿岛的那个样子，乡村不再只是用于农业生产——以前由于没有哈伯研制出来的化学物质，因此农业生产就需要一块可耕种土地——而是一种乐园一般的世外新桃源，并且还可以被还原为土地的土生土长状态，让那些有可能长得太柔弱太衰老的年轻人——这就让所有的战争都通过消耗大量人口而结束——通过古老的竞技活动，骑马、马上比武、竞技等……奥德丽有些恼怒，因为他边讲故事边放幻灯片时是如此专注，并提出了很多意见，这种讲述方式拉近了他的自大和信念，是他的做人原则——而不是他虚弱的肺——让自己处于他那光亮透明的道德顶峰，这些故事大多发生在战壕中，那里的英国兵因毒气和血而窒息而死，或者发生在军工厂中，那里的女工们因水银中毒而失去牙齿和头发，或者甚至是住在沃金附近简陋的郊区住宅中的人的故事——三个流浪儿一般的孩子，一个可怜的邋遢老婆——在费多看来，如果老婆一年内看见丈夫的次数不止一两次，孩子们看见父亲的次数也超过一两次——那他们就是幸运的——费多普遍赞同男人应从这种束缚中解放出来。外面很冷——沿着欢喜山，雪水在岸边再次冻结，冰上留下了这个城市无穷无尽的污秽，一个特殊的巡警撣着他钢盔上的白霜。旅馆里面更冷。奥德丽有些憎恨自己，但还是坐在了躺椅上，这还是维尼夏·斯坦利送给他的。奥德丽有些憎恨自己，但还是允许他解开自己的纽扣，脱光她的衣服，他的逻辑牌香烟散发出刺鼻的烟味——然后她开始憎恨他们两个，但还是让他压在自己身上，她的身体抽搐着，不是因为他的爱抚所带来的欢愉，而是因为自己操作车床时的重复性动作——不停地用手转动、装曲柄、拉——经过十二个小时的工作，这些动作已渗进每一条神经纤维。她已疲惫不堪，安睡时，至少还有对吉尔伯特的依赖：他完全无视自己的鸡胸和乱发丛中的脏脑袋，大煤气炉的白热珊瑚状物质发出平稳的照明，那个脏脑袋让人看得清清楚楚。他躺着，她的手臂垫在下面，他那根逻辑牌香烟的过滤嘴让他想到了各种战争的硝烟，库特之败、四法院地区之战、维拉的亡命之徒的逃跑路线、史末资的乞力马扎罗山撤退路线，这些地方被标记在一张无形的地图上，它展示了战争的全部情形，以及为何——不管所有的相反标志——资本家和劳动人民之间的和解在科学启蒙和哲学式思想的引领之下即将到来——奥德丽拿走了他的那根逻辑牌香烟，然后对着苦涩的烟屁股吸……他的梦想，明信片加上了标题，照片是拼集而成：一个英国兵站在残破的栅栏边，栅栏上缠绕着一些美洲石竹和雏菊。他的肩上挂着来复枪，像一个捕虫网那般致命，帽子向后倾斜，就像银行停业期间硬草帽的那种戴法，手里抓着一根短而粗的管子。他的小胡子和古怪的表情，以及滑稽的后盾和上了漆的背景幕——四周是黯然的斜阳环绕，表明战争发生在埃普索姆[①]附近，同时也让人无法认出漂浮在他脑勺上方和后面的特殊子宫：子宫中那个孩子的脸是他的梦想吗？或者，他的心上人，就事实而论，一点都不像这个迷人的东西——她的头发用发卡卡住，她的双唇鲜艳欲滴——但却是一个虎背熊腰的卖鱼女，双胸下垂，破嘴里一口粗俗的话？吉尔伯特进一步依偎在奥德丽的怀里，那头毛发磨光了她的胸两侧，这是我思想的产物吗？他闻出了旧法兰绒味和新鲜烟草味——她几乎无法想象这种肮脏的行为，起身、洗净私部，然后第四次穿好衣服：她已经在普林斯迪的黑暗中就做好了准备工作，一到军工厂，就换上粗糙的工作服。下班时间到了，她剥下那套工作服，塞在包里，然后挂在换班更衣室的个人专属挂钩上，最后把她燃烧弹一样的头发从难看的发网中拿出来。换班更衣室……吉尔伯特的房间也是种换班更衣室，她也在这个房里换衣服——就像他一样，尽管他穿上的那层皮肤对他来说常常不是太大就是太小：有时，他赫然突现在城市上方，他的话是新闻报道标题中的安色尔字体类型，他的言论唤起骚乱的人群，他的圆脸因洗碗布一样的胡须而被赋予了古怪的特性：没有攻击性，这很重要。对于一个

① 英格兰东南部萨里郡的一个镇。

所谓的社会主义者而言，他足够富裕，他的西装外套斜挎在椅子靠背上，通过椅子可以看出战时贫困，衣领和袖口已褪色，钮孔已完全变形。桌子上的一罐补药发出绿光，至少可以证明她的情人贫血、虚弱。——需要在吉尔伯特·库克身上操作六道工序——通过六道工序以切断他的内外纹路，切断他的隐窝。奥德丽的手臂移进移出，她的指状钻头在他身上揿这里揿那里。——啊！不！不！——他猛然弓背跃起，又蠕动，他的脚后跟敲击着躺椅——但是，奥德丽想到了煤烟熏黑的房子和转动车床的环带发出的啪啼—啪啼—啪啼—轰！的可怕声音，她把自己的主轴承转向他，继续自动地操作那些工序，吻他的耳后根，吻他的粗脖子——她感觉到了累意，但是依然十分强烈地想要控制他，她无法停止，直到装配工走过来磨她的切割机。她抚平他下腹部分的木屑，抓住第五片进行测量，然后把它翻过来……吉尔伯特喘气，啊！在那个煤黑色的房子中，那个厂房里，她们从未见过弹壳，只见过火雷管，而且奥德丽见到的，也只是这些火雷管的保险栓。——啊哈——哼——哈——哈！她调整位置，因此他的左边臀部就可以进入她的特殊螺纹中，奥德丽感觉到了闪光绸在下面滑来滑去的错综复杂。——哈——哈——哼——哈！她的鼻子中有那种补药的味道——她们从未见过弹壳，只是想象被磨成光滑锥形的黄铜子弹被穿着得体的韦斯特·迪利们插进枪支的洞口中。她们从未见过弹壳……吉尔伯特·库克已悄悄地把手放到自己背后，所以她打他时，他也可以打她，直到有人叫了一声“啊哦”！他坐直，弯下身子，捡起躺椅旁边的乳胶避孕套，然后套好，插进她的体内，一点都不必费心来罐润滑油。她的大脑捕捉到了冰冷的橡胶的味道，主轴承完成了它的六道精确工序，保险栓掉到了下面的托盘里，凡士林矿脂从车床里喷出来……她们从未见过弹壳，但没有她们这一方的坚持不懈，他们只会仍然那样：弹壳，无效的叶鞘，什么都没有。哒——哒哒，哒——哒哒，哒——哒——哒，哒——哒——哒，自动钢琴的推销员说，这段小旋律是约翰内斯·勃拉姆斯的曲子，但它不是以旋律的方式渗透进奥德丽的身体，而是他们性交的下沉音——这个术语是从希尔达·皮博迪的小册子中学来的，当时，她住在普林斯迪旅馆的隔板房间里，在微弱的烛光下看这本小册子。油——润滑油。他们给车床操作工分发围裙，但是没有什么方法可以保护她们的双手——润滑油引发疹子，皮肤上淡粉色的伤疤让奥德丽害怕，这种害怕反过来又给她带来更多的危险。在检验车间里，有缺陷的雷管被挑出来，泥泞的鹅卵石小路连接着铁路，这些铁路又连接着各类新建筑，那些房子的褐色墙砖并没有弄脏，房子被新近铺好的小草坪所包围，在六月绿色的薄纱之下，小草坪上刚种上的树神气十足。远处是河堤，长满了芦苇、莎草和草芙蓉，它那白色的头被风吹得有些发狂。如果奥德丽保持镇静，她就可以感觉到藏在下眼睑中的最后几滴苦涩的洗液。他们曾经每十六天清洗一次这些年轻姑娘的眼睛，然后在接下来的五六个小时中，世界犹如万花筒，如果奥德丽观察军工厂附近沟里的油污水，那就更甚，这些沟连着一条更大的河道，河道最终流进江里，像不断散开的彩虹漩涡，犹如那些未来主义者的怪异设计得以实现，战争还未开始的时候，奥德丽跟吉尔伯特在庄园画廊中见过这些未来主义者的油。这是他们试图描绘的东西吗——这些溢出物重新回到过去？军工厂里有个配套的餐厅，但不怎么干净，在宜人的日子里，比如说今天，门从左边打开，因此麻雀就可以从更广阔的世界中飞进去，啄从年轻姑娘的黄色爪子上掉下来的食物碎屑。坐在其中一条长长的餐厅桌子旁往门外看，她的嘴里塞满了罐装肉。所有的混乱让奥德丽困惑不堪：军乐队经过英国掷弹兵队伍时演奏着难听的号声，同时也带着单一的口号：8－5－7－9！这也意味着要忍，因为对于那个老妇人，就是那位副主监，她们没有什么名字可言。一辆汽车上有个气喘吁吁的女司机，有那么一段时间，奥德丽透过门廊看到了一个低矮的电影放映机，带着一个熟悉的直角三角形，劈开呛人的发动机尾气。

——8579，戴斯？副主监就在她身边，盯着军工厂女工们剩下的供给物品——面包皮、揉皱的蜡纸、锡制杯子——眼神中带有官方的威严：因为她所有的部分看上去都不是饿死鬼类型。——你叫戴斯，是吗？她颇有意味地拼了这个姓，被它不符合常规的特性感到欣喜。是的，我就是。富有男子气，可以如此形容这个副主监——不是用钥匙和表链粉饰她自己，她本可以表演女扮男装的角色。她说，火炮生产部部长戴阿斯先生正在这里视察——不会是有人搞了鬼吧，他跟你有关系？奥德丽加强了语气：不，我不觉得有什么关系。那个副主监把她的拇指钩住腰上的宽皮带。资本家！她说，在那种情况下，你应该帮助哈里斯先生带着他转转——现在就过来吧。她带着奥德丽离开餐厅，然后直接穿过换班更衣室。奥德丽仍然穿着卡其色套装、帽子和军工厂专用鞋，大声说道，我穿得脏兮兮的，但是副主监却不停步，回头甩过来这样的话：好吧，年轻姑娘，如果你穿着礼服、戴着珍珠项链，你还能让他知道这里的人是怎么工作的吗？艾伯特沐浴在阳光底下，站在他的公车旁边：他身材细长，年轻，戴着个大礼帽，看上去非常高，他身上的燕尾服和剪裁精良的条纹马甲更为突出。他唯一的负担是两个滑稽的污点，就在他凸出的灰色眼睛下面，或许是化妆油。当有人向她和哈里斯先生介绍艾伯特时，奥德丽的哥哥丝毫没有露出——她也知道他不会——认识她的迹象。总理雇佣了一个女司机，他们是这么说的——奥德丽在想，是否伯特也被迫接受相同的立场，但是那个开车的年轻女子——其实是女孩——有一张初入社交界女子所特有的滑稽大花脸，她戴着鸭舌帽和长手套，热情、潇洒的动作让她看上去像一个逍遥音乐会上的人。借着从高窗倾斜而下的昏暗光线，走过换班更衣室，奥德丽没有听到关于安全规程的解释，而是听到俺不要了，多太太，多太太，请别给俺了！你的东西越多，你想要的东西也越多，他们说，每一天，粗茶淡饭只要够吃就是盛宴！她还看到罗斯柴尔德炫耀着他的胡子杯，茶水洒在油布上，奥利芙露出愚笨的表情，双眼呆滞，就像一只很快就要被他的脏脸所砍杀的小牛。照顾换班更衣室的阿姨给管理员展示了工人们的防火衣，解释了为何这些衣服刚做好时柔软顺滑，但加了水银和火药之后就非常坚硬。戴阿斯先生，如果方便的话，我们最好往前走，副主监如此说道，还有很多东西可以看，我相信你的时间相当宝贵。从她的语调中，奥德丽听到的不是轻蔑，而是一个出身于上层阶级的人被迫屈从于一个下层阶级的人时所流露出的坚决反抗。她推测，伯特一定自始至终都听到了这种怪怪的音调，尽管副主监详细地跟他讨论轮班制、指出贴在墙上的管理制度时，他什么都没有流露出来，墙上还贴着激励人的海报：他的生命掌握在你的手上，整洁的工作环境是基本。他时不时地转向他的秘书——一个雪貂脸的年轻男子，长着一双内外足，走路就像螃蟹——以确保他不停地做笔记，形式形式。——再看这里，戴阿斯先生……他们这支小分队走到了急救篮旁边，副主监把清单递给伯特，他那双天生对数据敏感的眼睛看着那张清单，记忆中的东西立马浮现，棉绒制品二十份，久莫林杀菌剂二十瓶，过氧化氢药膏二十支，等等……然后副主监互换钥匙，表链叮当响，动身要走：抱歉，戴阿斯先生，我必须把轮班缺勤人员名单给大领班……——哈里斯先生推动灌装车间的回转门，门上的橡胶挡板随之就带出喧闹的带吸盘声、链式起重机的咔嗒声、传动皮带的拍打声、下面的大量木槌发出的不间断的齐鸣声，声音涨涨落落，把一种沉闷的声音锻造成蜜糖玫瑰一样美妙的音乐。穿过歌唱着的年轻姑娘朝前走，奥德丽感觉到其他人的躯体被夹在伯特和她的躯体之间：各种角色，石膏一般洁白、脆弱的维和奥利芙……还有斯坦……住在隔壁的多太太，多么亲切的老太太，竟然有一大群孩子！奥德丽知道，伯特定期往切里顿教区寄点钱，这点钱虽然少，但足以让他的父母把奥利芙养在家里，而不用送到疯人院去。维在邮政总局做电话接线员，过得很好，她空洞的脑袋充斥着问候语、数字、告别语，她不停地说着这些。玛丽·简在心里这么写，她要工了，跟——。——戴斯小姐？他们已经走到一个工作台边，旁边的三硝基甲苯和火药棉一层隔一层地卷成了五十卷。显然，哈里斯先生希望奥德丽演示一下，因为他请这个年轻姑娘让一下——她的确让了一下，患了黄疸病的双手摆弄着她的外衣。三硝基甲苯的芳香是烂梨的那种香味，火药棉普遍含有金属和油质，所有通风设备就像掉在长椅上的一把把纤维泡沫，其中一个工作台上，他在修剪指甲！艾伯特提起他的金字塔形水烟袋。想到他在一家理发店里向后倒，长脸上覆盖着火药棉，理发师磨着他的剃须刀，真是奇怪……管理员说——而且，尽管他提高了嗓门，但很明显，他仍然花了相当的时间用于自言自语——这种物质进一步加工之后，就变成硝酸银的一种成分，可以用来制造电影胶卷，这真是奇怪。奥德丽想，至少英国兵们现在已经配备了钢盔：每个人都见过电影，都见过雨伞堆在模糊的角落中，然后在嘈杂的雨点中被离谱地举起……奥德丽想，灌装车间的火药棉已经浸满了这些水银：它可以吐出大量污物，损坏炮车的排水口、骏马的肢关节和人体的脑壳——或只是用于展示：为了亲人而自食其果，亲人回到家乡，他的梦想……艾伯特希望了解这一日常工作的具体细节，所以哈里斯先生给他展示了一幅全景：轮班人员的数量，任务的划分，成型机、压力机和灌装机，工作人员根据性别分工，有技术的男装配工留在工作台上……现在如此。戴斯小姐对细节的描述让领班颇为满意，领班说，我们更愿意让这位年轻的姑娘留在雷管生产车间，她是个有技术的车床操作工。奥德丽打断了他的话，不好意思，哈里斯先生，我更关心灌装机，但是我也做一些手工作业，因为这让西蒙兹先生高兴，而且，我们觉得，这也有助于所有的人更平等地分配任务……每个人都明白她的意思，分配三硝基甲苯时应该更平等些。那些一天工作十二个小时的年轻女工们用火药棉塞满弹壳，然后把三硝基甲苯洒进去，再用棒槌把这个等待爆裂的东西夯实，最后塞进更多的火药棉，洒进去更多的三硝基甲苯，直到……直到没有一个头脑正常的人可以观察到光滑地磨成锥形的黄铜圆柱体所蕴含的蓄意破坏能力，它们的腰部被夹住，顶端带着动人的帽子。这些年轻姑娘的额外工资都花在了艳丽的丝带上，她们用这些丝带装饰鞋子，虽然她们的工作服既糟糕又不吸引人。这些年轻的姑娘们，她们的双手、脖子和脸忍受着爆炸物留在上面的令人作呕的污点，因为她们整天都在处理这些爆炸物。这些年轻的姑娘用颤抖的声音说着家里的炉火燃烧时发出的吱吱声，她们的眼睛同时也闪闪发光。这些年轻的姑娘，奥德丽想，是那些接触了大量砷的黑人计件工的小姐妹——是的！中了毒的女性，她们的面颊因韦斯特雷岛而苍白，她们不想要更多的东西也就不足为奇了……她做完了工，一屁股坐在工作台上，手里拿着的棒槌晃来晃去，双臂抱着五十磅重的炮弹，热乎乎的脸颊靠在冰冷的黄铜上。艾伯特说了声谢谢，然后把他的表又放回口袋里，转过头跟哈里斯先生和检查员西蒙兹先生说话，西蒙兹先生刚刚匆匆地赶过来，他带有胎记的鼻子在寻求晋升。——每一个工作台上配有四名装填员工，每一幢楼有四十八个工作台，假设这个军工厂女工可以作为典型——假设比一般的装填员工快一分钟——这就是说，每天只有一万三千八百二十四个炮弹可以装好，不足以与浇铸弹壳的速度或与生产弹壳的速度相匹配。哈里斯先生，你给我看看放空管的地方吧，让前线人员反感的弹壳。

所有人的脸都变红了，只有奥德丽没有——从很小的时候开始，她就习惯了艾伯特惊人的计算能力……我算对了吗，先生？他的肤色并不健康，他的身体，斯坦觉得，跟任何的得体都扯不上关系。他是个古怪的人，立刻就会变成一个语无伦次的废物和一个彪悍的人。他曾经在一个用亮红色砖块堆起来的牛棺材旁边给自己挖了个藏身洞。——我算对了吗，先生。斯坦反复地问，你跟不上吗？那个官员退缩了——他的帽子丢了，因此就没有可靠的方法判断他到底属于哪个军队，如果有人——他甚至可以是一个间谍——讨论这些特征：干净的亮靴子，穿着公务员的制服，但是没有军队徽章，属于国际军队的高层人员。斯坦所在的小分队中，其他人正在用大铁锅煮茶，在灰烬的余热中给打开的食品罐头加热。军官是个高个子男人，他们被四点七秒设备所包围，它每发出一次更加可怜的齐射，他都会做出懦弱孩子似的姿势。但是，只要轰炸一结束，他的嗓音就恢复了正常，加入了音色和音量，直到他跟练兵场的权威人员说话：他说，你千万别觉得我总是你现在看到的这副样子——我是个普通人，在整场战争秀开始的时候，我跟英国远征军在一起——你明白吗，班长？随后我进入法国第五军队，但不是为了联络——我不是个参谋！——他大声喊叫，因为又来了一次齐射，射向宁静的无知之地的地平线。醒来后，鲁夫特说牛排、内脏和洋葱，费尔德曼则反击：炸鱼和炸薯条……这个军官继续说，我们在马恩时靠近沙隆[①]，那是个美好的夏夜，就像今夜——不，一点都不像，他哼地一声，因为那天晚上很美、很寂静，你可以想象这样的夜晚，班长，西边的光亮开始渐渐消失，不知怎地，它夹杂了那种寂静，农场里传来云雀的哭泣声或狗叫声，就像一个入睡的婴儿的呼吸那般平静……斯坦利细致地观察军官，发现他发火和坐下来之间隔了一段更长的间隙：他想，这个人至少四十岁了，有一张动来动去、淡而无味的脸，以及兔子一样的龅牙。斯坦利富有同情心地看待他的疯狂，认为这只不过是：穿在他制服外面的一件带有污渍、不合身的衣服。杀戮实际上都是疯子所为？是的，为怜悯他们自己，也为了对自己公正起见……他走向他，跟他讨论一本破书中的各种角色，这本书放在防空壕中，躲过了某次直接袭击，书里讲的是完美的亚马孙流域遥远的未来，彼时彼地，庄严的赫耳弥俄涅和贝丽尔废除了低能的人……通过黑滴。罐头食品加热后已经以某种方式混合了火药味，所以斯坦利想：或有可能吃一块野战炮？——我们坐在那里看夕阳——军官坐在他那个摇摇晃晃的床铺上，缩成一团，他的胡须胡乱地摩擦着那两个长得不错的膝盖——法国人和我都拿着烟斗，变暗的光线就像——不要问我——就像我那个年轻漂亮的太太身上穿的裙子的两只丝质雪纺袖，她参加皇家艺术学院的夏季展览会时就穿了这样的裙子，什么……？或许只在德国佬进来之前的一个月

① 法国马恩省首府。

左右，那时，没有任何提示，所有的地方都突然被火光侵袭……斯坦利相信，所有这样的场景都是人临终时会梦到的场景。所有这样的言论——犹豫的、感激的——都是告别演说，命令他们立马开始哀伤。他在前线听到过的东西比我听到的更多，他开始相信，他们召唤子弹、迫击炮和炮弹……去他妈的端奇寡妇，鲁夫特说，他已靠近毁坏的支架，站在那里，手里拿着他那个冒热气的饭盒，低头看着他们。鲁夫特的鼻子上有一块流血的脱脂棉，鼻子头上贴着膏药，他那栗色头发全都走了样，棕褐色的眼睛不停地眨动，无法控制……去他妈的端奇寡妇，他又骂了一遍，把脚指头上的一块焦土甩到懦弱的军官身上。斯坦利再度陷入震耳欲聋的战场，不，他喊道，把我带出地雷阵——我将会听到他走出地雷阵。继续说吧，他对军官说，军官这个人，现在据说，看上去比兔子更加滑稽……继续！这是……袭击之后，军官在令人痛心的寂静中重新开始……广阔的前线上炮火袭击——我们中的第一人见到过。直到那时——那时是八月十四日——从来没有人见过这种东西，你知道吗？斯坦利点了点头，从小分队的五号人员博比那里拿了自己的那个饭盒，博比颤抖得跟军官一样严重。一个人对食物的味道没有反应，可以看出这个人魂飞魄散的程度——他超越了任何食物，外面是个阴影世界，他孤身一人被俘虏。他说，恐惧侵占了我，像残忍的疟疾——你知道，班长，法国人和我，我们都是普通人，我们都曾见过战争，但那种战争带着沉重的打击和交易——现在我们都知道，当我们正视弹幕，正视每一个改变的东西，正视这个……东西——不管它会是什么——把我们掌控在它手里，把我们紧紧地掌控住，让我们在其掌控中一直颤抖，试图把我们掌控得更牢，掌控——而且它从来都不会放弃。你明白吗？所有的炮弹，所有的地雷和迫击炮——还有你的机关枪，只是这个东西的颤抖而已，你明白吗？那只恐怖之手的颤抖，这只手从不拿开，也永远都无法拿开。

军官已经伸出他紧握的拳头：它在斯坦利的饭盒上方晃动，但是他继续挥舞他的勺子，挑出黑乎乎的土豆块，扔到一边。附近的炮台每发射一次，军官的膝关节就喜剧性地抽搐一下，而且究竟是谁可以让他自由地吸取生命之水……斯坦利的牙齿碰到饭盒的角落，发出咯咯的声音，松软的肉汤从他的嘴角流出来。他腰部用力，快速站了起来，紫红色的天空和白色的硝烟在他的上方打旋，然后他摇摇晃晃地让自己站直，休耕地的犁沟之间扬起灰尘，手上的饭盒不停地晃荡，萝卜片……泥土中的狂欢。离闷火仅几步之远，科贝特和费尔德曼坐在注油口两边。费尔德曼伸进去的长度大概是一只帆布袋的长度，科贝特的双臂摇着曲柄。斯坦利想，这像一个巨大的苹果去芯机，但不是剥落，而是用点五口径的机关枪发射。拉，转，拉，转……所以这个皮带注油口就利用它的动物性部件：拉，转……拉，转……在破败的壁垒远侧，伪装网就像水母一样，无声地起起伏伏……在这一片杂音的海洋中——枪手们光着膀子，在这个可怕的生物旁边蹦蹦跳跳。空中，一架飞机嘎嘎嘎地从航线中返回——布雷里奥的航行试验——斯坦利可以在五百英尺之下看到固定在驾驶员座舱旁边的黑盒子，这个精致的少女让他回想起自己在战前所做的模型——他如何突然把自己推向银色的天空……站在那里直接向下看宽阔的绿地，穿着蓝色外套的轻骑兵组成的楔形强攻队伍蜂拥而至，他们的铁甲和头盔闪闪发光，一场高雅、安静的战争，只是没有钢琴声相伴……——当他们进入棱堡的战壕后，伦敦兵撤退，留下那些被匆忙埋葬的战友——腐坏的双手双脚，压着背墙——还有他们的废物：一堆乱七八糟的白铁罐，夜晚降临，老鼠在那里巡逻，被碰到的金属丝不断地发出声响，这些白铁罐也发出丁零当啷的声音，还有他们笨得要死的标记：莱斯特广场，皮卡迪利大街——还有富勒姆路——先用布兰可擦白剂写在小木板上，再把小木板插在泥土中。斯坦利知道，他们觉得这是把尸体堆和坟墓堆做成了家乡的样子——汉普斯特德、哈罗和水晶宫的壕坑在远处凸起，泰晤士河流经他们和德国人，形成潮汐滩。——他用不同的眼光看待这些：伦敦是世界的生产车间，有刀匠、焊接工、马车制造商、调音师、自动钢琴装配工、计件工工匠，这些工匠一直敲打着角钉，直到吐血身亡——伦敦，它所有疯狂的弯曲、塑造、制造——从这个东西制造出那个东西，已经真的成为这个东西的希望。站在七月的土地上，手里拿着撒尿的工具，像汤那么浓的尿浇灌着他双脚之间的土地，直到它溶解。斯坦利·戴斯感觉到了自己早已有之的通向未来的方式，在这样的未来中，各种灭绝方式被一块一块地组装起来——插入刺刀，迫击炮到达那里，一个炮弹弧形飞过，单翼飞机猛烈地炮轰战壕，但是，一切都发生在相同的天空底下，进程都有些相似：矮小而好斗的人和体型庞大的勇士，哀鸣的大学男生和笨拙的小伙子们从兵站车站源源不断地送来，每个人都穿上黄皮军上衣，被送到储备战壕中，然后一股脑地被送到前线，再有系统地分开，这正如伯迪说的那样：他们是第三类人，因此就要经受一阵又一阵的噪音，血肉中的骨头颤抖，皮肤中的血肉颤抖，直到最后只剩下泥土中的食品罐头，苟延残喘的长旗在旧铁丝网上飘荡。尽管骷髅头爵士对机关枪的认识有误：它们不停地射击所制造的不是混乱，而是一个完美的系统，一个将他束缚起来的系统，让他站在那里，手里拿着扳机。许多英国兵——包括斯坦利所在小分队的一半人——都相信，战争将会永远地持续下去，最终达到绝对静止的状态，这也是他们的信念——军队势力难分上下，他们的进攻和防守相互抵消——永远都不会停止……至少直到最后只剩下两个人，做好准备，扔掉来复枪，直接用刺刀刺人，因而两人都向前倒，连内脏都消失。最终，他们扔掉刺刀，回到其他人躺着的地方，惊叹于他们吃的东西、弹幕以及他们之间传来传去的一瓶廉价酒，斯坦利并不同意：这是个时间问题，他觉得，跟你怎么理解时间有关：如果不是这样的话。科学冒险家不断地向前推晶体棒，日子像太虚幻境一样一天天地过去，主妇们不断地经过闪烁的实验室。他不断地把晶体棒往前拉，她又不断地把它向后推。窗帘嗖地拉开，又嗖地拉上；起风了，风又停了，又再次嚎叫；墙壁破碎了，他被留在那个复杂的房子中，野草缠绕着房柱、框架和拱梁……斯坦利仍然还在那里，正是此时此刻——现在和永远，费尔德曼热爱给维姬加油，把油布带戳进她的水套槽中，巧妙地让带子穿过水套槽。其他人——鲁夫特、博比、科比特和中士——正在玩掷冕锚游戏，把飞蛾一般柔软的卡片轻轻地放在弹药箱上。他们对其他人都表现得小心翼翼、疑神疑鬼。鲁夫特或许有些怯场，他是这些人中最迟入伍的，其他人已多次见过战争场面——他们不相信即将来临的一场大战结束之后，他们还会活着。但为什么不会？现在就是永远，在一片噪音的海洋之中无力地舞蹈，惊呆的军官躺在地上抽搐，他的双手和双脚在泥土中画出了地图或方案中所提及的轨道——很早以前，他就在混乱的头脑中给这些地图或方案加了密码。马库斯肯定是通过大门进来的，他在环状交叉路口向右转，沿着一条不该被叫做西部大道的路缓缓而行，经过布莱斯楼的三号别墅和家具工厂，在山坡和职业治疗室之间摸索着前进，最后找到一个停车的地方。巴斯纳从高处看着他，马库斯正从车里走出来，脚手架一样的手和脚伸出车外——这是一次可预见的莫里斯汽车旅行，尽管这个年轻的精神病医生并没有预测到。在他看来，可以预测到的是，这些可以开来开去的棺材很快就会被废弃在洋白菜地里，它们破旧的车体——一半是木材，一半是金属薄片——腐烂成一堆肥料。马库斯的双脚呈现为八字形，他俯身锁车门，看上去相当仔细，但锁好车，他就从巴斯纳的视线中消失了。巴斯纳想，马库斯肯定知道通往这个城堡要塞的一些秘密通道……在病房入口处，巴斯纳碰见了马库斯，他大声说道，离开这儿大概有三十年了吧？那位老人说话前把巴斯纳上上下下看了一遍——巴斯纳在春天与马库斯相识，记忆中的他并没有这么专注，也没有这么专心。马库斯观察着巴斯纳的白色外套……他想要我脱下这件衣服。相反，他最后说道，在哈奇医院，改变总是件漫长的事，安息日没有尽头——或许这就是为什么我把夜晚记得最牢吧。当然，并没有人要求我在那里，但很可怕……在黑暗中，人更容易忍受惰性。一些护士在病房间巡逻——因而被叫做巡视者——其他人则只是坐在夜灯旁边，不看书不看报……只是坐在那里——另一种紧张性精神症，如果你可以明白我所说的。巴斯纳跟马库斯一起从护士站走到休息室，然后走进宿舍中，他至少对某些喧闹心存感激：一个清洁工把暗褐色的地毯擦成亮棕色的外套，赫弗齐芭·英格丽斯不停地用硬后跟敲打地面，发出“嘚嘚嘚”的声音，不屑于微笑一下，薇儿哄着高龄的赫奇斯先生不要太过温柔，什么都不吃……巴斯纳感到困惑，为什么我想要这个可怕、该死的地方看上去好一些？但是他知道，总是如此：每一次回到雷丁顿路，他皮包骨的双腿上有瘀伤，松弛无力的肚子有些痛苦，被衣服裹在其中的躯体总是沾上了自己的小便，因为他总是一受到惊吓就尿失禁，他很快就可以给莫里斯叔叔吹嘘学校里的美德了——他们如何在橄榄球比赛中多次取胜，不是扎克在玩的那种球——或者上演一出精彩的《皆大欢喜》，不是扎克在演的那个剧，尽管他的工作就是表演：绝不允许任何东西玷污奖杯。现在——那时也是——巴斯纳渴望逃离，躲起来……伊诺克从一个用帘子隔开的小隔间中出现了，像个长官，巴斯纳介绍另两人时，还想看看马库斯身上的种族歧视——但远远相反，他爱自己的邻人，当巴斯纳说穆博雅是他的得力助手时，他还热情地和穆博雅握手。巴斯纳的话突然变成了一段简短的演说：我想真心地说，我们已在这里取得了惊人的突破，马库斯医生。三十年代你在这里的时候，你说你所忙碌的不是治疗工作，而是对抗精神疾病的壕沟战——现在你说任何改变都是一件漫长的事，好吧，我相信 L-DOPA 是我们的……我们的……坦克——它让我们逃出壕沟，结束消耗战，快速反攻！巴斯纳无法收回关于愚蠢的顺利的话，也无法忽视马库斯脸上闪过的疑惑阴影。他们已经走到了第一个脑炎后帕金森氏病患者旁边，他叫雷金纳德叫我雷吉·沃斯。巴斯纳说，他上个星期又回到了这里——周一，是吧，伊诺克？是的，穆博雅回答，周一，服用的药物剂量相对较小。虽然天很热，但马库斯仍然穿着剪裁良好的三件套，他弯下腰，把他的鸭嘴凑近雷吉柔软、厚道的脸。巴斯纳想，他们肯定是亲密的同时代人：高个子和矮个子——但分开他们的是怎样的两个世界啊！马库斯受到了他自己所想象的苦难经历的嘲讽——还有其他人的苦难经历——沃斯刚从睡眠状态中醒过来，对凝固汽油和凯利、侦察机和阿波罗毫不知情，他做了什么梦？马库斯说，我可以问你做了什么梦吗？受牛津饥荒救济委员会全方位照顾的雷吉坐在床边的椅子上，膝盖上放着个文件盒，里面似乎放着一摞证书。每一张厚卡片都盖了绿色的印，格式化的树形印章。他说话的时候，仍然不停地从盒子里拿出一张卡片，用派克笔签名，然后吹干卡片上的墨水印记，放到早已认证过的文件盒里。沃斯解释说，这些是以色列的树——他笑了，我指的是，当然不是真正的树，而是——巴斯纳极度渴望他的实验对象表现良好，所以几乎快要接沃斯的话，但是沃斯恢复了正常，舔了舔唾沫：他们的日常文书工作。你知道——他继续一边签字，一边说话——我算是个犹太复国主义者，你应该知道这是什么意思，在我的日子过得比较艰难的时候，政府开始分发补助，也允许买卖土地。我曾计划到雅法[①]去，你知道——是的，是的……现在我发现，我们所有的梦想都已经实现了！然后……他支支吾吾地说……我知道，我的父母都已离开人世——可怕的损失，是的，但是当西里尔——巴斯纳低语：他的侄子——告诉我我在合作社银行有一笔钱的时候，我很快就知道自己应该做什么……这是为他们所做的——为了纪念他们……在我们的祖国。西里尔——他是个能干的孩子——调查了一切……所有事情，看……巴斯纳不安地看到，沃斯的左手不断地挥动，而且他的呼吸又急又短——巴斯纳希望前者只是手势动作，后者不是帕金森氏病意义上的呼吸急促，而只是健康人的兴奋罢了……现在他们将拥有自己的森林！是的，查尔斯和海丝特·沃斯森林！在希伯伦上方的高地上，有黎巴嫩雪松、橡树和各种其他类

① 以色列古老的港口城市，1950年被邻城特拉维夫所兼并，取名特拉维夫-雅法，沿用至今。

型的树——是的！沃斯的拖鞋不断地踢油毡布，墨渍溅到薄纱绣花床单上。马库斯那瘦骨嶙峋的大手抓住那只胖乎乎的手，说道，真是太棒了——但是，当他们离开这个护林人的时候，他不禁开始暗讽：从伯纳姆伍德到戈尔德斯格林，呃……巴斯纳无视这些话——他正在跟自己作战，防止再次出现言语重复症，因为他正试着让这些奇人给马库斯留下印象……——新生，重生——这就是他们。的确，你必须明白，雷吉·沃斯——他正在展示最极端的角弓反张——弯腰驼背，躯干前曲——并且一直抽搐。他几乎无法说话——只是不停地咕哝，几乎无法自己吃饭，更不要说自己去厕所了——但现在你看看他，马库斯，你应该看到了吧——。——是的，是的，看到了。马库斯用同样可怕的手拍打巴斯纳的手臂。巴斯纳，我的确看到了，当然，我也非常熟悉脑炎后帕金森氏病患者的状况……他们没有感觉，他们的焦虑……但他真的记得吗？巴斯纳又觉得马库斯会把他看成是一个江湖医生，这个想法不停地折磨着他。他控制住自己的热情，当不同寻常的查房巡诊开始时，他试图展示已恢复正常的病人们平静的景象。这很困难，虽然——怎么说安德鲁·麦克尼尔呢，他开始服用L-DOPA前极度张力减退，只能躺在床上，根本就无法坐起来，更不要说保持坐姿了，他的嗓音只是微弱的咕哝声，脸像是被拧成了一张鬼脸，既痛苦又惊恐，他睡不好，睡觉无异于醒着的噩梦。在死气沉沉的池塘中漂浮了四十多年，他现在终于再次得以露出水面，他告诉精神病医生，这些年就像是“现在”一直得以维持，一种可怕、不变的现在？他们站着观察麦克尼尔——红鼻子、红润的脸庞，就像个花园里的土地神，开心地做着填字游戏。巴斯纳说道，我觉得，形成记忆的必要条件是动作——记忆是一种躯体现象，因此，如果大脑再也无法操控存在于空间中的身体，那它就失去了在时间中进行定向的能力……他摆弄着自己的领带，如果马库斯的怀疑表情不是如此明显的话，他或许还想用圆珠笔把这个观点写下来……病房里很热，直角窗扉似乎无法排放出次氯酸钠蒸汽和尿味，而只可以吸进北环路上遥远的交通嘈杂声。——巴斯纳被可怕的怀疑所挟持。一切只是个梦而已，只是我的梦而已？需要醒过来的人是我吗？年老的病人们几十年来开始第一次出现骚动……他们转向另一个人，说话时带着生气的味道，不是因痛苦的经历而生气，而是因为琐碎的世界又重新出现：圆珠笔和便宜面包……或许他们会好转——？他只能不停地往前走：我想让你看看奥斯特雷奇先生……戴高乐昂首站着，背对他的客人，正在擦拭一个盖着法兰绒布的相架……他是服用了L-DOPA的病人中最能说会道的人。奥斯特雷奇先生继续擦——因此巴斯纳继续给自己美言：他绘声绘色地跟我描述了脑子中思考虚无的感觉——是的，他说，思考虚无并不等同于不思考，所以，这根本不是禅宗里的觉悟状态，而是……而是类似于一种可怕的数学练习簿，二加二加二，类似于这种状态，不停地反复。或者就是，我就是我，我就是我——像这样，但是这不是存在主义式的问题，这只是……只是恒等式的迭代，只是事实，不是其他什么东西，二加二，我是什么，明白了吗？马库斯对此感到无语——穆博雅显得有些焦虑不安，巴斯纳被彼得·库欣[①]所拯救，这人从他的过去中跳出来，所有人都处在一种既充满指责又充满邪恶的凝视中。他说道，不管一直以来如何，我现在意识到，我就是某种相框，你最好相信——非常像这个……他笨拙地摆弄回形针，穆博雅走过去帮助他，但却被奥斯特雷奇先生挡住了……不，不，不需要你的帮忙——我可以，就像这样，看，完全可以……奥斯特雷奇先生已经拿出了照片，照片上是一群穿着制服的乐队队员，站在乐器旁边，那些黄铜乐器似乎发出无声的杂音……这个人就是我……他把照片放到自己的面前……虚无被框在其中，我已经忘了照片中大概有什么……大概印象！他伸出舌头舔嘴唇，巴斯纳希望它赶紧缩回去！今天不抓苍蝇，非常感谢……巴斯纳想象，奥斯特雷奇先生的鼻子是在二十世纪初期的维也纳游乐场上弄坏的——他不应该用这个名字，至

① 彼得·库欣（1913—1994），英国演员，出演过《科学怪人的诅咒》等作品。

少不应该在英国军队中用这个名字。谢天谢地，马库斯打算与奥斯特雷奇交流：他问，现在你感觉如何？重生者的喉结一上一下，他的眼睛很正常。——觉得……觉得……他从儿童词汇中挑选词语……总之感觉非常不错，真是好好好好极了！我觉得巴斯纳医生一定给我注射了什么东西……他挥舞着法兰绒布和那张照片……抽走了我不健康的血液，给我换上了香槟！当他们离开这个维也纳人的时候，马库斯说，你觉得自己是……医治大脑的克里斯蒂安·巴纳德医生？正如那位困惑的老人所说：你已经移植了他们的大脑——或者这只是清血法而已？不，不，没有药物可以拯救他们——不管多么革命性的药物，都没办法。我猜你已经从病理学中看到了结果，但你也应该知道组织病理学吧？你已经在这些病人的脑干中看到了各种程度的损害，嗯？这是真正可以被观察到的组织破坏，巴斯纳，就像炒鸡蛋——你可以明白，是吧？巴斯纳所欣赏的是吹毛求疵，马库斯太太肯定得承受这种吹毛求疵，因为长久以来，她都体无完肤地躺在圣·约翰伍德公寓里的塑料地毯上，身边还有冷冰冰的垫子、旧煤气取暖炉的框架结构和切碎的肝脏……边骂边走。他可以尝到绝望的滋味。巴斯纳反思后明白，马库斯是这样的人，厌倦了文明和所有的不满，想要独处——但却坚持让其他人像他一样独处：其他人是人质，正如图帕马罗城市游击队中的杰弗里·杰克逊。当然，他并没有真正受到伤害——他仍然关心这个世界。对巴斯纳而言，最重要的是，他渴望得到这个跟他的叔叔近乎异体同名的人的同意，所以他屏住呼吸，数着一、二、三……现在，五个脑炎后帕金森氏病患者开始照顾自己，员工的工作量得以减轻——他们猛烈的怨恨又收了回去。我觉得……他最后舒了一口气，马库斯医生，你或许低估了大脑的功能重组能力。对我而言，科学似乎并不是先进的足以让我们判断一种全球性多巴胺不足所造成的影响——你知道……这些病人，虽然他们曾经只是活着的雕塑，但现在看看他们：做填字游戏、在证书上签字——像奥斯特雷奇先生，对自身状况的叙述充满了洞见，这显然证明健康比任何疾病都更为深邃，不是吗？穆博雅继续在附近晃荡——巴斯纳感觉到他的脑子不断地往下掉，让他一直停留在那一刻，就像宽阔光滑的围裙，然而远处是浪花，货船的大致模样……他住在哪里？嘟—嘟——一个人住：一个旧茶缸掉在一堆破收音机上……地毯清洁器的毛刷上尽是棉线头……每天都远行至阿诺斯格鲁夫，他的黑发像刷子一样刷过煤黑色的空间——他说他不介意——他也表现得不介意。巴斯纳知道这点，是因为他的值班护士比我更加现代，在食堂里用餐时讨论面纱，然后这位大师——

奴隶关系，从拉康的角度来看。巴斯纳想，我应该建议他考虑考虑分析训练——把他介绍给塔维斯托克的一些人，适可而……止。这就是米利亚姆所说的：适可而止。她不是马库斯太太，她已经给他画了一条最后的警戒线：要么在某个合适的假期一起出去度假，要么我带着孩子们出去，但坚决地希望，非常具有米利亚姆的特色，我们回来的时候，你不会出现在这个地方。不要出现……带有耐火烧制的瓷砖，扔得满地都是的陶瓷灯，不要出现……稻草餐具垫……胸大无脑的女郎做封面的书，没有裤腿的女式服装……手放在臀部……毫无疑问，这种形象真是……让人憎恨——甚至他自己都难以接受——他发现……自己的欲望被唤起。他知道，那些脑炎后帕金森氏病患者经历了一种奇怪的思维减慢过程……唱机转盘从最高音回到了低音……人被黏住时渴望脱离……他人……的黏性。一天走完一生——同样也发生了完全相反的事：混乱——思维如急流一般，让他们无法抓住自己还未被撕裂时的想法。他跟马库斯一起站在那里，说不出自己的痛苦之源到底是什么。这样的状态他们持续了好几分钟……或者好几小时？我完——全——疯——了——马库斯用对话的口吻跟巴斯纳说道，我觉得让人惊叹的，不是你的那些病人醒了过来，而是那些混合病房——当然，我听说过这种病房，但见到男病人和女病人生活在一起真是让人惊讶。我觉得这就是我要跟制度化进行斗争的东西——至少直到鲍威尔先生完全废除收容所为止。马库斯摸了摸他的大肚子，被定做的衣服紧紧地裹着——当他高高在上地看着这个比他年轻的同仁时，表情极为友善，但他接下来所说的话却跟这种友善大相径庭：巴斯纳，结果会很糟糕，记住我的话——语调上扬……我发现你需要制造轰动，成为一个伟大的人。我已经问过别人，听到别人说你染上了那个小丑莱恩的东西——我敢说，L-DOPA这种药对你而言代表了另一种万灵药，你看到自己无法对付精神分裂症，所以你现在就去对付另一种病……库克的格言之一，不是吗：当你摇晃最小的思想之镜时，世界就苏醒过来——但是，同样地，有些镜子只是裂了几条缝，有些镜子则碎得一塌糊涂……当然，呃哼，或许我的话有些重——。不，巴斯纳说，不，你说得很对，说出你的想法没什么错……而且我也希望你能多多指教……但还未见到更多的病人，也还未跟他们交流之前，请保留自己的意见。马库斯清了清嗓子，呃哼—哼—哼，声音拖得很长，还有些自鸣得意的笑意。他有些感伤地说，我来这里，就是特意为了看看我的迪尔斯小姐，现在可以去看她了吗？因为我们之所见，就是我们之所选，就是我们之所坚持，就是我们之所失，永远……有时候，巴斯纳想，流行歌手说得最好，对马库斯而言，他是个刻薄的人：戴斯——她更喜欢自己的名字，而不是这个姓，现在她已经恢复了正常……不要—让它—死去，不要让它死—去……巴斯纳心中不禁纳闷，为何我被头脑中所缠绕的这些绦虫折磨得如此苦恼？难道是因为无意识借助腹语穿过了飓风·史密斯？没有闪电就不会打雷……——这个人死了吗？这是个男人——当然——他仰卧着，四脚朝天，脖子和头也被抬得老高。他想，或许，如此暴力的死法只能在生前性欲比较强烈的人身上才能看到——至少从逼真程度来说如此。有人建议戴领饰吗？他可怜地摸了摸自己没有被束缚住的喉咙。黑色轮廓在橙色三角形的底座散开，上面——大概是为了谴责它猛烈的抽搐——出现一次明显的雷击。这个三角形的底部写着注意人身安全——给巴斯纳带来冲击的，不是这种命令式的语气，而是这句话的简洁：老家伙，如果你爬上这个坑坑洼洼的混凝土支柱，在柱子上平衡身体，敞开你的另一只脚，包围那堆铁丝网，你就可以拥抱那个瓷器，抓住噼里啪啦的爆裂声……他想，在最后的时刻，在你的心脏短路之前，你挂在那里，不停地颤抖，耳朵里飘出焦味，指尖不断地挣扎着求生，你还可以感觉到钢铁般的灯丝汇成了这一束高电压？巴斯纳气喘吁吁，从亚历山大宫快速跑下来，穿过公园里大片荒芜的绿色。他已经喘不过气来了，虽然没有人看到他的虚弱，但他还是把它伪装成一声叹息，啊……无论如何，他决定，不管我的年纪有多大，体重是多少……我的训练鞋或许会埋葬了我。公园里的小路就像不新鲜的蛋糕，上面掉着切得厚厚的薯条——用眼前的景象形容这一菜单，信手拈来，多么可怕！巴斯纳瞪着眼睛观察，追踪它表面被炸过后难以察觉的黝黑色。任何习惯——神游症，或出神，或盲目地奴役于下皮层的力量，都比这个要好：大得可以装得下人的衣柜贴着治疗室的标签，白色外套和灰色的尼龙上衣紧紧地堆在一起，但不失优雅，不好意思，请问可以吗？固定病人，测脉搏，注入五毫升的静脉箭毒，然后擦掉上一个受害者在橡胶护齿套上留下的干唾液。啊……他相信，没有人可以认出我：漫步穿过满是灰尘的圣保罗广场，我的购物袋上没有证据表明我曾经是个纳粹医生……下午三点左右，当他经过安妮皇后路上的垃圾桶和颇有声誉的住宅区宜人的停车位时，并没有人看到他，我们只是服从命令……这是种集体思维……巴斯纳发现这些只是可怜的理由，因为事实就是：我们编造，改善……使用手头的任何东西……使用电休克疗法之前，他们用胰岛素使病人昏迷，又用葡萄糖让他们活过来，甜蜜的生活在他们身上进进出出……或让病人们感染疟疾，因为他们相信高烧和幻觉会驱逐精神病，这是一种有尊严的焦土策略：发热疗法。或许这些奇异的——而且完全不科学的——疗程会有一些功效，但只是因为大惊小怪被转移到了病人们身上，他们就被关在病房里，被自己的头脑所禁锢，脑子里一直都是尖叫声……但是，真的，大惊小怪的是精神病医生和护士，他们在脑组织上挖洞，然后填进去东西——这既创造了工作岗位，又提供了过去的美好时光：黏乎乎的膏药抹在伤口，每一个人都学会了善变的艺术，从小房间里冲到治疗室，因此就可以让自己改变……他因而开始相信——什么？他希望自己可以比那些年老的同事更诚实，那些老家伙认为他们的操作属于外壳范围，只不过是切除疯狂的想法，切除产生这些想法的大脑部位——然而扎克知道，精神疾病跟刑罚极像——他们的世界比正常人的世界更荒凉，也更简单，但这个世界却是他们的全部。这就回到了七十年代，一个充满白线的年代……沿着马路……在运动场地附近，白色的管道就像黑暗中你的阴囊……像羊毛一般厚的鬓角需要修剪——我的也是。乔治·贝斯特……雷吉那张腐败、醉醺醺的脸……莫兹利——莫德琳——莫德林……每个年代……新旧混杂……极为熟悉的粉刷工作，胡乱涂上……然后……随着时间的流逝，似乎又变得七零八落，再次涂上。我们怎么到了那里/想/用/说/读/参与那些事情？难道我们没有得到吗？天底下没有无缘无故的事。巴斯纳站在装了纱窗的弓形窗户前面，透过窗看到陌生人的家庭生活，他无法再质问自己，我要去哪里？他知道——心里也明白，网眼窗帘根本无法保护自己的隐私，就像时态无法分割时间？他看到了用钢管支撑起来的怪兽"负担"，闻到了煤焦油味，听到了没有记住台词的科迪莉亚可怜的恳求声，他因而想象——我现在就想回到病房，请让我回去，我想要——求你了……——这是个自愿角色：天底下没有无缘无故的事……他的名字是什么……黑脸家伙？穆加比？不，是穆博雅。一个过于实际的家伙。他曾说过，这有效果，我们不知道为何它有效果，但的确有用——他还总是说十分恶心的事，电休克——疗法，而不说我们采取的卫生措施，因此也说了这种治疗方法不会造成伤害。伊诺克说，扎克，我已经看到，这个方法让迷失于这个世界的男男女女又重新回到了这个世界——这个疗法。他走在路上的时候，来自春天的射线射在他的后颈上，真是好笑！太阳不应该这样照射，而应该只在过去和仲夏时节闪闪发光，照亮那些手拉手的黄毛孩子，他们在刚刚打完谷的干草地上跑来跑去，让人头昏眼花，阳光强烈地照射在花圃这个大圆盘上。花圃是去年弄的，上面种着一圈圈的蓝色半边莲、白色的香雪球和红色的秋海棠，是为了纪念皇家空军队的盟军空军们逝世十三周年。这一目标清晰地呈现在巴斯纳的面前，他不再假装漫无目的——从环状交叉路口的花圃向外辐射出剩下的一切：辐射状的路，一路上停着奇怪的福特安格里亚车或希尔曼猎人汽车。他看到一簇簇的杜鹃花，犹如蜡色的河岸，把薇洛店、员工俱乐部、布莱斯大楼和三号别墅隔开——他看到了绿油油的草坪，园丁们正在用喷壶给草坪浇水，但有些地方却是一片干枯的黄褐色，因为被放出来活动活动的病人常常把草皮挖掉，不过他们也难得可以挣脱魔鬼的束缚。他不能否定自己要去的地方，只是指责自己有几次确实封上了电极，我真的拉了开启杆，拉了开启杆，拉了开启杆……但不是在芙莱恩，在芙莱恩，我从来没做过这种事……在芙莱恩，开案例会的时候，他畏缩不前，让自己变得渺小……一旦看到什么，他就退缩，他看到的东西同样证明：电流是种景观，汉弗莱·戴维在皇家艺术学院，钦佩他的女士们盯着他看，他拉动开启杆，护士们和医生们赤裸裸地忽视了床上的扭曲动作，那个人突然弓背跃起，牙齿上下打颤，肌肉抽搐，还有臭氧的气味和头发烤焦的味道……太阳应该照在孩子身上——照在他自己身上，以及他的孩子们身上。他可以看到他们——所有的孩子，除了马克，马克站在草坪边缘处的阴影处，已经在七岁……八岁？就戴上了他叔叔的生活面具——。亚历山大公园的停车场上，那些车紧紧地挨在一起，车与车之间大概只有一两寸的距离。这些车很像球根植物：发动机在子宫中，在这个胆怯和老化的时代，所有的车都一模一样，它们经过了塑形和打磨，因此萨力多胺后视镜和过于肥胖的车轮拱罩就会显示无生命危险。在钢铁胎膜中，发育不全的手臂推拉控制杆，残缺的脚推动踏板，这种重复性的强制性动作被另一辆新车的羊水所遏止……他们的身体一通电，他们就开始弹跳——这种细节他从未听人讲起过：他们的身体被长时间硬化。如果他恰巧在那个时刻环视治疗室——不管在哪个医院，贝克医院还是纳普斯伯利医院——巴斯纳都可以看到相似的脸，认真、空洞的脸，屈服于这根鞭子或那个按钮，或者，一只技术上具有安抚作用的手放在四肢被绑住的黑色人影上，那个黑色人影就四脚朝天地躺在他们面前，啊啊啊啊……他已经到了大路——远处是带着电子屏幕的电线杆、喷成米黄色的钢板和上了蜡的红砖——对一个刚整修过的地上车站而言，这些都是小装置。或者，它是医院吗——因为，他现在仔细地想了想，整个城市似乎医院林立：孤立的别墅和排屋区的小房子医院，六十年代到八十年代之间建造的混凝土大医院，现在，这些大医院里住着各个年龄段的拮据病人——然后是玻璃和木质结构的医院，这些年来，这样的医院越来越多——是起死回生的中产阶级的避风向阳处。别提……私人医院了，它们坐落在庭院边，这些“摄政”医院的外表小心谨慎地掩盖了奥施康定药物上瘾者的哀怨。他感到护身符形状的自由通行交通卡戳着柔软的运动服——什么意义上的自由？只是金钱意义上的自由，因为它远远不能让他做任何想做之事，那个尖角不停地戳我……乘火车、地铁或公交车，他必须找个座位：他想要改变它们的路线，但无力改变——司机对此亦无能为力。巴斯纳及时穿过马路，汗水滴在喉咙处。他在女贞树巷子里安静下来，爬上桥，“当当当”地穿过小道，向下走到车站路，透过停在那里的小型出租车和泰姬陵雕塑，他看到了一家电话亭大小的咖啡馆，门口的窗户上写着一排字，中间有几个字母像蛀牙一样没了，馅饼和土豆尼，培良，香肠，薯条和豆。咖啡馆旁边是报刊亭——他或许可以坐下，折叠《卫报》，只看其中一栏，用碟子边缘压住，我那个年代所有年纪的人都这样看报，水汽在他的眼镜内部凝结，根本就无法看报，羊毛衫穿旧了。他饿了——饥饿的解药众所周知：白色包装袋，印着联合国良食求助计划。但是氯丙嗪的解药是什么？卡马特灵的解药呢？卡马——卡马——特灵尔……？卡马德尔？巴斯纳刷了一下自由通行交通卡就可以通过了，他此时意识到：从此再也没什么阻碍了——没有土豆泥或香肠，没有普环啶药或邻甲苯海拉明药，更不要提那些安定药了，没有什么可以让飞行的火车停下来，柴油尾气不断地飘到他的面前，弄脏他……扎克里出现了，他拖曳着罪恶，头脑中只是想着：时间犹如三月里发情的野兔，如果它先到了那里——时间沿着排水沟闲荡，身后留下黄线，所到之处，没有什么可以再次停止：交通必须继续运行，就好像全国高压输电线网在铁轨和脑袋里擦出电火花——出现一个缓慢的障碍物，就在他所站立的那个地方，是一个用树脂玻璃装饰的橱柜，里面装满了好玩的东西：果味汽水，彩虹糖，火星牌巧克力，每天一块，让你精神十足……巴斯纳看到车门边聚集了一些乘客，他们的身体左右摇晃，跟火车强有力的惯性一比，这些人显得可怜巴巴。格雷西说过：有一次，她去雷丁看望自己的家人时，是在温莎站换的车，但后来人们还在讨论温莎——俄国军队如何在大晚上安然进攻。肯定有一辆火车已经停了一会，然后他们走了出去，在月台上走上走下，手挽着手，抬头看基堡八勇士，勇士们的软靴子用皮毛装饰，鸦雀无声。无论如何，第二天早上，所有的老虎机都会塞满卢布。好奇怪！那些傻乎乎的俄国佬试着离开弗赖伊酒吧或其他地方，真是丢尽了他们仅有的厚脸皮，他们一定是被惹恼了。卢布或许在俄国就是一大笔钱……奥德丽只是纳闷：他们果真在温莎站放了老虎机吗？但是现在，她开心地笑话亲爱的格雷西，这位姑娘做了那么多的事，让她们一起住的那个房间看上去好一点，因为这个地方真是挤死了——她把灰色的棉织品钉在唯一的窗玻璃上，因为这东西比黑布要好看一点，虽然这种廉价货很有可能让旅馆负责人瓦利太太发火，这个老女人被自己房里的气息搞得疯掉了，不管是什么气息——或者是没有——她总是叱责那些女孩子，打她们，还监禁她们。格雷西歪歪斜斜的牙齿放在自己的下嘴唇上，不再重新整理纪念品——这些纪念品都放在她那张黑色钢丝床上面的柜子里，这是她唯一的柜子：你在笑什么，奥德丽？奥德丽正坐在自己的钢丝床上，格雷西走了过来，把一只手放在奥德丽的手臂上：啊！你根本就不是在笑，你在哭，是吗？真是吓我一跳，因为所有的年轻女工都知道奥德丽·戴斯是个强如铁钉的人。——奥德丽穿着自己最好的衬衫，袖口还有绣花，她看着从袖口中伸出来的那只散发着硫磺味的手，说，别担心，亲爱的，我不是在哭——也不是在笑你——我只是想要停下来……这个……她的手道明了一切，因为她的手在膝盖上抖个不停：这个想要逃走的东西，再也逃不走了，被我的手臂系住了。乍一看，她们似乎是被笨手笨脚地抓住了，但只有奥德丽才知道，这根本就不是什么杂乱无章的动作，而是一种特别的意匠作用，因为在她的身体内部，好似有东西在砸她、挖她，这就是她们整天都在做的重复性动作：猛拉操作杆，转动灌装机的曲柄，敲打棒槌，她就是拿着棒槌把最后一杯三硝基甲苯和最后一团火药棉塞都塞进了弹壳之中。是的，一种特别、细微的意匠作用，因为她可怜的双手所重复的，不单单是这些动作，还有——把食指和拇指上的套环拿下来——那些六角车床，在这个新军工厂里，她已经操作了六个月，就像她右手指两侧闪闪发光的老茧代表了她在托马斯·英斯 & 科伊公司做打字员的三年时间，她那时不停地敲打 p 键，手上留下了石化的痕迹，英斯公司制造各种类型的伞，女士们随身可携带的阳伞、花园帐篷和沙滩大帐篷，等等。但更加糟糕的是，同一只手上大拇指不可遏制地弯曲，这让她重新回到了在富勒姆公立学校的缝纫课上用到顶针的时刻，她左手的拇指和食指被钳在一起，奥德丽意识到，她的手拉隐形主轴承杠杆七次，就会出现一次这种抽搐，而且被针戳到时，就像电一样穿过她的神经纤维。——加油——加油！格雷西抓住她失去控制的手，她们的力量被传到手臂处，抖动她的骨架。亲爱的格雷西，肤色和发色极为相配，有一次，她把头发卡住，站在特意为了音乐会而准备的化妆镜前面，奥德丽觉得这是她第一次涂抹下垂的下嘴唇、热情的粉色小眼睛、有些凹陷的漂亮脸蛋。亲爱的格雷西，她在自己的铁皮箱里保存着他在巴尼特市场上买给她的花束，但花束早已干枯，她还保存着炮手约翰·史密斯从前线寄给她的所有战时明信片——他大概每星期寄出两三张——所有的明信片都捆在一起，厚度都跟宽度差不多了。有一次，格雷西允许奥德丽用手拿这一捆明信片，奥德丽情不自禁地迅速翻了一下，虽然寄明信片的人总是涂抹、修改自己的名字，但签名还是依稀可见，总之——真的——看不懂。叮当……浸略主义……浸略主义……侵略主义……但奥德丽并没有把心上人寄给她的卡片给这位朋友看——这些卡片就像公文一样，完美地补充说明了炮手指挥部里的那些事。我准备好了，她说，然后把蜡烛吹灭。格雷西已经打开了门和过道上的煤气吊灯，我自己的柜子上摆着我心上人的照片，门一开，它就反射出一丝光亮：斯坦利·戴斯，下士，机关枪手，他的照片飘浮在三个装裱过的相框中间，左侧是切里顿教区的迪尔斯，右侧是接线员维奥莱特——她穿着志愿救助服务队制服，坐在多利安式圆柱子旁边，顶部装着野战电话。斯坦利懒洋洋地靠在椭圆形的椅子上，前额的头发梳得一丝不苟，脸并没有被战争或任何其他的肉欲弄脏，表情透露出傲气和淘气，米白色法兰绒布盖在两个膝盖上，中间立着他自己的飞机，脆弱的平行四边形、木头和铁丝制作的三角形和环形盖在丝光绸下。奥德丽跟着格雷西走在旅馆走廊上，她边走边想，艾伯特只有照片的一半——旅馆是个单层笼子，显然就是为了关这些金丝雀一样的年轻姑娘——如果数据大叔没有所有的数据，他又能做什么？……那你就错了，先生！奥德丽并不是通过数据计算出军工厂的产量，而是通过触觉和感觉。军工厂每天生产一万三千八百二十五颗五十磅重的弹壳，她认为，其中很大一部分——或许是高达百分之五十——是哑弹：填塞物太松散，三硝基甲苯和火药棉不按要求混合。奥德丽还知道，成千上万颗未经填塞的子弹混乱地堆在一起，用防水布盖着，在这些子弹中，大部分会进行再次铜焊和焊接，但做得马马虎虎——雨滴犹如滋补酒，渗透它们撕裂的伤口……格雷西，还有那些靴子踢踏踢踏作响的女孩子们，她们不应该受到谴责——她应该和她年轻的爱人一起出去散步，旁边是涓涓细流，白色的亚麻裙拂过点头微笑的鸢尾花和神气十足的报春花，而不是像奴隶一样，被瓦利太太鞭子一般的眼神所监视，夏天的晚上，姑娘们一出旅馆，就会看到她总是极不情愿地站在那里清点出去的人数。奥德丽估计，这些军工厂女工们每周上交的十先令住宿费中，这个旅馆负责人至少要偷出三先令。贪污——但还是一直开着煤气灯造成的浪费多，瓦利太太之所以不灭掉，只是为了找个借口，方便自己突然闯进姑娘们的小房间，搜寻很多姑娘们将要服用的小瓶孕妇鱼油。她没收那些瓶子——然后喝掉。亲爱的格雷西挽着奥德丽的手臂，她们跟在别人后面。姑娘们三三两两地穿过坑坑洼洼的地面，犹如身披赤褐色和黄褐色羽毛的鹅，发出沙哑的声音。走到了城市边缘，那里有孤零零的牧场小房子，肚子鼓鼓的马，用荨麻支撑的破栅栏——偷工减料造起来的一排房子还没有完工，伙计们在摇摇欲坠的兔子窝和猪圈那里突然停工。格林福德下面是一大片工厂，屋顶上都是粗短的烟囱，肮脏的煤烟在灿烂的天空底下留下踪迹，人们可以听到河上的拖船凄凉的嘟—嘟—声，但却看不见河的踪影。战争的气息远远不曾到来之时，奥德丽想到，这个地方曾经是一片黑暗——伦敦是个大太阳，这个地方是大太阳旁边的一个半圆形黑影。姑娘们穿过草地到达断壁残垣一般的教堂，教堂的停柩门耷拉在脆弱的门轴上——墓地用黑莓杆围着，像围了一圈铁丝网。奥德丽恼怒了，吉尔伯特亮闪闪的高楼和汽车公路来自哪里？什么机器可以把谷壳大量地打出来？光照在窗帘和门上，形成了条纹阴影，勾画出教堂大厅的轮廓，厉害鬼格蒂转向大厅，大步行走，臀部大幅度摆动，比任何男人都要男人，其他人都跟在她后面。他们正好处于世俗化革命刚好上演的时刻，颜色褪去，硝酸银撒在草地上和包围了大厅的碎石上，漂在沟里——一切都化为黑色、离奇的轮廓……我们最好做这件事，奥德丽，不是吗？格雷西说出了这个决定——尽管这句话让人颇感意外，但奥德丽知道她说的是什么意思，所以把她紧紧地拉到自己身边，亲近得足以感觉到格雷西中了毒的心脏反常的心跳，是的，我们最好做，我们应该做我们能做的，不管我们觉得这有多笨、多傻、多无聊，我们必须不顾我们自己对这种持续性所抱有的决心——我们不能抛弃他们。亲爱的格雷西开始啜泣，我……我没事，是吗，奥德丽？奥德丽想起了在阿诺德广场附近参加妇女社会政治同盟会议时见到的一个人，这个出色的年轻人带着女性平等主义气息，真是很感谢平等工作制损伤了格雷西的皮肤，她可以毫不犹豫地说出这件事——。我说，一个一条腿的男孩说道，他的衣领上带着军官标志，头上戴着滑稽的土耳其毡帽，身靠大厅的墙，你们这些女孩子有一张惊慌失措的脸！其他人谈笑风生往里走，金银花和玫瑰花正在门外盛开。——我们去准备绝对丰盛的食物，你们在这里尽情地看，尽情地聊。那个男孩看上去十分快活，为了迎接她们进来，拄着拐杖的他突然转身，胸前挂着的单片眼镜一阵反光，发出亮闪闪的光——但这些都是他那破败之躯的误导性信息。他的学生们冷冰冰的黑色眼睛像枪管一样支着他幽灵一般的脸……朱清周[①]。的确有非常丰盛的食物：一瓶瓶的麦芽酒和姜汁啤酒，一罐罐的肉酱，四块大农家面包，以及一大罐手指饼干。我们从锡德卡普的一家面包店里讨来的，那个男孩解释道，身体歪歪扭扭地夹在自己的拐杖和有趣的烟斗之间，他不应该喋喋不休地说个不停……查皮说我们抢劫了他的房子和家，但是当我带着所有人马到那里时，他几乎不能拒绝我们——满足了我们和所有叽叽喳喳的人的要求……歌声结束的时候，他陷入了沉默，短暂的和谐被埃尔特姆宫殿长时间的防空警报声所取代。在这里，奥德丽看到了颜色：黑乎乎的窗户穿上了红色、白色和蓝色，好似相框里放了张亚历山大女王的照片，又像是装裱过的天主经。椅背上用丝带绑着夏日的野花花束——像所有离开的人那么漂亮，除了可怜的母牛牛皮纸一样的脸和身体上包着绷带的英国斗牛犬——他们的头发因伤口棉布包得太紧而有些蓬乱，他们的脸被布包着，手臂也用布悬挂着，当奥德丽在伤口间看来看去的时

① 一九一六年伦敦上演的音乐剧《朱清周》中的主人公，故事取材于《阿里巴巴与四十大盗》。

候，英国兵们诉说着他们可怜的回旋诗：我们在这里，所以我们在这里，所以我们在这里！有人在一旁用竖琴伴奏，琴格和薄纸都是即兴表演口琴的工具，一个站得笔直的人打着糟糕的节拍，一直都没什么调子：哗啦啦的雨，下啊下，下啊下，总是不停地下，下了一早上，下了一晚上……他天衣无缝地进入音乐表演小组，然后所有人的歌声平滑地变成：我们的制服在哪里？在远方，很远的远方，我们的来复枪什么时候到啊，或许，或许再过一天吧——。厉害鬼格蒂问道，为什么他们还在唱这些破歌？他们现在都回家了……一个圆脸中士抓着她的话不放，但是说不出个所以然——他难道没有注意到她茂密的头发闪着橙色的光泽？或者，看到她吃手指饼干时戴着白色的棉手套觉得奇怪？他大量地流汗，每一次呼吸都异常艰难，赫赫赫——，赫赫赫——嘴角有微绿色唾沫和血斑。他试着呼赫——呼赫——然后穿过层层烟雾走到门口，开始呕吐，身影消失在夜色中。奥德丽无视格蒂的问题——因为很明显：他们唱着那里的歌，因为从现在开始，直到永远，他们仍然会留在那里——转变不会那么快，委员长永远都不会把他们分成两段。永远都无法逃离——躺在泛滥的弹穴或血迹斑斑的防空洞中，睡着的人永远都不会醒过来！每一个蹒跚的好人肯定是最后醒过来的人——虽然出现了另一阵赫赫赫——的呼吸声，但没有出气声——他们都是煤气罐……套在灯泡外面的韦尔斯巴赫灯罩发出强光，比太阳光还要明亮，瓦利太太的脸被巴斯用漫画讽刺过——坚持看标签！——这张脸盯着奥德丽脸上因强颜欢笑所致的裂缝。奥德丽一屁股坐在旁边的椅子上，发现自己的视线正对着被截肢男孩的腹股沟。他——或一个布商的助手——已经把那条裤腿别在上衣边缘，好像他的半条腿还在，但现在，奥德丽可以从他平坦的衣服中看出，其实那条腿全都没了。从他复杂的纽扣贴布进行判断，她知道：受了极大创伤的肉体和锯开的骨头失去了定位，他那可怜的小屁股垂在黑暗中，没有骨头，永远都无法支撑他……她向前靠，不让自己吐出来，看到截肢男孩用假肢在周围走来走去：身上穿着不合身的衣服，上面的褶子遮住了被截断的地方。她屏住呼吸，呼吸被卡在喉咙里——曾经在格雷西的帮助下而安静下来的双手又开始活动，发现一个塑料轮子，拧轮子，寻找一个模型手柄，转动它。桌上的水被打翻，流到了膝盖上，但膝盖却已跳出视线范围——因为她倒在那个年轻的军官床上，仰卧在那里，他说，你还好吗，戴斯小姐？她想：他怎么知道我名字？她又想：他的小烟斗和其他人的香烟中飘出了一缕缕的烟，烟与烟相碰，汇合在一起，进进出出，病房一消毒，这种烟雾就被过滤掉了：他们逐渐恢复健康，现在，这种飘在空中的烟断了，因为病房消了毒：六号和十号警卫，彼得·施托伊弗桑特，肯斯塔斯，高级……高级，再说了一遍：六号和十号警卫，彼得·施托伊弗桑特，肯斯塔斯，高级……高级……巴斯纳强烈地想要倾向于帮点什么，吸烟又会有什么害处呢？当他弯腰去把其中一个病人的床摇直的时候，听到隔壁床上那个人痛苦的叫喊声，他的心里是多么难过。自从他又开始吸烟之后，巴斯纳看到哪里都是烟雾缭绕——尽管医院禁止病人在病房里吸烟，他在这里也见得到烟，蓝灰色的烟，被床架上的白色床栏拉紧，然后变成褐色，讽刺防火的吊顶板——这种矫情的天花板上面是什么？原初的维多利亚灰泥天花板，卵锚饰图案、圆形和扇形图案……*石化的烟*。她薄如纸的眼睑皱了一下——但没有缩回去。马库斯已经坐在安乐椅上——从休息室拿过来的，巴斯纳靠近他，说，你也可以看到，她现在老了。马库斯拿着个马克杯——上面印着托特纳姆热刺队昂首阔步的小公鸡。他礼貌性地接受了，是的……当然。我是指，战争开始前，她就早已是个中年女子。但保养得很好，头发——仍然茂密……发色是惊人的红色。这给她造成了损失，她需要一些慰藉。巴斯纳很感谢这个老人能够和他交谈，*我需要慰藉，我也有损失*。护士们给听话的病人奖励香烟——最近他们也需要奖励他了。巴斯纳恍恍惚惚地给她做检查：血压、脉搏，他没有用突兀的温度计，而是把一只潮湿的手放在她干枯的前额上。奥德丽闭着眼睛听他的怒气——闻到它散发着呛人、酸臭的味道。她对他长久的傲慢之气没有耐心——她早已知道，他对她寄予了厚望，如果她试图努力地了解眼前这个奇怪的新世界，那就是跟他作对……每一方面。我的确相信她醒过来了，巴斯纳，另一个人说……马库斯？另一个犹太男人，但是她记得他仪表堂堂、英俊帅气、一派正气……衣冠楚楚，更重要的是，总是希望跟我说说话，就好像我是个聪明人，虽然我说不出什么东西。直到现在。马库斯把印有小公鸡的马克杯放在可调节桌子上，巴斯纳正好身体向前靠到这张桌子上。巴斯纳想，我打了半个世纪的盹，一醒来，想看到的不是这张脸——那张鸭嘴和那些草莓鼻几乎无法给我慰藉，我失去了头发、生命、曾经的世界和一切的一切……伊甸园之东。但是，马库斯至少可以提供这种资深服务：把自己表现为时间之屋，在这个屋子里，奥德丽可以小憩一会，因为他会跟她闲聊，以缓解她的压力——所有沉重的维多利亚时代的东西，封闭型铅玻璃圆屋顶，以及高傲的守旧分子，他们必须闲站在满是灰尘的高脚柜和肮脏的桌布上，这些人事在她脑中的形象就是如此。马库斯可以挑选出所有的这些小古董，并站在它们的位置告诉她……告诉她……聚苯乙烯——是的，那个东西。还要告诉她聚氯乙烯。他可以给她介绍中空的充气塑料椅子和哈比塔特灯罩——以及时尚小酒馆的墙上叮当作响的玻璃网。他可以让她加快肠胃胀气——用家酿啤酒。噢，天啊！奥德丽哭了，眼睛睁得大大的，这个老男人到底是谁！巴斯纳担心自己快要咯咯咯地傻笑，所以沉溺在自己的想法中：我想让你们两个人待一会儿，因此你们就可以……重新相识。他走开，往下面的病房走去，顺便拜访一下那位用床单裹着的罗丹，被遗忘在仓库里的罗丹：格罗斯太太。巴斯纳同情那些工作量过大的员工，但他失望地注意到，她那个玉米粒丈夫今天下午并没有出现——自从醒来之后，格罗斯的贪食变得更加严重：她欺负护士，强迫他们把可以找到的任何东西都带到她的面前，并且，害怕她或许……或许，翻过身来压扁他们，他们真的按她的命令行事：工蚁给残暴的蚁王卖力。从员工食堂里拿来特大号盘子，上面装着炸土豆条，铁制脸盆中放满了不新鲜的手指饼干，大大的和面盆里装满了她特别喜爱的果酱——她把果酱放进她自己摇摇晃晃的特百惠大嘴中，吃东西的声音超大，嚼东西的声音令人吃惊。作为一名执业医生，巴斯纳觉得失望，好查理不打算拿、扛、讨吃东西，因而把她这个巨大的压力从他的员工身上卸下，——但是作为一个有教养的人，他感到高兴：没有人应该处理这件事。下午好，莱蒂西亚，他说道，试图营造一种轻松愉快、不爱不恨的中立氛围。她本来看着粉盒上的镜子——她已经用这个化妆镜照了很多小美人，拿她们的脸蛋对照自己的脸，她听到有人打招呼就抬起头来，他继续说，我很高兴，天使很高兴看到你关心自己的外貌——你已经关心自己的脸很久很久了……巴斯纳故意没有说出这段时间的确切长度，虽然在所有的脑炎后帕金森氏病患者中，莱蒂西亚·格罗斯受时间之旅的影响最小——从热辣辣的爵士到波普爵士音乐，她没有错过任何一拍，而且她内部节拍器的速率也立刻很明显：她把小粉盒丢到了混乱的糖纸堆和被咬过的棒棒糖中，巴斯纳看到，这些东西就乱放在床单和她粗粗的大腿之间。因为两只苍蝇在她上方飞来飞去，她就用那双令人不安的天蓝色眼睛看着他，然后像小孩子一样噘起嘴巴，嗡嗡嗡地说着，我不认识那个巴斯纳医生我只知道我们一起聊天的时候自己在做什么当我想到战争的时候你根本没什么概念那时根本就没什么吃的东西没有任何东西他们并没有给我们配给食物的量这些食物本来就是我们应该分到的如果在大多数日子里查理不出现的话我就已经饿死了他把他分配到的面包给了我他是这么跟我说的当然日子过了一半的时候我不知道我在这里是受到区别对待的他们把垃圾食品给其他人吃他们就病得很厉害他们开始掉头发什么东西都开始掉相信我的话我发誓我说的都是真的[①]……他能够明白这些——但有一定的困难——只是因为他曾经花时间坐在她身旁，用秒表和录音机集中关注并测量她惊人的说话速度

① 原文中，这一段话并无标点。

和精确性，因此也就发现，她可以每分钟说五百个单词而不遗漏任何一个音节。在莱蒂西亚·格罗斯的内心深处——我想要精确地知道他们给那些可怜的人吃了什么东西 像稀粥这让我想起了燕麦粥但不是我经常喝的那种我父亲在外面打仗他说他们吃的东西像碎小麦粥但其实根本就不是小麦查尔斯说是他们从美国佬那里搞来的玉米片……这些于健康有益的浪潮疯狂地席卷了她，渗透了所有的脂肪层，在十天的时间里，因为L-DOPA药丸已经吊起了这个庞然大物，巴斯纳尽量多花时间和她单独交流，他被她精确的回忆迷倒了，要是马库斯也可以关注一下她该多好：他走到卡斯韦尔路大家在那里开了个征募办公室但他们拒绝了他有人说不需要新兵只需要结过婚的男人而且他当时是一个小港务局的烧火工这个工作怎么说呢还是必要的他的工资也不错我们都过得不错有鞋穿有好东西用……，或许他会改变自己的心情——毕竟，如果器官损坏得很厉害的话，他还会意识到自己的受伤程度吗？此外，莱蒂西亚·格罗斯完全意识到，自己根本就无法控制回忆，回忆总是强行出现：医生我又开始了，因此，跟随这个苏醒过来的珀涅罗珀所提出的洞见，其实就是进入L-DOPA药丸的世界——迷宫般的漫漫黑夜，跟着她体验发作性嗜睡症、睡眠麻痹症和被过早埋葬的昼魇。莱蒂西亚向他透露了感染脑炎之后的地下世界，在这个黑暗的世界中，很多种次人格要求他们通过无数的抽搐、痉挛和颤抖来钻穿那个黑暗的隧道，挖开那个黑暗的地洞——自我要求，因而立即就回归原始，并具有高度有组织性。这个充满侵略性的女人，像一座巨大的山，她令人作呕的冲动——囤积乱糟糟的垃圾、面包皮、她自己的粪便！在他的眼里，所有的这一切都只是为了从动作上跟她令人惊讶、明白易懂的概述进行平衡——是莱蒂西亚告诉巴斯纳，她为何需要给任何东西配对，不管是在现象世界——一个茶匙配上第二个茶匙，两个发卡配上另外两个发卡——还是在思想的世界，因为她说过，她若不通过镜像作用思考某个东西，她就无法思考这个东西，酸奶罐和酸奶罐，痛苦和痛苦。巴斯纳留意到了这一点，然后在所有其他病人身上也找到了对称倾向的证据——尽管莱蒂西亚自己创造的那个词，计数狂，似乎更加恰当地形容了这种倾向，当她想到那已被撕裂的过去时，就会在脑海中浮现相同的场景，每个人物的形象都汇成卓别林式的急促步，以构成人们沉默的喃喃自语……第三天，巴斯纳给了莱蒂西亚一支圆珠笔和一本硬壳大练习本，让她支撑塔一样的肚子。他已经——他现在承认——期待一些救赎：她通过清楚的表达而净化自己，修辞——都是常见的堕落形式。现在，打开大理石花纹封面之后，他不可遏制地发现她思想上的狂暴也复制在她的字迹中。前面的几页是密集、锯齿状的楔形文字，像盲文一样挤在书的左页，下面几页挤在右页，之后还有好几页——但却是一张一张地，这种旋花植物长出了根条，首先是伸到上下方的字中，然后是伸到远处。有十页是以昨天的日期为标题，但却只有四页半写了字。我必须得有灌肠剂——拉丁文意义上的空格缺失恰好跟她噼里啪啦的说话方式相对应——占了整整一页，他继续翻着，期待确认她的妄想症，但后面跟着的却是一个超级完美的字母 a，从顶部伸至尾部，从一侧伸至另一侧，乔托的圆……他总之并不惊讶，因为莱蒂西亚·格罗斯的日记所透露的奇怪的——和不知羞耻的——肛门期滞留作用，早已通过被吓坏的护士传到了他那里，而且在那个时刻，她刺耳的吼叫声又重复了一遍，我必须要灌肠！我必须要灌肠！我必须要灌肠！咒语紧紧地跟着他——脸红，感到羞耻——他匆忙退出她所在的那个角落，躲开，朝着护士办公室加速跑去。当巴斯纳的手从叶形装饰的小袋中胡乱地摸出滤嘴香烟的时候，智慧被分成了两点：一，他觉得，我可以改变她服用 L-DOPA 的剂量，或许让她服用一些金刚烷胺，看看这是否可以缓解那些……那些……副作用。二，他假设，那个 a 写得非常完美，这当然是对称性的另一方面——与另一个小一点的 a——或大一点的 a——从图形上进行对称。奥斯特雷奇先生——如果他还住在维也纳的话，或许就是维也纳学派的一员了……告诉巴斯纳，有段时间，任何符号——单词、数字、绘画——都被他当成是某种地图，如果盯着这些符号看，它们就变成了地图中的地图，它们本身映射了另一幅地图。这位精神病医生被震惊了——眼里充满因压力缓解而释放的眼泪——或许这跟脑炎后帕金森氏病患者的头脑具有现象学意义上的关联，这种可怕的病理学的深层和表面被绘制在这些人的头脑中，形态各异，气象万千。贴在玻璃上，啪！那层巨大的褐色烟雾从他身上散去：他三十岁出头时看到过一个肥胖的妖怪，在北伦敦一家精神病医院远处的某个地方，穿着一件皱巴巴的白色外套，靠在一张钢制写字台的一角，写字台的颜色是由来已久的灰绿色，伊文·古拉贡让中央球场的观众兴奋不已，她快速露出带着褶边的短裤——。赫弗齐芭·英格丽斯“啪”地打开了门，屋里的喧闹变成了一阵怨气。——别说你可以就这样拿我的烟，医生——自己买去！我想从你身上赚什么钱？我的价格是四五倍——你应该感到难为情，然后她夺过那包烟，藏在上衣口袋里走了，找死啊，你想做出头鸟啊？在晚风习习的粉色黄昏中，斯坦利看到一支唇膏在博比的白脸上留下了弓形的印记。他们进入可怕的森林，里面尽是碎裂的树干和断裂的大树枝，为了让他高兴起来，斯坦利戴上了格雷厄姆·怀特的太妃糖鼻子，然后说道，我说，老伙计，多么精彩的表演啊！但只有在维姬旁边称重量的费尔德曼笑了一下。斯坦利知道为什么：笑声只是魔鬼大锅旁咯咯咯的笑声——催泪弹催生的烟依附着切碎的叶子，在树的顶端，灯蛾毛毛虫用恶毒的炸弹引爆，喷射出弹片和肮脏的黑毛。——这支小分队已提出要穿过诺尔和圣·格拉蒂安，他们时不时地停下来查看地图，斯坦利觉得，这些地图也是地图中的地图，它们本身只不过是种……该死的困惑。他们在白垩路上晃荡，在那里，他们分到了钢盔和随身武器。现在，他被树根绊倒了，跟荆棘来了个拥抱，身体开裂——被他沉重的包裹、维姬的备份炮管和点四五柯尔特手枪所累垮。——斯坦利惊叹于自己对棱堡的伤感情绪——极为悠闲的戒备，极为家常的吵闹声犹如幼鼠的吱吱声，锡罐头被微风吹到铁丝网上，丁零当啷地响个不停，狙击手的子弹始终都射不出来，但这种情况极少出现。在克鲁斯菲克斯角，大部分步兵左转挺近蒂耶普瓦勒，这支小分队却右转，朝弗里库尔[1]前进，然后放慢速度，在蝗虫堆一样的人群中寻找前进的路，这些人都做了大地的肥料……弹幕射击应该即刻得以延伸，但机关枪手们开始畏缩不前，恐惧不停地搅动他们的肠子，因此，斯坦利的队友们一个接一个地开始呕吐，燕麦粥和甜心幽灵朗姆酒都吐了出来。只有斯坦利一人未受呕吐的袭击——的确，他感到呕吐的伴奏者敏感地拨弄着他的喉咙，因此，当他们对着德军阵地尖声大叫的时候，他能够嗅到不同的子弹味。他严肃地嗅着油松的气息，每过两三秒，就会飘来一阵这种气味，他把它看成是……哑弹的水。不是它有什么不同——我们都知道，他们都知道，甚至狗日的高级军官现在也知道，不管多么精确的炮火，都永远不可能打破铁丝网。射弹冲了下去，铁丝网就懒洋洋地朝上，保持一段较长的时间，但被射击后的样子有些淫秽，像带着土灰的灯笼裤，然后又懒洋洋地复原到原来的位置，在猛烈的攻击之下，它只是被破坏了一点点。他感到了恐惧——我不是恩尼格玛海勒，不是机器人。他感到了恐惧，嘈杂声搞乱他的工作——嵌齿、齿轮和弹簧迫使他一直前行——他翻出了儿时的信念：多太太，如果你拥有更多的东西，我不知道我们该怎么办，我相信会这样！我们的墓地那么小，不可能装下所有的东西！别再添东西了，多太太——！几英里之外的远射程大炮和榴弹炮已经停了下来。弯曲又精致的发光弹壳在军官们的口哨声中破裂。他们跳进一条凹陷的小巷道中，沉重的弹药箱在他们之间传递。有件事我们做得较早：一个参谋背靠一侧，毫无表情的脸非常镇静，滑稽的帽徽上面装饰着欧洲蕨，看上去极为自然。只有甜口乐果酱，甜口乐果酱！他的下半部分应该在那里——旁边是他的佩尔什马，非常安静，没有任何标记——这多少让他松了口气，因为现在弹幕射击已经延伸，他们都可以听到马和骡的嘶叫声，因为……该死的

① 法国索姆省的一个镇。

哑弹……提前爆炸。在土堆中小心翼翼地快步走动，斯坦利感到了恐惧——他的脑海中浮现出一个老人，他走在小道的前头，兔皮大衣的下摆不停地拍打，雪茄的烟雾就像围绕在他肩上的小云朵，在越来越温暖的太阳光下愉快地嬉戏。科比特精通地图，查看着我们所在的那一方小天地，他们又爬上了巷道两侧，退回到散发着臭鸡蛋味的毒树林中。斯坦利感到了恐惧——他知道恐惧：麻木地拉着绒布袋时无法呼吸的恐惧，被化学臭气所笼罩，我们所在的位置就缩小为一小块地方，我们的眼睛突出，嘴巴张开，膈膜鼓起，胸部颤抖，头部晕眩，努力地……不要……呼吸——！啪！这个世界消失在他自己的薄雾中。斯坦利感到了恐惧——但他更多地还是感到了饥饿。他们悄悄地朝着光明前行，敌人连续不断地射击，他一边前进一边想，这场见鬼的战争最糟糕的是，他觉得，是他妈的贫困——每星期少得可怜的五十五便士，硬得要死的饼干上满是象鼻虫，茶跟尿没两样，他们在满是屎的长条形厕所间闲聊，牛肉还是罐头装的——还有老鼠，比人都要聪明，人一睡觉，它们就探头探脑地窜来窜去，到挂在梁上的食品袋里去找吃的。这是一个梦，还是他作为勤务兵时的那段短暂的生活？真正的玻璃高脚杯，带着泡沫的尿黄色香槟，大碗大碗的大黄，盘子上是呈扇形摆开的冷肉，或一动一动的花色肉冻。一张照片挂了起来，闪闪发光的钢琴键上传来三连音哒—嘟—嘟——！一整条大马哈鱼——去了鳞，去了骨头，放在黄瓜片上——！哈哈！他开怀大笑，笑自己的白日梦——因为不管有多少福克斯雪茄、哈罗兹的可卡因兴奋药丸、哈查德书店里鲁德亚德·吉卜林和库克的新书，没有军官会把他百合花一样洁白的双手放在一整条大马哈鱼上！不，他们会共享羊排，还有最新鲜的马铃薯、豌豆和笔直的菜豆……——他操作着一副勺子的时候，还要再来点吗，先生？他们眼中最没有个性……辛普森店里的一个意大利服务生，斯坦利虔诚地祈祷出现某个杰克·约翰逊，然后把他们打得落花流水，让刺耳的声音和他们狂闹的戏谑声都变成静音。他天生就注定要在高空翱翔，但现在却在这里给那些小白脸端盘子。——再来点豆，老兄？哈哈！——地下，在未来的墓地。斯坦利的背包一侧较重。背包底部是一对鲁格尔手枪——往背包里装东西时，周围是沾了屎的长厕所和摇尾乞怜的弱者，手枪被某个德国军官的体虱所包裹，塞在一顶尖顶盔里面。他停下来缓气，手温柔地放在一个你身上锯齿状的伤口上，伤口很深，鹅耳枥草一样的伤疤，斯坦利确定生锈的头盔尖顶钻进了他的肾脏，三便士，在它们自己的血液和小便中煎炸……他的队友们坚持把这些玩意当做纪念品——但它们不是：而是未来才能升起的手臂。他看到自己仍然穿着制服，但是戴着尖顶盔——他站在门前阶上，但是客厅侍女被他这个幽灵吓坏了，跌跌撞撞地去寻找房子的主人，这个主人出现时，一只手上拿着一捆公文，另一只手拿着马尾苍蝇拍。好吧，你想要什么？艾伯特·戴阿斯先生问道，假装没有认出他的弟弟。斯坦举起鲁格尔手枪，把枪口放在伯特生蚝一样的脸上。斯坦实在地说道，四百万把来复枪，二十五万把机关枪，五万两千架飞机，两万五千门炮，一亿七千万颗子弹，我算对了吗，先生？艾伯特没有立即生气，只是温顺地屈服于这个不可避免的结果。斯坦跨过他那令人惊讶的胖尸体，沿着走廊信步走进一个房间，他推测是早餐室。那里放着瀑布一般的盆栽棕榈树。椭圆形的红木桌子上，刚做好的吐司还冒着热气。斯坦拿了块吐司，用象牙色手柄的餐刀涂上黄油，然后把整块面包都塞进我干燥的嘴里——这一窘境深深地刺进了我的脸颊深处……一股鞋油味道——还有无烟火药的味道，毫无疑问，他害怕了——恐惧是我脚下颤栗的战场，它绵延起伏三百英尺，被隐藏着的小分队人员尽收眼底，它的上面盖了层馅饼皮，人们听到震耳欲聋的四拍子隆隆隆隆声，美味的泥土果汁迅速溅出来。斯坦利怕得要命——恐惧让他感到了饥饿：他可以吃掉一节鹅耳枥树，地底下缠绕的树根就是一盘沙拉。他可以咬碎维姬的三个备份炮管——还可以铲出一箱弹药作为布丁。他可以不停地吃，不停地吃，不停地吃——他敢说自己不以为耻的巨大食量是前无古人后无来者，没有人像他那么能吃。他要把死掉的枪骑兵和零散地跑回来的苏格兰卫队当成羊肉一样吃掉，他要自在地享用一个小农舍的废墟和农舍旁边的小屋，虽然它们早已被匈牙利的炮兵大快朵颐。他要在宽阔的漫长山谷中吃出自己的路，然后咀嚼坚硬的白垩上坡，偷取坠入悬崖的尸体，用他们的刺刀剔牙，直到他到达铁丝网，以之为被，然后倒头大睡。然后……后来……再也没有敌人，只有甜蜜的……甜蜜的灌肠剂排出腐败的东西：人间至乐！啊，你快点！科比特在第二次延伸弹幕射击时大叫。我们最好向前走，放下破一伞！然后他们继续前行，像蜗牛一样围着一块巨大的土块和泥坑慢速前进，直到爬至还未损坏的砖墙——对维姬而言，这真是令人愉快，光滑的瓷砖让她滑动，她的炮口刺穿窗户底部，炮口进入。破旧的红色筒瓦上布满了深色的紫红色斑点，绿蝇在死于两天前的死东西身上飞来飞去——但被大镰刀横扫过的果园里，唯一剩下的那根树枝上仍然神奇地挂满了李子，维姬仍然开心地哼着啦—嗒—嗒的三连音，双腿大幅度张开的费尔德曼正在用手给她灌油。如果这玩意的重量不是如此均衡的话，拉起来就会相当轻松容易，现在斯坦利的包都快掉下来了，他只好仰起头，把重心放在左边，一些无形的东西吸引了他的注意力。当他们够到每一条油带的末端时，他把肩缩回来，头部螺旋上升。好了，好了，斯坦，科比特说，保持住了——然后他匍匐着进行检查。斯坦利明白他的强迫性来自哪里：经历了时时日日，月份的口袋中装进了星期——因此一年半载的时间就在异国土地上慢慢前行——他曾经俯卧在地上听机关枪被扳动后即将出现的枪声，并且间歇性地判断是否应该寻求掩护——要是答案是肯定的话，应该以何种方式，这给他留下了永久性的肌肉痉挛，以及他杰出的侦查能力：斯坦利还热衷于清点英国兵对数字三的迷信——三种疲劳，三种子弹，三大堆吃的，三个晚上，三天，三个铜管乐器，三只老鼠，三杯葡萄酒，三滴朗姆酒，三种任何狗日的东西，总是数字三，所以留心这点，不停地数，总是不停地数。他们接连不断地发射，从喷气飞机射出来的子弹飞过山谷低处。每射三发，示踪器就会帮助他们保持射程——但是在如此明亮的日子里，这些东西几乎无法看见。他们换上一个炮管，然后第二个——他们用完了水，维姬的水管外套显示只剩下三分之一了，但是附近没有水源，他们就轮流往她的蓄水池撒尿。尿还带着人的温度，散发的气味强化了无烟火药魔鬼般的臭屁和水果腐烂后的芬芳——还有人。恐惧聚集在枪柄上，在他的身体内部震动，让他不停地退缩——他想，如果他和鲁夫特一起穿过树林飞快地跑回去，并且鲁夫特在弹药传送带上，应该会安全很多——虽然斯坦利不可能有生命危险，瓦片上没有黑斑点。他愚蠢的绰号已经说明了这一切——每一个认识戴斯家的人都认为：他这个小鬼长了兔子腿，是个长矛鬼，或康沃尔郡小精灵——没事，把你的手放在他身上，他不会介意的……若死亡本身就是一种危险，则无生命危险。这种换位思考让斯坦利又开始徒劳地思考：为什么他要不可遏制地给东西配对，要把一盒火柴放入一只口袋——如果另一只口袋也有火柴，要确保皮制弹药袋中步枪弹药的数量相同，要确保绑腿时两条腿上的圈数相同？而且还不只是实物——想法，转瞬即逝的恐惧，快速闪过恐惧荒地的美好感情的幽灵，都必须配对，使之精确配合：二加二加二，他热情地相信，这种恒等式的迭代将会抵消致命的数字三。维姬咯咯咯地笑着：啦 啊 嗒—嗒，啦—啊—嗒—嗒，她也唱着：我们在这里，所以我们在这里，所以我们在这里，并用护弓在斯坦利的手背上挠痒痒。尽管缺少陆地装甲舰，但出现在河的西侧时正懒散地通过弯曲的河道，在白色的断崖上可以看到整齐的 V 字形队伍，机关枪疯狂地扫射，所以他可以在诺尔……和这里之间进行必要的配对。他站在这个大款的郊区豪华住宅窗边，已经有三年了，沃莉，沃莉，旁观者，现在长得这么高——所有的年轻姑娘，以后都要死……他想起来，那些穿着奶油色亚麻制服的人谈论着保加利亚、同盟，以及爱尔兰人——总是可怜的爱尔兰鬼，迫切地想要个邮局或开次议会——斯坦利·戴斯在戴姆勒高级汽车里，他看不见这辆车，但却不停地朝这辆车打枪，他的子弹富有技巧地打破一块挡泥板，然后又打穿另一块，轮子里的轮辐钻了出来，他们把轮子从轮轴上拆下来，把底盘剁成碎片，最后把发动机拆成各种零部件。

十二个德国敌军停止射击的时候，他们已经在这个地方待了快四个小时。停了不久，鲁夫特就回来了，命令自己人也停止射击——表针轻轻地抚摸蝴蝶的触角，沉默——可恶。他们已经发了多少子弹？每箱两百五十颗，每一次传送带从仓库拖出八箱，送完一次是一刻钟，那就是三万两千……我算对了吗，先生？沉默真是可恶：维姬的鼻子倒在地上——烟一浓，人就昏迷，然后从战场流走，他们听着自己年轻的心在怦怦地跳动，听到心脏所有的零部件在跳动。他们舔着……吻着生锈的纪念品盒，嘶嘶地发出他们自己的烟，因为鲜血断断续续地从他们的破耳朵中流了出来。前锋已经侵略了他们，混乱的法兰克自由枪手们蔓延到四处，蹒跚的蹒跚，爬行的爬行，把自己再次拖进生命之战……一个小苏格兰勇士呼呼地从弹穴快速闪到壕沟里，闪到树桩上，躲了几个小时，后来到达他们的位置时，他的苏格兰短裙碎了一地。他倒在剩下来的墙上，靠在那里，举起他剩下来的手，放到他黑色的破嘴唇上，不停地重复这个动作，不停地表演……什么？是不是对水的要求他们不能饶恕——或者英勇地渴望乱吹他的军号？由于超人般的韧性，他已经成功地在炸飞的手上绑好了止血带，要不然他早就死了……费尔德曼被这个苏格兰士兵盲目的眼睛和“哎哟哎哟”的哀叫声所惊吓……想要：快帮他——友好地——但是科比特说，公平地说，每一个安然度过危险的人都有权力自生自灭。所以他们两人不停地唠叨着分歧，绿蝇从另一个尸体身上飞到了这个苏格兰人的鼻子里，在他的嘴巴和眼睛处叮来叮去……——花了极长的一段时间，直到费尔德曼把箱子放到他的眼睛上，看到两三面盟军的旗在半山腰上飘荡，方才说道，我们已经攻占了他们的前线，兄弟们，或许这种帮助已经……然后减弱，箱子掉在他们的拉火索上。他又把它举起来，甩甩头，不相信——然后又掉了下来。他又举起来——。

真他妈见鬼！科比特火冒三丈，大声喊道，你！他！都是！——因为他们很及时，费尔德曼和那个苏格兰兵上上下下地甩他们的手臂。科比特一把抢过箱子，拉火索弄破了费尔德曼的衣服前侧——他像个衣衫褴褛的孩子。看到他金黄色的卷发和长春花似的蓝色眼睛，你永远都不会想到他是个犹太男孩——凭借他莫大的勇气，他拿起了所有东西……他是麦尔安德路上一家裁缝店老板的长子——你也永远不会想到：他让自己成为沙德威尔地区一位讲话得体的可口可乐和石油商，直接向大众销售——但是，当贱人伸出戴着白手套的老手时，那些头脑幼稚的人却置身事外，他因此就站起来争取自己的利益……他的父亲？常常唱着喔—呦—呦！屁股前后摇晃，忘记了他的顶针。现在，戴着手套的手去哪了？跟血迹斑斑的支架一起喂鱼去了——另一个人是索利，脸长得实在特别，拿着尿壶给维姬灌油的鲁夫特忍不住停下来笑他。科比特却没有笑，奥，我那个神圣的疯阿姨用该死的十字架欺骗自己，他说话时带有安慰人的语气——他身上就带着这种味道……他从费尔德曼的纽扣处轻轻地拉开拉火索，然后把箱子从脖子处往上举。用手传递箱子时，这个小分队的人闭住嘴巴不说话。随后，斯坦利记起了哎哎哎哎呦呦的哀叫声……哎哎哎哎呦呦……担架队的哨声从树林里传了出来。首先，不可能全都放进去——就是不可能。目镜是掌上立体镜的取景器：因此就有可能改变上面的卡片，或者让它们离开沾了火药的眼睛而显现出沃尔德玛大道上的店铺、格拉德斯通的脑袋、放在桌子上发射着光芒的太阳灯，以及竖式小钢琴和他姐姐的唱片集——任何东西都有可能被看到，但不包括：手肘碰手肘的人，靠得非常近，跪在地上，或是对着女性胸部一样的山峰祈祷。男孩们身上套着卡其色的麻袋，现在已经接近这个漂亮的运动会日子——有奖励吗？五十法郎和一个具有重要意义的银杯？这些箱子让斯坦利窃听器一般的眼睛探索这些洞，划开挡在前方的树枝，他们每到一个地方，就会发现尸体越来越多——不是在铁丝网上挂着，而是斜靠在上面，这些日耳曼人躺下来的方式真是技巧十足，一圈圈地，盘得很密实。哎哎哎哎哎呦呦……哎哎哎哎哎呦呦……那个濒死的苏格兰兵叫着，哎哎哎哎哎呦呦……鲁夫特，轮到他接过箱子，开始哭泣，斯坦利就说：他们把这个放上去，是为了减轻一个法国人的重量，但是法国人——他的想法没错：当他们命令他回到队伍中的时候，他射死了自己该死的军官——科比特就说，好了，好了……如果第一个担架队那个时候不出现的话，或许就有麻烦了，跟他们在一起的第二个副官——看上去骨子里就是个很体面的人——说道，德国佬非常气派地停止了射击，所以他们可以走出去，把受伤的人抬回来——这就是为什么斯坦利想到要挖出一块木板，他觉得这样或许就可以把第二皇家威尔士团的一个肥胖士兵抬起来，这个人的屁股上中了几枪——但是没有伤到骨头，动脉也没有爆破，所有生命迹象都比较可观，如果他们把他带回来的话，他就有机会活下来。这是个需要经过努力奋斗才能获得成功的机会，如果费尔德曼只要停止嬉闹——不是说这种场景不好笑，而是这个德国兵战壕的结构已经把他推到了边缘。长矛鬼，看！他大叫。还有这个——那个！斯坦利被这种叫声所吸引，看到两侧墙上的干净瓷砖之间铺了电线。我们早就知道了，你这个笨猪！斯坦利大叫。还记得那个深防空洞吗？——深防空洞，极为干燥，只有一点点老鼠屎的味道。斯坦利找到了一个真正的瓷盘子，上面摆放着一片片的黑色面包和白色洋葱，旁边是一个干净的玻璃瓶——瓶子的标签上是一堆樱桃，在跳动的灯光下非常诱惑人，一个隐形的发电机一直都发着电。不顾费尔德曼在那里笑，斯坦利已经坐在桌子旁边，狼吞虎咽地吃着粗糙的食物，再酌几口樱桃白兰地……火大的德国兵站在我的舌头上操作着他的火焰喷射器……索利无法保持静止，把手伸入毗邻的地洞搜寻床铺。——羽绒被！他大叫。枕头！回来时，他带着一张只有一页的报纸，他说他看得懂，因为德语跟意第绪语没多大区别。是的，是的，他看到——站在椴树下的爱人，那个酷热的夏天……刚刚酿好的窖藏啤酒，里面还有丁香粒……这些来自巴伐利亚州和法兰克尼亚的年轻小伙子们，已经天真地把自己种在了这片土地上，和皮卡第的玫瑰结了连理……防空洞里还有手枪和来复枪——以及许多全新的钢盔，这样看来，这里应该是他们撤退时的狂欢场所。斯坦利对这些并不感兴趣，虽然他拿了两三个马铃薯搅碎器，这种东西的优越性……每个人都知道。在防空洞中，他感到了想要呕吐的恐惧——大密度、凉飕飕的空气压在他身上——虽然已经停火，但居然传来一阵轻微的爆炸声！是一个子弹掉落的缘故，这一突如其来的声音渗进了他的脑子……一根脏羽毛。他用报纸的一角和一些煤黑色的烟草卷了根烟，然后给自己找些好设备，一旦残忍地坐上去，再从那个形状尚佳的位置上站起来时，他就可以开心地飞走，像一只棕色小鸟，他小心翼翼地掸他的屁股，发现坐着的地方对他的痔疮异常地友好。——一个威尔士士兵从索利头上出现——斯坦踢他下面的木板时，这个人发出一声尖叫。过来帮帮我，你这个笨猪！斯坦大叫，但他也知道没什么意义，因为索利已经扭头就走，一张狗脸，咬牙切齿……爪子模糊不清，他在战壕里跳来跳去，横跳竖跳，爬到整洁的木制踏台上，吹嘘他们的手艺：你对德国人可以放一百个心，他狂吠，可以用手头的工具尽量做出最好最好最好的东西。斯坦利的手放在他的钢丝钳和皮带处——在那个瞬间，他决定放弃那个威尔士士兵，必要的话，还要把索利打昏，如果这样能让他回去……太迟了！因为索利已经爬上了那个防火隔墙，站在上面，喋喋不休，低角度的午后阳光射到他的身上，射到他身上的还有二十发或七点九二毫米的MG08机枪子弹，这把枪肯定在后面的预备战壕中，造这把枪的人决意等待他们的时间，用他们手头的工具做出最好的东西。从容地——索利·费尔德曼的死亡，如此缓慢……但斯坦利不是一般的机枪手，不喜欢把维克斯点三零三机枪的优点跟她亲近的表兄妹作比较，战壕上方的纵射炮火不断，然后“呼呼”地靠近索利的身体，把他放在自己热情四射的怀里，让他感叹——即使队友们的手臂疯狂地旋转——德国兵的武器就是好。看，看！炮火把他紧紧地抱在浅灰色的胸口，不愿让他掉下，虽然已把他炸得一无所有，只剩下一块破烂的红布。所罗门·费尔德曼啪啪啪地消失殆尽，斯坦利当时深思：他已在前线作战十九个月，但在这段冗长的日子之前，他从来没有看到过机关枪的威力。他的手指紧紧地抓住扳机，维姬在我的手中发抖，离我的眼睛几英寸之远的她，劈啪劈啪地响个不停，气喘吁吁……但是他俩从来都不是各自的唯一，子弹总是把其他人也牵扯进来。所罗门·费尔德曼得了轻伤，住院治疗，然后就死了。希望那个威尔士士兵还能回来也没啥意义——斯坦利知道得很清楚……他的日子到了。斯坦利转过身，双腿横跨在壕沟上，希望包围这支小分队的只是那顶重机枪而已。壕沟的一个直角转弯处直接转回到英国阵地，他就把这个转角当做庇护所，马铃薯搅碎机在他的屁股上弹了一下——一侧是枪把儿，另一侧是柯尔特自动手枪，都让我无尽地悲伤，我是罗斯柴尔德的另一半，从布鲁克格林路一路小跑，跑进百老汇大街……他看到做工精细的踏板通向前方的荆棘丛，看到古老的哈默史密斯市政厅庄严地穿上了红色砂岩石外套，煤气喷嘴一般的顶部向下喷出铁柱子，在冷峻的门廊两侧熊熊燃烧。过了很长一段时间，他再次听到掩护炮发出的第一声齐射，他开始颤抖：哪只耳朵里的声音更有穿透力？他在坑道里痛苦不堪，身体不由自主地滚来滚去，往上滚，往下滚，往左滚，又向上滚，往下滚，往右滚——不过这都没什么用，因为子弹对准他之后不断上升，呃呃呃呃呃呃呃！地钻穿了他的大脑正中心，孢子飞出干瘪的蒲公英，他知道自己要爬出壕沟，以避开恰好被他看到的炮弹……伞被重新发现，又在修理店里被重修，伞在国王大街上一幢六层楼的二楼房间里被发现，就在无酒旅馆对面……要是他有这么个东西该多好，因为归根结底，你永远都不应该不带把伞就出门。然而，他也默认：一颗我们发射的炮弹会落在他和德国兵之间——如果说德国兵是种无趣的生物，那顶多只是种胡说——重要的是，斯坦利可以看透五十磅重的黄铜弹壳，里面不只是那些断层的 TNT、棉火药和三硝基甲苯，还有把这些东西放进去的东西：那些黄色的手不停地洒，不停地塞，不停地锤。他还看到这些手像豹纹蝶一样在昏黄、肮脏的木制工作台上飞来飞去，听到车床怨气十足的哭诉声，氧乙炔炬充满鄙视的嘶嘶声，头上的吊机犹如风湿病人一般的哀怨声，还有斗志昂扬的歌声，兵工厂的年轻姑娘去哪了？长着玫瑰般的脸蛋，却日夜操劳，只换了一丁点工钱，别人看我们是金丝雀，但我们却像远在国外的打工小伙，如果没有我们——我们这些兵工厂女工，大英帝国又会在哪里？壕沟上方的一百英尺高空，炮弹也在歌唱，恍如廉价短篇小说的场景，火雷管、导火索塞和迷人的钎焊处不停地转动——成百上千个重复性动作成功地让它短暂地活了一把，它就在那里，被他突出来的眼睛看得清清楚楚。斯坦利·戴斯知道，即使琴声不再，天使般的双脚再次放到踏板上，琴孔就会跟乌黑色的琴栓连在一起，自动钢琴恢复它骤然下降的节奏，嘟—哒嘟，嘟—哒嘟，嘟—哒嘟，嘟—哒嘟嘟嘟嘟嘟嘟……结果，所有的琴弦、琴槌、琴杆、齿轮和螺丝将会在支离破碎的大地上爆炸，伴随着一阵又一阵的抽搐、痉挛、哈欠、抽筋、眨眼、抓狂、颤抖、蜷缩、摆动、噘嘴、咀嚼、磨牙、麻痹、震颤、阵痛，他们的脑子不断地接到跳舞的命令，受到指示的身体因此就马不停蹄地表演能够代替本能文明的舞蹈艺术，一场又一场的日场戏——当然还有夜场戏——一场欢乐的舞蹈……这竟然是他所想到的所有东西——这一时刻没有久留，导弹爆炸，一块淫秽的东西摇摇晃晃地往上冲，在坑道上方卷曲——在斯坦利的上方，他的手像爪子一样挖土墙，啊，闻起来甜滋滋的土。先是红黑色，然后就变成了栗黑色，他瞪大的双眼又回到了眼眶里，他的耳膜立即沉寂下来，他的双手、双腿、躯干、脖子和头僵住了——每一个关节和裂缝都被注入柔软的麻痹——他根本就说不出这些东西被注到了哪里，因为他什么感觉都没有——肌肉的最后一次抽动结束后，再也没有其他感觉：两只手臂向后甩，脊柱因冲击波而弯曲，整个身体呈鞠躬状。没有生命现象、没有生命之流、没有反抗，也没有上下或前后运动——只有一个想法在头脑中蠕动，虽然它获得了重生，但它却咬住了自己的尾巴，变成了一个洞，又从另一个洞里出来，只是表达着这个可怕的对称性身份：我是我是我是我是，类似于数字上的表达，一加一加一加一加一，不断地叠加，令人发狂的等值不允许置换，无法被控制住，因此，那个我所是的“我”或许可以在别人的帮助下坐直——格雷西就是这么做的，奥德丽感觉到格雷西的手臂搭在自己的后背上，感觉到房间里飘荡着肉汤的香味，还看到肉汤的香气穿过我的秀发，看到两个垫子和一个枕头，看到她自己的半个头，靠在长枕上。她那头乱发上方的墙上，挂着一幅珍贵的小水彩画，上面画着风车，背景是云朵，是格雷西在冰冷港湾路上的一家小摆设店里买的——我并没有在克拉珀姆路309号的G公寓里，而是在其他的某个地方，赤身裸体，翘着屁股，伸出双脚，不恭不敬、趾高气扬地在舞台上走，依稀可以看见台下的那个观众，尽管——那个人的鼻子轮廓和坚挺的下巴——完全构成了特里维廉医生的模样，他微笑着，折叠好的眼镜轻轻地拍打着《婚姻中的爱情》复印本的背面，她不停地唱着，不要再多了，多太太，不要再多了，多太太，不要再多了，多太太——自相矛盾的小调，你姓“多”，怎么可能“不多”呢？所以，这个特殊的要求自我完败，因为一旦有更多的多太太，奥德丽就要唱得更多，不要再多了，多太太——更多的多太太，更多的特里维廉，龟甲色的眼镜架拍打着书皮的啪啪声像是一种可怕的讨价还价声——要是她可以逃出这个令人窒息的老女人的手掌！不过：太多的双份杜松子酒，让姑娘们长双下巴，太多的双份杜松子酒，让姑娘们长双下巴——杜松子酒不断地增加，下巴不断地变大，下巴越来越大，嘴巴打哈欠的时候，双下巴一弯曲，就可以盛下更多的杜松子酒，弯弯扭扭的牙齿泡在洋红色的杜松子酒中，撕裂的女上衣……——不！不仅这些，还有：我们的墓地是这么小，放不下所有的东西，我们的墓地这么小，放不下所有的东西——不！还不止这些，因此车床的底座——就是我！又开始说不要再多了，多太太，格雷西抓着她的肩，温柔地恳求她，所有的力气都化成了喊叫声，你拿点肉汤吧，奥德丽！你拿点肉汤吧，好吗？如果你想问还有什么的话，我告诉你，还剩下一些野猪肉汤——我立马就给你去拿……奥德丽已经在床上昏了两个星期，在这两个星期里，格雷西不得不叫醒她，让她上厕所，喂她吃东西。在格雷西天真的眼里，奥德丽的病没有什么神秘之处：在这个长条形的低矮公寓里，到处都是这种病，病魔先是在昏暗的楼梯间徘徊，然后通过楼梯爬上三楼，或向下到达一楼，耷拉在几乎不见亮光的走廊上，一个恶毒的看护者手里端着满是细菌的水壶和碗，她把这个地方变成了死亡之地。这幢楼只用了几年，墙上还有温热病留下来的脏东西，凸窗的小角上还留着锯屑。疾病渗透了所有地方——拉开印花棉布窗帘，打开窗，格雷西听到奥德丽不停地喃喃自语，可怜的人，被他们吊死了，从外面传来调皮的孩子们的歌唱声，他们在前院打闹嬉戏：她打开窗，细菌就飞进来了！她打开窗，细菌就飞进来了！住在她们楼上的，是一个退伍回来的英国兵，现在已经是四十度的高烧，烧了整整七天。奥德丽终于报了个地址——格雷西拿出了珍贵的六便士硬币，赶到电报室，艰难地发出了这样的电报：戴斯病，求助，还剩下五个字，一时不知怎么写才好。终于有个医生从肯宁顿过来了——格雷西推断，肯定是奥德丽的恋人付了钱——这个医生看着可怜的奥德丽，提到了更多可怜的病人。他说道，隔离病房和发热病医院都住满了人，出于自己是个坚定的改革论者，坚信要以事实相告，他就小声地再说了两句：陈尸所和公墓也满了，我在莫特莱克时，看到那些尸体并排放在盆栽棚里——我们的墓地这么小，哪里装得下所有人，我们的墓地这么小，哪里装得下——。他仔细地给奥德丽做了检查，拿起她放在肩后的一只手，这样或许就可以用冰冷的听诊器听到她的心跳，一抖一抖的冻肉躺在我的牛奶冻之间，鱼块切成薄片，贴在我的脖子上……莳萝给我的鼻子挠痒痒……他其实更关注格雷西，当她端给他一盆温水让他洗手的时候，他抓起她的手，查了查手背，说，发烟硫酸？她承认是，眼睛沮丧地看着棕色的烧斑。这个医生刚三十出头，看上去极为热情，长着一个小小的头和一双淡褐色的眼睛。当他把听诊器卷好放进帽檐的时候，听诊器就贴在他稀疏的头发上，犹如一块黑色的绉纱放在相框上，然后说道，我见过工作时要接触三硝基甲苯和无烟火药的年轻姑娘，现在病得很厉害——你在哪里工作？格雷西转头看门后面的衣钩，上面挂着她的旧工作衫、夹克衫和裤子，衣服料子很硬，衣钩上像是挂了个……人。我不想……她犹犹豫豫……撒谎，我惦记着工资，也惦记着厂里的其他姑娘，现在刚没了工作，不管怎么找都找不到。他们做完了工，就直接把我们赶了出来——我们攒的那点钱都付了房租，奥德丽现在又不工作……她陷入了沉默，想着她是否应该再添一句，她对自己的朋友并不吝啬——但是，医生所关心的并不是道德卫生。他问，头痛？啊，有大范围发作癔症吗——阵发性？你知道，无烟火药中的乙醚——大家都知道，有可能产生癫痫。她没有化妆，也没有涂脂抹粉，但是他严格仔细地检查了她的脸。医生，她说道，你也看到了，我只有黄疸长三年——现在退得差不多了。看到奥德丽的头沮丧地耷拉在枕头上，格雷西便想要问问奥德丽的情况，奥德丽的膝盖竟然是祖母棕！她咕哝时，就会一直都保持这个不自然的动作，不要再多，多太太不要再多，多太太——格雷西知道，她的朋友很快就要开始哭泣，痛哭、扭动，浑身被悲伤所蹂躏。上帝知道，不是让她伤心的事情不够多——弟弟去世，跟家人越走越远，被娘娘腔的库克完全抛弃，这个畜生——这些或许是伤心之事，但奥德丽这个报废的躯体之内却囊括了更多的悲伤：一个满是悲伤的世界。那个医生——叫做沃尔斯——叹了口气，——哎……我看到过医学会发出的警告，让大家注意某种奇怪的脑膜炎——这种脑膜炎击垮那些身体极好的人，瞬间就让他们倒下。你的朋友……看来，她的症状似乎表明她的确感染了这种……这种嗜睡症，不过，这种病十分奇怪，我现在还没法确诊……他的话突然停了——这个狭窄的房间是个地下室，房里的人总是被迫抬头凝视上方的狭窄空间，在这样的房间里，最简短的东西都会变得……无限长。一个电报男童站在粗粗的凸窗顶层窗格边，弯腰拉他的袜子——沃尔斯医生想到了霍尔班的画

《使节》，它的失真令人不安……我见过其他的两三个人，也很难振作起来——他们根本就没有自理能力……这个地下室近半埋在地底下，它沉闷的气息、两个生病的年轻姑娘、他自己的精疲力竭——一切的一切都让他压抑不堪，他走到窗边，开始深呼吸。格雷西等在那里，黄色的双手在淡黄色的围裙口袋里转来转去。沃尔斯恢复了正常：……开始讲话后，他述说着奇怪的幻觉和猛烈的头痛，但是……病房的樟脑味和汗涔涔的床单散发的臭味对他而言就像威尔逊的讲话那样恶心：我们可以说，这是一场正义的战争……我的另一个病人，是皮姆利科的一位女士，她也遭受了一模一样的不合理焦虑，面红耳赤，汗流不止，但她远没有失去生命的活力，一点都没有嗜睡的症状——到现在为止，她已经焦躁地走了五天五夜，我从来没见过这种事：最强的药物在她身上也不起作用，水杨酸盐根本治不好她的高烧，我很怕——。他不再说话，看着四周，看到了他的格莱斯顿——一见到他，他立马就大跨两步，走到房间的另一头，打开便笺簿，从前胸口袋里拿出一支钢笔，在其中一张纸上乱涂乱写，停笔之下，就把这张纸拱起来，撕下来递给格雷西，还问了一句：钱够吗？也没想如果她说不够的话自己应该怎么做——因为库克发电报告诉沃尔斯他会支付治疗费时，他并没有说会不会付其他费用。——他离开的时候，靴子后跟一路高歌，从没有铺地毯的楼梯唱到了前门，格雷西给药剂师看处方：水杨酸，阿司匹林二十粒。两个星期过去了，没有什么好转：奥德丽仍然大声喊叫，膝盖跌倒，后背弯曲……弯曲……垫子和枕头从她的后背滚下来，她拱起身子，双眼充血，眼睑不断地翻抖。格雷西想，奥德丽看到的是什么？她的脑子里装了些什么东西？奥德丽的身体更加拱了，躯干拱起，衣服滑落——她的手臂向后甩，指甲在墙纸上滑来滑去，手指头摸索着相框，我是—我是—我是……他有了感觉——手指的压力让他的手指再次存在，一旦他的手指复活了，他的手腕、前臂、肘部都复活了，我全身弯曲……斯坦利想到，是触觉，也就是触摸这种运动，让人感觉到自己存在于时间之中——

因为时间也让人消逝不见。如果他不[1]……他如此想着，先是一只手臂，然后是另一只手臂挣脱了这个壕沟的束缚而得到自由，这个堡垒跟自己是如此相似。然后，紧致的地球开始松动——冲击波继续袭来，他作出最后一次反向俯冲，觉得这个世界先把他抱紧，然后又把他放开，正是在这样的滑动中，他获得了第二次生命，冲击波持续了几个小时……几天？被炸到的小土块弹来弹去，他的脸暴露无遗——他还可以看见谁的脸？弗里茨？法兰西人？自己人？他们是士兵，还是抬担架的人？他竭力地想发出声音——但只有断断续续的呼呼呼呼呼声，气息粗重，消失在被炸得飞来飞去的泥土中。光线洒在斯坦利的眼睑上，他平静地等待着天色变红、变橙——但没有如愿。他的救援者一定是在他的驼背下面挖了个洞，因为他突然痛苦地摔到了硬土上，不过只看到不稳定的魔杖组成的栅栏——手电筒神奇地照出了一只脏腿，以及更脏的衬衣下摆。一看到他，大家纷纷用各自的家乡话叫着：抱他！解开他衣服！现在感觉怎么样了——！然后把他的身体沿着一条俄军坑道拖走，坑道一直往下伸，鹤嘴锄在两边的白墙上劈出了漂亮的墙脊线——坑道四周是沙丁鱼罐头做的灯，发出微弱的光。斯坦利沉浸在生命的喜悦中，对刮擦和重击还有些迟钝——但没多久，他又是蹿又是跳，双腿像是骑着脚踏车，他的身体被夹紧，逼着他站起来……救助队人员犹豫了。斯坦利的头部裸露，不停地摩擦坑道顶部——钢盔已消失不见。他又伸手摸勋带——柯尔特手枪也没了，带子、子弹带、腰带、马铃薯搅碎器、干粮袋……整套战斗装置都没了。他的救援者呼吸急促，吹着他脸上上好的牛肉。我们这是在哪啊？他心里想。情报站？遥远的地上，炮弹声逐渐回落，就像拍打着挂在晒衣绳上的地毯。其中一个救援者——宽宽的脸，梳理过的黄胡须，借着灯光，斯坦利颇为惊讶地看到他脸上的胡子像条厚地毯——他伸过手来取斯坦利衣领上的徽章，指甲已变黑。戴斯，准下

[1] 原文为拉丁语。

士，机关枪第三十二分队，5665号，斯坦利说——他无法立正，但可以试着敬礼……笨拙地。那个大胡子男人笑了一下，此时斯坦利注意到，眼前的这个人像其他人一样只穿了件衬衫——他那件衬衫不是那种灰灰的布料，而是提花细纺布，看上去更像女式衬衫，上面还装饰着衣褶、泡泡袖和绣花图案，像是牛粪中插了鲜花。那个大胡子男人又笑了一下，拿走维式硬度计——硬度计上斯坦利的像也就消失了，然后轻轻地把松软的手放在斯坦的手上，往下放，他们站在那里——一个地下通道里，握着对方的手……就像两个孩子。那个大胡子男人轻声地说，嗨！这里不要像跳库奇舞一样说话，哥们。他的话里带着英格兰北部的长元音，虽然显得很有礼貌，但着实有些古怪。你肯定是在爆炸中被炮弹恐怖地击中了——看看，你都快炸成碎片了。斯坦利低头看着浅黄褐色的灯光——他的裤子的确已成碎片，内裤也是。靴子已经见底，上衣已是几条脏兮兮的布带。即使与这个奇怪的大胡子士兵相比，他也是个让人同情的衣衫褴褛者。那个大胡子男人又说，啊，叫我迈克尔，这是——他指着一个身材修长、头发卷曲、一脸羊毛胡子的人，戴了副金属镜框的圆眼镜——温弗里德，但是我们都叫他温尼，这样方便。那是让·弗朗索瓦——一个面色枯黄的大个子男人，被燕子尾巴一样的沉重胡子搞成了驼背——这是约翰尼，那是莫汉。跟其他人一比，那个印度人胡子剃得很干净，只在他丰满的棕色脸蛋上留了一圈细黑胡子。迈克尔说，这些人已经介绍完了，那就伸出友好的手吧。斯坦利便说，我叫斯坦。迈克尔紧紧地握着他的手腕，说道，很好，斯坦，你会成功地熟知这里的一切。迈克尔没有放开手腕，继续拉着斯坦走，边走边说，别磕着头了，对高个子的人来说，要是跟待在地上相比，待在这里没什么好处。——他笑了，然后纠正自己：除非最坏的情况是，你的脑子被猛烈地冲击，而不是被炸成碎片。坑道越来越陡，按原来的方向折回，然后螺旋而上，通到地面，洞口周围的角落被磨得很光，因为人走上走下时，肩膀不停地磨洞口……这不是俄军坑道，斯坦利意识到：没有这么深——这些人不是被派来在大进攻之前做一笔生意的黑手党，也不是坑道工兵——因为他们的装备压根就看不到！奇怪了，真是奇怪……这群人沿着一条狭窄的地道走，地道里的光线都来自电灯，电线另一头是发着强光的灯泡，那里就是救治伤员的地方。斯坦利偷偷摸摸地看到，战地包扎用品被撕开了，绷带被扔在一边，碘酒瓶碎了一地——吗啡注射进苍白的身体中。我们不把他们留下来，迈克尔解释道，无论如何，这只是擦伤罢了，我们把他们送回地面。先听一听地面的沉陷和震动情况，要是判断出我们要穿过弹雨进入弹坑或壕沟，那我们就把他们放在那里，让上面的人去发现他们。斯坦利绝对不知道迈克尔在说些什么——尽管他知道，这个北方人自己晓得在说些什么，他这么说只是为了让斯坦平静一些，他或许已经制服了一匹在战争中受到惊吓的骏马。这条长长的坑道尽头是一个白色洞穴，大概二十英尺长，高得足以让所有人——包括斯坦利和让弗朗索瓦——都笔直地站立。迈克尔说了一句，那就是坑道中最深的地方。温弗雷德高举手电筒，高过被照成棕色的马口铁墙壁，上面清晰地写着熟悉的模拟路牌。迈克尔指了指其中一个"菩提树下大街"路牌，然后说，那边是德国兵的……再指向"香榭丽舍大道"，说道，法国人的西南部……最后指着"托特纳姆考特路"：然后又回到英国阵地，看，我们必须比交战国更好地掌握我们的路线……对他们而言，这只不过是来回几步路而已，但对我们而言，却大大地不同。斯坦利的脑子不停地转着，跟着大家在坑道里转来转去时，他看到手电筒的光沿着人造咽喉移动，形成一圈又一圈的微弱光环，像某种……脉冲，我想你会这么说。迈克尔最后说道，好了，老弟，估计你已经要吃的有吃的，要女人有女人，他把一只手臂往上伸，放在长得比自己高的斯坦的肩上，叮嘱他在低过梁下弯腰曲背，穿过粗布衣和帆布做成的门帘，走到一个满是光芒的地方——犹如家里温暖的火光，犹如天主教之光。坑道里冰冷的陈腐之气被炸东西的香味所取代——斯坦利干燥的嘴巴涌出了唾沫。人们都被带进了明亮的房间：各种身材、各种外形和各个阶层的英国人——

还有德国人和法国人，一些英勇的小个子比利时人，一群分散的苦力，几个印度人，还有从殖民地来的黑人——很多人都完全裸露，有些人背着零碎的军事装备，有些人还穿着平时常见的衣服，包括女士的随身斗篷、闺房小帽，甚至——因为习惯了刀片和绳子——难得一见的束腰。有人躺在盖着黑色毯子的长沙发椅上，就在地道两边——他们似乎都同时一边吸着烟斗，一边用大块黑面包擦油腻的盘子，还看着报纸或书。迈克尔领着一队人马到达这里时，他们仍然聚精会神地看书看报，四周仍然非常安静，迈克尔的队伍走到这里，又走到那里——走到任何我们可以去的地方……不和带笑的人混在一起。斯坦利发现自己站在鹰钩鼻的黎凡特人和扁平脸的芬兰人之间，他的双脚支撑着一个憔悴、软弱的人，身上一丝不挂，耳朵异常地突出来，他精神恍惚地重新放好自己的生殖器，把他压紧的阴囊从无毛的大腿间拉出来，然后放下手上那本《佩特赏析》，对着那个身材魁梧的黑人大叫，再给我两根香肠，老伙计！那个黑鬼正在大肚子锅炉里煮东西，大声答道，两架齐柏林硬式飞艇和一阵乌云就要来了！通过众人的传递，盘子如期而至，上面是两根香肠和一块土豆泥。对斯坦利而言，早年的家庭生活留给他的强烈印象简直坏透了：快乐的维、笨笨的奥利芙在哪里？我们不再坐在熟悉的家庭桌旁……他弯腰驼背，不停地哭泣，这不是因为他的后背和淤青的四肢所传来的痛楚，而是因为他的情感开始不受约束地活跃起来。——炮弹的袭击，现在回想起来是如此柔和，就好像只是夏日的暴雨而已，屋檐就是它的表演台……迈克尔靠近斯坦，用他自己结了老茧的手给他戴上手套，然后说，你知道我们这里最大的问题是烟。看，我们可以做出最巧妙的烟管——他指着一个用炉子的通烟管改装的焊接罐头，横跨在坑道不平坦的顶部——但我们还要在其他地方通风。这意味着，我们只能在夜里煮东西吃……白天不需要忙活……现在还没这么糟糕，但冬天一到，下面就会变得非常冷。一个没穿衣服的军官站在那里慢吞吞地说，是啊，真是冷死了，然后继续看着那本佩特的书。新来的人都发现了休息的地方，现在，他们的食物也到了——盘子都用上了还不够，所以他们就把弹药箱的盖子和其他碎片也当盘子用。斯坦利舒舒服服地跪在地上，大腿上搁着个大浅盘，大腿快要被烤焦了，盘子里是绿色的肉汁和土豆块……英格兰的泡沫，一根孤零零的香肠，黑色肠衣已经裂开，里面的肉鼓了出来，还有几片东西，看上去像……火腿肠。那只自由活动的手拿起一罐茶——他尝了一口，浓烈、甜蜜……他说，好茶。被救后，除了他的名字、军衔、工号，他开口说的头几个字就是这些。一个皮包骨的爱尔兰人，身上只披了一件紫色的女式长围巾，说，啊，是的，当穆博雅沏茶的时候，他也沏茶……斯坦利叉了一根香肠，打开临时盘子上的信，信像果酱一样涂在盘子上——涂在盘子上，这是什么意思？当然，肯定只是像果酱一样涂在上面。那么，为什么她读着令人痛苦的通知时，其他的可能性也被考虑到了呢：**精彩的拉格泰姆爵士乐表演，英勇的比利时，成功的滑稽剧，意在讽刺时事，在斯特普尼监狱，囚犯和他们黑色的囚衣**——最后一个词不可能出现，因为没地方写了，这块告示板也只不过是一块挂在旅馆的玻璃窗上的小木板。亚历山大就要被出售，这件事已被房地产经纪公司的名字——骑士、弗兰克 & 鲁特利——所证实，就在另一块告示板上。她想，这种事只有他们才会忍受——且很有可能，比他们所出售的房子更长久，这看上去有些滑稽，抬头看着黑压压如奴隶一般的房子：四层楼房，都带着窗户——铁做的窗框，每一扇都用百叶窗遮盖，圆顶犹如撒拉森人的头盔，上面覆盖着闪闪发光的石墨屑，四周围着铁栏杆，就像个小王冠。她想，等待，这就是现在的我：等待……因此她不再看那些临时围墙及上面神秘的字，大肆宣传朗特里卓越可可饮料的新海报已经变成了旧海报，新海报的永恒不朽一去不复返，走进更小的撒拉森人头盔，沿着向下的阶梯走进地铁站——此时，只是在此时，奥德丽记起了自己来自何处。站在昏暗的通道里，一束猛光照在自己的身上，她绝望地试着判断它可能来自哪里，她变得如此焦虑，以至于从矮墙边缘不断地往后退，最后蜷缩在平坦的墙角下，她真想对着其他所有的打字员、员工和女售货员们大吼，这是一次直接攻击！她机械地走上地铁，唯一值得感谢的是地铁没有爆炸，直到开到了第二站，她才意识到自己搞错了方向——地铁不是朝着老街开，也不是沿着被煤烟熏黑的道路开，更没有穿过大街小巷到达主教门阁楼，而是朝南开。在克来芬公园的时候，她被头顶上的——或身边的，还有气囊和排泄通道——土地的重量所折磨——她拉开车厢门，快速跑上台阶，一出现在地面上，她就开始不由自主地打哈欠，这是一个有风的日子，旁边那两个卖杜鹃花的胆小鬼用单调的叫喊声兜售花儿，这两个人站在地铁站入口处的两边，用恶毒的小树枝威胁进进出出的人。——遇到这种尴尬：她应该试着扣好英斯公司的女士步行伞吗？这是她再次进公司工作时，托马斯先生送给她的礼物——伞的骨架已经弯曲，虽然还可以用，但让人觉得有些不牢靠，因为伞上面的闪光绸带子被微风吹得飘来飘去。她依靠手指头的力量把棉布带子绕了一圈，把带子上的按钮按进坚硬的金属圈里——这种嵌进环里的钻头我没法操作。另一种选择——打开伞，把伞柄随意地搭在自己的肩上——似乎也是同样地遥不可及。她的手指很远——她的双手更远，一动就消失。人行道上种着一卷卷的报纸和石楠花，八哥在头顶上方向后飞翔——奥德丽无法估计风力，也无法理解风是怎么先从这个地方刮来，再从另一个地方刮来，不断地在她身上吹口哨，在她的嘴巴、鼻子、耳朵和阴道里吹长笛。——那天早上，奥德丽居然醒了过来，但却发现这个世界禁止我进入：她可以听到格雷西早已起来，在屋里走来走去，她整理残渣盆里的剩菜叶时，“啪”的一声！打开小罐子时又发出这种招人的啪啪声。奥德丽感到了一种可怕的恐惧——有些不好的事即将发生，一件重大的——不，灾难性的事件……她的上嘴唇上有两颗小疹子，她试探性的舌头可以舔到它们。这不是那场革命——二十万罢工者开始叛变，以斯巴达克斯党为榜样——而是一种沉重的改变，事关她的“存在”的根本性改变：她看这个世界的方式，她呼吸的方式，她运动和做梦的方式。她紧紧抓住床架边的护栏，扭曲的双手被刺得好痛，向后拱起的身体碰到从小玩意店里买来的那幅水彩画，站在风车的风叶下面，然后它们……转动了。她开始呻吟，格雷西走到她的身边，用冰凉的手击败了奥德丽身上的妖孽——发热性昏厥。她把茶杯放到奥德丽的嘴唇边……浓烈、甜蜜……好茶，奥德丽说。格雷西帮着她起床，穿好衣服。——回到英斯公司只有三个星期，工作的单调乏味毫不留情地逼近奥德丽：阿普比的简洁——打仗前，这还可以忍受，虽然不是那么令人愉快——但现在已是忍无可忍。死去的男孩子们仍然在泥土中腐烂——他们的站友已把德国兵逼回了德国，但这些人就是一批卡其色的人，脚下是空旷的秋日大地……阿普尔比心胸狭窄，喜欢吹毛求疵，对这个公司的传统不停地唠叨——他脖子上一片又一片的肉，还有猪一样的猪鬃……为什么他没死？她在军工厂的时候，他已经安装了一个大伞架——这是他唯一做过的事，还挺时髦的，他就无情地把这个新骨架介绍给了她——因为他已经送了很多个这样的新骨架给送信男孩——他拿出第一个模型，然后再拿出第二个模型，最后把最初的经典模型也打开，这样她就可以欣赏坚固但富有弹性的鲸骨骨架了——真恶心，这条鲸的嘴巴张开又闭上：一个巨大的水怪，专吃这个城市的腐烂部分，顶部像打谷子一样打出恶臭的垃圾堆，值钱的不值钱的东西都有。阿普尔比拿出一顶标准的不平衡伞，伞柄倾斜，因此用某个角度拿伞时，它仍然可以提供较大的覆盖面。站在阁楼上，他的身体奇怪地转了一下，并在桁架下方弯腰，奥德丽非常专注地盯着用扁斧劈开的古老横梁——只有她的双眼可以缓慢地移动，用眼神拍打小裂口和小凹痕，再往回看，然后又缓慢地移动，再次用眼神拍打小裂口和小凹痕——她身体的其余部分沉重不堪，好沉重……她不知道，为何地板不给她开路，让她掉到特雷德韦尔靴子公司仓库里的箱子堆上，特雷德韦尔靴子，让你在生活中走得更舒适……格雷西对她说，我觉得你最好在家里休息，但是奥德丽已经决定：我们承担不起。阿普尔比拿出了更多的模型，一把伞的伞面上嵌着云母，其中，一小方被雨水浸透的世界或许可以被瞥见。擎天伞模型的自动框架已申请过专利——拉一下控制杆，紧捆在一起的丝绸就向外伸开。阿普尔比觉得这种伞真是简洁明了，他解开一根又一根的伞骨，但是很糟糕，没有什么效果。下一步，他把一把方伞竖立在地上，在地上放好后，他仔细地讲解这种伞的质量，说它极度适合现代城市生活，好像这是唯一一种既适合屋瓦顶、又更加方便携带的小型伞。还有各种各样配备了防雨滴装置的伞——伞面边缘装上有吸水性的排水物质，通过一根连接伞柄的排水管让水流到伞柄里，毛细管作用也考虑到了，然后再喷出来，水……每一位女士都应该知道，压缩毛巾只有二又三分之一英寸长，并且装在银色小包中，银色小包可以插入绍索尔的防毒围裙中，然后点燃！因为它都是血，都是血……全都是血。——上个星期，奥德丽没了力气，睡得太死，无法去圣保罗教堂参加悼念军工厂女工的追悼会——就是从这天起，那种病就无情地降临到了她的身上，伴随着不断增加的沉重感，就像泥土一直往她身上压，直到今天早上，她害怕自己再也无法从这个洞里爬出去了。现在，在克拉珀姆大街上，她的双眼快速扫过东方的天际线，落到面包师的官殿上，戴着头巾式帽子的迷人美女摆放出丰满但被阉割了的长面包，还不停地摸来摸去。她的大脑活动加快，奥德丽开始明白：无法被收起来用带子捆好再扣住的，不是女士随身携带伞——而是我，我已经开始被风吹起。奥德丽的双手在空中飞来飞去，难以控制，痉挛的手臂从肋骨处展开，然后又靠近肋骨，因此，就好似用铆钉固定的中心点不断地弯曲、伸开——她的裙子快要被吹爆了，由于周围的风越来越强劲，伞被吹起，布做的伞盖把她往后拉，她坚硬的腿上穿着的长筒袜掉下了一半，旧皮革靴中的双脚慌乱地走过一个格子地面。她看到了一家珠宝店，陈列着著名的幸运婚戒——然后，她的外套纽扣被风吹开，衣服开始撕裂——她“砰”地一声走到路上，在这条路和对面的路上，身体开始扭曲，她好心地避开电车轨道转弯处、一辆双轮马车和一个骑自行车的杂货店男孩……当她被风吹着走过戒酒喷泉，走向遮住圣三一教堂的栗树丛时，奥德丽感到自己骨瘦如柴的四肢混乱不堪——这个女陀螺想起了：有一次圣诞节的时候，和玛丽·简一起来到这里，看格斯·艾伦和他的老女人坐在快速前行的新汽车中发礼物。不是奥德丽的母亲指望能够抢到什么，而是她渴望这个过程的快乐：乐队在表演台上演奏行军乐，他们穿着冬青和常春藤，就像用纸包起来的圆锥体，里面是甜腻腻的热坚果。玛丽·简走到外面的绿色草地上，上面的雪正在融化，还未融化的脏雪像一条一条的白雪带子铺在草地上，冰冷的风吹着她用斜纹布包裹的头部，此时是她注意力最为集中的时候，闻到蒸汽和包心菜汁的味道，她站好……只是此时，快要旋转成为碎片，她撩起自己的裙子，展示她得到的所有东西，奥德丽意识到自己的母亲在做什么吗？她从来不习惯穿女式灯笼裤……另一个秘密的东西也赐给了她女儿。——就是那个东西：伞彻底向右靠。它躺在草地的栏杆上，碎丝绸布包着的一堆钢杆——一堆过剩的东西，再也派不上用场，不管是打仗还是其他。所以它继续待在那里，即使被人拿起，也只是为了再一次被长时间遗忘，我还希望你过来，看看我。艾德琳停在楼梯平台上——奥德丽觉得，这种情形和她的姿势都很做作。她一直等待着诺尔家女主人的出现——管家对她一脸轻蔑，让她坐在大厅里一张不舒服的橡木椅上，还强烈地建议她应该到外面待着。那个女人问长问短的时候，奥德丽站了起来，在大厅里踱来踱去，不停地擦着冻疮，因为冻疮让她觉得痛痒难忍。她走进一间异常空荡的客厅，那里散发着一层优雅的光泽——被工人们打磨得极为光滑——木头、木头，更多的木头，都散发出这种光泽。房间里有一堆快要熄灭的炭火，壁炉架上是一块织锦，上面绣着一个拿着纺锤的中世纪少女——儿童棋盘游戏放在低矮的大长椅上。继续往里走，奥德丽看到棋盘上印着“威利走着去看奶奶”的故事。游戏用的彩色骰子散落在地上，散落在亚麻布上面的纸上，一个四方陀螺倒在画上，那里正好是条沟壑。奥德丽心想：难道艾德琳的儿子叫威利？她从来都没有问过斯坦，他——意识到他姐姐的反对——

也从来不敢提关于卡梅伦家的任何情况。从卡苏顿站到这里的路很长——奥德丽估计有五英里。她不介意走这么久，虽然——在写给艾德琳的信中，她曾多问了一句是否可以派人去车站接她，但这种要求简直就是种自杀。此外，奥德丽从军工厂中请了半天假，她也想用这半天的时间呼吸一下新鲜空气——只是为了远离芥末味、焦大蒜的臭味和磨碎的山葵味……这些味道仅仅是类似而已：军工厂的气味难以形容，只有身临其境才能明了——在这里闻不到，因为纸花痒痒你的鼻子，艾德琳站在亮白色的山毛榉楼梯上，鞋跟很高，足以看到亮白色的丝袜，领口却很低，雪白的胸一展无遗。这两种白色之间，飘动着一袭日本和服，沉重的蓝色底，品红色的莲花，点点头……至少她穿得很得体，不影响哀悼——艾德琳身上唯一的黑色出现在天鹅绒丝带上——烂花布？——十字交叉成黑色的海狸尾巴，戴在极为苍白的脖子上。她恢复了自己的得体和言语：我——我不确定要不要联系您，戴阿斯小姐……实际上，我不是很清楚怎样才能找到您……奥德丽猜测，艾德琳的犹豫或许还隐藏着什么，那就是被她表现得恰到好处的真诚——但是，这种东西骗不了奥德丽。戴斯，她平淡地说道，说这话时，艾德琳穿过客厅，手往前伸，就好像要带着她往前走。奥德丽想让自己摆脱个人虚荣，但情不自禁地看到了艾德琳眼中的自己，看到自己飘荡在那双涂了眼影的眼睛里……没有人心怀这种梦想，她那灰色的羊驼裙子毛辫子，自己已经编了好几次，她从伍尔沃斯店里买了六便士一瓶的染料，给帽子上的稻草染色，夹克衫衣领上的长毛绒玫瑰已经褪色，还被雨水弄皱了，靴子经常在星期天拿去修一修——戴斯家里唯一的宗教仪式。为了预先阻止任何怜悯，为了迫使只关心金钱的人关注事物的真正本质，奥德丽把手套脱下，用自己赤裸裸的皮肤去触碰对方的皮肤，有缺口的指甲与修剪过的指甲相碰。奥德丽的手背放在最上面，她用长了斑点、溅到过发烟硫酸的深红色手握住那位时髦女士的手。艾德琳的手心很热，脆弱的拇指肉垫之下，奥德丽感觉到了一阵猛烈快速的跳动。啊，是的，是戴斯，艾德琳说道，当然，我知道斯坦利入伍时就写了这个姓。虽有礼仪约束着彼此，但奥德丽希望对方不要怜悯自己，因而说道，这是我们的姓——我去工厂工作的时候，我就说自己的姓是戴斯。奥德丽要求继续保持两人之间的冷淡——这正是诺尔女主人所在阶级的标志性特征。但艾德琳反对这个要求，她拒绝松开奥德丽的手，反而拉着她的手走到客厅的另一个门，然后进入一个舒适的房间——墙壁上贴了明亮的壁纸，壁炉架的两侧放了树枝状的大烛台，下面是燃烧的蜂窝煤……松球，艾德琳说，我觉得这真是有点傻里傻气、矫揉造作，但我每年都去采，拿到家里烧——烛光或许也是种做作，但我发现它比电灯更有美感，而且，我们觉得有责任节约燃油，为了……她支支吾吾……为了回报，因此就不要用发电机，除非到了周末，没人生火。艾德琳已经把她拉到了小沙发旁边，非常温暖，两人仍然手拉手——她一定摇了铃，因为一个非常年轻的女孩子走了进来，没有穿制服，只是穿了件简单的蓝色棉布收腰连衣裙，淡褐色的头发散在肩上。艾德琳问，库克还剩了茶水、茶点和水果蛋糕吗？如果有的话，那就都端上来吧，这时奥德丽又尖锐地说了一遍：另一种做作？是的，我觉得这就是，她淡然地接过话，但是，我想不明白他们为何一直都要穿黑衣服。我给他们零用钱——我相信自己非常慷慨——他们可以选择适合自己的衣服。我的裁缝也会给他们做一些——比如说那件，但几乎不赚什么钱。当然，艾德琳叹息道，周末就不同了——我的丈夫用传统的观点看用人。玛丽·安托瓦内特王后[①]和仆人一起玩并没有让奥德丽吃惊——她漫不经心地说到了戴了绿帽子的丈夫，这自然更是让她觉得惊讶。她真想鄙视艾德琳——但对方却早已采取行动制止这种想法，艾德琳紧紧地抓着我的手不放：她们仍然非常亲密，骨肉相缠，更别提包裹在骨肉之外的肌肤。

艾德琳盯着奥德丽的脸——她别致的鼻子抽了一下，下巴用手抹

① 法国国王路易十六的王后，著名的"赤字夫人"。

了一下，赤褐色的头发犹如猛烈的火焰，眼睛隆起，脸蛋鼓起，嘴唇也变厚了。真是个前拉斐尔派作品中的奥菲莉亚，但这个美人不是躺在水里——而是躺在工厂里的恶臭之上，她的疯狂——某种麻痹——被那种阴沉所遮蔽。她对奥德丽说，亲爱的，我承认，我在你身上看不到斯坦利的影子——也看不到你哥哥的影子。奥德丽觉得有些不悦——在这种情绪之下，她的愤怒大都转变成了强烈的好奇心，她被激怒了：你见过他吗？艾德琳笑着说：没有，不过我看到了很多关于艾伯特·戴阿斯先生的新闻报道，觉得自己好像认识他——。那个女佣走了进来，手里拿着条折叠凳，放在她们身后打开，然后又走了出去，她再次走进来时，手里端着装满茶具的托盘。她把托盘放在凳子上，问：中国茶还是印度茶？艾德琳回了一句：弗洛西，下去吧，我们自己来。那个女佣又走了出去。奥德丽的一只手恢复了自由，另一只手还戴着手套，戴着手套的手不停地搓着那只没戴手套的手，她挖苦艾德琳：卡梅伦小姐，如果你也请弗洛西一起喝茶，那就一点都不做作了——我不觉得她的社会地位比我还低。艾德琳大笑，笑得一点都不做作——但一个字都没说。奥德丽坐回长沙发椅，感到湿裙子贴在小腿上。艾德琳又问要加什么：牛奶，柠檬，还是糖？——茶香四溢，但夹杂着怪味：乌龙茶，奥德丽注意到，吉尔伯特打仗前一直都喝这种茶。现在，他抱怨德国军队打乱了他喝饮料的习惯。艾德琳其中一根精致的眉毛上扬：这是他对他们的所有抱怨吗？此话一出，便说明两人心中都对他产生了某种同情。大花瓶里插着迟迟才开的绣球花，靠窗的座位上随意地放了本书，书架上立着《福尔赛世家》[①]，十月的暴雨敲打在菱形窗上。——夜晚如期而至，艾德琳站起来去拉窗帘——麻纱布的窗帘，黄色的小碎花菱形排列，跟谷壳黄的墙纸极为相配。我可以用窗帘把自己擦干，奥德丽心想，把自己的痕迹留在上面——重复我的模式：我，我，我。艾德琳

① 诺贝尔文学奖得主、英国作家高尔斯华绥的代表作系列。

说，我以前还觉得自己会更加喜欢这房子。大家都抱怨我怎么搞这些东西，木镶板、百叶窗，现在看来非常……傻里傻气的家具。我原以为——什么？我原以为，让我们偏好中世纪风格的建筑师大展身手，他就会给我们带来一个天堂般的房子，那些古老的东西可以复活……传统的真诚……男人和女人的界限、主人和用人的界限，可以……统统去掉——。她说着说着就笑了：全是瞎扯，真是瞎扯——比瞎扯还糟糕，简直就是虚伪。两年前，我请了个当地的工匠装修房子，让他把木镶板遮掉，然后我就在上面贴了墙纸，再后来就是你现在看到的样子。我所有的时间几乎都留在了这里——这个房间让人觉得非常快乐，又欢乐又明亮，不过你弟弟去法国没多久，就变得……就，像个坟墓。啊，房间四周开满了花——她在糕点右边切了一下，又在左边切了一下——对你说实话，这房间就是个坟墓，坟墓中的坟墓，这个房子也是个坟墓，只不过大坟墓里藏了个不一样的小坟墓。请——请不要以为我在求你同情我，戴—戴斯小—小姐——奥德丽？她还是这个样子：在沙发上蠕动，强有力的手抓着小垫子不停地掐捏，动作极为不雅——一点都不好看。松球散发出树脂的香味，本应令人愉悦——特别是，树脂香味混合着鲜花和糕点上的液体黄油的味道。奥德丽看到，艾德琳掌控他人的时候，其实她也被某种强大的非个体性力量所掌控——一种掌控了所有人的强大力量。她不仅得到了奥德丽的同情，还得到了奥德丽的怜悯——这当然会进一步把她推进血腥的泥潭。可怜，可怜的特权，对你一无是处……如此美事……大概曾经填满了你的回忆，但现在却只是徒增力量，把你的情人从你身上抢走——这种事情，如果有可能发生，就会更进一步地让你疏远卑躬屈膝的丈夫，你的回忆如一间屋子，他坐在这间屋里，举起他的大礼帽，人的本能让他更加地絮絮叨叨——而你……你却像吉尔曼，时间充裕，用柔软的双手摆弄那些墙纸……艾德琳被这个巨人的手指头压得战战兢兢，她的心头、身体两侧和柔软、脆弱的胳肢窝不停地抖动——手指头无情地刺痛她——她什么都不是，奥德丽心里想，只不过是一个工具，用于展现人类脆弱的情感，只不过是一台发电报的电键，不停地重复着点点点、杠杠杠，或者，只不过是一个接线员的接线总机，上面装着通话键，所要传达的巨大心愿就是再见再见再见……你一定要，艾德琳哽咽着说，原谅我，我真的很想他，想得我快要死了……她从袖子里掏出一块手帕，压在其中一只黑眼圈眼睛上，然后又压到另一只黑眼圈眼睛上，试图止住她的无用、被动。奥德丽的双手虽然在工作中经受了无数次的摩擦，但她至少如此安慰自己：她是那个巨人的一部分——极小的一部分，或许只是一根汗毛而已，长在他肌肉发达的后背上，但不管怎么说，都是他的一部分——但眼前这位淑女却什么都不是。奥德丽咬了一口糕点，尝到了它的余温和美味——十便士的面包是一条面包而已，但用加拿大小麦面粉团一发酵，它的价格就不断地上涨。她的女主人应该到外面去，站在风中、雨中和黑暗中，播种冬天的种子，穿上滑稽的衣服：一件女长袍，腰部绑了根剑麻搓成的绳，皱成一团。她应该站在那里——而不是这里，她这个欢乐的坟墓，为这样的日子所哭泣：坑道工兵或反活体解剖者身上发生的事情足够填补她空虚的生活，让她的生活具有意义……艾德琳伤心地问，你还有他的其他消息吗？——有收到他的信吗？奥德丽心生慈悲，但又带着怒气——没有撒谎。不，她说，斯坦从来都不写东西——是的，他只是个读者，我们小时候都喜欢看书，但在比他小的弟弟妹妹可以看书前，他会去图书馆看书，读那些最新的科学故事，然后把那些故事告诉我们——也就是我和我的妹妹们——。她突然不说话了，但后来又说：但他不写信，和你的朋友威利斯在一起后，他就更加不写了，不写……那时更不会写。艾德琳，他写信给你吗？

她们坐在那里，看着艾德琳往壁炉里扔松球，壁炉里飘起一股烟，奥德丽心里想，浮现在我们两个人面前的是同一种可怕的景象吗？一架齐柏林硬式飞艇被枪炮击落，慢慢地下降，燃烧的飞机划过夜晚的天空，大教堂的拱壁、拱门和横梁不停地燃烧，一片炽热的火光——然后：艾塞克斯田野上的犁沟中遍地都是死气沉沉的灰色尸体，飞机被彻底毁灭——伊卡洛斯，被阅读插图的读者所蹂躏……艾德琳说，我有一两个他做的模型——飞机模型。威利很想玩，但我从不答应。我有两个。她突然站起来，穿过烛光点点的坟墓。她打开一个文具箱的盖子，拿出一包用黑色丝带捆绑的明信片，黑色的丝带犹如她被他松开的秀发。奥德丽知道那是什么——她并不想假装对此感兴趣，当艾德琳把这一捆明信片解开后，这些明信片就散落在她眼前，她只是尽可能地瞄了几眼，就像看一本新奇的闪书，但不用什么动作，而是静止的状态：我，我，我，我——因为斯坦利·戴斯寄给艾德琳的战地明信片跟他寄给妹妹的明信片如出一辙，而且寄给塞缪尔和玛丽·简的也是大同小异。军队当局命令写明信片的人删去这条或那条短语，做出像是公文的样子，斯坦利却把所有的字都划上了线，只留下这个必要的声明：我很好，我~~住进了医院，生病/受伤，我很快就会痊愈，有望近期出院~~，我~~已被送到作战基地~~，我~~已收到你的信，收信日期/电报日期/包裹日期，信会尽早寄出~~，我~~没有收到你的信，最近/很久没有。只留下签名~~的命令也被删去了，还删去了下面的郑重申明~~如果你在此明信片上留下任何其他标记，此明信片将被毁灭。~~当奥德丽第一次收到这种明信片时，她还很想知道，军队审查员看到斯坦利的极端疯狂行为时会有什么反应，因为他删去了所有内容，只留下他还活着的信息。一批又一批的男人被调到英吉利海峡的另一岸，一波又一波的人被送到前线，一包又一包令人悲伤的明信片寄回英国本土，很明显，这一切都是同一种狭隘的产物：命令都得以执行，所以斯坦利的明信片或许可以寄出去。或者，那个审查员——奥德丽想象这个人身处前线千里之外的办公室里，坐在一个温暖的火炉旁边，手里拿着一杯喝的东西，还搂着个法国情妇——也被这种事情逗乐了，竟然把这些疯狂的公报格式化！因此潦草地写了“已批”，允许寄出去——总是这个人——边写边笑。我，我，我，——每张明信片两个我，许多这样的明信片寄给她，寄给艾德琳——但他去法国已有十个月，在这漫无止境的十个月里，再也没有来自他的任何消息。我，我，我——神奇的拼写，黄昏中，一个受到惊吓的孩子唱着这几个字，我，我，我——奥德丽无精打采地叹了口气，突然间想到了自身扑朔迷离的存在和致命的疾病。她们都知道，这些规则只产生一种结果：那就是……他不在了。——你不想——。艾德琳无法继续说下去。但她又试着说：他们说消失了，要这样……所以你不觉得——。但她再次失败，无法把话说清楚。她们谁都不是信徒——不管是信耶稣还是信潘神[①]。所有的希望都被抛弃——所有的生命已被吸干……打在窗上的雨只不过是……蒸发、凝结，由于温度、气压的浮动……一切都显而易见，枯燥乏味……不是什么神秘的事：他不在了。艾德琳把散落的明信片捆在一起，放回文具箱。她拉出褶皱的剑麻绳。弗洛西进来的时候，她叫弗洛西上威士忌酒、苏打水和香烟盒。这些东西都拿上来后，奥德丽抽了根烟，然后从沙发上站起来，往火堆里轻轻地弹了点硫磺。她拿起裙子，把裙摆烘干。艾德琳说，真是不好意思，你到了之后，我应该让人带你去冲个热水澡，给你换上干净的衣服，我实在是太迟钝了——。——噢，没—没什么，艾德琳——她含糊地说着，故意摆出了伦敦腔——不过既然你开了口，那我就不客气了。——浴缸的长度大于六英尺，很高，放满了热水，奥德丽坐在浴缸底部，看着涂了瓷釉的边缘，觉得我掉进了一盒鸡蛋里，所有的蛋黄流到我的腿上，所有的蛋清跑到我的衬衫里，我掉进了一盒鸡蛋里……奥德丽和艾德琳都暂时寄情于威士忌和苏打水的琥珀色泡沫中。透过雾气重重的和风，看着奶油色窗帘上的柳叶倩影，奥德丽安静地哼起了歌，是戈特还是希尔？“你”应该是“汝”，“我”应该是“吾”，还是“吾”是“你”，“我”是“汝”？他们都笑了，吉尔伯特和她，在基尔特社会主义者疯狂的哑剧中，他们的鲱鱼晚餐用来募集资金，出版他们的微缩版手印书——库克和戴斯确信，

① 希腊神话中的牧神。

未来只属于那些不仅可以控制已有机器，还可以制造新机器的人。这里的她，泡在一个富太太的浴缸里，完全累坏了，抬头看着木镶板上刻着的格言，是那些具有一定审美眼光的手艺人之作：亚当何时挖洞，夏娃何时纺纱，那时谁是绅士？在旁边的更衣室里，她可以听到艾德琳扮演我的女仆——毫无疑问，她在找一些可以穿的衣服，都是以前从利伯蒂店里买来的成衣，只穿过一次，去乡下散步的时候穿的，后来在柜子里放好，现在又从长时间的冬眠之后孵出来了……但是，当她穿上了艾德琳的优质亚麻布内衣裤和她自己烘干的羊驼呢衣服，当她又回到了艾德琳的坟墓并坐下——手里拿着属于艾德琳丈夫的另一杯威士忌苏打水和另一根烟，当她听到马厩中的汽车已经启动，听到它的发动机在暴雨中咆哮，奥德丽再也无法继续维持这种不愉快的气氛。面对艾德琳脸上势不可挡的悲伤：她不停地啜泣，歇斯底里地大笑，好像要用眼泪清洗自己的衣服——出于某种习惯，奥德丽用双手拥抱另一个女人，轻轻地抚摸她的头发，他曾经亦如此……——在大风中，在疯狂的灯火之下，弗洛西站着，拎着个网袋，里面装着几包小东西。请别拒绝我，艾德琳说，这只是我的一点小心意——一些白兰地酒和水果蛋糕，一盒香烟……奥德丽告诉她，我的自尊仍然在我身上冷静地流淌，比任何帮助都要深沉。弗洛西把网袋递给奥德丽，说道，不好意思，小姐，太太说你在兵工厂工作——你真是兵工厂的女工吗？那个女孩一脸真诚，只因灯光而显黄色，但这张真诚的脸却瞬间凌乱，一脸尴尬，因为她悄悄地看了一下女主人的脸。奥德丽简洁地说，现在不招人——然后她允许司机扶她一把。每样东西都溜走了：特别古老的年轻房子，女主人带着眼泪的告别，被花儿所环绕的坟墓所露出的甜滋滋的安静。当汽车开始加速的时候，奥德丽再次开始抽搐，一开始，她只是对裙子布料感到焦躁不安，但很快，她就开始在膝盖上发出隐形的命令，当她在司机的帮助下走进大雨滂沱的汽车站时，奥德丽所能做的，只是尽量让自己不要画车轮，拉杠杆，转主轴承……画车轮，拉杠杆，转主轴承……

她允许司机扶着她，然后立即找了个位置坐下，她估计旁边的位置就是司机座位——这是半个世纪中她坐的第一辆汽车，但是她认得出大多数的操纵装置——齿轮和制动杆，方向盘。她想——如果她继续好转的话——她是否可以开车——或至少假装她可以开，生锈的老恩尼格玛海勒，由背部的杆子所启动，这是为了应对伦敦的人群……不只是一个人，只是两个犹太医生，长鼻子、丑面孔，应该被放在一个玻璃橱柜下面……两个他们中意的黑人，四个或五个跟我一样昏昏欲睡的人。那个胖子被留在上面，下不来了，她易怒的小个子丈夫在她的身边砸洞……奥德丽一直都很喜欢的海琳在那里，还有三个猴子一样的老男人，要被推拉着才能上大游览车……巴斯纳站在马库斯医生旁边，看着穆博雅和英格丽斯哄那些脑炎后帕金森氏病患者走进福特车，车就停在家具厂旁边的路上。他说，你能一起去真好。马库斯笑了：太阳都戴上帽子了，我也应该出去走走！我是说，郊游——不管怎样都不想错过！巴斯纳怀疑地看着这个已退休的同事。马库斯穿着一件时髦的短袖衬衫，巧克力色直条和深蓝色直条相间，真是出人意料，祖父要去旅游了……但，他时髦的外表被汤汁搞砸了？他在想，是不是马库斯的眼睛近视，所以完全看不到自己衣服上那个讽刺性的污点——讽刺中的讽刺，反过来陷入讽刺性的大本营，废弃在干燥的荒漠中。巴斯纳告诉马库斯，他花了很多力气才让惠特科姆允许他把这些病人带出医院——。马库斯"哼"地一声，啊，惠特科姆，你讨厌的那个家伙——正如莫里亚蒂教授是福尔摩斯的死敌。巴斯纳，你在想什么，你以为你自己都不知道自己在研究什么玩意的时候，他就会挫伤你的研究吗？巴斯纳想谈谈脑炎后帕金森氏病患者的各种抽搐症状，谈谈他对病人们富有节奏的各种状态所做的分析，谈谈他如何相信这些病人失去身体的完整性——现在是重新出现——表明了混乱中的整齐——他想要说明这一点，但注意到了马库斯的蔑视——此外，还有很多这方面的想法。果断起见，他大声问邓菲——最重的搬运工，同意他开这辆小客车——都上车了吗？邓菲从像米洛·奥谢一样的头上拿下帽子，掸了掸，身体微微一躬，自如的手快速地转了一下，请所有人都关注这次神秘的旅行……把你微笑中的阳光带给我吧，邓菲低声唱着，把你的笑声带给我吧，一直对我笑……这辆小客车不够小，来自二十号病房的小团体消失在呈一定角度的座位上——奥斯特雷奇坐在中间，旁边挤着沃斯和麦克尼尔，害怕的小兔子。在最后面，穆博雅和英格丽斯被一堵声音之墙所隔开：海琳·尤德金的健谈无法控制，巴斯纳上车后，她说，看这些东西，你把它们叫什么？鼻子之类的东西——但是什么东西的鼻子呢？我们不会被人注射水吧？——在所有醒过来的嗜眠性脑炎病人中，她是最不被周围的现实所吓到的人——回到病房后，她会几个小时都站在那里，不停地按电灯的开关，不断地被光子释放出来的景象所震惊。她大声啼叫，好神奇啊！我真的觉得好神奇啊！每到一个地方，她都会觉得新奇——现在，她不停地摸座椅套上的电动格子图案，真可爱，她柔声地说，多么美妙的结构……巴斯纳在戴斯小姐旁边挑了个位置，戴斯小姐则坐在司机旁边，巴斯纳和戴斯小姐之间坐着马库斯，马库斯尴尬地夹紧自己的身体，插在两个人中间。他强拉住她，早上好！女士，请问坐着舒服吗——。很好，很舒服，她果断地回答，脸仍然看着窗外。巴斯纳想：她看到了窗外的什么，向上看到了什么，向左又看到了什么？或者，这是动眼神经危象的开始？她醒来之后，已经有一——二——三……十天了，但是——他指望——有十六天，所以一个人就到期了！然后，当他们快速经过一个坑的时候，他被震惊了：我们在前进，她看到了完全新奇的景物——医院的长走廊，阴森的窗，窗下面是砌砖，泪水干枯之后的泪痕，渐渐地逃出她的视线……像任何一位医生一样，巴斯纳也对自己最看重的病人奥德丽·戴斯提出了这样的要求——她应该谴责她的前一任，平静、有条理地告诉他，她的表现是如何的好，每天吃两克 L-DOPA 药，当然，以后的日子还长……——因此——马库斯揉了揉坑坑洼洼的鼻子——今天我们的目的地是哪里，大英博物馆？巴斯纳惊慌失措：什么？马库斯发出驴子一样的叫声，露出象牙一样的大牙齿——他是头海象——然后嘴里冒出喘息声，或许一离开圣·约翰伍德医院，他就开始演练这种喘息声了：巴斯纳，如果你挖出了一些木乃伊，那就最好带他们去看他们的同类。奥德丽喃喃自语，霍华德·卡特……马库斯深深地被自己的愚笨震惊了，说话时竟然对一边的她熟视无睹，巴斯纳则又感受到了失败的味道。——你说什么，戴斯小姐？他大声说话——邓菲脱挡滑行，快速转动方向盘，离开两个大门中间的位置，开向芙莱恩巴尼特路。——我说的是霍华德·卡特，他挖出了传说中被诅咒的坟墓——我记得这事。所有的看护人员都在谈论这件事。浴缸里的新娘事件之后最骚动的新闻。他死时，他们卖了一大包的大众报——纯粹的迷信，当然是……拇指在耳朵上……我在想发生什么事情了……她在跟谁说话？那个傻子费多——死了很久，我猜……早就走了……奥德丽无视自己所营造的恐怖气氛，仍然平静地坐在自己的位子上，向前开的小客车经过罗斯蒙特宾馆的雨篷。要不去皇家植物园，马库斯结结巴巴地说，皇家植物园总是那么清新，让人心旷神怡。巴斯纳纠正说：不，他们第一次出去，植物园太远了，我已经决定去附近的某个地方——亚历山大宫。马库斯抱怨道，亚历山大宫！到那个鬼地方做什么，那个破地方能看什么！这个地方都被人忘得差不多了。巴斯纳拿出笔记本，再从胸前的口袋里挑出了红色圆珠笔，笨拙地草草记下自己的想法——他花了一些时间才形成这个想法，此时才得以具体地写下来。——不要——看，这是他们看了好多年的东西——到现在已经有几十年了。它是——它是世界的地平线——外部界限。到了那里，再往回看芙莱恩，我们就能为他们打破咒语——让他们自由。他潦草地写下了这些话：让他们自由，下面着重强调了两次，歪歪扭扭的两条线。马库斯平静地接受了这个观点，他紧闭的嘴唇飘出碎肝脏的气味，只有这种气味表明，他的内心是个气鼓鼓的气球，里面都是愤懑不乐的冷嘲热讽。他最终开了口，语气神神秘秘：你明明知道，对任何类似于体内平衡之类的东西而言，大脑皮层的功能性完整都是绝对的——注意——绝对的先决条件……巴斯纳知道他要得出什么结论……这一切都不会持久……因为在我的内心深处，我知道：没有灵药之类的东西。这是巴斯纳三年前得出的结论。那时，在威尔斯登的康赛普特楼狭小的楼下盥洗室里，他胆战心惊地盯着水槽上方的小镜子，看到自己的鼻子跟上嘴唇相分离，开始——但确凿无疑，千真万确——在脸上爬来爬去。此外，马库斯又发出重磅袭击，这次要花多少钱？当巴斯纳承认每磅要花四百英镑时，他大笑，笑了好久才喷出这样的话，看吧，很难收支平衡吧！而且……而且……邓菲开着车，小客车像三级跳一样行驶在北环路上，巴斯纳发现我根本就没有被熄灭，因为：他对马库斯说，看，看他们——看他们每个人身上的快乐。那个老精神病医生转过头，看着那三个上了年纪的病人：沃斯、奥斯特雷奇和麦克尼尔，这么多年来，他们的生活一直都受其他人的摆布——不仅包括正常人，还包括极为不正常的疯子——有些疯子给椅子垫上莫名其妙的东西，有些癫狂的人把扫帚柄都拧了下来——他们刚上车，就往后躲开波浪一般翻滚的柏油路，害怕舌头一样的柏油路会穿过挡风玻璃跑到车里，把他们从座位上拽起来，然后大吃一顿。不过这种害怕只持续了几分钟。此时，他们悠闲地欣赏着夏日花园之美景。沉甸甸的玫瑰丛垂下紫褐色的花朵，热烈的太阳花戴着高贵的皇冠，盆栽的老鹳草花展示着炫目的细褶皱——在他们的记忆中，这些令人愉快的美景被记得清清楚楚，她们犹如坚强的堡垒，忠实地守护着英国特色。他们静静地看着那些小农场——一小块草地和小房子，但一看到新奇的植物和花儿，他们就又开始活跃起来——对不断出现的草原植物发出一阵又一阵的惊叹，后来，他们看到从铁路大桥桥墩上冒出来的醉鱼草时，竟然变得异常兴奋，热烈地谈个没完。——我老爹在多佛港口边摆了个小摊，但他非常讨厌这种东西！麦克尼尔说道，他那时常常说，一块块的橡胶每天都只让他得到一把新鲜的葱，阿尔夫——头朝下，两脚朝天，你老妈就应该这个样子！奥斯特雷奇坦白说，你知道，我还是个小孩子的时候，住在维也纳的一间公寓里——但我的叔叔，他有个庄园——你可以说是个小庄园——他种了最不可思议的红醋栗，我真的好喜欢那些红醋栗！说完之后，大家一阵大笑，拍手鼓掌。喔！他继续说，今天我为什么觉得如此不可思议！沃斯开始插话：我知道你什么意思——上一次我有这样的好心情，是在一个牙医的客厅里，他用超级搞笑的东西给我补牙——！你还是幸运的，麦克尼尔也插了一句，我们只能花个六便士把牙拔了——所以异味就都跑了！这三个老男人再次开怀大笑。马库斯对巴斯纳说，你不觉得这种……呃……兴高采烈有点变态吗？——马库斯的手臂放在奥德丽座椅后背上，说话时伸了伸手臂。巴斯纳答道，马库斯医生，难道你就不可以稍微体谅一下大家的心情吗？难道你不觉得：他们在度假——长达一辈子的假期？巴斯纳悲伤地想到，这也是米利亚姆想要的假期——不是一次平常的海边短途旅行，比如到康沃尔郡湾之类的地方待几天，男孩子们在沙滩上造沙塔，小一点的宝贝们把它推翻，也不是在奥斯丁的布列塔尼巷里找个陶艺店——他们要从希思罗机场飞走，到某个地方过上半个月。她说，我会安排好一切，一边说一边转餐桌上的圆转盘，把糖醋猪肉丸转到自己前面，几乎不符合犹太教规。餐厅里放着中国风的背景音乐，他的心情有些不安，觉得这种音乐就是刚柔相济的噪音。他的心情又有些暗淡，看到餐桌上的鱼，突然想到了鱼儿上的鳞片，被刮下来后“啪嗒啪嗒”地掉进水槽里，那双刮鱼鳞的手现在又在摆放盘子——不过，至于刮了鱼鳞的手为何不可以放盘子，他并不清楚。戴了金绿色条纹领带、穿着灰色埃尔特克斯衬衫的男孩子们坐在那里，压抑：这顿非正式晚饭让人觉得陌生，且这种陌生的唯一目的就是让人觉得更陌生：全家出去度假，要是他决定不一起去，那就——从我这里——开启了永久性假期。扎克曾在某本书里看到过，白色是中国人用来服丧悼念的颜色，那么，为何翠园饭店的桌布不是粉色，不是紫色——也不是黑色。他曾经觉得黑色应该是最合适的，因为他也想提出这一极为合理的请求——我要死了……是的，当然，他这么说——而且：阿尔罕布拉宫，那会令人相当震撼，我一直都想去那里。真的？米利亚姆问。真的，她那个奸诈的丈夫回答，还拿起她的手，不停地用大拇指抚摸她的骨头、筋腱和动脉，表明自己没有半句违心之言……我已经死了。他就被埋葬在一个坟墓里，跟我的体型一样大小，刚好装进去，半个耳朵压在头下面，右脚的第三个和第四个脚指头之间有一点空隙，肚脐突出——自己和母亲之间的联系，全都在这个肚脐眼上，噢，母亲，我已想不起来了，——唯一可以确定的是，她的眼睛——注意，死者必然如此——通过米利亚姆的眼睛紧紧地盯着他，为了这个特殊的场合，她还特意涂了白色的睫毛膏，让她看上去就像一个快要灭绝的人——像琪琪。扎克坐在那里，慢慢地腐烂，明白身体周围紧密堆积的泥土一定是某种特殊材质的泥土，要不然怎会跟他如此匹配呢？泥土中，大多数是翠园饭店的透明空气，一部分是他身上的棉布、法兰绒和羊毛——但这种神奇的泥土更多地委身于他妻子的手上，脉搏挤压着我毫无生命的冰手，米利亚姆的声音仍然萦绕着：要记住，我们不断变老，虽然只是一年一次……巴斯纳把头转向奥德丽·戴斯，说道，今年，今年……通常……他放低身子，正脸看穆博雅，穆博雅坐在后面的座位上，像个拜占庭人，阳光照着他近乎非洲人的脸，犹如被金银丝所装饰。——伊诺克——她，你……你把戴斯小姐做的那个小东西叫什么，就是她放在床底下的那个东西？穆博雅像小狗一样被吸引了过来。她的神龛，他大声回答，我们把那个东西叫做她的神龛……赫弗齐芭·英格丽斯皱起眉头，觉得亵渎神明？巴斯纳说，是的是的，你的神龛，戴斯小姐——穆博雅先生照顾你的这些年里，每年你都要做个奇怪的小神龛或洞穴放在床底下，还有印象吗？奥德丽微微一笑，纤细的手指头搭在太阳穴周围，乱抓网袋一样的干枯银发。奥德丽可怕的习惯真让巴斯纳恼火，他极度地想要摆脱这种恼火，就像用可悲的烟熏法杀死寄生虫那样——他希望她穿着……什么？两件套的毛衣——或者长呢裙，一件衬衫，带着花边领，用小宝石扣好？任何衣服——但不是这样的一条棕色裙子，像只丝绒袋套在身上，对她来说太大了，知更鸟红色的拉链开襟羊毛衫又小得可怜。护士们给她找了一双淡褐色的便鞋，但实在是非常难看，虽然穿着厚羊毛袜，但脚后跟却露在外面——一个破洞，瘦弱的小腿上，袜子挤成一团，像一块红玉……但由于冷笑了一下，她的上唇裂开，憔悴的脸也展开，还有，我爱她这样，因为这证明她仍然高高在上。她说，我们把这些东西叫做堡垒，巴斯纳医生——我小时候住在富勒姆的时候，很多孩子都造这种东西。在我的记忆中，没有人试着解释解释——这只是我们一直都在做的事情，当地的一种传统……或许跟季节有关，因为我们要用春天的花朵进行装饰——蒲公英、金凤花，或许还有紫罗兰，到附近的花园中去摘……她笑了，干燥、刺耳。——那些体面的人不喜欢这个季节造堡垒，但他们仍然会给我们铜币——为了辟邪，估计是……她不再说话，因为小客车的发动机发出歇斯底里的声音，他们正在麦斯威尔山大道上跟着车流往上爬。她的眼神极为拘谨，落在一群叽叽喳喳的男学生衣领上——及肩的头发上，他们正走出糖果店……你上一次见你父亲是什么时候？她抬起头往上看，眼神落在盖着瓦片的屋顶上，像宝塔，最终定格在山顶上——她简直无法相信：这些年来，她一直躲在身体里面缝补外面的这层皮肤，至少他们是这么说的，但这层监狱一样的皮肤……竟然薄如蝉翼。在深度昏睡中，她曾经做过这样的梦：医院从她这个肉体中生长出来，只涂了一层白涂料的墙不断地拉伸……折叠……变成了一颗珍珠母。她总是被困在……医院里面，后背弯曲，包着拱形的重梁，它们的铆钉我的椎骨……穿过她头骨里一圈又一圈的石灰泥，肮脏的天窗有了亮光……没什么。各种地面——木地板的，柏油的，下陷的——在她走路时翘上翘下，紧紧地粘住我的脚，她在长廊里跌跌撞撞地走，在楼与楼之间更长的走廊里蹒跚前行，还一次又一次地在锻炼小院里转来转去，在装了软垫的病房里大喊大叫，把瘦骨嶙峋的身体撞到火炉栏上，对着那些肺结核病人大吐口水——她那些难以制服的自我，成千上万个自我，她们穿着粗糙的硬亚麻布工装裤，纹路就像医院的结构，裂开了——现在——裤子上恶意的镶边预示了它必然会开裂。不一会儿……她那只手压在热玻璃杯上，炽热的阳光穿过这只手，照亮了大英帝国地图——童年时期的雀斑和兵工厂所赐的发烟硫酸烧斑已经成为黄褐斑的保护国和保护领地。又过了不一会儿……她的手天使般地抓住豪华房子的前门——房子最近才造好，但已经旧得吓人——每一幢房子都带有不整齐的花园，汽车华丽地喷上了红色、蓝色或绿色。奥德丽对着凄凉的手指头小声地说，我们终于到麦斯威尔山了——我们一定要去看看亨利叔叔，去看看将军号是否真的存在。她又小声地说：向前开——他们的确在向前开，虚弱地朝着一个超级巨大的荒诞之地前进，就在地平线上——一个滑稽的街区，里面的每个角落都是被截去尖角的大金字塔……小客车开过公爵大道的最后一个路口，邓菲在夸张的门廊前面加足马力，开进破旧、宏伟——至少巴斯纳这么觉得——的亚历山大宫。开得太猛：病人们和看护人员的身体在座位上晃上晃下，像是表演摇滚乐；他们都在亚历山大宫的下面，它的大眼睛向下盯着他们，山一样的墙戴上了高礼帽。巴斯纳喊道，小心！邓菲拙劣地捋了一下额前的一撮头发。——不好意思，不好……巴斯纳想，总是该死的爱尔兰人。没时间理会这种事——他已经站起来，帮助那些宝贵的脑炎后帕金森氏病病人走下车，然后看着他们在日光下摇摇晃晃地走，一群刚从坟墓中走出来的僵尸，牙齿还咬不动人肉……除非人肉做成肉泥。马库斯说得对

亚历山大宫没什么好玩。巨大的屋顶犹如饼干桶的拱形盖子，下面的那个巨大建筑已经被挖空，只剩下一家咖啡馆和一个旱冰溜冰场，四周种了华丽的松树，穿着紧身衣的小女生们在里面一圈一圈地滑。来自芙莱恩的旅游团这边走走，那边走走，感受另一个地方的陈腐之气。他们驻足惊叹于这个巨大的建筑，竟然装了三层高的管子——巴斯纳并不关心这些，他只关心一件事，那就是告诉疑神疑鬼的马库斯，这些病人是多么的正常——他们不痉挛，也不发癫，虽然

走起路来一瘸一拐，但任何上了年纪的人要是被关了很久都会如此。马库斯并不理睬他的话，转过身去看沃斯、奥斯特雷奇和麦克尼尔，依次扶着他们，慢慢地走过空房子，告诉每一个人在他们被禁闭之后这个世界所发生的巨大改变。他总是细心地把那些重大的外部事件跟他们身上的微小变化联系起来，而这些微小的变化，或许就像水滴一样，已流进他们被埋葬的意识之中。他问他们是否回想起一些一起住过的病人，那些人被送到伦敦郡议会农场里工作。他告诉麦克尼尔，这种事情不可能发生在二十年代后期，大罢工带来巨大的动乱之后，人们相信——在更广阔的地方，比如科尔尼哈奇收容所——积极就业可以防止不健全的大脑一直陷于幻想之中——不管是情色幻想，还是社会主义幻想。或者，是否还记得某些病人套在脖子上的红色或黄色卡片——还记得这种制度吗？卡片丢了会去登记吗？他们或许很乐意被告知，这只不过是某种官僚制度证据，证明置其同辈人于死地的卫生保健、卫生设备和疾病预防发生了革命性的变化。——看到马库斯跟完全具有社会交往能力的人进行互动时是如此愚蠢，但帮助那些脑炎后帕金森氏病患者时却如此精妙、灵巧，巴斯纳再次开始反思，精神病医生自己就有精神病。他想到了自己认识的那些神经精神分析专家，在这一群体中，肛门滞留人格是种常见病，而非罕见病，他们一旦走出诊察室，就很少能够发挥作用——因为在诊察室里，年复一年，一切都是静态的，且这种静态的人类交往方式只依赖大脑后部。我为什么也要一起来，这次被搞砸的旅行，妈咪打了四百下……打得你什么感觉？总是——总是！——妈咪。他又想到了那些实验心理学家，总是带着附有纸夹的笔记板和电流计，测量着皮肤——这些皮肤被他们弄得凹凸不平，因为他们需要多次操作，以减少偶然性，达到令人窒息的统计学效果。他们真是无情。至于像马库斯这样的精神病医生，毕生的工作都致力于——很多情况下，真心地——同情那些远离现实，像是活在另一个世界中的病人，当然这也是他们可能取得的成功，因为他们什么都不是，只不过是这个世界的局外人，我什么都不是，只不过是这个世界的局外人……——这些上了年纪的病人犹如锈迹斑斑、表面已不光滑的古怪钢球，从一个坡滚到另一个坡，像是从巴比伦弹珠游戏中逃出来一般。穆博雅和英格丽斯带着奥德丽·戴斯和海琳·尤德金走到一条长凳边坐下，由于这条凳子正对着卫城，因此就可以毫无障碍地看到山下的城市。巴斯纳和马库斯把男病人带到了路边，邓菲的脸上满是官僚派的不情愿，回到咖啡馆去拿茶水和三明治。如果用紧急状态来形容这里的情景，那将是一种严重的用词不当——没有救护车的鸣响声，也没有玻璃杯被打碎的声音，只有山坡上一排又一排秩序井然的房子，头顶的天空中航行着云朵舰队，非常完整，朝着埃尔特姆前行，像母驴的尾巴在肯特郡的丘陵上甩来甩去。不，没有出现紧急状态——只有被关闭了的儿童动物园——哀婉、伤感，干涸的湖，连锁餐饮店里的一个小高尔夫球道——瑞普·凡·温克尔[①]，什么都没法做，只能呆呆地审视这个如北京或帕多瓦一般陌生的城市……审视这个城市，如果可以的话，安排病人们享用传统美食——炸鱼和薯条，都包在五角大楼文件纸张里……看到混凝土高射炮像蘑菇一样从死寂的湖中冒出来，海琳·尤德金说，到底？是什么东西解开了马库斯完整的线圈[②]。那是……他疲倦地说，巴斯纳在那个老精神病医生的眼睛里看到了张伯伦的影子，手里的雨伞进行了徒劳的改良。德国装甲部队开过马库斯高突的前额，珍珠港在其中一只毛茸茸的耳朵里冒泡，长崎港在另一只耳朵里翻腾，铁路专用线在他的大肚子区域终结，他气喘吁吁，发出呼哧呼哧的声音，无法说出关于大屠杀的好消息，那时她一直处于昏睡状态……奥德丽吹着热气腾腾的生命之茶，脑子里只想着吉尔伯特和他的玻璃钢筋尖顶——她看到这些塔从伦敦的中心冒起来，但油灯、煤斗和帽盒组成

① 美国作家华盛顿·欧文于一八一九年写的一则故事中的主人公，在山中睡了一觉，世间已过去二十年，醒来发现一切面目全非。

② 两人游戏，只需三尺左右的线绳一根，一人用两手撑线圈，通过勾线挑转，可翻成各种不同的形状。

的滑稽轮廓却高高在上。吉尔伯特曾经预言过，共产村庄之间有绿色的田野和小森林，但奥德丽只可以辨认出：她从年轻时就记得的这个秩序井然的城市——街道、广场和新月形的新街道像棉麻布一样编织在一起——已经起皱，开裂……比这更糟糕，已被扔在一边，潮湿不堪，霉迹斑斑……对城市面貌的忽视引起她内心的悲伤，为了排遣这种悲伤，她把头往后退，因此天蓝色雪纺绸这一巨大的布帘或许可以映入眼帘。那里，一枚白色的指针——尖、直、硬——从天空中抽了根线头，真是一枚神圣的顶针，但却变成了并不神圣的吊杆！泥土从桁架之间掉出来，不断地往下掉，掉到马口铁上，这种声音最能让斯坦利联想到他的新莫洛克的存在。再也没有可怕的恐惧，害怕炮弹炸到本垒，也不用再疯狂地计算炮弹的冲撞点，因为最后一击炮弹已经发出：所有人都死了——所有人都埋了。这队人停在隧道里，灯——这个小分队的灯是电灯，电线从德军阵营穿过——一闪一闪，然后灭了……你为什么不怕？这个问题围绕着黑暗中的所有人——它触碰他们，当然是带着硬如皮革的双翅？迈克尔蜷伏在斯坦这一侧，谨慎地闻到了干草和马的气息——他的汗水透露出坦率。至于其他人，斯坦并不是很确定：在他们离开藏身洞到地面上搞突袭前，那些人都戴上了圆头盔——在凡尔登经过改良的头盔，带有细钢带面罩和鼻罩。他们又把这种头盔调整了一下，粘上一小块毛，焊接上铜纽，直到把这些头盔搞得像是部落原始人的头饰。不过更加原始的是，他们光着膀子，扛着弹药带，把挖壕沟的工具和锯齿形的刺刀挂在皮带上，在光溜溜的屁股旁边，皮带上挂着的东西不停地晃来晃去。直到这个时刻，斯坦才开始成长——是的，正是如此，开始成长——在深深的防空壕里，在这之前，他肯定是孤独地在地面上成长：一块隆起……或者一个人胎？他睡在这个地道里，又醒了过来——又一次觉得筋疲力尽。这样的情景重复了多少次？他已数不清了：在这个黑暗的洞穴中，人不断地进进出出，但却好像没有什么固定模式，并不让人觉得他们是在执行命令。厚脸皮的书呆子旁边来了个年轻的俄国人，同样光着身子，头发都剃光了，只在头顶留了一小块没剃，像一块不长草的小草皮——凹陷的脸上有几条决斗留下的伤疤，他炫耀着手臂上的圆臂环，是从一个死者身上取下来的。谢谢，他说，接过叉子上的一根香肠。在这个变化多端的洞里，唯一不变的是那个负责做饭的大个子黑鬼，杰克·约翰逊……现在我们知道他曾经在哪里混了……他的身躯看着就像拳击手那么魁梧，但是他的表情却相当热情，嘴唇相当薄。他的头发已经长成他祖先那样的羊毛球……他总是在那里——尽管其他人进进出出，但他们通过相互触碰来证明自己的不变性质，因为地底下的人除了谦逊之外再也没有其他的礼节了，在皮肤上蹭来蹭去，摸，捏、吻——甚至还掐别人，麻布袋里的小狗……他们——他们都要被其他人欺负，迈克尔这样说他的战友，但他们又通过这种方法重新在一起——用这种哑剧。斯坦，但这一直都是一场哑剧，不是吗？——佩戴着穗带的高级军官拿着威风的棍，部长们戴着富有光泽的大礼帽——国王就是一切……——在这个没有亮光、最后一次爆炸的回声不断的隧道里，迈克尔这样回答他：恐惧，啊，恐惧是种好玩的东西。我穿过多面堡中的一个大弹坑，炸弹第二次袭来的时候，我正在伊珀尔[①]——一整串的炮弹从梅西讷射出来——就是这么回事：装的弹药越多，埋的人也越多——。又一颗残忍的炸弹！这一次，电灯泡亮了，所以这队人可以重新慢慢地朝隧道往上走，走回地面。埃维人或许会说，迈克尔继续说——话里含着灰尘，会说我们花在上面的所有时间都用来训练——训练我们怎么走到地底下。在地上，上帝可以看到我们——军官可以看到我们，杀伤炸弹可以把我们炸得到处都是。在地上，隧道没有顶，死亡，就像是从天而降。但是在这里，地底下，一切都恢复了原初的样子，看——在这里，没有像地上那样发号施令。我们自愿地上去——自由人。猛烈的炮火对于我们犹如五雷轰顶，那些步枪烟雾，就是我们的信号——

① 比利时城市，第一次世界大战期间德法战争的重要战略之地。

看，信号……不是人，或许是天使，啊，斯坦，是天使——出现了……准备战斗：军号从英国阵线传来，就像夜莺唱着歌。那个乡下男孩鲁夫特说过：如果他们吸不到牛的奶子，就吸你的小鸡鸡……这支红鼻子队伍蹲伏着回到了隧道，前进了足足二十英尺，往洞口看，没有支撑的隧道掉进了夜色之中，天空犹如阴冷潮湿的眼眶……我们无法前进，我们无法作战，我们真是他妈的见鬼了？威利斯或他的朋友伯迪会怎么描述这种事情呢？斯坦利不禁有些好奇，因为可以肯定的是，他们肯定从来都没想到——不同阶级、不同肤色、不同语言的人集中在一个自由的联合体中，因脸皮厚而"恬不知耻"……休息时，他们把手臂随意地放在其他人的肩上，手拉着手，像神圣的朝圣者……一种苦差事，在他们奇怪的行话中相当反常——不同的话混成了一锅麦片粥，满是废话……弹幕渐渐地熄灭了，夜晚从一个弹痕蔓延至另一个弹痕，弯弯扭扭地钻进铁丝网中……今晚没有水晶宫烟花表演——没有烟火表演：180 团已经沉没……他们只是瞥一下那些偶尔闪现的光亮，然后冲下去燃烧自己的尾巴……在地上，他们开始认真干：跟着夜光从泥泞的沼泽走到沟里，从死兵身上的干粮袋中拿出战地止血包，把它包在战友的伤口上——如果战友还活着的话。对伤员进行验伤分类的任务自然就派给了斯坦利——我不是一直在做这种判断吗？离进攻之日还有两晚，费尔德曼、威尔士小兵和那个军官就匍匐在棺材架旁边了……不停地回到奥尔德肖特，那里的疯子突然从临时操练场中冲出来，嘴上冒着棕榄[①]泡沫，然后一头栽在准尉的脚下。斯坦曾经见识过这种发作——但在这里，最激情澎湃的气象报务员也会失去往日的激情，因为除了没有结局的冲突之外，就没有什么可以预报了。冷却钢铁，弄干血液——他们被这些气味，而不是被星象所引导。他们放开胆子，把伤得较为严重的伤员拖到两边的铁丝网边，不管他们带着什么军队工资本——毕竟，唯一值

① 一个肥皂品牌。

得人效忠的是生命……其他人，他们派到下面——他们还不知道，但最终，他们看到了一个英国人，这让他们……在法国……有种回到故乡的感觉。这些洞穴人随身携带吗啡，如果看到一个人无可挽回，那他们就给他足够的剂量，直到死亡来临。迈克尔——一个天使长，是那些临死的人在断气之前看到的最后的活物，飘在他们眼前……比那些孟人更加温暖，更加真实：没有教会的幽灵，出于饥饿、痛苦、干渴和恐惧的幽灵——而是一个活人，温热的手抓着那些断裂的手腕，把满是血迹、卷起来的袖口放下来，让针进去……一两次，他们在短暂、没有月亮的夜晚完成任务，斯坦想到了他的小分队，两个矮个子男人——或者不止两个——撤退到储备壕沟里疗伤，他们的伞叠得整整齐齐，肿大的湿舌头舔着罐头牛肉……没有思考——在这个尽是阴影、折磨人的地方，地底下的人一定要跟任何的突击小组那样警觉——他们的确会遇到一些人，小声地问：你是急救护士队的人吗？地上人员踌躇不前，没有表情，手警惕地握住微力扳机，所有动作瞬间完成。看着这些人，斯坦利心想，我是那个样子吗，眨眼之间就从因恐惧而惊呆变为激动不已？他看着他们离开，感受他们的脚步声从坑坑洼洼的地面上传过来的回响，同时视线定焦在这一情景之上：他们自己的死亡人员，他们在这些人的掩护之下修理铁丝网，把其中一个受伤的人背回去：一个年轻的军官，气息中夹杂着陈腐的威士忌酒味，就快要喷出令人恶心的东西了——急救站里有气性坏疽，他坏死的肉散发臭气。地上人员只能熟练运用一种语言：他们被逼疯时就喃喃自语——但是那些从洞穴里出去的坑道兵却可以应对各种语言：安慰幽咽的德国兵，告诉他们不会有事[①]，用英式鼓励法、狗娘的誓言让英国兵平静下来……从山脊处德国军队的防卫重地，到山谷下英国军队的防卫壕沟，那些坑道兵来来回回——他们把死者身上的手枪和步枪拿掉，把皮带上的马铃薯搅碎机也拿掉，从新奇的迫击炮

① 原文为德语。

口中拿出没有点燃的斯托克迫击炮：所有人都在安宁中进入了阴间，安葬于自己的洞穴中。空中的厚云层还未被黄昏推到东边前，他们已经开始撤退，没有一个地上人员可以这么聪明。隧道入口处一片混乱，但渐渐变得秩序井然，马口铁、坑木、通电的照明设备安放得整整齐齐——他们快要被吞没时，迈克尔戳了一下旁边的泥土：他们肯定不知道我们——现在不知道，以后也不会知道。斯坦，你想想，如果他们知道的话，就会把枪对着我们，费劲地找到我们，把我们拉上去。我们一个个地被找出来之后，他们就会再次大开杀戒。不……他换了个说法，他们会走开，走进重新发现的地下世界，然后在里面钻来钻去……不，只有一条路可以下来：完全碰运气，就像你那样……黑人厨师给他们准备好了热茶，大多数地下工作者放下他们五颜六色的工具包：有气无力的前地下工作者又开始光着膀子，披一块棱纹图案的防潮布，拿本慰藉之用的主祷文。我曾经碰到过——。斯坦利的话突然停在了这里，因为他脚下的那个年轻人正在下面看着他，精神分裂症的扭曲表情。地面上，弹幕再次开始——180团的钢制足尖经过前场。电流变强，又变弱，再变强，然后灭了。厨师开始找火柴，但找了好一会儿才找到，灯亮了——但在黑暗中，沙的细流声、木头的吱嘎声、金属的碰撞声都被放大：像是埋怨提前埋葬的事实，对此窃窃私语。斯坦利怕自己会失去往日的冷静，但其他人只是喋喋不休：我之前给一个食品商人干活，不过后来不干了……你撩起衬裙，亲眼见到那些东西绝对让你惊奇不已……从圣丹尼出发到市政厅，她就在那里等我……我的小情人……斯坦利的耳膜受到了创伤，在不停的狂轰滥炸之下，耳膜快被震破了，他把头转到这边，再转到那边，但那些声音仍然不停地给耳膜挠痒痒，刺激裸露的肌肤，还混杂着军乐队不协调的演奏声，哦—咦—哦—啪！声音不断地挤进来挤出去，有时听得懂，有时听不懂，就像缝东西时穿上穿下的针，穿过卢森堡公园、尔弗瑟姆、不来梅港，天空中黑色的光线径直穿过深褐色的云朵，流下淡紫色的雨……坑道地面上的审美专家抓着手表和封条。他随意地把他们安置在自己的下腹周围，武大郎身材的登山运动员绑在一起，去攀登孔雀山。他的手指随意地摆弄着，但又很有系统性的样子，她觉得极有吸引力，就像她自己的手指操作刻度盘的样子，耳朵压着啮合栏。嗯哼！巴斯纳清了清嗓子，拉了拉紧贴腹部曲线的红色真丝领带——就是莫里斯叔叔送给他的那条领带。嗯哼——他又说：戴斯小姐，需要别人帮你弄收音机吗？——需要我……帮你打开吗？他想要残酷地试探她：她怎么看？她意识到马可尼实验了吗？那她可以——用她工艺美术方面的想象能力——构思这个东西吗：这个世界编织成了一个由声音和音乐组成的篮筐？希望她可以——但也对她的轻蔑小心翼翼。而且，她已经发现了来看她的那些人，他们正站在巴斯纳旁边胡说八道。巴斯纳穿着沙漠靴和浅黄色灯芯绒，让人一看就知道是非正式的学术活动，况且他的上半身穿着像威尔弗里德·海德-怀特的打扮：黑色的西服外套，有几个地方特别黑……什么？他们穿的是什么衣服，背心……汗衫……没有袖子的套衫？好像总是聚酯做的衣服，但是巴彻斯特的沃登，那个该死的家伙，不穿这种布料的衣服。巴斯纳想，不管这些了，衣服布料又有什么关系：要紧的是白色硬圆领，尽管只是用白色赛璐珞做的一个圆圈，但却关系到我们要承受何种程度的约束。医院牧师十分年轻，就像个爱赶时髦的小年轻……而且对上帝不虔诚。他又长得很高，可以多领点定量配给的肉，那瘦瘦的长鼻子、浅褐色眼睛和乳白色的卷发，说明他喝了很多淡雀巢咖啡，吃了很多圣公会的陈词滥调蛋糕——但是，他的双手时不时地往下拉胸前的夹克衫……白色头皮屑像雪花一样落在肩上，那他的内裤应该脏得可怕——。这人是谁？奥德丽很警觉，但立马又觉得自己无需多问：让他自己走上前告诉我吧。巴斯纳很佩服她：哦！她真是彪悍！牧师从一旁悄悄地走了过来，手搭在其中一条椅子靠背上，说：不介意我坐下吧？奥德丽答道，随便坐，边说着，边从自己的座位上半欠起身子，伸出手——她的手势很热情，但看到周围其他人都有气无力的样子，她也变得有些低落：杂草一样的头发，形容枯槁的面容，真是糟蹋了她身上的开襟羊毛衫——在她看来，小红帽的开襟毛衫是最理想的衣服款式。她虽然有些虚弱，身体还倒向一边，但成功地把旧收音机拿过来放在了桌上——她对远处的东西很感兴趣，总想拿过来放到桌上。塑料薄板上放着：一个塑料水壶，一个塑料大口水杯，一个铝制水壶。收音机杂音不断，巴斯纳索性就把它关了。谢谢，是坐在电视机前面的某个人说的——电视机前面放了几排椅子，这个人就埋在其中一条椅子中。此时，坐在电视机前面的人都可以听到刺耳的歌声，来自模糊的《红磨坊》画面，来自华纳兄弟的作品，来自那个破电视机——巴斯纳觉得这些东西真是他妈的令人欢乐：他想，怀旧，越多越好，对这些逐渐老去的病人而言，怀旧可以让他们的集体性精神病得到缓解。要不是这一天这么糟糕，他或许就可以又用合适的圆珠笔记下自己的发现了：昨夜，神奇地出现了一个大洞，大得足以装下我的舌头，今天又接着冒出让人痛苦不堪的事：惠特科姆来了个通知，要求召开紧急会议，讨论某些要事……总之，一些要事——那将使烈士……成为烈士/破衣服，不过巴斯纳正希望牧师能做这些事：他有可能挖掘出奥德丽家人的更多信息吗？未被其他人找到过的信息？巴斯纳觉得她不像个信神的人，但他也在猜测，她那个年代的女人是否仍然对穿尼龙布料的男人心存敬意。由于资金短缺，巴斯纳只能给戴斯小姐穿这种垃圾袋一样的衣服，但如果她有亲戚的话，就有可能争取到一定的资金——甚或养老金，这笔钱她暂且不用，但通过复利，这笔钱就会不断增多，最后变成一笔巨款：就像大鹏鸟是阿拉伯人的财富。此外，巴斯纳也在想，如果牧师不能从温热的茶水中像魔术一般变出鲜血，那牧师又有何用？要不是因为牧师自己呼吁精神援助，巴斯纳几乎不知道医院里还有个牧师。周六时，有个拉比会来医院，但他隔周才来：格罗斯曼。巴斯纳看到他把大而白的姜汁饼干放在一些看电视的人的手臂上——用皮带绑住他们的麻痹——或者对着精神病人嘟哝祷告词，希伯来人无聊的反刍——淡而无味的鸡汤——夹杂着精神病患者单调的声音。不：那个牧师战胜了自己——他说自己听到了大家都在谣传的事，经过巴斯纳的治疗，那些紧张性精神病患者奇迹般地醒了过来，复活是——本来就是——他的事情，他就是来拜访二十号病房这个客西马尼园[1]。——所以精神病医生巴斯纳就成全了牧师，让他单独和病人们待在一起，自己则去了休息室——休息室里，满是污垢的花形窗帘被小树丛一样的安乐椅所包围，旁边是石头一样的暖气片，耶稣之类的大明星——不管如何无所不能，都不可能把它们滚到别的地方，因为它们被锁在一个该死的笼子中！他抛弃了那两个坐在收音机两边的怪人，收音机一片寂静，没有任何地方的新闻。当他像胖乎乎的查尔斯·布莱思一样，以Z字形路线在桌子暗礁和铁柱海峡中穿梭前行时，只看到：灰白色的东西，一道比一万个太阳还要明亮的闪光让身体蒸发，留下那些灰白色的东西……我全部的生活……蜷缩在桌子下面……只有汽车喇叭的尖叫声我没有错过……他苦涩地意识到，不管他和朋友们如何努力地阅读《新左派评论》，他们永远都无法终止这件事情：没有什么可以阻止它……发生。医院被夷为平地——包围它，向外延伸，穿过低矮的米德尔塞克斯丘陵，向下进入被再次开发的山谷，眼前的景象犹如烧焦的花窗格，死路、林荫道和死胡同围着一块块整齐、灰白的土地，每一块地里都立着碎石堆，通过煤渣路与外面的路相连。留下来的是什么东西？海琳·尤德金的一只手拿着吹风机，电线散在插座上——他观察到，我比她更渴望简单的过去……她按了一下开关，然后就沐浴在温暖的“嗖嗖”声中，吹风机吹拂着她的翘鼻子，她就像小女孩一样左右甩头。她说，真好玩，然后又说，真神奇——不是吗，医生，这难道不神奇吗？——真贴心……真舒服……像一顶羊毛帽子那么舒服——一顶苏格兰的无檐圆帽，温暖就在那里，不，像幽灵一样的帽子，幽灵一样……她咯咯咯地笑了——巴斯纳一心想着护士们的香烟，她们把

① 在《圣经》中，指耶路撒冷的一个果园，耶稣曾在此进行祷告。

烟藏在哪里？还想着这样的场景，她们把烟给他抽，面对他感情生活的漩涡，她们说在烟雾环绕的地方多泡泡就好了——米米已经放弃了她自己的金发——停：一个幽灵！诙谐、不协调的尤德金接受治疗已经有三个星期了，每天服用两克 L-DOPA 药——正如他所希望的那样，她是一张示范照片，典型地展示了病情改善后的幸福和活力，她的嗓音变大，动作更为流畅，虽然偶尔会有些不协调，但她可以平稳地走路，不需要别人扶着——她感觉好极了。他现在觉得，她会在灯的开关、水壶和吹风机——任何可以让她把热情的小手放上去的东西——旁边站好几个小时，这只不过是她对自己所处的电器时代做出了合理的回应。他选择忽视她所叙述的强迫性回忆——过去驾着一辆四马马车到达现在。根据海琳，这个病房里经常走进来一些衣衫褴褛的人，他们鞭打着小马，在病房里驰骋，还停下来给它们浇水，就在厕所水槽里……某些吓唬人的醉鬼喝着四便士半的杜松子酒……她保留了完整的零售价指数，一九一九年左右的物价——那又怎么样？当然，这勉强可以叫做矫正——莫非她的大脑把之前的记忆抓得更牢，从而想起了所有逝去的时光？他无法面对的是这种新的咀嚼，她从内部吞噬自己的时候，脸上的涟漪在蠕动……今天，穿过方格纸可以看到什么？跟昨天一样：一个丰满的精神病学家全力对付衣服滑落的金发女药剂师，她的喉咙深处有一个性感部位……他把她推到了一阵多巴胺能灰尘中——他要强行拉出自己的短期回忆：米米在我下面喋喋不休，她断断续续地宣布，自己取消了和她的士兵之间的婚约——要死的，他竟然是个军队里的人！巴斯纳想象：为了犹太先生的利益，他俩赤拳出击，在露天院子中来一场拳击战，他有着爱德华七世时代的小胡子，穿着白色的紧身裤，把我打得落花流水，见此情景，穿着捐赠衣服的饿死鬼病人们围成一圈，欢歌笑舞，掌声不断。拥挤的拳击场外还有其他的运动迷：米利亚姆和米米，狂热地在空中挥舞手臂，很高兴参加这次肉搏巴斯纳音乐会……他把这些也推开了：医院是一座堕落的城市，医生们的行话——我们的诊断，我们的病理标记和假设实验——都模糊了扯淡的现实：贫民区的谈话……偷来的香烟藏在烟灰缸的凹槽处，纤维素塞子泄露出芥气…………——星期六的时候，他带着马克去了ABC麦斯威尔山。扎克只是走马观花地看了看随意建造而成的纪念碑：齐柏林硬式飞艇、夜间毒气袭击时令人窒息的泡沫、瞪着眼的德国兵雕像——胸前的皮革上还锻造了铁十字架。不，吸引这位职业观察家的是这个男孩坚定、激怒的眼神，小男孩目不转睛地盯着飘浮在他们面前的画面，两边是长长的黄铜条和具有一定风格的月桂树叶子——沿着A……B……C……，可以看到电影院内部被遗弃的装饰艺术……在流线型的历史后面。扎克想，迄今为止，这就是二十世纪的全部：我们兴奋的希望、破碎的梦想和肉体的欲望之上是白色床单——没有嗅觉，我们只触摸到毛绒绒的肌肤，用力地擦，含着黏糊糊的冰淇淋，让它流向喉咙深处，但乐趣全无……这就是我们一直都关注的危机：飞船一次又一次地冲向冰冷的大地，大教堂里，墙壁成为一片狼藉，拱门火光四射，横梁熊熊燃烧。他们回来后，透过异乎寻常的日光，发现儿童卡丁车包围了环形路口，朝着克朗奇山谷一直往山下冲——他的手放在马克身上，这只手让我觉得陌生。扎克想，这是我的觉醒，一直都是如此，当我像他这么大时，我体验过这种类似的陌生——在我跟自己的鞋之间，鞋子肥大、折痕累累、多次缝补过。他曾经有过这种暗示：它只会从这里加速，我将会从黑暗中出现，越来越快地进入光线，一个开心的沉默型喜剧演员，两倍，三倍，七倍——穿过门、纱窗、宇宙的愚蠢——。马克说，爸爸，爸爸，你弄疼我了——当然是因为他的大手抓着小孩子的手——这么好看的一个孩子，他的皮肤就像象牙那么光洁无瑕……因为忽视？这个男孩的固定性似乎一直保持着——他也疏远了牛排三明治柜台、104A路公交车、旧时伦敦镇上所有的无业游民——扎克想，糟糕的未来被卷在粗蓝布工作服卷边里，促销T恤衫上的圆形装饰物宣告了它的统治地位。

告别辞之后，巴斯纳踩灭烟头，味道很平淡，走出病房的路上，他碰到了牧师。什么？他说。真快，吝啬地坚持认为：你知道，教士，这里有更多的人需要……啊……来自基督的安慰。但对面那个男人并没有被打动，也没有露出抱歉的意思：我会回来的，他说，但是现在，我不得不带着参观救世军的人到处看看——他们每周都去检查急症病房，以帮助失踪者，不过，你作为医生应该知道吧？一针见血。牧师的棕色眼睛较为温和——但迫切、坚定，最好淹死在他们的温茶里，而不是被一口咬下，湮没在这个满是毒烟的鬼洞里，死在我的纽伦堡牢房里。牧师继续说道，再说点你感兴趣的东西，戴斯小姐相当健谈——一位出色的女士，不带有任何怨恨或敌意，可以用圣洁来形容她，希望这个词没有被人说烂了。巴斯纳复活了：家——她有说起关于家里的情况吗？牧师满意地答道：她告诉我，她有两个兄弟，其中一个，她觉得仍然会用这个不同寻常的姓——另一个，叫做艾伯特，她说已经把姓法国化了——她的表情……——改成了戴阿斯。这种正大光明的——如果这个词有些尖刻——田园主义让巴斯纳又惊又怕，他不禁开始嘲笑：教士，事实上，戴斯这个姓非常普通——。帕特里克，请这么叫我，牧师继续说：戴斯小姐告诉我，斯坦利据称已经在一次行动中消失，据说是一九一六年在索姆[①]的一次行动，因此，去调查他或许就没有多大意义，另一个兄弟，艾伯特，如果他还活着的话，估计现在已经八十多岁了……那个洞大得足以装下牧师，他可以对着暴露在外的神经末梢布道，时光之石因你而裂……但是，他是个出色的公务员，至少有一个孩子。找到这家人应该不难，谁知道——牧师笑了，向上伸出手指，暗示了祷告？——他们或许正想施与基督的安慰，欣然乐意抓住这一机会，帮他们穷苦的老姑姑脱离困境，——。——好的，很好。谢谢。巴斯纳希望自己的唐突传达了内心深处的灵魂走向：神圣的速度，在健康的心灵之上，避

① 法国北方庇卡底大区所辖省份。一九一六年，英法两军在该地区与德军作战，是第一次世界大战中规模最大的一次会战，史称索姆河战役。

开一切阻碍……——好的，很好。谢谢。他又这么说了一句，然后转头往休息室走。——在匆忙召开的发布会上，中心议题是米米和米利亚姆，拖着沉闷的套装，耳朵上挂着连鬓胡子——惠特科姆和她们在一起，这个书呆子教授穿着雷人的条纹背心。她们宣布本土轰炸方案时，阴茎一样的麦克风在他们不屈服的嘴巴中探来探去，但真正的最高领导人，魔鬼一般的策划者，却坐在一边，身体埋在一件超级肥大的驴皮夹克衫中，他的头也很小，更像是缩在冰袋一样的粗呢帽里面。巴斯纳明白那种眼神，他看到过那种机警的样子，害怕这种眼神——。他在百丽宫有幢房子，牧师对着巴斯纳大声喊了一句。你知道不——在布莱克希斯！非常好看——当然，那是很久以前——她还没生病之前。巴斯纳大声回应：好的，很好。谢谢——我会去查的，他在一旁不停地扳动自己，终于把自己从牧师柔软的钢丝中拧了下来。——每到星期三，《卫报》就会送到家里，一起送过来的，还有给马克看的连环漫画报：鼻子漫画。米利亚姆把煮得半熟的鸡蛋放在茶杯里搅拌，然后喂给宝宝吃——蛋的味道真让扎克难以接受：都是人和鸡的卵……小鸡吃鸡蛋，这就是你得到的东西，啊！喔！天啊！啊呀！这个七岁孩子浏览着古怪滑稽的动作，但画面带有极大的严肃性，他专注的眼神，跟我们离开ABC时的眼神一模一样……吼吼！唷！嗒—啼—嗒！看这些超级大奖！笔和铅笔盒——网球拍——旱冰鞋——板球拍——礼券——飞机模型。马克·巴斯纳捧得此次大奖——一张礼券和一张五十便士的邮政汇票，他来自N6邮区海格特的南格鲁夫，因为：人（在精神病医师办公室）——“请帮帮我——我觉得我是一对窗帘”。精神病医师——“现在，把你自己往一处使劲”！头部阴影，哦！嘭！或者喔！不可避免地会有一些黑色的举动，让人觉得在运动——运动，所以在这段时间里，一个小男孩或许就会受到惊吓，觉得开心、恐惧，开心过了头？他大儿子的小脸蛋被欢腾的氛围所包围，没有黑色边框，下面没有题词。你不开心吗？他的父亲问他，但这个小男孩只是耸耸肩，现在巴斯纳苦涩地想到，我就是漫画中那个近视的家伙布林克上校，不曾明白，有些东西其实大错特错——我就是个丑角，疯巴米板球迷之队中的一个丑角，匆匆忙忙地在脸上画上了胡子，对方也不懂得怎么画，但我却被对方的伪装所欺骗。但是，如果我加快速度的话，就可以轻易地扭转局势，只要把装满了的炸药桶滚到他们的阵地上，所以：**炸弹，炸弹，炮筒就在你旁边**！然后，**爆炸**！看到开心的弗雷迪·艾尔半张半闭的眼睛：大写体字母周围金光闪闪，下面的着重号像飞扬的五线谱。可怜的胖对手脸上涂得一塌糊涂，他的本土轰炸方案也只不过如此……莫里斯把窗帘拉到这边，又拉到那边，他的小礼帽看着就像汤姆·麦克斯的斯泰森毡帽那么高，冷光射进空旷的房间，房里有结成块的防尘单，一大堆战前报纸——真正的家族，虫子家族，没有被劈成两半……——巴斯纳想，然后我就站在那里，就像我此刻站在这里一样，在从穆尔盖特到韦林花园城的路上，十二点三十九分，二零一零年四月八号：虽然我的近亲仍然在世，他们就在我的旁边，但我仍然很孤独……在勒萨尔[1]再次开路时，一个男孩被炸成了两半，一些来自法国南部的法国兵极为热情，把他带到了地下坑道里，迈克尔正巧在那里，所以听到了他临死前的话——常见的心酸话，心上人，母亲，撒尔沙根——见鬼……他还惦记着那天晚上的音乐会，据说——至少大家都在谣传——多萝西·沃德小姐将会在音乐会上大展歌喉。他们走进贡德库尔附近的毛毛细雨中：迈克尔、斯坦利，其他五个穿着坦克分队制服的人——衣服极为干净，足以成功接受仔细的检查，就像刚从马克1号舱走出来一样，它在距离特朗斯卢瓦还有一段距离时就紧急降落了。对他们而言，暴露在储备沟外面并不怎么不同寻常——这种情况经常发生，不过很多情况下都不是有意为之，因为若没有按计划前进，地底下的人就会无所事事。借助按德军样式改良过的盾牌，他们强大的挖掘机和钻孔机以及先进的爱迪生式听音设备——来自宾

---

① 法国北部的一个镇。

队的好意——坑道兵开挖隧道的速度超过任何地上人员的速度，是他们速度的三倍：噗噗噗地穿过泥土，像火车沿着一条笔直的铁路支线前进，晚上……开膛手杰克偷了块腌鱼，开膛手杰克偷了块腌鱼……钻硬土时，从地底下传出阵阵声音，就像妖怪上面的轮子发出的声响……切克呛克切克呛克切克——。他们的隧道深入敌方腹地——东边跟桑布尔河和默兹河山谷的矿井相连，西边渗入加来海峡区域。由于煤炭非常充足，他们正在伊普尔地下建造回路，希望把所有车辆都放下。在地上工作，一两个坑道兵会试着碰碰运气，希望可以被他们之前的敌人抓住，接受最坏的命运——监禁。但是，如果一个人突然遇到之前的队友——那么，他要么假装成另一个人的身份，要么就解释自己长时间脱离组织后是怎么活下来的——他们被建议采用这种对策。大家都在谣传，所有逃回部队的人都被立刻枪决——但这并不是让他们心甘情愿待在地狱中的理由，屈从于他们的钻孔，前进过程中被一种虚无的力量所包围，紧追猛咬撤退的脚后跟，探索新的无人区的深处，重建他们的地下自由。不，斯坦利明白三种新精神的含义：军团精神、公正意识、奇怪的辩证法：这里有一队人，那里也有一队人，处处与他们作对——两队人中间则是第三队人，都是质量较高的兵，这两种原因让他们成为一队，忘记军衔、国王—帝王、皇帝或任何形式的祖国——是种大杂烩，囊括各种语言，要是有个人加入其中，很快就会情不自禁地说自己的家乡话：他们愉快的俚语。希腊人也喜欢这样。费尔普斯——这个光着膀子的中尉十分耀眼，在最新的政治经济课中指导斯坦利——曾经把他介绍给这个贴心的队伍——周围没有亮光，他的双手举起，一张胡子脸靠在队友的脸上。斯坦利被自己所震惊，他敷衍地接受了：这就是你如何在永恒的时间中放下刺刀……尽管他意识到了这种冲突对他的影响：所有的传统之见都被抹去，一旦他的身体不再受炮弹攻击之扰，死而僵硬的皮就除去，只露出累累白骨，腐烂在大地之中……非常自然，块茎、曼德拉草根……不管是英国兵、德国兵、法国兵，还是体型庞大的塞内加尔人、身材瘦弱的中国苦力。斯坦利希望费多见见这种场景——他们极为随意地混在一起，都是在地下工作的兵，没有人——至少看着如此——会多想什么，这只不过是种复杂的求生本能，为了求生：在他们看来，地上人员的区别只在于是否可以被救活，他们自己人中，他是否可以被人所爱——。你来自什么地狱？一个裹得严严实实的军官问道，他站在那里，对着油迹斑斑的棉花地撒尿，棉花长势很好，比那些弯弯扭扭的茶藨子草长得高，这个地方曾经叫做马梅兹林。白天是一顶优雅的阳伞，云朵是它的流苏，夜晚是一顶星光闪闪的伞，伞套破了。已经在勒萨尔挖了两天的隧道，斯坦利愉快地说，再近一些，那他们就可以看清他偷来的制服，上面有代表荣誉的图案，还有交叉机关枪。——噢，我说——这个军官像个泰迪熊，穿着羊毛衣服——你这个家伙真是幸运，可以在那场炸弹秀中活下来，你的队友都活下来了吗？斯坦利说，是的，一致同意他们运气好，还问军官是否知道那队人被安置在哪里。噢，不，他说，即使我知道，我也应该嘴巴闭紧一点……他捡起他的连指手套……最好是回到师所在地——你会得到妥善的处理。下面就是蒙托邦，那里的凹陷巷道通回阵地——你会在那里感到开心的……就像屎堆里的后方猪猡[1]……斯坦步履艰难地走着，责骂自己没有做到最好：夜晚的天空和一轮新月固定在上面——月球人躲藏在漂亮的峡谷中，降落在上面的气球驾驶者或许正拿着猎枪追捕他们——笨蛋！他们应该知道，他们的火药在真空中点不着……在这队人后面，技术装备战继续进行：消毒水、警笛、导火线、信号弹——从地平线下面射来德国兵的贝尔莎大炮，结束了他们的一切发射。真亮！毛玻璃后面的煤气灯火焰——这个世界就是个客栈，所以挂起了杜瓦瓶灯！他本应享受这种明亮——但是他不能，斯坦如此适应于大地母亲的怀抱，以至于他们朝后方部队每走一步，这个红色的男人就在我的头皮周围看得更远一

① 原文为德语，士兵用语，指躲在后方的军人。

些，他的刺刀锈迹斑斑，裸露在外的骨头感到了夜色中的阵阵寒气——透过天穹，思想追踪着磷光闪闪的……羽毛球，羽毛球，如果你不转，我就打断你的骨，埋了你的皮……挣脱黏糊糊的束缚，斯坦的手臂开始抽搐，肩膀开始抖动——他被迫旋转，所以就可以探索右上方的天空。——师所在地只是一块营地，只有乱成一团的亚眠临时营房和一个大帐篷——肯定是特意为了这张战争秀才搭建的。里面的灯透出光，旋转的条纹立柱配合着清脆的钢琴声，一个嬉皮笑脸的家伙弹着钢琴，看到刚进门的坑道兵，这个家伙竟然脱下他的靴子，脚后跟在琴键上滑动，嗒—嗒—嗒—嗒—嗒—嗒—嗒—叮—铃铃—叮铃—叮当—隆—咚！他是弗雷德·戴·艾伯特的蛔虫——难道是他？你愿意坐我的飞—机吗？舞台的木板道已经破碎不堪，只用泥柱支撑着——没有聚光灯，只有一排嘶嘶响的蒂利灯。那些男人坐在那里，盯着刷了油漆的栏杆背景幕，上面有一个雕像，是一个没有手臂的希腊女神，后面是一大丛旱金莲和豌豆花——天然的绘画作品。那些男人——一块乱七八糟的大米布丁，含有中国人、印度人和黑人——已经把他们自己的阶级强加到了这种娱乐活动上，铜管乐器在前面：身材结实的红脸上校坐在柳条椅子上——他们从废弃的农田里摘来柳条，编成椅子，不过这种柳条椅子似乎更适合给驼背的老单身汉坐，而不是这种大屁股壮汉，一坐上去就嘎吱嘎吱作响，就像老麦克唐纳先生喝了一杯香梨白兰地酒，含着酒把象牙假牙洗一洗的声音——不像该死的布林克上校斜着眼看蒂利灯，从屁股后面摸出个小扁酒瓶啜一口时的刺耳长声……军官身后里三层外三层都是人，坐在长条椅子上的，是淋巴结肿大的准尉和宪兵、斯多葛派作风的中士和好吃好喝的下士——盘腿坐在泥地上的，是一排排脏拖把一般的小兵，队伍歪歪扭扭，远处的人越来越小，像烟管里喷出的警察和无家可归的流浪儿，他们的头朝下，肩耸起，手呈杯状，像是在保护珍贵的火苗——小火苗往百叶窗直蹿，窗边还坐着那些矮脚鸡一样的人，脖子粗短，眼睛呆滞地注视着前方的人肉秀——尽是卡其色后背。英国兵咕哝着，抱怨着，不过争相给地下兵让出位置，但畏怯的窃窃私语不断扩散，坦克兵……坦克兵……重伤人员……斯坦觉得，这难道不是极不公平的欺骗吗？——难道我们不是坦克兵吗？钢盾后面的他们，像坦克兵一样勇往直前，虽然他们是在地底下克服艰难困阻——而不是在地面上。表演开始前，他们都坐着看弗雷德·戴·艾伯特拙劣的钢琴表演，斯坦利偷听着一个副官有气无力的话：太太太小气了，看看他的香烟盒就知道他是个窝囊种——然后讲起了其他的趣闻：威尔逊又被选上啦，威尔士魔法师[①]住进了唐宁街十号啦……他听着，但更专注于自己的姿势：静止不动，颤抖的手十指相扣——他如此地沉浸在自己的世界中，以至于表演刚开始的时候，他都没有注意到舞台上的赤褐色炸弹。她穿着一件爱国的裙子：红色紧上衣，白色腰带，蓝色裙子，临时舞台的脚光一直往上冒泡，裙子被吹起，露出迷人的小腿。妈的，我们真要上西天了，斯坦利后面的一个男人开始抱怨，因为对于进了急救站的人来说，见到的最后一样东西肯定是女人。急救站里的他穿肠烂肚，粪便涌出肠外，开始毒化血液。斯坦利想到，这就是发明X射线的目的，穿过身上所有的丝质、亚麻衣服，看透多萝西·沃德小姐的白色骨架和神秘伶俐，她浅浅地鞠了一躬，所以我们都盯着她的领口，然后她射出一阵柔软的榴霰弹，抚过我们所有人。我想见到心里的她，依偎在一起，不希望等太久，哇！——男人们都异口同声地赞叹，歌声继续：心醉—心碎—心憔悴，快把我送回英国吧，英国啊，我属于你！她在狭窄的舞台上来回走动，翘翘美臀，踢踢长腿，——虽然空气中弥漫着浊闷的湿羊毛气、烟味、带着啤酒味的气息、暗送秋波的汗水，但风信子、茉莉花的香味，以及她带有浓烈尿味的香水味温柔地落在每个男人身上——现在，斯坦听懂了之前听不清的几句话，杰克·邓恩，神枪手，今天已经在法国了，一直都在练习，眼睛都快陷进去了……那一年冬天，脱落的皮肤粘在鹤嘴锄

① 第一次世界大战期间英国首相劳合·乔治的绰号。

和铁锹的钢把手上，——天气实在很冷，柴油都冻住了，胡乱装配的发动机根本就发动不了，所以，往日那些威武的装备就只能长时间停在冰冻的地面上。盖了一层又一层帆布帐篷的地面之下，他们的地洞深处，一群相互取暖的小老鼠暂停活动，为了觅食或找燃料才出洞……每个晚上，为了消磨时间，他就拿出一个小留声机放歌……春天来了，一些人开始出洞，前往阿拉斯，晚上沿着蜿蜒的无人地带前进，白天就在地下寻求掩护——电报和电话线已被用于联结不连续的隧道系统，所以每到一地，他们就发现温暖的港湾，温暖的汤水，干燥的稻草床垫，他们躺在上面……把我带回亲爱的英国吧！把我带上开往伦敦的火车！把我带回英国，不管什么地方下车，利物浦、利兹或伯明翰，我都不介意！斯坦利要跟迈克尔告别，觉得有些难舍难分，不过迈克尔并不相信尼维尔攻势是种偶然——更别说是最后一次攻势了，他觉得斯坦利应该义不容辞地向南前进、向兴登堡阵地前进。他说，我的好兄弟，义不容辞啊。法国兵是个骄傲的家伙，一路有很多法国兵逃到我们下面来，在薇好都的时候，下来的人最多——现在也一样：他们想来一场不一样的战争！……心醉—心碎—心憔悴，快把我送回英国吧，英国啊，我属于你！在维米岭[①]下面的泥潭中艰难前进时，斯坦利想起了迈克尔的话。这里的隧道又深又隐蔽——大量的发电机被带到地下，这些机器来自泛滥的德军战壕，所以一些德国工兵也跟着机器一起进了隧道，他们敲打水泵和其他的奇妙装置时，就像门罗公园的男巫[②]。但是，仍然没有水泵可以吸走可怕的泥浆，这些泥浆搅成了涡流，把裹着厚大衣的人和全部的野战炮都吸了进去，甚至在一个极为重要的时刻，一辆坦克也难逃它的魔掌，坦克陷入可恶的沼泽地，就像U潜艇潜入水底……比尔·斯普赖，在法国，在飞机上，开始飞翔，一次冒险，希望自己可以再次下

① 法国阿拉斯以北维米镇附近的山岭。

② 爱迪生的绰号，因爱迪生发明灯泡的实验室所在地在门罗公园，故得此“雅号”。

降，可怜的比尔，觉得情况不妙，对布朗机长大喊大叫：开稳一点，你个笨蛋！飞机都快要翻过来了！真要把世界倒过来，一个结实的空军少尉说道，只能是像箭弹一样快速冲下来，跟两百英尺之上的飞机断绝关系——至少他是这么说的——直冲下来，但威格士飞机继续一路凯歌，着陆之后，就连走带跑地到达隧道口，那些洞穴学家刚刚把入口打开。前一分钟我还在空中，雕刻那些特殊的云彩，努力做一名勇敢的骑士——他正在路上，去把图盒还给一位有价值的敌人——后一分钟，我就降落在这个地方，跟你们这些沼泽地上的清道夫在一起！咋办啊！这位之前做过销售员的男孩子大声嚷嚷，他先试着控制住飞行员——然后一拳把他打晕了。从哈金斯这位飞行员身上，斯坦利学到了彼得格勒上升法。你比布尔什维克还要布尔什维克，他说，有一次，他们曾经把他带入地下深处，给他讲解注意事项——他谈到了他的小狗狗，包茵克，留在罗克兰库尔。他们躺在地下秘密地道里，躺在马口铁平台上，向上看滴水的泥土之空——哈金斯讲到了包茵克会怎么咆哮，如果不允许它和主人作对。他们很快就成了朋友——在旺库尔、蒙西和德吕镇的地底下。哈金斯开始变得极富想象力，说他可以看到云朵在泥土中沸腾，可以在隧道和地道的臭气中闻到改变的气息。黑夜还是一如既往地黑暗，他经常做噩梦，惊醒过来时，被吓得魂飞魄散，成千上万个令人呕吐的德国兵出现在他的梦里，成千上万个德国兵，向我们直冲过来——！当然，他们都被扔向天空，然后落在这个苦行僧床上。斯坦抚摸着哈金斯粗糙的卷发，用坚硬的手臂环绕他——曾经做过飞行员——沉重的上身，对着他轻轻地唱，把我带回亲爱的英国吧！把我带上开往伦敦的火车！把我带回英国，不管什么地方下车，利物浦、利兹或伯明翰，我都不介意！——过了一年多，他们仍然在一起，不过他们已经穿过发狂的人群，沿着润滑的陡坡道向北前进了很远——穿过伦斯、新沙佩勒和弗罗梅勒，他们正好赶上帕斯尚尔战役，在地底下体验残酷的狂轰滥炸。大概在这个时候，第一批美国步兵成功地穿越了满是弹坑的麦西尼斯战场，加入了他们的队伍，看到这些来自西部农村的大男孩，肮脏、道德败坏，斯坦利给他们讲解了战争状态：看，卡其色牲畜在这边，灰色牲畜已经尝到了一点甜头，在那边。双方底盘用铁丝网分开，就像你在山上把两种牲畜分开一样——但是，你看，这里的铁丝网有点厚，某一天，时机到来的时候，障碍就会被拆掉，所有这些穿着皮带裤的人会混在一起，就像我们这里一样——那时，他们所有人就可以回家了。我……我相信你会像我一样——见鬼——！他和哈金斯给步兵们唱歌，我想见到心里的她，依偎在一起，不希望等太久，心醉—心碎—心憔悴，快把我送回英国吧，英国啊，我属于你！在这些散发着死亡气息的日子里，他们经常为伦敦下水道而起口舌之战——没有像地下隧道那么深，但是：甚至炸弹都不愿意被丢在屎堆里，斯坦利说，很多人都开始把他叫做亨利·莫顿[1]，因为他变得有点像探险家。年轻时在下水道工作，最近又做了一段时间工兵的格林梅说，里面的脏东西真是难以忍受，他走进下水道或把死狗拉出来的时候，可以闻到类似于洗涤剂和排泄物相混合的味道，里面的水流过闪闪发光的平铺管道时，水声很大，犹如猛烈的咆哮，通过一个地下悬崖时，可以吞下一辆公交车！格林梅觉得排水沟的存在自有道理，它不只是老鼠和粪便的相爱通道，而是大都市的大小肠道，对城市这个身体来说非常必要：如果那些肮脏的东西不流到地下的话，那些可爱的美人就不会在梅费尔[2]散步了……杰克·李，喝着茶，对他的队友麦克费恩说，兄弟，看，苹果和李子！又是苹果和李子！老是一样的东西，不难吃吗？我竟然吃这种东西！啊，来一罐伊丽莎阿姨的树莓果酱该多好！地上人员激烈地讨论着弄一个排水系统的智慧，如何把他们的精力用上，用杆和水沟做一个排水系统，因为地上人员快要淹死了，佛兰德斯的堤坝和排水沟已被破坏。

---

① 亨利·莫顿（1841—1904），英裔美国记者，探险家，曾远征中非。

② 伦敦西区高级住宅区。

地上，三千支英国枪抵抗着四百万爆弹。地下，在他们的隧道里，洞穴学家们吸着好彩香烟，研究着西奇威克的伦理理论。他们阅读罗伯特·布朗尼的诗，向轻步兵阿里学习阿拉伯字母，或进一步理解剩余价值和社会储蓄互助社的公共效用。以前，斯坦利觉得要专注于这些发展阶段是多么困难，但他现在却已懂得这些，还可以解释给别人听。费多的讨论俱乐部，以及俱乐部跟社会主义联盟之间的联系，都被他记了下来——因此，他是在隐居地下期间想起了莫里斯和克罗波特金的话，想起了马克斯·埃夫琳和施赖纳这两位女老师分发的论文。她们的后人对国际妇女联盟、国家和平与自由联盟有点兴趣——但斯坦是真的很有兴趣。他写信告诉她们自己的兴趣，然后就收到了阿尔当和自由女性组织的复印文件，还有迪克斯小姐和珀金斯·吉尔曼太太的书。斯坦利向他的队友们解释：未来属于女性化的男人，乐意穿麻纱布的男人——就像我们一样——能够爱女性——就像我们一样——能够把她们看成跟男性一样的生物，女性不是我们的配偶，而是生物学意义上的血缘权威。为了更加彻底地符合这种新出现的世界意识，斯坦利拿了索撒尔的月经带，一个月穿七天——那么，他就不能跟哈金斯躺在一块了。他在自己宽松的衣服上缝了条平边，里面装的沙子重量不断增大，一个月重半磅，鼓励其他人也像他这样代娩。洞穴里的人听着——他们表示同意，许多人响应他的呼吁，但除了莫汉，这人一进到洞里就跟斯坦利在一起，所以对斯坦利想骂就骂：你应该知道，亨利·莫顿，布列塔[①]这个词，来自北印度语里的“比也塔”——外国的意思。现在，英国人的思乡之情像一把枪一样指着他，他也用同样的方法回敬英国人——一支比也塔枪。每一次你说到这个词，唱这个词，大声喊这个词，你就把比也塔枪朝着自己的脸，在自己的脸上开枪！……把我带回亲爱的比也塔！把我带上开往伦敦的火车！把我带回英国，不管什么地方下车，利物浦、利

① 布列塔为原文 Blighty 的音译，指英国。

兹或伯明翰，我都不介意！过了好几个月——意大利战场崩溃，布尔什维克高涨，圣城被拿下，一个叫做康明斯的人也加入了他们的队伍，他之前是格陵诺克一家店的管理员。他激情四射地谈论亨德森的宪法，斯坦说，得了吧——你这种照本宣科的家伙。但是，现在这里却是：我们拥有的东西少得可怜，没有糖——所以我们永远都不痛苦。没有人会愿意用自己的矛攻自己的盾！至于管理，那又怎么样？隧道需要抽水，而且杠杆需要的是人手。一个新来的人想要电气化，那些懂得实际操作的人就站成一条线，没有出现任何慌乱——这些事情就这样发生了。但是，康明斯说，这是种无政府主义——不成体系，不讲方法，没有促使国家进步的具体方案——。为了淹死这个人，大家唱着：我想见到心里的她，依偎在一起，不希望等太久，哇！为了更加激怒这个顽固的苏格兰人，斯坦利一掌落在他的脏额头上……心醉—心碎—心憔悴，快把我送回英国吧，英国啊，我属于你！到达阿拉斯后，卢多突然加入这个队伍，康明斯——拥有一种顽固的社会主义自尊心——认为这给洞穴学家们——这群杂乱不堪的人——上了一课。斯坦利和哈金斯嘲笑他。我们要在斯凯尔特河上漂一盏灯！他们大喊。你看不见吗？最后到底哪一方打赢，对我们来说一点都不要紧——德国有大量的罢工，他们并不比其他人更想要打仗，在布列斯特投降的不是俄国人，而是卢多、费克纳姆和该死的威廉二世！——施密特，科隆人，有着饱满的男高音，可以在冰冷的泥浆中闻到六十英尺之外的摩泽尔白葡萄酒味，具有组织唱诗班的天赋，带领他们走进了诗的世界，有一天，米奇·奥谢站在某个壕沟里，勇敢至此，剃着胡子，在头上摆弄着篦子。米奇大叫，闪开大炮和成块的炸药：聊着水晶官，一片烟花闪耀——！为了进一步惹怒那个苏格兰人，斯坦拿起刚煮沸的平底锅，给他泡了杯茶，递给他，说，该死的爱尔兰人，他们有了正确的想法：没有工作——那就是免费餐券！康明斯笑了，笑得极为不正经。——这个阵地变得非常安静，由于在这里待了这么久，洞穴里的人已经把这片天地弄成了小天堂：带到洞里的东西有：地上的瓶瓶罐罐，马毛长椅，从市政厅的废墟中找到的两幅市政要员的大作，还有战前煤矿模型——这让他们也想把自己挖出来的复杂隧道系统做成小小的模型。还有一条牧羊犬，斯坦从加地夫的思彼乐店订购了维多利亚狗粮，并通过代领邮寄的方式寄到布伦，给狗狗设定了吃饭时间，这条牧羊犬非常配合主人所安排的饮食规定。还有黄铜套环、十五英寸长的水晶海豚、装满了蜂鸟的玻璃盒——蜂鸟都在鸢尾花上面、一个中国花瓶——装了各种各样不同的阳伞和女士随身伞、化妆盒、小提箱、旅行皮箱、衣领帽子箱。你这是要去旅行啊，康明斯嘀嘀咕咕，斯坦说，我倒真想现在就出发。——夏天渐渐远去，发热的英国兵向东追击发烧的德国兵——地下人员，并没有感染流行病，走出了

死亡——那么多人！利斯！西尔弗费什！他们并不知道有多少人，也不曾觉得地下无人之境是多么的伟大。他们来自维修区、吸水洞、深隧道，他们做了逃兵，却创造了这些奇迹——苏醒者，重生者……这些操着各国语言的人在此挥泪告别，拍拍彼此的肩膀，相爱的人分开了，难兄难弟们分开了……他们走了：德国人小心翼翼地走在被征服的德国皇家军队后面，英国人、法国人和比利时人跟着遣散的盟军。这是老祖母的走路游戏，在三百英里之长的阵地上尽情地玩：地上人员意识到，大量的无名兄弟已渐渐远去，心痛的他们转过身，不忍直视离别，但地下的人却像柱子一样安静地站着，数着还有几分钟便可再次安全转移，心里则默默地唱着，把我带回亲爱的英国吧！把我带上开往伦敦的火车！把我带回英国，不管什么地方下车，利物浦、利兹或伯明翰，我都不介意！他们曾在距离纽波特几英里的岸边发现了一条渔船，估计是从海里拉上来的，现在，这条船已被他们所占据。这个地方有风、有雾，还有灰绿色的浪潮，他们没有想到，竟然还有这么个好地方——他们脱了衣服，在滚烫的卵石上面不停地滚来滚去。斯坦利、哈金斯、康明斯和莫汉走在回国部队的前头，此外，还有他们从大地肠道中带回去的十三个苦力。在

遍布大地的铁路末端和火热的帐篷营地中，洞穴学家们已经种下了革命的种子。需要广为传播的是：这些人是战争的丰收物，他们被种在佛兰德斯、阿图瓦、皮卡第和尚帕涅的土地上，渐渐地萌芽、生长，埋了多年之后，隐忍了多年之后，终于获得了大丰收。因此，他们中很多人站起身，面对那些厌倦了战争的队友，给他们的烈酒加苏打水，酒和苏打水一相碰，整个前进的队伍就变得斗志昂扬，因为他们感到了自己身上的变革力量。——他们到达布罗德斯泰斯海湾，径直朝山上的驻扎地走。镇上狭窄的街道满是卖报男童，叫喊着最新的头版新闻：**荒郊野外的隧道中发现成千上万个活着的死伤员**，但是更为相关的是：**玛丽·艾伦领导妇女社会政治联盟**，并且：**兵工厂下岗女工愤怒地示威游行**。斯坦利用他的平等本质理论说服了售票处人员，让买票的人同意把票卖给所有人——那个人用怀疑的眼光看着那些白人，觉得他们像是在贩卖奴隶，而那些看上去像奴隶的人，真是让他觉得厌恶：身体柔弱，穿着宽上衣，留着长头发，戴着奥古斯都·约翰帽子。斯坦利对着卖票的人和自己的队友们发了篇演讲：在这片土地上，生活着一百万女性，她们既被工业社会的各种工作所绑架，也被这些工作所侵蚀。她们并没有从这些工作中得到什么，而只是健康丧失、爱人死亡。这些人是我们的天然同盟，年轻人——我们不需要分崩离析的英国兵，也不需要康明斯的命运——原谅你的存在，贺拉斯……——在伍尔维奇、锡德卡普、埃尔特姆和普林斯迪，他们在旅社之间来回奔波，在所有这些地方，他们发现红绿条旗已经升起：红色表示革命，绿色表示在这块土地上进行科学耕种，他们相信，这将带来一个全新的英国，营养充足、身体健康的国民不再受物资短缺之苦，但这不是靠机器——机器只不过是导致身体消瘦、心灵破碎的发动机——而是以自然增长为主，化学方法为辅。斯坦利告诉来自希尔佛敦和米路晏的姑娘们，旧秩序已经埋葬在法国和比利时的大地上！他承诺她们，从现在开始，她们的生活就像忙碌的水果采摘期——但没必要一定要装满多少蒲式耳[1]。这些姑娘嘲笑他，说道，天啊，天啊，难道他长大了——伯灵顿最新版的伯迪——因此他又答道：我们所有人，在田地里闲荡，在干草堆上休息，在属于我们自己的果园里漫步，我们的围裙上装满熟透的梨……大量的改革者聚集在开电车的路上，他们只能步行前进，年轻男女的身体紧凑地挨在一起——毫无疑问，他们已经争取到自由，但也需要别人允许他们实践自由：大量的人突然间自由恋爱，搞得牧师着急地在街上跑来跑去，他们相信最后的号角已经吹响，虽然只是一万个胡乱吹着的号角，不过倒也蛮欢乐。斯坦利每到一处，每次跟人说话，都只讲一个东西：我想见到心里的她，依偎在一起，不希望等太久，哇！——在普林斯迪的玛丽皇后旅馆，一个可恶的老酒鬼告诉他怎么去皮米里科的政府部门安置房大楼。他到了之后，发现那个地方几乎一片空旷，只见两个时髦的年轻女子，浓妆艳抹，手指夹烟，指甲很长。她们站在铁柜子抽屉旁边，抽屉打开，浏览成百上千的档案卡，直到找到正确的地址。——这个城市的中心骚动不已，根据电报局和电话局的最近消息，越来越多不同阶层的人开始走向红绿条旗：志愿救护队的四千名女同志，来自路上部队的十八位女同志，以及玛丽皇后军团的二十多个出色女同志——地方自卫队派出的小分队已赶到现场，以保卫白厅和议会，抵抗整齐的起义者，但竟然拒绝向她们开火，反而放下他们的武器，跟她们联合在一起，共同迎接新时代的到来。他们唱着，跳着，摩托车在街上快速奔跑，喇叭叫个不停，所有人都很兴奋，但——他没有看到真正的暴力。在米尔班克的路堤处，一些轻佻的女子嘲笑着一个老绅士——他拉起燕尾，抓住他的雪茄，突然转身，单片眼镜的反光划过他的胸部，直到眼镜飞到河里，反光才消失不见……没有什么车可以坐，斯坦就走路前进，跨越沃克苏豪桥，走进南朗伯斯路：北边或

[1] 英制容量及重量单位，英美两国通用，类似于中国古代的“斗”等容量。在英国，1 蒲式耳等于 8 加仑。

许已是一片喧嚣，但在这里，一个护士推着摇篮车走，绑紧鞋带的靴子似乎就是专门为脚下的铺路石所打造——一个杂货店男孩正骑着自行车，车上装满了大黄，他上面是蓝色奶白色条纹的雨篷，一排商店门面上都装着这样的雨篷。马粪散落在温暖的铺路石上，散发出难以言喻的甜蜜气味，混合着甘草香和刚享受完的燕麦香，苍蝇在上面飞来飞去，整个过程中健康的一部分，斯坦一走开，之前的场景又恢复过来。他想，伦敦郊区太分散了，每个地方都是用砖堆砌出来的坚硬堡垒，任何人类活动都会加剧这种坚硬：朝着克里登和西登哈姆山，改革浪潮将会在过于随便的水坑和不同寻常的小混乱中渐渐减弱，就像一个盖子以一种随便的角度慢慢地磨损……大楼有四层，房子很长，前院堆着建筑商留下的沙子和破瓷砖，窗用半木边框装饰，模仿都铎时期的风格，这幢楼的正中心是一面新古典主义的三角墙，墙上的装饰是圆形，而不是半月形——圆形饰物上嵌着四个数字：1916。苹果树，梨子树，李子树饼，死了多少个孩子我才死？一个，两个，三个——至少其中的五个孩子，光着脚，穿着脏兮兮的灯笼裤，虽然九月的阳光非常温暖，但所有人的脖子上都围着厚厚的围巾——他欲避开流感，他猜测流感病毒一定还在附近阴魂不散，就在栗子树之间的金色圆形雕饰上。所以他们唱着：她打开窗，病毒飞进来！她打开窗，病毒飞进来！这歌声吸引了他，让他朝一个凸出的窗户看。正是那个窗。他现在明白：不管新黎明伴随着怎么样的启蒙，甚至发烧医院、监狱和救济院都转交给改革者，为自由结社和共同生活指明方向，仍然没有哪个女人或男人的行为可以让我死而复生，我们的墓地那么小，装不下所有！我们的墓地那么小，装不下所有……泥土的重量和密度令人难以承受，但他的身体周围，每一个角落和缝隙都装满了土，那些炮弹不停地捶打——钢，以及用来造钢的钢——这些东西会更多：更多的钢被磨碎、变形、钻孔，各种零部件通过永不停歇的传送带被传向未来。他的手抖动，抽搐，他的背驼了……驼了……他被冲动所包围，手、脚、手指头、脚指头，甚至包括他的意愿，一种不可抵抗的欲望让他指、刺、碰、舔、想要——这个，那个，一切……但是他根本就无法凭自己的意志动一下，心醉—心碎—心憔悴，快把我送回英国吧，英国啊，我属于你！——比也塔枪在我的脸上走火了……里面的环境，一种低沉的苏格兰嗓音吟诵着，正如克劳德·伯纳德所描述——我想说，最好理解成它自己的地貌——一块适宜居住之地，为什么不？有山，有河，有湖——田地和草地……但是，如果你近看的话，就会发现那些重要的特征，啊，好吧，是宽阔的平地，沙坑障碍，美丽的——记住，美丽的——绿草地。第二个声音——软绵绵的，充满戾气——插了进来：你把它说得像个高尔夫球场。阴沉的：好吧，确实——简单地说，那就是它的问题。我是说，内环境是精神病人的头脑也可以构思出来的一块地方，同时也可以确定的是，它无法维持生命。它无法供养想象者——但在它旁边玩耍的人，却是些鬼魂……影子——。软绵绵的：幽灵般的四个东西。阴沉的：四个，两个——她，你面前的这个精神病人，挥挥手让它们通过——这正是她现在所做的事，挥挥手让它们通过。她没法和它们一起玩，因为它们不玩了，正确地说，不存在了，因此她给它们安排了先后顺序——。软绵绵的：那治疗是个什么情况？改变什么了吗？阴沉的：我们在这里做什么？为什么，当然是把它们全都吹成碎片——我是说在理想情况下，但或许只是让它消失三四个月。重要的是这个过程的戏剧性——现在，我们无法知道对大脑的确切影响是什么，但可以看到它会诱发昏迷，还知道休克程度，以及：突然地！注射葡萄糖后又苏醒了。我猜测，用奇幻的说法就是，她会达到一种新的身心和谐状态，但我是个讲话直率的伦弗鲁郡人，不会说一丁点行话——我也不受苏格兰教会的奴役，我绝对看到了复活，令人震惊……格林梅护士，可以帮我关上门闩上门闩吗？格林梅：当然可以，康明斯医生。软绵绵的：有什么用？康明斯：束缚？你肯定在克莱伯利接受了全部训练，年轻人，这种训练绝对是标准程序。软绵绵的：哦，我不清楚——你可以确定吗？——我是说，我已经全面阅读了她的笔记，表面上看并不是实质性的精神分裂紧张症——。康明斯（大笑，笑声恐怖、刺耳）：实质性！哦，你真的省省吧，马库斯——引起紧张症的病因到底是什么一点都没关系，可以是梅毒或血腥的社会主义吗……（他哼了一声）……我们走得越近，我们就会越欢乐——！哦，得了吧，我只是对你说几句玩笑话罢了，你他妈的就是太认真，把什么事都太当回事——我不是在宣传什么传统的英国拳脚，我看着像个新党成员吗？你知道，我们最最需要的是一些核粒子加速器，剑桥有的那种玩意，把所有的疯狂都粉碎，嗯？按目前的情况来看，我们已经启动这个机器，不过把半个医院都搞得短路了——你一定注意到了吧？马库斯：是的……我看到了，这是种可怕的景象——如果保险丝不断的话，低处走廊上的所有灯泡都要变暗，那条长长的走廊上，灯泡一个接一个地暗下去……像脉冲，我猜你会这么说。康明斯：让我们虔诚一些吧——把那个长得像肾的盘给我，护士……谢谢……哈。马库斯，你看到新地下车站的方案了吗？马库斯：没，还没有。康明斯：这是个最奇怪的设计——形状像个帽盒，不是说我关心这个，我的年纪足以让我记得以前那会，在伦敦郊区车站的候车室，你可以看到几幅市政要员的油画，还有挂在墙上的其他几幅画，还有一两只喂得饱饱的鸟，竟然养在玻璃盒里面！那个虐待者，他说谎了，他是艾伯特之类的人……——他们很开心，维持着一个有活力的群体社区。还有——在她的意识范围内——其他产品，尽管这些绝不是她们经历过帝国的战争，在工作中承受各种痛苦、各种压力之后所要求的东西。一些刷子、晾衣服的衣夹和篮子——她们很乐意生产简单的产品。斯坦利曾经说过：你和你的同仁们占据了芙莱恩巴尼特的精神病医院——现在这个医院没什么用了，里面的大多数人被遣送回家，让家人或当地的合作机构照顾。而且，我相信，一些穷人和神志不清的人最近被强行关进那些地方，这些地方的统治者是理性人，自由人，他们会公正地对待里面的人。（康明斯：分散在收容所中的一些尖叫声，说明电解他们的人会进一步跟被电解者保持联系，并改善连通性……）他们还保留着军工厂的工装裤，作为一种自豪的象征——此外，还有什么能比这些粗糙的衣服更能表示崇高的配给衣服呢？束腰外衣、裙裤和沉重的夹克衫保护他们免受老房子的寒冷和潮湿，不让老房子砖块和石灰泥中若有若无的寒气伤到他们。这是以前的情况——后来，当一切都更加有序时，衣服由伦敦野外工作者所捐赠，不是很花哨，非常实用，且完全免费。一千个女同志进入这个曾经是收容所的西侧工作，一千个男同志则被安排在东侧。一些罪犯和反革命分子也被送到那里，跟他们住在一起，但这些人穿着黑色和土褐色的衣服，一眼就能看出来。那两千个男女承担了各种琐碎的日常工作：关门开门，换下脏床单、脏衣服，管理药物，帮助那些想要清净点的人到特殊的隐蔽性房间里去。这块地方的理念是，他们将通过亲密接触这些具有崇高理想的女人而被重新教育，这些女人长时间的辛苦劳作让她们的身体带上了致命的疾病：肺结核、伤寒和痢疾，又因为跟来自剥削阶级的男性性交而感染性病。（康明斯：请确认你们的两只脚都站在橡胶垫上……）这个地方不是中心合作社（以斯坦利·戴斯为主席）所创立的唯一一个共产村庄。共产主义者选择不讨论这些小事，但是，过了一些年我知道——通过偷听被扣押者充满怨恨的倾诉——这样的村庄也分布在汉威尔、纳普斯伯利、克莱伯利、谢菲尔德、班斯特德和陶亭碧——这些村庄组成环形，包围了以前的大都市，其中都试验着共产生活，实践着最自由的思想。最广泛、最自由的思想——还有言论！口吃和喃喃自语……她看到了墙上画中的一个人，他走出了画面，把她带走，过起了家庭生活，她居然生了孩子！生了个机器人！一个属于她自己的小恩尼格玛海勒！（康明斯：真有趣，一些证据表明，月经可能对治疗产生逆作用——不是这个病人出现了这种情况，也不是大多数女病人都有这种情况，这些人的月经……护士，你会怎么说？格林梅：呃，我不知道，医生——。康明斯：紊乱？闭经？格林梅：好吧，她们没有月经了，如果你说的是这个意思的话……康明斯：哦，的确是。（如果你掀起衬裙，你就能体验那种吃惊了……）唱高歌，拍桌子——他们以这些东西为乐，一点都不让人觉得惊讶——共产社会里充斥着各种言论，人们谈论着到其他世界旅行，还说人被动物解剖，动物统治了人类。一些人确信，来自溪谷对面人民宫殿的杀伤性射线已经照射在他们身上，他们听到了自己亲人的声音，但这些亲人却早已离开人世——他们花了一个又一个小时、一天又一天的时间，把代表们的声明或公报记在廉价笔记本上。但这是可以理解的，是吧？是可以原谅的，因为他们也富有洞察力地在会上讨论计划生育、未成年人福利、教育和社会保障——这些讨论我自己也记下来了，然后以报告的形式上报给斯坦利的管理委员会，委员们对这个共产组织进行年度检查。（马库斯：她现在似乎完全呆滞了——显著的张力减退。康明斯：正是她应该出现的状态，箭毒意味着，即使你跟她们性交，她们也没有什么反应——看到没？）他们对此并不是很关注——但是，那也是可以理解的……可以原谅的——他们为此停下了自己的工作：推掉几个世纪前造的房子和地基，房子又老又不卫生，但那些愚蠢的资本家和战争论者相信这代表了世界上最伟大的城市。然后，用一些细小、逐渐变尖的钢玻璃塔取而代之，并在废置的农田上依据新农业理念，对耕种系统进行改良——当然，地里还是要种小麦，但也会有果园、草甸和葡萄园——为什么普通农人不可以有霍克酒和赛尔脱兹天然矿泉水？（康明斯：然后……继续！）——格雷西首先注意到了这种变化：被送来进行再教育的人中间混杂着间谍，根据以前的制度，人可以自动退出，但后来却规定不可以，它成了某种……禁闭。电气化被引入共产村庄中，其他的机械设备也渐渐进来，但正是这些东西严格地压制了人类的精神和身体，而反对压迫正是革命的目标！接下来就出现了惩罚——被疯狂地展示为……治疗，但使得那些一度极为自豪的男男女女……语无伦次，完全崩溃……破碎不堪。我告诉她：这是艾伯特干的事。他最终成功了。斯坦利的杀伤性射线，艾伯特所玩的杀伤性射线，都射在对方的脸上……胜利者艾伯特像往常一样，把他自己残酷的制度强加给刚获得自由的土地。很快，他们就来了：新大学像蛇一样游过麦斯威尔山，盘绕在面向共产村庄的山谷中，他们嘶嘶地叫着，死死死死文明。亲爱的格雷西——她从来没有完全适应科尔尼哈奇的生活。她说……她对我说，看着那条地底走廊，让你的眼珠子射三分之一英里的炮筒就是……屈服于……某种……疯狂：亮瞎人眼的白色闪光嘶克唧克地射中如羽毛般柔软的野草底片，走廊边一片骚动。火车出去了，他站在月台上，抬头看着屋檐的陡峭部分，想着：这个，我还……没有准备好，因此，他费力地踩着阶梯，转向东边，沿着芙莱恩巴尼特线走去，打算……干什么？他看了看表（十六年之久的加油站露出了真相，我看了它千万次，但却从未看清楚它的样子）：一点半——小酒馆提供霰弹一样的豌豆，冒着气泡的啤酒，讨厌的薯条武器，混合鳕鱼……我饿了……但不是因为那个！他沉重地往前走，想着只去看看阿诺斯格鲁夫地铁站，那个现代化帽盒设计莫名其妙地给了他美好的回忆……去看一看——或者走进去，行使我的自由，走上一辆可以把我带回家的火车。家。他的脑中情不自禁地浮现出：福特斯路上的公寓，里面有破旧的家具，萦绕着保险经纪人的声音……女性，五十三岁，十年没有索赔——给约翰在英杰华投一份保？这就是他对家的概念，远远不是曾经住过的雷丁顿路的房子——或其他住过的地方，他现在回想起这些地方，觉得真是动物窝……而我，是只狐狸……一个闯入者闯进带有栅栏、花圃和小屋的牧场，用一年或十年的时间给自己造个臭熏熏的遮身之地，养几只需要草地——国民医疗制度——的小动物，然后再次偷偷地逃走——。你那地方怎么样，舒服吗——？车窗里冒出几句话，车一闪而过，一股猫尿味，当代的大麻居然是这种味道……小钢炮真不错，是这么叫的吗？为什么反对？巴斯纳问。当过去无情地涌上来的时候，为什么拉我的后腿？这就是——他自己接了下去——实质，当然是，所有谈心疗法的实质，罗尼在他那本好笑的便宜本子上写得非常好——他怎么说来着？困扰我们情感的漩涡和纠缠。——他继续说，悲伤地回想着七十年代的那些时髦东西，包括他自己的追问：谜！他哈哈狂笑，意识到自己的愚蠢之后，继续会心地笑……毕竟，或许最终我将会解决这个问题？他一路上不停地抱怨，两旁是难以形容的住宅区和战后住房，掠过山之眉黛，悠悠地向下到达犹如多根管子交叉在一起的环形交叉路口。那里冒出了一些购物者队伍，犹如DNA序列，他开了不到二十分钟，就把购物者DNA序列甩在了后面：未合美容美发（到底为何？）、帝王牙科诊所（皇帝的牙齿？）、炸鸡连锁店、贴着电话磁卡贴花的报刊店、卖彩票的店……再次，又一次地……带着……的感觉……他的双脚疼痛不已，困在与年龄不符的鞋子里，尽管他觉得：像以前那样的话，我现在就应该是个残废，腰痛、痛风——这些病真的套上了盎格鲁-撒克逊的魔戒，早已像约翰·福斯塔夫爵士①……他靠近与腰齐平的独立式围墙，靠近金属板周边的钢筋柱子，一个年轻的女人开心地吃着大玛格浓冰淇淋。穿过赛马场半开着的门，他看到了赛马结束后残余的激烈景象：海多克公园缠上了红棕色的线……下面是数字线，犹如眉间下面有个光标一闪一闪……他被疯狂的二进制风暴所包围，一场1和0组成的暴风雪——为何这么拼命？巴斯纳心想，我又不是福斯塔夫，只是疯狂的李尔王，来到了钢化玻璃组成的荒野之上，本来就什么都没有，没有什么东西无中生有。但是……但是……有些东西：光标一闪一闪，1或0，应该还是应当？他突然想到：一定是在那个时候——那一年——他们开发了第一个微处理器，撰写了新的程序语言，创造了操作系统，它们统统都从软件变为硬件……不是我们——我——意识到了这点，电脑是托尔铁克人的金字塔，它们进入公司总部的地下室，由穿着白外套的莫洛克斯人所看护，就像祭司看护金字塔。我的确记得早年的一款电脑游戏——乒？乓？——管它叫什么，黑色的电视屏幕两边各有一根白色

① 莎士比亚的作品《亨利四世》和《温莎的风流娘儿们》中一个肥胖、大胆、幽默、喜欢吹牛的骑士。

棒，在两根白色棒之间不停地点击白色的光标，就会产生人工合成的说话声。很奇怪，没什么印象了——就像脑海中浮现的乒乓球画面比孩子画出来的一个真人更加自然，但是马克喜欢它……所以我们就在娱乐场里不停地玩，玩了好几个小时：拉杠杆，扭转盘，我们在那里待了很久，听着叮铃铃的声音，闻着化了的糖散发出的异味……他叹了口气，哎……，——马克曾送给他一支新奇的圆珠笔，圆滚滚的笔杆子里面是六个墨水盒：绿色，蓝色，黑色，红色……其他两种颜色我忘了……他向这个孩子介绍过自己做笔记的方法，这个小男孩就用这种贴心的方式做出了回应。马克给爸爸展示如何同时按下其中两种颜色的笔芯，这样就可以写下两种颜色。巴斯纳已经很久不记笔记了——更别说这种超炫的笔记！但是，他现在想要那支笔，想象自己握着它，六根笔芯的笔尖全都弹了出来，颜色和符号都融合在他的领悟之中，包括他的想象、记忆、最近的想法、长期的临床观察结果……一个妈妈和小孩子走出报刊店——他们穿着猩红色外套母子装，非常靓丽，要是他们在冰川上挣扎，直升机上的人立马就能发现……那个孩子撕掉棒棒糖上的玻璃纸，那个妈妈则撕掉香烟上的玻璃纸，这两张玻璃纸在微风中飘荡，微风给它们设计了舞姿……啊，他转过身突然发现，记忆已经朝着他爬过来，真真切切，它们甚至都懒得遵守游戏规则！因为，当他转过身来面对着它们的时候，它们毫不难为情地扭动着四肢，四月的阳光真好：米利亚姆：她给了我那只电子手表，那个臭婊子养的惠特科姆——他是最早拥有袖珍计算器的人之一，而且那天我去找他的时候，他正在跟这个小计算器鬼混，他告诉我，他们正想着把塞子从那个洞里拿出来，就在那个奇形怪状的衣帽架背部，它的九个衣钩全都朝上，末端是某种动物的角，现在爬到了衣帽架上。客厅侍女站起来，身上的大裙子缠上了机器的线，奥德丽想，就像衣帽架那么难看，就像扫帚、风笛和电风扇的混合体。抱怨声渐渐消失，最后变成一片沉默，那个开门的管家——老脸惨不忍睹的泼妇，脸被梳进了头发里，头发梳成了一个可怕的小圆面包——大声回话：现在可以了，露丝，说完又看了一眼这位不速之客。您想见戴阿斯先生，还是戴阿斯太太？对奥德丽说话时，没有用任何称呼，要是我有张名片，她会不会给我加个称呼？奥德丽答道，我不觉得我哥哥会在家里，那就劳驾你告诉我嫂子，奥德丽·戴阿斯想见一面，十分感谢。她相信自己说得很得体，而且这次她也特地穿了新的百褶裙、上乘亚麻布衣服和束带橡胶雨衣，还戴了蘑菇边钟形帽。她还从阿普尔比收藏店借了把瓷质伞柄的精致阳伞，这样的伞肯定值一个月的工资——可怜的老母马，又戴上了枷锁！管家用怀疑的眼光把奥德丽从上到下看了一遍，她身后的客厅侍女则继续对付真空装置上猛烈摇动的隐形尾巴。管家即将当着奥德丽的面把门关上时，那个侍女赶紧向女主人去汇报，两头门同时向走廊打开——一头门在最后面，门里走出来艾伯特，他小心翼翼地走着，手里拿着一个大瓷杯——另一头门在左边，飘出一朵穿着白色蝉翼纱的清新的云朵，一位跟奥德丽差不多年纪的女子，尽管只看过她一次，就那么看了一下，还是六年之前，但奥德丽很快就认出来了。艾伯特轻轻地走到门边，说，怎么了，埃格蒙特太太——然后他看到了站在门口的那个人，那张宽阔、光滑的脸露出莫名其妙的表情，表情持续了好一会儿：艾伯特……震惊了？然后，他走到太太身边，拉起她的手臂。罗莎琳德，我亲爱的，他说，这是我的妹妹奥德丽。但对奥德丽似乎有些失礼：你最好站在这里。他们三个人都走进客厅，也被装饰得像大厅那么难看。看到用沉重的旧橡木和红木所打造的电话桌、收音机和留声机柜子，奥德丽猜测，这是一场家庭内部战争，战争双方是男女两性，其中，亲切、温柔的金发美女早已投降。他们三个人进去又出来，在堆满东西的扶手椅旁边徘徊来徘徊去——一场以尴尬为主题的正式舞会，直到艾伯特开了口，这场尴尬的舞会才停止。他说，奥德丽，要不坐下吧？不，还是不坐了，伯特，奥德丽答道，之所以用伦敦腔，纯粹只是为了看看在两个人身上会产生什么效果。然后，她拿起壁炉架上的一把裁纸刀，叮叮当当地敲打着那一排瓷狗狗、瓷绵羊、瓷牧羊女——牧羊女还穿着裙子，手上的牧羊棍也是瓷的，最后敲打着一个黄铜小盒子，发出叮当一声重响。这个小盒子是用五十磅炮弹盒的边角料做的，盒子的圆顶盖上刻着：极力感谢艾伯特·戴阿斯先生之鼎力相助——。这正是奥德丽想要知道的东西，所以，她用裁纸刀撬开这个盖子，看到白色的小弹药筒，说，可以吗？然后不等艾伯特回话，她就拿出了一根烟。两位戴阿斯都开始张嘴，对着彼此说话，火柴在——/你需要——？她笑了，心满意足地接过两个火柴盒，熟练地从每一盒中各拿出一根火柴，两根都点着，然后把烟蒂靠近其中一根的小火焰，再靠近另一根，对它们吐出烟斗状的烟——吹灭火柴，扔进壁炉。那你一直都在兵工厂工作？她说，目前，艾伯特点了点头，过了一会儿才接着说话，先留了点时间预测一下潜伏在此时此景中的古怪。这是我太太，罗莎琳德。奥德丽做了个鬼脸。——很高兴，我真的觉得很高兴，然后，拿起她那只伸过来的手——婴儿般柔软，继续说道：希望你怀念长手套和赛跑用的鸭舌帽。罗莎琳德的脸都红了。——我——我……好吧，说实话，你记性真好——。是的，的确很好，奥德丽直率地说，然后放开手，不过你的记性似乎也不错。告诉我，我哥哥那天在军工厂跟你说了什么？如果他在那种地方不提到我，他一定——说过我的一些胡闹方式吧，嗯？过分的恋情，煽动的想法？罗莎琳德被惊呆了——她跟自己的丈夫之间一直都笼罩着沉闷的气息，但奥德丽却十分可爱，她衰老的皮肤之中可以让人察觉到肥肉，油腻得都快要滴油了。艾伯特宣布，我们都说过一点。好像这就是我们之间的问题似的！奥德丽苦涩地大笑，坐在其中一条椅子上，无所忌惮地跷起二郎腿，弹了弹那根廉价香烟，继续说道：伯特，或许，虽然我们中间有些人作出了更多的牺牲，另外一些人……她尖锐地看着在陶瓷花瓶后面跳来跳去的水晶海豚……得到了好处。她看着自己的裙子上那些傻乎乎的褶皱：亲爱的，他跟你讲起过我们的弟弟吗？他跟你说过他以前做了什么吗？好吧，他没有像伯特这么聪明——不像你那个正直的丈夫，天生就是个骗子！斯坦不是那种抹黑国王靴子的人，哦，不，不会一次就给同一个主人演三个小把戏——但他是我们的亲人——！房子顶部突然传来一阵哭喊声，通过艾伯特安装的通话管到达客厅。贝比！罗莎琳德大声叫喊。然后，看到一只老年英国牧羊犬在火炉边躺了下来，他放纵地咯咯咯大笑：噢——，那个笨东西把他的狗狗留在了这里，我要把达辛给他抱上去……你会后悔的——。然后她就走了，吃饱的狗笨拙地蜷缩在她羊毛般柔软的手臂下。

罗莎琳德离开客厅后，奥德丽依旧问他，你是否——你是否跟你高贵的太太说起过他？你就不能想想他，记起他吗？伯特，你或许是个伟大的计算器，但是有些东西永远都无法解释。艾伯特只是凝视着她，他深邃的眼神满是……憎恨，不，这对他来说太富有情感了——他从来都不觉得恨，实际上，只是杀死了一切的疯子？是的，给他们应得的怜悯和公正……他最终说道，这是柯林斯和自由国的事，一些人或许觉得这是战争——一场内战，实际上。奥德丽说：伯特，那是你的观点吗？你觉得可怜血腥的爱尔兰人足以成为你冷血的原因吗？是不是这种事才让你成为真正的白人？艾伯特脸色发白，语气迟钝、单调，更加让人面红耳赤。他说，今天早上我不去办公室，是因为下午要坐拖船离开滑铁卢——调查墓地，确定纪念碑的地址之类的事情——。他不再说话，但眼睛并不是看着他姐姐——他已经注意到，她炽热的赤褐色头发已经改成时髦的波波头——而是想象着佛兰德斯的一摊泥地，插着白色的木制十字架——他也没有听到她的话，而是一个傻瓜建筑师的话，他不得不面对这个头发蓬乱的家伙，这人的双关语既让人苦恼又厚颜无耻——混乱之门，他竟然这么命名自己的设计！杯子里是什么？奥德丽问。杯子？他反问。是的，我进来时，你手里拿着的那个杯子。他的头发开始脱落，黄铜一样的头皮闪闪发光——头发越来越少，影响越来越大……但他仍然很坚强……仍然很危险……艾伯特从桌子上拿起那个大杯子——他之前在桌子上放了一套工具：金属尺、自动铅笔、计算尺、两脚圆规……奥德丽想：她还无法估量他，但他一高兴就估量她——总是可以。他霸占了这个漂亮的房子，把它弄得一团糟——她会首先离开，然后，他会把他的那堆杂乱东西堆在椽上。不过，让他困惑的不是这些东西：他知道每样东西都在哪里……我算对了吗，先生？艾伯特小心翼翼地说，这是属于我的音调，啊，真是种发明。奥德丽开始大笑。——停，伯特，你说这话是什么意思？他窥视着那个大杯子，然后把杯子朝向她那边，她因而看到了杯子里浓稠的棕色液体。这就是黑滴！她欣喜若狂，但伯特说，不是，这是种混合物，有麦胚、糖浆，还有我自己从新的维生素中提取出来的一些东西，啊，溶剂。她又咯咯咯地笑个不停。——溶剂！在家里时，溶剂是个什么东西？回答她的问题之前，他喝了一大口棕色液体——他那浅褐色的嘴唇边就多了个污点：棕色红药水，还带着一圈奶油泡沫花边。牛奶黑啤酒，他一边说，一边用手帕擦去污点，哈金斯的偏好——但如果没有的话，就是吉尼斯黑啤酒。奥德丽急忙说：你——你，你终究还是要变成个老头！两人都暂时陷入了沉默，心里想着切里顿教区的迪尔斯，塞缪尔在下坡上加速前进……下坡上的人纷纷躲开——刹车失灵，笨重的车撞到它的……支轴，然后双腿颤抖……兔皮大衣破得一塌糊涂，血迹斑斑……马尖叫……只有到达终点才可能停下：杀戮者。伯特，你还是个什么东西，奥德丽立马问道，我从来都没有把你钉住，然后拿你当曲柄——曲柄，单单这一个词，从齿轮上把杠杆撬了起来，所以水平钟摆的球就开始来回运动，钟摆外面罩着玻璃钟罩，钟就放在壁炉架上，发出悦耳动听的声音，叮—叮—叮，叮—叮—叮，奥德丽情不自禁地跳起了舞——过去的几个星期中，这种音乐在她的体内猛长，先占据她的一只手或一只脚，牢牢地抓住，然后被她狠狠地甩掉，带着对……宿敌的怨恨。为了灯塔模型跳舞吧，为了艾伯特·戴阿斯能够胜任领港公会的工作，她跳起了查尔斯顿舞，她的双腿向前迈，然后抓住那个马口铁塔的顶端。啊！她怀疑：另一个香烟盒。她从缝里夹出一根，直接放进了嘴里，然后第二根，第三根——第四根——

第五根——第六根——都飞到了嘴边，然后准确无误地被嘴夹住，近似幸运兄弟在卡诺滑稽工厂的表演——总共有六根！她转过身，向她的哥哥炫耀她的白色牙齿，他往后退，所以他是为了给我腾出更多的空间——有了这样的空间，她就可以旋转双臂双腿，撩起沙发和椅子上的垫子——可以拿着这些垫子玩杂耍，拿起那一堆锋利的工具——可以用来敲一敲——好一个转身！他不会打断我——我已经停不下来了！这种任性正渐渐地变成双手的抽抽抽抽抽搐，脖子的痉痉痉痉痉挛——此时，对她而言，这次布莱克希斯之旅——她完全没有料到，他们更没有料到——可能是另一种不受其控制的行为，她会一次又一次地重复无法控制自己的行为。她将会发现自己走出车站，走上蒙彼利埃街道，踩着路上的草走，快步地踏上阶梯，走进壮观的房子，走啊走，走啊走，直到弹簧不再弹动，一分钱的拉洋片表演戛然而止——这个勇敢无畏的女飞行家拍打翅膀、用爪抓东西、用嘴啄东西的时候，要让她停下来绝无可能，其他更加灾难性的节奏已经开始出现在她身上：转动历史上的飞轮，拉动永恒的杠杆，放低聪明的思想者——主轴承。这些动作一点都不好玩，这些埋了许久的动作撕裂我的肌肤。奥德丽听见机关枪的咆哮，看到罗莎琳德又回到了这个房间，一头笨牛，从她的表情来看，她以前从未见过一个怀旧的伦敦人跳舞！——至于她手臂中的那个生物：那不是贝比！它应该穿着裤裤……喔，罗莎琳德说，喔，艾伯特！她用手遮住这个小男孩的眼睛，不让他看眼前的场景：不是一个女人——而是一个跳着摇摆舞的木偶，然后，那个东西开始尖叫，不要再多了，多太太，不要再多了，多太太，罗莎琳德把他头发蓬乱的头抱在怀里，用一只手轻轻地拍打着他的一只耳朵。喔，艾伯特！这种声音不断地在这个孩子的脑里盘旋，还有其他的回声：可怜的彼得金斯！——是他，或另一个同名的小男孩，被母亲温柔地抱在怀里，抱得更紧，爱得更深。

聪明的戴阿斯退到了走廊上，侍女露丝也正好站在那里，手里拿着一堆围裙，让人瞠目结舌——其他的用人已经让自己成为稀缺物种，真是同主人一样聪明。奥德丽孤独地思考着，孤独地挥舞着四肢，她转动这场永不停止的战争中最为关键的东西——火雷管，然后在车床的尖叫声中听到了另外的声音：一个男人在外面的路上不停地吆喝——新鲜的鱼！他的马温柔地嘶叫着，耳机被拿起来，弹簧键又不幸地弹了回来，她兄弟用邪恶的嗓音说话：嗨，请问可以帮我转接布莱克希斯路的R分机吗？你应该知道那个号码吧，2160，巴斯纳想，然后：误解的幻觉，钟表的钟面。他把车停在公园门口，打算走走路，散散心。八月，这个城市稍微不那么拥挤了——但是从芙莱恩巴尼特出来后，要是车流高峰还没散去，路上仍然堵得一塌糊涂——所有的精神病人都安静地坐着，在满是白沫的细胞内咆哮。他把自己的医生特权锁起来，把钥匙放进口袋，护送出院的病人走向观察室，他甩甩头，晃晃脖子，放松双肩，转动手臂——所有的动作都被认为是种锻炼，他和米米的关系突然就结束了。米米！米米！米米米米……！他身后闪过一辆救护车，他意识到，正是救护车的汽笛声打断了他的思路：不单单只是因为她跟陆军男朋友订了婚，所以就离开了他，她让自己脱离了所有的身体活动……巴斯纳站在观察室中，眼睛落在通往海军学院的绿色斜坡上，眼神穿过卡蒂萨克号的绳索，绕过米尔沃尔和丘比特镇紧凑的阶梯——在委员会新大楼群的标志处突然转弯——然后炮轰米路晏、哈克尼、海布里、芬斯伯里公园和克朗奇区，回到我的故乡……在中间的位置，即莱姆豪斯和波普拉区，破房子的废墟上盖着肮脏的碎布，上面都是拆除房子时产生的灰尘。他心里想着，如果观察室还有人用——崇拜明星的研究员是否坐在劈开的铜制屋顶下面，双眼注视遥远的其他世界？他发现，自己厌倦了这个城市——这个城市的矫揉造作和装腔作势，他再也看不下去了，但这些矫揉造作和装腔作势却如此永久，如此稳固。他看到米米吹动蓟草，从道格岛步行隧道后面的路堤上站起来，她的身体在透明的塑料伞内轻柔地活动，伞犹如闪闪发光的钟。他觉得，她是一个孩子，属于未来；她不是一个可怜、独裁的奶妈，不属于过去。她的腿伸出来了……正是在这个时候，他跨越了自己的本初子午线，明白：我的青春结束了——对其他人的任何抱怨也结束了……对谁，纳粹德国空军？或者，对那些依靠安德森地铁站，从而不厌其烦地向下走三百二十九步，走进地铁站的人？他的青春结束了，他或许可以继续玩罗尼的陀螺，重复相同的错误却希望出现不同的结果，因为这是人之常情，他不会因为给病人分类而进一步混淆错误。因此，从此以后将只有我和你，不再会误说成我们或他们。他想庆祝一下，剪张纸，摘朵花，抱一抱孩子——但相反，他的手伸进口袋深处，摸到口袋边缘处黏糊糊的液体，听着外面的雨声，因为第一阵雨重重地打在叶子上。他想，如果我是电视上那个衣冠楚楚的小伙子，我就会带着伞。但是他再也不符合任何一项特征：衣冠楚楚的，小伙子，电视上的——所以他就一路小跑着走到奥斯丁车旁边，弯着身子进去，运动外套都湿透了，灰色的法兰绒裤子颜色变深。——巴斯纳站在了人行道上，优雅别致的豪华住宅区映入眼帘，廊柱上镶嵌着珠子一般的漂亮方砖，他注意到，面对每一幢保留完好的老房子，人们总是忽视：房子柱顶上掉下一块又一块的厚石灰泥，精致的柱子后面放着装煤炭用的麻袋，还有晾衣架，以鸽子屎尿作为肥料的灌木已经延伸至壁架和墙壁角落，并在那里生根发芽，破败的屋顶上安装着弯弯扭扭的电视天线。巴斯纳在医院的图书馆里找到了一九五五年出版的《名人录》，里面有艾伯特·戴阿斯先生的住址，因为他已是大英帝国嘉德勋爵士和第二等高级勋爵士——后来，这个地址经确认仍然有效，因为当时A－D电话簿上所记录的仍然是这个地址——找到这个地址，就相当于切中了要害。没有什么完美的百丽宫……拉上窗帘的百叶窗，杂草丛生的屋前花园，园里的种子已经发芽，嫩枝缠绕着某种支柱，犹如天然构造出来的一对……体操用的瓶状棒？巴斯纳怀疑自己是不是搞错了，这幢宏大的老房子正在衰败——在唯一的门铃上按一下乳头状的按钮，命令就被传入塑料导管中，随之产生杂乱无章的群声合奏，有钟声、嗡嗡声、锣声、铃声，逐渐消失在房子深处，巴斯纳心里想，到底是何方神圣？竟然可以造出如此不可思议的玩意！估计是个聋子吧——正想着，他突然吓了一跳，前方的门突然打开，伴随着“啪”的一声，出现一张涂满了粉的老脸，一头令人震惊的蓝色头发……几乎是个非洲人！巴斯纳医生？那个女人吹了声口哨，哨声穿过好笑的牙齿——门已开，她就带他进屋。我就是海恩斯太太，昨天早上我们通过电话，她说。一只肌肉发达的大伯曼猫在她的两条短粗腿周围跑来跑去，它那毛茸茸的粗大尾巴缠住了她的花呢裙——不过她并不理会。她接着说，艾伯特先生正等着你。然后她不再做什么。两人站在走廊上，面对面。巴斯纳的眼睛适应了阴暗的环境后，他开始觉得周围的一切竟是如此古怪：走廊上的衣帽架不止一两个，而是整整七个！沿着走廊摆开，一直摆到房子后门，上面都挂着防水雨衣、围巾，甚至爱德华年代的防尘外套。这些衣帽架犹如无头巨人，倾斜的肩碰到立体墙纸的外层，且墙纸已经破烂不堪，已是一条条一块块的了——走廊上的地毯质量相当不错，不过也用相同的方式标记了不同的时间段，时间标点——磨损的破折号和逗号让下面的衬底露了出来。他的视线离开空虚、自恋的伯曼猫，转而抬头看画镜线处的电线线路和旧煤气管道的薄铜管套，以及那些再粗一些的管子……通话管？灰尘比巴斯纳想象的要少得多——不管这里发生什么不平常的事，每天都要用吸尘器扫灰尘——但从不把屋里的东西移来移去或换成其他的东西，而只是添了些东西，或修了修。天花板上挂着三种不同的灯，属于三个不同的年代——墙上仍然挂着煤气灯管，这东西一直放着，自从——一九一八年，海恩斯太太说道，戴阿斯先生和太太——那个时候——一九一八年的夏天，住进这个房子，他们刚结婚不久。我来这里是在一九二零年，一开始，我要干的就是用真空吸尘器打扫——你看，他们早就有这种机器了，艾伯特先生总是紧跟时代潮流。听完这些话——心灵感应和家常话的完美结合，巴斯纳有些摸不着头脑，不知道接下来该说点什么，就问：艾伯特先生一直都雇着你吗？她笑着说，哦，哪有，瞧你说的——我后来就走了，做过各种各样的工作……嫁给了一个在铁路上干活的男人——我们一直都住在奥尔平顿，不过后来打仗了……是的，一直都跟艾伯特先生有联系，三年前，戴阿斯太太去世后，艾伯特先生写信给我，希望我能回来，继续为他管理家务。我丈夫罗德尼刚走，所以我就很乐意地接受了这个请求……让巴斯纳觉得最不可能的是，海恩斯太太竟然能够跳跃好几十年，不过她的舌头跳跃得够久了……他站在那里，让所有的话都围住我，让自己的舌头围住银汞合金的溜冰场，东芬奇尼的牙医尤伦太太在他的臼齿上所放的东西……我们不怎么见客，除了偶尔有人过来，她正说着，突然传来一阵深平底锅溢出东西来的声音，显然，走廊上的插曲立马就结束了——现在，他想起来，这会儿正传来鱼跟牛奶一块煮的怪味。——喔，喔——！海恩斯太太拔腿就跑，那只猫也跑了，只剩下巴斯纳孤单地站在走廊上，不过他想着艾伯特·戴阿斯的做事方式，显然就是，如何一直跟人保持联系——还有另一个问题，当他在格林威治公园淋湿的时候，帐篷大小的胶布雨衣会有多大的用处。海恩斯太太回来的时候，她系了条围裙，上面印着乔治之屋的前门和扇形窗。都是都柏林的东西，她说，好看吧？她又说，我去弄点茶，你走到左边的前室，就会看到艾伯特先生，留心——。她不再说什么。从她的表情中，巴斯纳看到了某种保护，以及某种愤怒？他等着她把话说完，但她没再多说一个字，而是转身离开，让他穿过她刚才所说的那头门，留心，他需要孤身一人前往那里。事实很快就表明，留心是完全正确的——既是警告，又是描述、咒语、座右铭和禁令。那个高大的老男人坐在凸窗旁边的靠背椅上，旁边是红色天鹅绒窗帘，这个房间又大又乱，这个老人头脑中尽是计算、评估、判断、扣除、归纳和试验，因而整个人都散发出一种强大的力量，身处这种极为强烈的感觉之中，巴斯纳不禁觉得颤颤巍巍：大脑活动穿过一双凸出来的灰色大冷眼，经过旧石器时代的燧石斧一般的鼻子，最后聚焦在他身上。于事无补……因为艾伯特先生是个光头，像光头表演者一样，几副金属边框眼镜向上推到了他那个高耸的前额，椭圆形的镜片在灯光下闪闪发光——他的椅子旁边放了盏落地灯。巴斯纳想：一位修过脸、木乃伊一样的大猫竟然还活着！艾伯特先生盖了床明亮的红黄格毯子，两只手伸在外面，柱子一样的脖子上贴着一件橡布雨衣，雨衣的外表犹如干尸的皮肤。于事无补……因为巴斯纳找不到一个可以坐下的地方：每一寸地上都堆着书、报纸、皮套箱子、科学工具——他看到了原始的离心机、天平秤，还有一个星盘——以及各种照片，都放在相框里，照片上是发电站、发电机模型、基士得耶机器设备和老式打字机，还有橡皮图章和满是钢笔尖头墨迹的记事簿，以及钟表、花瓶和瓷器雕像、银制托盘、装满褪了色的名片和高尔夫球座的浅盘、木制底座上的钢铸飞机模型——他确定其中一个模型是莫斯基特蚊子战斗轰炸机——洛可可式高尔夫奖品，上面刻着一位球员击球后的英姿，双眼注视击出的球。于事无补……老式爱德华时代风格的家具堆满了东西——靠背长椅、桌子、书桌、旋转的书柜——因此，房里非但不单调，反而喧嚣不安，危机四伏。壁炉架上方的墙上贴着各种各样的证书，还有艾伯特先生年轻时的照片，他跟在一群身材矮小的日本公务员后面，或者跟在吓唬人的政治领导者后面，头早就秃了——露出几丝满足，巴斯纳在其中一张照片中看到，他正在给看上去惴惴不安的约翰·福斯特·杜勒斯施加压力。但是，这仍然于事无补……因为此处有着更多的古怪之处，比如，一张藤椅犹如挂在天花板上的球，摇摇晃晃，一台新式彩色电视机笨重地放在皮质软躺椅上，电视开着，但没声音，黑人和白人歌手穿着淡紫色的燕尾服，戴着大礼帽，跳着踢踏舞……所有的东西都让巴斯纳重新去想，艾伯特先生的大脑接下来会如何表现？但这也于事无补……这个老人旁边放着折叠式桌子，桌上放着一些助听器，电线的另一头拴住他的高傲之躯，其中两三根电线消失在他乔答摩[1]式的耳朵里，不过耳朵并不能看得很清楚……最主要的是，于事无补……因为艾伯特先生开口说

① 释迦牟尼的俗姓。

的第一句话就是，是个犹太人？然后他扶了扶眼镜，以把三对镜片排成一行，眼镜后面的眼睛肿得吓人。是的，他终于说出了口，我看你就是个犹太人。巴斯纳困惑不解——他想起自己六个月前第一次见到马库斯的场景。他觉得那是一次狡猾的相遇，圣·约翰·伍德公寓是个奇怪的地方——但这个地方也很奇怪！他清了清嗓子，开始辩解，但觉得很难为情：呃，是的，……但不是严格的犹太教徒。如果艾伯特先生有眉毛的话，他就可以扬一扬眉毛，但现在却是他的眼镜在波形的铁眉毛下一闪一闪，然后他继续快活地说道：人们总是抱怨他们的朋友是犹太人，好像这种事值得称道一样……他停了一会，让巴斯纳品味那没有口音、没有音色、不洪亮的说话声……他又继续说，我的朋友没有一个是犹太人——据我所知，你们这个民族的有些人可以非常好。但是，我工作了那么多年，碰到过很多犹太人同事，有些下属和上级也是犹太人，基本上，我发现他们明显比非犹太人更加高效。巴斯纳医生，如果在我们的交谈中，我们可以继续保持各自的职业特征，那我们之间就没有理由出现任何的不愉快——你吸烟吗？这番话让巴斯纳颇感意外，他结结巴巴地说：是—是啊，我觉得我—我也这么想。艾伯特先生笑了一下，似乎是在鼓励对方——一种令人担心的景象。他说，你要是打开那个灯塔模型的盖子，你会发现，实际上，它是个香烟盒——灯塔就在后面，被一辆人力车所掩盖。巴斯纳掀起人力车车夫的头时，折叠桌上的其中一个助听器放出了古老的普通话，因此，在接下来的对话中，一种高音调的电动哨声总是左右相伴，此起彼伏，让人紧张不安。你对助听器的疗效知道得多吗？艾伯特先生问巴斯纳，巴斯纳的烟——干透了的海军牌烟——已经点着，他站着，对着烟不停地吹，希望可以装出很放松的样子：一个手肘撑着壁炉台，壁炉里的火焰窜来窜去——显然，并没有人请他坐下。嗯，不，他说，我恐怕不是很了解听力方面的问题，这不是我的专长——。不，那个老人打断他，你不必扯着嗓门说话——这种东西我很了解，这些设备是最新、最有效的。至于你的专长，海恩斯太太告诉我你是个精神病医生，在科尔尼哈奇收容所工作？是的，巴斯纳表示同意，不愿意用事实纠正这位神……你在那个地方负责医治很多疯子，至少别人是这么告诉我的，其中一个是我妹妹奥德丽·戴斯。巴斯纳又一次表示同意，虽然这句话语气平缓——不过，这位老人的刻薄终于让巴斯纳找到了吹毛求疵的理由：艾伯特先生，你妹妹并不疯——实际上，她很可能是我遇到过的人中心智最健全的，特别是考虑到她在过去的五十年中所遭受的折磨。巴斯纳被他自己的虚张声势所震惊，他心烦意乱地想，是不是瓷器乌龟实际上就是个烟灰缸。他又开始思考壁炉，那个堆满了煤的壁炉。别，艾伯特敷衍地说道，火是烧煤的结果——烧煤效果更好，二十年后，这个国家几乎不会有煤矿开采业了——不是因为这种行业会影响国内价格结构……有那么一会儿，这台人脑似乎展示着长久以来人类所特有的古怪行为，心里想着什么东西，但然后：你会发现，你怀疑的乌龟实际上——如果你掀起它的壳——是个通电的插座。听到你告诉我关于我妹妹的那些事，我很吃惊——我们最后一次碰面时，她试图侮辱我的妻子和我年轻的儿子，我不得不让警察把她从这里拉出去。她的精神似乎完全崩溃了。不久我就发现，她被关进了科尔尼哈奇收容所——由于是至亲，收容所的人发给我一张调查表，希望我填好，有关她的健康、习惯、情绪、生活方式等——这些东西我也不清楚，帮不上什么忙，因为之前我跟她确实好几年都没联系了。巴斯纳医生，这也不关你什么事，不过我猜测，大势已定，所以我也可以告诉你，她的道德观很散漫，她的政治观——实话实说，很极端。在巴斯纳听来，艾伯特先生似乎已经安排好了说这番话的速度，因为他刚说完，海恩斯太太就刚好进来：她穿过门进入房里，拿着……茶婆子[1]？巴斯纳走到她面前，想帮她拿，但是她却避开了，滑到一张二十年代的老式折叠床的木柜子后面。——我……艾伯特先生开口时，那个老女人跪下来，把

① 一种将闹钟和茶壶合二为一的东西，英国生产商在二十世纪三十年代推出。

茶婆子插入天鹅绒窗帘边下面的一个槽里……相信，茶沏好后应该尽快喝——既为了味道，也为了健康。他那双复眼在巴斯纳面前一闪一闪，显然等着巴斯纳问为什么。但是，巴斯纳继续坚持着自己作为医生的计划方案：一战期间，你的确见过她，虽然——我在《名人录》上看过你的信息，而且我从戴斯小姐那里得知，她曾经在兵工厂工作——。说得很对，艾伯特先生突然开口，语气一如既往的平淡，但是我可以发誓，我看到她的次数不会超过一两次——我们两个完全相反，打个比方，她是机器中的齿轮，而我却需要管理炮弹生产的所有事情——后来需要管理整个军工厂——。茶婆子的响声打断了艾伯特先生的话，两人都闭了嘴，安静地等着喝茶，海恩斯太太的沏茶工作也接近尾声，她给每一杯茶都加了大量牛奶和一、二、三……四！块糖。巴斯纳接过了茶——他真是觉得开心，毕竟可以喝点茶提提神，不过心里也想着，自己走后，是不是还要麻烦她给这个杯子消消毒……上完茶，海恩斯太太拔掉插头，拿着茶婆子下去了——两个男人都舔着我们的蛀牙，艾伯特先生的声音很大。喝完茶，把杯子放回茶碟，艾伯特先生说道，一切都恰到好处！我把自己的长寿归功于美露浆。什么？巴斯纳问道，心里想着是什么东西。那台人脑淡定地说：美露浆，我自己发明的补药，含有原生糖浆、麦胚、维他命和牛奶黑啤——不过最后一种成分现在有些问题，只有麦克森公司还在卖。当然，我第一次想到这种东西——是在一战期间——那时我还没有意识到这种药可以补什么，只是觉得它既可以提神，让人兴奋，还可以填饱肚子——但最近几年，这种补药竟然还可以防止血压出现问题。我开始发现，这种药原来还有治病的功效，同时还可以减少副作用。硬化……他简洁地评论……已经成为我这个年纪的老人的通病，如果没有这种补药，我应该很久前就死了——而且，即使不死的话，我的脑子也肯定不会像现在这么活跃。巴斯纳医生，如果你想让自己的专长更加实用有效，你应该研究一下我这种补药的药理学特征——。好吧，巴斯纳接过话——同时感到了某种有利的东西，看来我没有理由拒绝了，我应该测试一下你的……嗯……美露浆——我们在芙莱恩有个基本实验室，还有……嗯……工作上极为配合的药剂师。那台人脑开始从大脑顶部考虑这件事，然后说道：是的，从芙莱恩巴尼特路到这里，假设你走最直的路，穿过罗瑟希德隧道——你开什么车？巴斯纳茫然失措地答道：一辆……奥斯丁。是的，是的，那台人脑抢着说，但是，是什么型号？巴斯纳老实地回答：马克西，新的五门掀背车。那台人脑不再说话，巴斯纳突然想到了政府的政策真是笨，英国莱兰公司真是个大杂烩之类的话，猜测对方接下来会这么说……谁知道他会冒出什么话！但是这台人脑的转变却相当地出人意料：在这种情况下，你的轮子周长是六十九点八英寸，那整个路程所需的转数就是一万三千二百八十九点三六三零五七三二四八四零七六四三三一二一零一九一六八三——大概是。巴斯纳想不到自己竟然可以如此平静：为什么只是个大概？这台人脑生气了：很明显，我既不可以知道你的确切路线，也不知道你的轮胎气压是多少——这些量是可变的。如果我知道这些变量，我就可以给你不同的计算结果，一种状态一个结果——很可能大于二十七种。这个大房间很闷热，塞满了艾伯特先生所保留的东西，但他怎么可能读过奥斯丁马克西车的说明书？窗帘拉上了，无法看清外面的雨是否停了——巴斯纳希望雨停了，因为雨停了，那今晚就将是一个美好的夏夜，雨后的台阶凉凉的，朋友之间可以小聚一番，聊一聊，笑一笑。这些并不是他个人所追求的急需品——但若是可以偷窥的话，我希望得到这些…在未来的某个时候……我会做出必要的努力，让自己的生活拥有这些乐事，而不是……荒诞离奇的事。他开始用手去摸前胸口袋里的那一排圆珠笔，然后那个老人又像镰刀一样甩了过来：不是手帕，呃，根据事情种类决定颜色，是吗？诗意的修辞用绿色笔，回忆用蓝色笔，你自己的见解用黑色——至于其他方面，临床观察结果用红色笔，我没说错吧？巴斯纳说，你说得很对——不过我真的想不明白你是怎么知道的——。得了吧，得了吧，那台人脑开始骂，你也知道，这个系统并不是很复杂。巴斯纳说，其他事情——比如说计算车轮转数，要是用来证明异常清晰的记忆能力，那可不是什么不同寻常的例子，艾伯特先生，你就是，书面语中是怎么定义来着，学者——。所以，红笔？人脑给了个意见。精神病医生大笑：不，如果是你的美露浆让你拥有这种计算能力，我倒愿意用红色笔，但我觉得，你我都不会相信这种事。不，蓝色笔，艾伯特先生，为了我记忆中另一位杰出的记忆能手——看来她并不是你家兄弟姐妹中唯一的记忆能手——我相信，戴斯小姐也具有类似的天赋，要是过去的五十年中没有出现新的数据，她的记忆能力或许比你更强——。解释解释，人脑说，如果抽烟可以让你集中注意力，那就再来几根吧。巴斯纳说，艾伯特先生，我倒更想坐下来。那个老人并没有说不可以，所以巴斯纳就坐了下来，赶走了木头旋转办公椅上那只四腿僵硬、吃饱喝足的老狗。你妹妹……他开始说，然后……把一切都说了出来：主要是嗜睡性脑炎传染病让奥德丽·戴斯的身体彻底崩溃，她被送进医院接受治疗，但在很长一段时间内都被误诊，被虐待。他跳过了自己到芙莱恩医院的事，很快就转移到了另一个话题——发现 L-DOPA 可以治疗那些长期被抛弃的病人。巴斯纳说完这些之后，不知道艾伯特先生会有什么反应。那位老先生仍然坐在扶手椅上，身体直得要死，镜片闪闪发光，反光从他沉重的头盖骨上射出来，他的表情大概没有变化——从最后一次谴责完这个人、那个人或许多其他下等人后，他的表情就没有变过，他又再次让巴斯纳觉得困惑，因为他只说了两个字：然后？忘记了害怕的巴斯纳反击：然后什么？一台卡布奇诺咖啡机在艾伯特先生的喉部冒泡，巴斯纳惊讶地意识到……他在叹气：哎……然后他开口说话，只带着一丁点的热情，然后你要我做点什么？巴斯纳把椅子"吱嘎吱嘎"地往前移，以便把对方的情绪变化看得更清楚，然后回答：是吗？嗯，好吧，我只是觉得，你可能想见见你妹妹，或者，至少提供某些帮助。长期住院的精神病人得到的补助少得可怜——每个星期给五十英镑，用来吃、穿、住，或许——考虑通货膨胀的话——

跟爱德华年代的补助差不多。他还希望财务问题可以引起这位老公务员的兴趣——但恰恰相反，艾伯特先生又开始沉默，不过在这个沉默的时刻，巴斯纳仔细地看了看装裱后挂在墙上的学位证书，真是多得要死——所有的证书挂在一起，组成了某种见证自主学习的墙纸。授予学位的领域有德语、神学、经济学、哲学、法学、现代历史、比较宗教学、数学、几种语言、古代历史、物理学、政治学、地理学等，真是枯燥。巴斯纳想，显然，他已遭受学习之苦——现在轮到我们了。艾伯特先生说：我每天只有四十二分钟可以学习。巴斯纳开始问：几分钟——？艾伯特先生又变得镇静，但无精打采，继续说：每天早上，从布莱克希斯到查令十字路口的火车上有二十一分钟，晚上回来时，又是二十一分钟——这就是可以让我学习的所有时间——所以，你看，都是伦敦大学的远程学习证书。对一个像我这种背景的年轻人来说，读一个平常的学历几乎无法想象——我十八岁的时候就进了行政部门，不过你知道这个。我二十二岁的时候，除了要养自己的父母，还要养一个脑子有点笨的妹妹——八年之后，我就掌管了军工厂的炮弹生产。自从我那个虚弱的妹妹精神崩溃之后——就在这个房间，当时——我不能说自己帮助过她什么。她责怪我，你知道，怪我害死了我们的弟弟，她的理由——我觉得根本站不住脚——她觉得，作为负责炮弹生产的公务员，我应该知道送往前线的炮弹大部分是哑弹，既然清楚这种事情，那就应该采取措施，那我们的弟弟就不至于死在战场上。被运到战场上后，许多炮弹要么事先爆炸，炸死向前进攻的英国军队士兵，要么没有在进攻时爆炸，因而无法炸掉德国人的德拉特微壕[①]。什么？巴斯纳插嘴问道。艾伯特先生又开始叹气：哎……铁丝网，年轻人，看你是个来自德国的犹太人，我还指望你至少可以听懂一些基本词汇。不管怎样，你没有打断我的思路，这就是这件事的来龙去脉，该说的都说了。巴斯纳仔细考虑了一番才开

① 原文为德语，意为“铁丝网”。

口说话，他采取了自己作为医生最职业化的安抚语调：当然，艾伯特先生，这么多年过去了，你觉得自己可以原谅她吗？不管她当时说了什么，几乎可以确定，那时候，这个年轻女人的大脑组织已经感染了病理学炎症——此外……这么久了……他支支吾吾地说，然后停了下来，因为艾伯特先生的脸色渐渐地变深，变成了愤怒的胆汁色，你会中风的，大人……胆汁色延伸至老人的双耳，进入耳朵的，还有那个他自己改造过的助听器发出的铃声。你没有听我说话，巴斯纳医生！他咆哮了，我说的是，我觉得我妹妹的理由值得怀疑，极为站不住脚。不是因为她可恶地对这个公职进行口头诽谤，我因而无法原谅她：相反，那个时候，我非常清楚，很多炮弹都有缺陷，也完全知道，如果用来轰炸造得很好、挖得很深的壕沟，这些炸弹几乎没有什么用。巴斯纳医生，在那三十七万两千九百六十分钟的时间里，我每次学习法律、哲学或比较宗教学，每次都可以很好地理解道德责任和责备的本质。我已经与自己讲和了——也准备和造物主讲和——说到那些年我的所作所为，我可以想到很多东西：我的大好青春，那些年代的性情，大众身上的战争狂热，那就是——与你自己经常使用的模糊职业术语相反——集体思维。让我说清楚：基于任何相对主义，我都不会原谅年轻时的自己——在上帝面前，某些行为永远都是错的——但错误可以减轻。不管我妹妹自己的错误是否可以减轻，我非常怀疑：她自称为和平主义者，但她却自愿地变成了战争的一个重要部分。她是一个社会主义集体主义者，但她却随意地给出可恶的个人判断。她强烈地提倡女性权利和选举权，但她却相信爱情征服一切，像唐吉诃德一样抛弃了自己的信念。你认为她在我们的弟弟去世时就已经遭受了嗜睡性脑炎，至于这个观点，绝不可以简单地用事实来证明。我读过康斯坦丁·凡·埃科诺莫论述这种疾病的原始论文——你的语言能力有限，无法做某些事情——他最先于一九一六年在维也纳发现了这种病，但英国直到一九一八年才认识这种流行病——实际上，是《柳叶刀》上的那篇论文最先引起了当局的关注，他们开始注意到这种流行病所导致的隐形的劳动力衰退，不过这篇文章四月份才出刊——四月十二号，如果我没记错的话。不，我妹妹在军工厂工作的时候，翻转炮弹的引信帽，往炮弹里塞火药，再包装好，那时候，她的身体跟其他工人的身体一样好，其实这些工人比和平时期的工人身体更好，你知道这个有好处——这件事自然可以通过数据来证明，如果你查阅相关报纸的话，就可以找到我说的有理。不，巴斯纳医生，奥德丽的态度让人怀疑，简直是口出狂言，因为如果任何人都可以被认为需要对代理下士斯坦利·戴斯的死负责的话——我们可以根据他的遗骸在一九二八年被找到时的位置判断他的死因，的确是炮弹提前爆炸的缘故——那么，就应该是她和她的工友们的错，她们面对工作职责总是无精打采，整体上没有效率，所以，类似于过失犯罪。因此，巴斯纳医生，你知道了我们的僵局：不是我不能原谅她曾经责备过我——鉴于她长时间的精神空虚，我敢说这种愤恨其实已经算好的了——而是我仍然对她心怀怨恨，我的身体功能仍然正常，感官齐全，在我弟弟死后的两千零九十三个日子里，我每天都在抱怨她——包括今天。因此，不管她现在的状况如何，我都没有想过要联系她，至于去医院看望她，这绝对是不可能的。现在，巴斯纳医生，我相信，属于我们职业领域内的事情已经说明白了。如果你这次来只是为了走动走动，那我或许会请您再坐一会儿，再喝杯茶。这是——他朝着电视机做了个手势——我和海恩斯太太的习惯，我们习惯在这个时候看电视——今晚我们还等着看《罗尼先生》。但是，你这次来根本不是为了走动走动，你来拜访我，永远都不会只是出于社交目的，原因我已经说得很清楚了，所以，还请你不要怪我，你还是尽早走吧。

但他真的来了。站在人行道上，抬头看着我生活中最疯狂的东西，一面临时围墙上写着这样的标语：王妃庄园公园，尽享奢华人生，旁边是楼房卖点：健身俱乐部，对非小区人员开放，巴斯纳回忆起了一九七一年八月份的一个午后，艾伯特·戴阿斯先生突然步行至芙莱恩医院的二十号病房。巴斯纳没有想过要问一问这位老人，是什么东西改变了他那厚重、顽固的大脑，因为再过几天，巴斯纳就要去西班牙了，这位精神病医生完全被他那几个脑炎后帕金森氏病患者日益严重的不安所占据。——波浪线型的围墙把整块地方分成了三块，右边的那一块区域是一幅耀眼的蓝绿色照片，其中只画着建筑楼表面的中心部位：不成比例的瘦长的圆屋顶，单一的钟楼，以及拱形的门廊，让之前的精神病医院看着像个庄园，如果你没有对它的真实记忆……第二块地方，一个年轻男子穿着亮闪闪的黑色汗衫，坚毅的眼睛盯着前方，肌肉发达的双臂被举起，鼓起来的胸肌顶着紧握的拳头。从他的耳机和耳机线，以及后面那个看上去模糊不清的年轻女子——穿着运动短裤，在健身器上运动，巴斯纳推断，那里肯定就是对外开放的健身俱乐部——第三块地方，其特征少于前面两个地方，露出半个人影，那人穿着泳装，带着斑斑点点的氯化水，他想，这肯定就是装备齐全的游泳馆。他仍然站在那里，一直盯着围墙，围墙上的营销标语——坐落在三十英亩开阔草地上的获奖楼盘，经专门设计的高品质公寓楼——钻进他的头骨，还有：王妃庄园公园，尽享奢华人生……王妃公园！他承认，这个小公园的地理位置选择显然非常合理，但是王妃？除了凭一时冲动而编造希特勒一般的神话，还有什么可以解释这种重新命名的方式——难道他们不知道这里曾经发生过什么吗！他觉得，公主让人联想到睡美人，她们睡在高品质的公寓中，身上盖着干净的羽绒被，只等着一位穿着亮闪闪黑色衣服的英俊王子来吻醒她们，在某个适当的套房里，里面有许多练习室和私人教练——不要忘了健康和美容疗养！——那天，她既不美，也没有一丁点宝贵的健康。巴斯纳让艾伯特先生穿过令人不愉快的休息室，进入女病房，穆博雅、英格丽斯和薇儿——他现在想起了这些名字——一个接一个地拦住他：奥斯特雷奇先生正出现呼吸危象，他们应该再给他注射二十毫克的苯那君伤风抗素剂吗？海琳·尤德金又出现了脚弓反张的症状——如果她可以站起来的话，她就会驼背，身体前曲，然后摔倒，他们应该把金刚烷胺药放在 L-DOPA 药丸里面吗？还有莱蒂西亚·格罗斯——他们小声地叫着她的名字，尽管这个虎背熊腰的女人一直吼叫着，病房里都是回声——她害怕了，他会给她注射什么有效药呢？氯丙嗪——或安定药？艾伯特先生完全不被这些骚动所影响：身材笔直，表情严峻，身穿一套黑白犬牙花纹的衣服，不像他往日的风格，只戴了一副眼镜和一只助听器。我来看看我妹妹，在护士站碰到巴斯纳时，他就是这么说的——仅此而已。巴斯纳只希望他妹妹也可以像他一样，不被这些麻烦所烦扰——巴斯纳愿意称之为：小麻烦，没有什么好担心的——他只是担心 L-DOPA 药的副作用，不过这可以用合适的补充药剂进行治疗。他们会滴定不同的剂量，用吩噻嗪和丁酰苯作为缓冲剂——按照护士们的要求打开伞，但是不管怎样，继续进行这场不像试验的试验……——巴斯纳回头瞥了一眼，确保老男人仍然跟着他，然后开始逐个观察病人们的情况，对可能出现的情况有些担心：一个脑炎后帕金森氏病患者的脸已变蓝，他屏住呼吸……最后爆发出来，或者另一个患者的舌头无法控制地伸出来，去抓飞来飞去的苍蝇……第三个患者的双眼死死地盯着病房的某个角落，出神地看着蜘蛛网……巴斯纳的肠子不停地鸣叫，他知道，事情正变得越来越糟糕——亚历山大宫游玩归来后不久，巴斯纳就知道情况不妙：他和穆博雅一起试图削减脑炎病人的 L-DOPA 剂量，虽然这种药的总量增加，但被分成了比之前要小的剂量——不管他们做什么，病人们可怕的症状再次出现……在战场中耕地，挖出累累白骨。在他更加冷静、更加善于分析的时刻，他开始明白：这些根本就不是副作用，而是彻底的批驳，对他热忱的信仰的批驳：对人类而言，最重要的并不是健康状态——一切都安然有序的状态，而是身体混乱时的疾病，它们在脑炎病人的细胞里咆哮，在他们的脑干歧管间尖叫。他因而埋怨惠特科姆——如果这个血腥的男人不是如此关注他所谓的底线——吝啬、唯利是图到了极点，在巴斯纳的预想中，这就是地狱舞者的极点，在这条底线下面，这位主治医生弯腰……弯腰……他的白色外套边碰到……他自己的排泄物！医院的员工人数开始下降，职业治疗部被关了一半——所有病人显然都深受其害，尤其是慢性病人：他们在破旧的病房里更加无所事事，皮肤外面裹着捐赠的衣服，但因资金不足，皮肤已向内凹陷，悲伤的眼睛上抹了氯丙嗪和……忽视，两者比例为二比一。

他回过神来，艾伯特先生还在走。巴斯纳怀疑，这台人脑或许无法吸收所有的这些困惑——实际上，对其进行抵制：精神扭曲像一阵冲击波，射向这台人脑毫无情感的大脑，或者，如果这阵冲击波起伏太大，那就被人脑的鼻子劈成两半。巴斯纳踌躇地请艾伯特先生等一会儿：如果你毫无征兆地走到她的面前，说不定会吓到她——所以这台人脑就留在废弃的职业治疗附属楼的屋顶平台上，开始沉思冥想。细细地看着奥德丽的壁龛，巴斯纳高兴地找到了她不同寻常的自我：尖刻、独立，关注《金融时报》，她一直都在看：股息以力拓集团和英国联合证券的方式支付给股东，货币兑换有所浮动，以及收支平衡赤字的确切数目。巴斯纳觉得这种爱好并没有什么，只不过是她的个人兴趣成功地延伸到了外面的世界，他戴上潘格洛斯博士式的眼镜，坐在她前面的椅子上，看着她嫩芽般的头发，她那长期遭受折磨的美丽……用情人一般的眼神。正是在这个时刻，他扔出了自己的炸弹……说道：顺便说一下，戴斯小姐，你哥哥来看你了——然后，担心自己会不小心流露出聚集在心头的厌恶，而让别人觉得他不待见来访的客人，他突然站起来去拉艾伯特先生。他不会知道……/我又怎么会知道？——一辆公交车“嗖”的从路边飞过，他决定：我想看看最后几幢公寓楼的其中一套公寓，看看自己对退休的看法——然后他们会带着我到处转转，而且很乐意！一个穿着黄色荧光服的保安坐在大门外面的椅子上，看上去就像一个长期住院的精神病人……远处，巴斯纳看到，以前那家朋友店铺已经变成了公主公园的销售部，穿着生态型盔甲……一棵挪威树……我曾经有过一棵。巴斯纳站着，透过宽阔的窗户，看到里面有一张大桌子，上面放着住宅小区模型，尽是小而精致的公寓房。巴斯纳的心里充斥着懊悔和苛评：你这个冷血的畜生，你不是经常觉得这个世界非常容易理解吗？——不可缩小！——你觉得自己可以站在高处俯视这个世界？但是，他也安慰自己，由于住在芙莱恩医院的人肮脏不堪，四肢不成比例，还出现了各种程度的萎缩，所以我，作为万能的上帝，总是忙着避开他们，全靠树脂玻璃外套……而且：我又怎么会知道？——奥德丽坐在眼前，《金融时报》摊在她的大腿上，等待着斯坦利的到来，冷静、坚定地相信他会来。他更老——她接受了这个事实：他已七十九岁。她觉得他或许会像其他男人一样，中年发福等，在他到达她面前的那几秒时间里，她不停地对着记忆中的他涂涂画画，把他年轻时的铅笔画像弄成了一个十足的胖子……她还觉得，他心情愉快：一个快乐的人，总是记得从战场这个该死的地狱中被释放出来的时刻……被天使长迈克尔拉上来，被他带回家……英国老家。至于他战后的生活，她只能画出这个样子：他会有几个孩子——很多孩子，我没生的孩子，都被他生了，这些也是漂亮的孩子……然后她看到了那些孩子，像年轻的斯坦一样高挑、苗条，还像年轻的艾德琳一样五官分明、模样俊俏。这一场景清清楚楚，近在眼前，犹如那双年老、长满雀斑的双手，赤裸裸地放在粉色的床单上……不停地抽搐——比她身后带有成千上万扇小型黑窗户的塔更加清晰，这个塔的顶端放着难看的广告墙，墙上是她的另一个兄弟艾伯特的老脸，从他突出来的灰色眼睛里，似乎有什么东西射向她……肯定是射线。

过了一会儿，艾伯特·戴阿斯先生和扎克里·巴斯纳医生分别坐在二十号病房护士站里的实用桌子两边。巴斯纳抽了一根自己的烟——无过滤嘴的法国高卢伍长烟，没有一个护士可以忍受。艾伯特先生已经接过了一杯茶，此时正把一包皱玻璃纸包装的德麦拉拉糖放进茶里，快速用勺子搅拌，让巴斯纳想起……某个人被仓促地埋进坟墓中。我还在进一步研究脑炎后帕金森氏病，艾伯特先生说道。噢，真的……巴斯纳并不是那么心神不定，相反，他安静地享受着这台人脑似乎更为可爱的样子——这个老男人身处矿脉之中，身负层层重压，但竟然被人撬了出来，来医院看望妹妹成了其中一项工作日程，光秃秃的头皮上放着脏兮兮的人员花名册。是—啊，艾伯特先生继续说，正如我们第一次见面时我所说的，我那时就注意到了这种流行病，保留着相关数据——那篇《柳叶刀》文章，1918 年英国文书局出版的报告，以及一些其他的零碎内容——但是我妹妹的状况让我开始更加彻底地调查这种病，并且是从历史的角度进行调查。这个老男人穿着气派，后背隆起，抿了口茶，巴斯纳的脑子里不停地勾画着这个老男人的模样，把他画成了一个衰老的人，因此他就完全符合住院条件。——我在想，你是否意识到——当代零零碎碎的记录，或很久以后才被发现的内容，其实可以预知流行病——似乎会有其他的流行病爆发。的确，巴斯纳朦朦胧胧地呼了口气。艾伯特先生变得怒气冲冲：是的，的确如此，巴斯纳医生：十七世纪七十年代的伦敦，十九世纪四十年代的曼彻斯特——世纪之交的维也纳，——或许很快就是二战期间特莱西恩施塔特的纳粹集中营……这句话的确通过棕褐色的烟草进入了精神病医生的头脑，他身体向前靠，用脚踩灭烟蒂。艾伯特先生继续他往日机器人一样的音调：当然，从表面来看，脑膜炎之所以会在这些时候影响这些城市的人，原因显而易见——每种流行病学研究都会追问这个问题：人口密度、食物短缺，等等，等等……但是，通过特莱西恩施塔特可能爆发流行病的事实，我对待流行病问题时不再那么注重分析，而是更加……更加……看到这台人脑不知道说什么真的很奇怪……是的，更加象征性的方式——或许这是受你的影响，巴斯纳，至少是你的职业性技能影响了我。为了消除他的讽刺中所带有的恶趣味，艾伯特先生从胸前的口袋里拿出一团脏得要死的手帕，在嘴巴旁边不停地擦来擦去，然后又开始说话：我不是很确定你是否熟悉特莱西恩施塔特……他又要说什么？难不成他想把我放到那里？很久以后？但即使根据德国标准，它也可以作为有效管理和计划的典型——虽然导致了相当，呃哼，不人道的结局。或许两万名犹太人和其他不受欢迎的人被关在拥挤的老城墙里面，面积还不足半平方英里。在这个狭窄的空间内，有各种类型的店——家具店，鞋店，等等——面包店，啤酒厂，他们甚至还设置了机械厂和电力厂，我曾经一度相信，里面还有室内管弦乐队和剧院。艾伯特先生茶歇了好一会儿，然后发出一阵充满甜蜜和鞣酸的叹息，继续说道：啊，至于目的，当然不是为了改善住在里面的人的生活，而是为了打造某种波特金村庄，可以用来展示给红十字会的那些代表——他们给它拍摄了相当可怕的电影，《纳粹》，不过很可惜，我无法看到这些电影的拷贝片……这些电影肯定很有趣……他陷入沉思，纤长、优雅得让人晕眩的手指头抚弄着他的空茶杯……因为这些电影或许可以帮助我确定我的理论框架——。是什么？巴斯纳打断了他的话，满怀期待地希望听到某些排犹之类的恶心理论。当然，艾伯特先生继续镇定自若地说道，你从中看到了相同点：这些城市都满足爆发流行病的条件——高密度人群，流行病爆发的时候，这些人正好有助于疾病传播——确实，这些城市最近都经历了严重的人口爆炸——但是特莱西恩施塔特却是个例外。如果我们考察这个集中营同其他城市的相同之处——第一次工业革命刚兴起时的伦敦，第二次工业革命阵痛时期的曼彻斯特，作战武器被疯狂生产出来的维也纳——我们或许可以假定，关键因素不是人类的数量或密度，而是机械化的密度，……技术的密度。不管怎样……这个年纪的老年人做出这样的动作有些另类，艾伯特先生站了起来，身体笔直，展现出幽灵一般的体型……正如我所说，这只是理论框架，我离开时会告诉你。然后巴斯纳想起来：但是，艾伯特先生，我还没有问过你……我是指……这和你妹妹有什么关系？这台人脑毫不掩饰自己的轻蔑，俯视着对方，说道：关系？这跟我妹妹一点关系都没有，巴斯纳医生——她有重度精神性紧张症，我猜想，总之一般人不会程度这么深——根据我自己的理解，她并不知道我来过医院，她看上去像是被某种可怕的悲哀所侵袭，木讷性忧郁症，我相信是这么叫的……你看，我希望，我并不完全是你所认为的畜生，我已经跟你的助手解释过了——。——助手？巴斯纳也站了起来，这两个男人分别跟桌子边形成了一定的角度，分别离桌子边缘有一段缝隙。是一啊，艾伯特先生说，非洲绅士——穆博雅，是吗？好像非常能干，我告诉他，我愿意做好必要的安排，安顿好奥德丽的养老金问题——即使我先死，她的养老金也已经有人提前付掉。我可以——这台人脑发出一阵狂妄的假笑，他没有压住——用他的母语告诉他，我知道一些非洲话。

两人都在病房里，艾伯特先生正推着通向走廊的双开门。他的母语？巴斯纳说，你是说……基库尤语？艾伯特先生停下来，又对着他射出一阵蔑视，然后回答：天啊，不是，卢奥语——穆博雅是个卢奥人，不是基库尤人，或许这就可以解释他为什么在这里，而不是在肯尼亚，是吗？巴斯纳，你的职业不能让你在其他方面有所长进，这我并不吃惊，因为你对同事不感兴趣。由于在这临界点上给了致命的一拳，我们的职业联系显然结束了，艾伯特先生，由于他明显的顽固——非物质化……——需要帮忙吗？她说。这个女人三十多岁，近四十的样子，有些地方异常地丰满——手臂下方、臀部和胸部上方——这意味着，在宽松的黑色上衣和宽松的黑色裤子里面，她穿着紧身内衣。弄巧成拙……真的。她有一张俊俏、硬朗的脸——希腊人？——黑发散开，妆容缺少美感。不是你希望从房产经济人身上看到的样子。——我……嗯，是的……他们站在这个由医院所改造的奢华住宅区模型旁边，巴斯纳感觉到一阵昏厥，就把他的一只手放在桌上，支撑住自己……我——我曾经在这里工作！他说出这句话时，好像带着不可思议的得意之情——他之前完全沉浸在自己的伪装中，一直都把自己装扮成真正需要在这里买房的人，最后说出了这句话。那个售楼小姐的苦恼似乎烟消云散。是吗，她说，你在这里做什么——她的眼睛扫过他肮脏的衣服，最后停留在皱巴巴的帽子上，看到帽子边缘尽是汗渍——你以前在家具店工作，还是职业治疗室工作？他笑了。——不，不，我真的在这里工作过——我以前是个精神病医生。在他们周围，也就是曾经是朋友店铺的这个地方，她的同事们在键盘上“啪啪啪”地打着字，在电脑鼠标上“嗒嗒嗒”地点击着，他们的眼睛在几英寸的地方来回扫描，仅仅通过这些动作，他们就穿过大陆，远行至异国世界，或者穿透其他人的灵魂……不应该这么势利，他告诫自己，毕竟，这跟边听收音机边看地图集有什么区别？——自己还是个孩子时，经常这么做。那个女人抱紧手臂，露出更多的……新鲜肉团——也不应该评判这种事情，至少我这个年纪不行……她说，不好意思，只是很多以前在这里住过的病人也回到这里看这个地方。巴斯纳开始说：我很吃——，但没有说完，就意识到自己其实并不吃惊。不过，他换了句话，我觉得，他们是在寻找某些……然后声音减弱。那个女人看着他，眼神中带着钻研和思考，然后说出了他的想法：安全？是的，我知道他们在找这个东西，因为他们经常告诉我，他们在这个地方觉得最安全——当然，很多人并不幸福，一些人还非常痛苦。现在轮到巴斯纳用钻研的眼神看着她了，他从她的语气中察觉不到讽刺，她的表情看上去……很真诚。她似乎是最不擅长夸夸其谈的治愈性房产经纪人……他浅浅一笑，说，我是否可以认为你也在这里找到了安全感呢？那个女人大笑，巧克力一般的咯咯笑声，令人十分愉快，哈哈，好吧，哈哈，是的……她伸出一只手，他可以想象，把手装扮成这副样子，她肯定花了不少工夫，因为每一个手指甲都涂了……峨眉月、彩虹、一只鸽子，这十幅小彩画的……安全感……令人作呕……我叫雅典娜·杜卡基斯，她边握手边说——巴斯纳快速地扫描了一遍那一手银色戒指，拇指上竟然也戴了！从中寻找那个金色婚戒：纯粹只是出于习惯……巴斯纳，他说，扎克·巴斯纳医生——七十年代早期，我在这里工作了几年。握手之后，杜卡基斯太太转向模型和手势。——是的，你也看到了，这里变化很大。我觉得蛮了解这个地方——我几乎是在这里长大的：一九九二年医院被关闭的时候，我的父亲买了这幢楼。巴斯纳再次从她俊俏的脸和温暖的语气中去寻找讽刺、反语或暗语……类似地板门，下面的密室被打开后，满是痛苦和绝望……他审慎地说，对一个年轻女孩来说，这肯定很奇怪，我是指——这里曾是精神病医院。杜卡基斯让我更好地了解了这个地方……她一边用峨眉月被倒置的手指头在模型的树脂玻璃盖罩上比划来比划去，一边说，你也看到了，我父亲做的第一件事就是拆掉医院的第二排楼，全都拆掉，但第一排楼的前面原封不动地保留着——所以这里很好地保留了原貌，包括十九世纪六十年代所造的柱子。不过你说得对，这的确很奇怪——她突然从一位房地产经纪人变成了一位回忆者——那时我还小，只有十几岁，我父亲把我带到这里，让我看看这个地方，在这里散步。最后一批病人走得很匆忙——他们的牙刷还放在浴室的壁龛里，少得可怜的家当还放在床头柜上。医务人员已经放弃了所有……奇怪的设备——当然，还有四周墙上装了软垫的房间，真是让我心惊肉跳！在一片安静中，他们的眼前都浮现出疯子天地的影像……巴斯纳回想起了二十世纪八十年代晚期和九十年代早期这个老收容所的古怪气氛，想着那些平静下来的病人如何被赶出医院，又如何被转移到别的地方，再也没有被送回来，直到医院里只剩下满是回音的大病房和病房里的垫子小岛——毛茸茸的老年病人蹲在这些小岛上，他们像是巴巴里地区的猿……他觉得，这类似于去殖民化过程中的某几个步骤，治疗帝国的长期统治状态被成功地瓦解，向清障球投降，向……奢华公寓投降。

桌子上立着一些坚硬的纸袋子、图柜图架和模型图——气派的紫色袋子，上面印着住宅小区的口号：老医院向上延伸的穹顶和两侧的钟楼……骗子，吸进精神病的臭味，吐到郊区的空中，他们现在吸收什么？百花香，刚磨碎的咖啡香？雅典娜·杜卡基斯说，我们明天会请人过来演出，那些袋子——袋子里装的是一些奖品、赠品、住宅小区的宣传光盘、带着香味的蜡烛、浴盐……之类的东西……她陷入了沉默，然后，又精神振作起来，说道，看，说实话，刚才非常安静——由于信贷危机之类的经济问题，我们的楼盘卖得……并不旺。我带着你四处看看吧？这句话脱口而出，但极为热情……他跟着她往前走，脚下的路通往环状交叉路口，那里有个花圃——比他记忆中更为灿烂，粉色、淡紫色和鲜红色的花海——巴斯纳纳闷，为何她对我如此热情？因为他觉得自己非常邋遢，走路蹒跚，穿着运动鞋的脚痛个不停，够了……最后是他那顶流浪汉的帽子，这个形象犹如一位重回故里以寻找安全的病人——或者一位无知的穷苦疯子，他怎么了？说得更确切些，巴斯纳在想，那个被他所骗的老精神病医生马库斯怎么样了？——好像他需要保护！——如果他现在还活着，他就——什么？一百多岁了——而且，很有可能，他仍然住在那个圣·约翰伍德公寓里，指使他那位小个子夫人，她噼啪噼啪地穿越塑料地毯，端着碎肝脏做的祭品……他们走到了大门处，巴斯纳开始温顺地重新踏上过去的岁月，但他吃惊地看到，过去已经悄无声息地展露在自己面前，而在他们后面，另一些玻璃门也从中间向两边打开：睡美人城堡神奇的入口……山坡，盛开的花儿，永远流着水的河流……雅典娜·杜卡基斯又哈哈大笑。——我知道你被这门搞糊涂了——这是我父亲做的第二件事：把门打开，毕竟，总不可能让身体健康的员工沿着两边偷偷摸摸地走吧，你现在可以吗？悬臂式的楼梯平台曾经被安排在剧场上面，剧场从来都用不上——他现在记起来，极度活跃的科迪莉亚唱着折子戏，空—空—空—空来—来—来—来自空—空—空——相反，其实并不空，有很多东西，高高的大厅被水平地分成了三块，通过浅茶褐色木制圣坛屏和玻璃面板可以看到这些隔间。窗大概到人的胸部那么高，透过窗，可以看到凹陷的游泳池，一个游泳的人在蔚蓝的水里伸展四肢，等着别人给他拍照——而在他们脚下，是宽阔的缸砖地面，地上是半圆椅组成的座位区，用锌装饰门面的酒吧，以及安静地狂欢着的咖啡馆，整个下午都播放着这样的音律：一两个松糕头家伙，吃着相同分量的法式杂碎。在这所有东西之上，是另一个平台，盘在原初屋顶的旧横梁和桁架下面，通过玻璃栏杆，可以看到这个平台上堆满了跑步机亮闪闪的扶手架。巴斯纳看到几双腿来回运动，来回运动……但是没有去任何地方。急促步式……突然闯入他的脑海，然后，他又认出了划船机闪耀的钢角，还有其他举重、拉伸和猛拉的器械，运动的人重复性地把运动器材上推下推，上推下推，没有举起什么重量……只是出现了更大的肱三头肌、二头肌、三角肌……伴随着同样的精神放松状态，出现了……一阵手足徐动症和肌肉阵挛性抽搐……巴斯纳抬头，看他头上其中一个跑步者的眼睛，看到那两个眼珠子坚定地固定在中长跑上，她慌张的步态永远都无法带动她，他想：她的动眼神经危象发作了。接下来，他死死地集中精神，可以从浓缩咖啡机的咖啡中和作为背景音乐的风铃声中分出她呼哧呼哧的呼吸声，因而诊断出……呼吸危象发作了。大门旁边的墙上挂着照片，傻呆呆的巴斯纳扫了一眼其中一张照片，照片上的那个男人，或者他的双胞胎兄弟，也扫了巴斯纳一眼，巴斯纳低头看自己的运动包，从健身中心回到闷热的队伍……真是最糟糕的一次排队……——他绝望地想，我要在这个该死的队伍中排多久？更糟糕的是，没有什么可以让他看看，他只能看着石头地面——大量的小规模金融交易在地面上留下了痕迹，看着刺眼的窗，或者看着他本不希望看到的东西：一个男人站在前面的柜台旁边，正弯着腰，穿过金属栅栏拿现金，说话时哇哇地叫个不停，巴斯纳几乎无法判断他说的是什么语言。他是我……花五十比塞塔[①]用电动剃头剪理发，为的是让头发看上去更加有派头——这是种代议君主制，如果他们选择这么理发的话，忠诚于君主的顾客剃完头后——头皮像是戴了富有光泽的折纸帽，或许很可能会在公共场合修理你……——英国海外航空公司提供给顾客的蓝色脏旅行包里装满了空的酒瓶子，那种兴奋——神经系统的连续性活跃状态——神经系统已习惯于用酒精获得常规的镇静……巴斯纳丝毫不怀疑，那个靠汇款生活的老人是个英国人——即使他听不出对方说的是哪国语言，他的大嗓门仍是无可争议的英国话……这个靠汇款生活的老人不停地把脏废纸往栅栏里塞，但这堆废纸似乎出现了一些问题，有人拿着废纸晃了晃，令人厌恶，巴斯纳意识到，他

① 西班牙基本货币单位。

需要兑现的正是托马斯·库克旅行支票。他想，西班牙之旅总的来说较为成功：他们看、吃、聊、跑，又再享受了一次。他和米利亚姆之间并不是非常亲密，但这是可以理解的……让宝宝凉爽，确保所有的孩子都喝了昂贵的瓶装水真是够累。不，这个假期是成功的，而且，再过几天，他们就要飞回去了——这并不是神秘的丛林生活之旅……但是，事实可以证明，这是宽广、优雅的生命章节中……完全可以接受的其中一章……昨天晚上，他不应该喝那么多，但是这也是可以理解的……要是这个快要暴发瘟疫的银行里不是这么热——要是他身后不安分的队伍不要如此地弯弯扭扭——巴斯纳每次回过头看他们，他都能看到令人心烦意乱的手、闪耀的头发，刷着唇膏，舔舌头。还有那个靠汇款生活的老人可怕的中风！争执达到了高潮，因为穿着夹克衫和靴子的市民联防队员走进了银行，他们一定是收到了秘密报警器的通报声……巴斯纳绝望地看到，那个靠汇款生活的老人被他的包裹带拉着走了，他装满空酒瓶子的包发出叮叮当当的声音，他的眼睛泪光点点……我应该做点什么，帮帮他……但是巴斯纳只是站到铁栅栏旁边，开始费劲地签名，这里，那里，跳到下一个签名，这里，那里，跳到下一个——拇指功，或者手之功，这让他回想起海琳·尤德金的重复性抽搐——他突然明白，自己犯了邪恶、无法挽救的错误：我不该离开他们——永远不！因为假期的最后四天，巴斯纳身在西班牙，心却早已飞回去了，他几乎无法打起精神跟三个流浪儿一样的孩子和我那个毫无生气的可怜太太说话。当计程车把他们放在格鲁夫的时候，他走进公寓，只是为了翻出奥斯丁车的钥匙，然后他推了一下米利亚姆，她正在吃力地整理行李箱。她什么都没说：没有什么好说的——空来自空，但是忽视却不是空——离婚就来自这种不是空的东西……——当他到达二十号病房的时候，已是下午晚些时候，阳光射下来，穿过尖头窗，正好是四十五度角，我然后就想到了城堡——特别是它们的地牢，安放中世纪囚犯的石头小房子，他们暗淡、肮脏的头发从复杂的枷锁和牢笼中钻出来……像是来自格里梅尔斯豪森镇的生物……他在休息室里看不到医务人员，护士站也没什么人，除了……烟雾，我们所有人都关心的刺鼻的幽灵。巴斯纳去西班牙度假的时候，奥德丽·戴斯仍然是脑炎后帕金森氏病患者中最稳定的一位——自从她的哥哥实行了一个世纪一次的看望政策之后，她的昏迷状态一直持续到现在：有些吃惊，巴斯纳医生，她这样告诉他，我想，你至少应该告诉我，你去拜访过他，因为这件事才颇让我吃惊——而且，我对艾伯特·戴阿斯无话可说，我们甚至都不用同一个姓——我们唯一的共同点，只是我们碰巧出自同一对父母。如果你有空跟他接触一下，我敢说，你就会被他强大的推理能力所包围——只可惜这种能力不搭配任何真正的情感，更别说热情了。他是最可怕的反动分子。喝了太多的美露浆，巴斯纳暗暗自语，奥德丽说：大声点，年轻人，巴斯纳就再说了一遍：我希望他只是喝了太多美露浆的缘故——但那位年长的女士却哈哈大笑，她笑了——令人愉悦的笑：热情，魅力十足……这是他自己的记忆：一个非常瘦弱、弯腰驼背的病人——这是真的——但却仍然还有感觉，相当明显的感觉……而且时不时地露出来。她曾经对他说过，我真的非常喜欢走到上面去看唱歌的女人——唐小姐，是吗？——她弹的音乐跟我从孩提时代起就记得的音乐非常吻合，布拉姆斯的间奏曲，A调，你知道这音乐吗？巴斯纳说，不是很清楚——。然后她就开始哼以前哼过的音乐，嘟—哒嘟，嘟—哒嘟，嘟—哒嘟—，嘟—哒嘟——，三连音轻快地跳跃，他就把她留在那里——有点神经紧张，有些摇摇晃晃，真的，但这也是可以理解的……——他回来后发现了最彻底的不和谐。我先去看男病房……那三个老男人，沃斯先生、奥斯特雷奇先生和麦克尼尔先生，像巴斯纳第一次见到他们的时候那样呆滞：他们似乎已经不是人类，而是……被遗弃的房子，燃烧殆尽，渐渐衰败……他们的脸紧紧地戴着面具，他们的头懒洋洋地靠在脖子上，他们所有的肌肉组织不断在体内被腐蚀，他们的每一部分因而都悄悄地溜走了。他曾经徒劳地试图唤醒他们——扒开眼皮，对着黑暗、不干净的耳朵大喊。什么都没发生。比这还糟糕：一种强烈的缺失感——不仅是这三个人再也没有知觉，而且另外的某种东西也消失了……或许，那是我的梦想，也是他们的梦想……他走进女病房，发现莱蒂西亚·格罗斯的庞大身躯仍然塌在那个加固的灵车上——当他离开的时候，她真是麻烦，对着护士大喊大叫，命令这个，命令那个，但现在，她却是二十五英石的死魂灵，一堆空虚，她娇小的特征似乎正在被滚动的肥肉重新吸收……滚动肌张力障碍的波动，沉重、迟钝。看不到她那个厚脸皮的丈夫——也根本看不到任何医务人员。他又走到海琳·尤德金的床边，至少发现了一些生命迹象，但只是……出现了一次，两次，跳到下一个，出现一次，两次，跳到下一个……她强迫性的旅行支票抽搐症让拇指发功，让手发功……她不能说话，她永远都不能再说那些不可思议的话了……她对我无动于衷……最后，巴斯纳碰到了急匆匆的赫弗齐芭·英格丽斯。我那些脑炎后遗症病人怎么了？他质问她，没有任何打招呼或开玩笑的意思……她只是把我当成另一个不断膨胀的医生，浑身充满自己的职业状态，对着小人物发飙，所以自己什么都没得到：——巴斯纳医-生，你的脑炎后遗症病人？为什么？所有这些蠢事都是为了防止你再次偷偷地溜到国外去。惠特科姆医生看到了这些可怜的病人糟糕的状态，所以不再让病人服用你那种好笑的药——他把药全拿走了——。他把自己从英格丽斯自鸣得意的坏笑中解救出来，最后奔向她的小壁龛——他保护得好好的，看到残余的碎片——他最终走向奥德丽·戴斯，咒骂自己……一时忘记了她，忽视了自己作为她的医生所承担的责任……到了之后，才发现比自己所害怕的还要更加糟糕：她坐在椅子里，一大半身体已经扭曲，她的双眼盯着她头上、身后的隐形物体，但是这些眼睛上竟聚集了苍蝇，她的四肢被捆绑在椅子上。他径直走向椅子，开始解那些捆绑着的皮带。医生，如果我是你的话，我就不会这么做，英格丽斯在身后这么说道。你不知道，她的四肢被松开后，她会彻底发疯——。然后他就发脾气了，开始对着她大喊大叫：你不知道这个该死、可怜、血腥的地方自豪地吹嘘不会捆绑任何一只手、任何一条腿吗？……——我们继续走吗，巴斯纳医生？雅典娜·杜卡基斯问道，然后他说，当然，当然，不好意思，我只是觉得好……好奇怪，一切都好奇怪——我是指，你们还保留着原来的奠基石。他们站在那里，看着白色的匾，读刻在上面的字：基石奠基人员：陆军元帅艾伯特殿下……后面跟着精神病医院委员会成员、各种各样的慈善要员的名单，底部是蔓叶花样的装饰，刻着医院的口号：不绑任何一只手，不绑任何一条腿。他们离开健身中心的时候，巴斯纳说，一些人或许会觉得，生活在这样一个高墙耸立的地方，一定会相当、相当心烦——在他们那个年代，这个地方见证了如此之多的精神痛苦。杜卡基斯用批评的眼光看着他。当然，她说，这对一个精神病医生来说，有点嬉皮、可悲的感觉，我是说，不要告诉我，你也跟其他人一样，认为老房子会有灵魂飘来飘去。不管怎么样，这里已经变成了漂亮的公寓——你自己也看到了。他们在第一排楼前浓密的篱笆和外墙之间踱来踱去，房子的砌砖已经变成了原初的蜂蜜色。复古的窗户很漂亮，每隔几码就有铁制灯杆，上面装了电灯泡。巴斯纳猜测，这是为了不借助低瓦数的灯泡，而给居民灌输一种愉悦的维多利亚市民自豪感。他想，我们的确是嬉皮、可悲的人——那些不回到自然，或不回到栅栏的人，从我们自己对维多利亚时代物体的怀旧之情中去寻找某些慰藉。他咧着嘴笑了，想到了那个时期由裁缝缝制的花哨衣服——在跳蚤市场上淘到的白色丝绸长围巾和当初的燕尾服，还有乐队队员的红色外套——他们穿着这些红色外套穿过怀特岛音乐节上拥挤的人群，金色弓根及时地跳到相应的位置上。米利亚姆坚持要威廉·莫里斯的花卉图案墙纸——但巴斯纳有他自己的爱好，他喜欢翘八字胡和天鹅绒晚间便服……对那些苏醒过来的人而言，这个世界已被自己滑稽的童年所毁灭，若在这样的世界中重获意识，那感觉肯定很奇怪，加上嗡吧嗡吧的迷幻音乐就更奇怪了……正如英格丽斯所赞成的那样，束缚是必要的，因为当奥德丽·戴斯持续了十六个小时的动眼神经危象接近尾声的时候，她并没有旧态复发，变得不能运动，而是变得生机勃勃。她抽搐着，这是巴斯纳所见过的最激烈的抽搐——她的每个部分都跳着圣维特斯舞：她的十指轻轻地弹着，双手痉挛，双臂、双腿和脖子疯狂地抽搐——如果让她站着，她就会摇摇摆摆地跳起来，然后在病房里跑上跑下，直到她撞到墙或家具，然后一头栽在地上。把她绑起来，完全是出于人道目的，防止她撞坏自己脆弱的骨头。安全地用皮带绑起来，她仍然叫着……奇怪的叫喊声，无意识的辗转不安……买！买！她这样叫着，还有：卖！卖！她嘴里还喷出杂乱的数字命令：给我 14—80！我会拿 9！试试 71！抓住 4022！109！——现在！所有这些吓人的胡言乱语混合成了混乱的抽搐舞，不管这个精神病医生怎么努力，他都无法进行分析，也无法合适地构思其意义。他和穆博雅已经乞求惠特科姆允许他们重新给病人服用 L-DOPA，至少给奥德丽·戴斯服用这种药。鉴于这位老太太严重地失眠——缺乏某种必要的成分，任何剂量的镇静剂都无法治愈这种失眠——这位主治医生心软了。但是，即使重新服用这种药，她也继续做出古怪的行为，在极为活跃的思维运动和愈加严重的紧张症之间切换。在两个星期左右的时间里，巴斯纳像作战一般，拯救他最看重的病人，此时，病人的稳定处于刀刃上，因此，应该以某种方法保持她的平衡……老虎自由了，袋鼠也自由了，取决于我，取决于你……一阵悲惨、凄凉的希望：最后是穆博雅坚持地认为，他们应该停止这种治疗……出于怜悯和公正，他这么说——他是对的……再度陷入昏迷前，奥德丽·戴斯说了一连串的词，但不知是什么意思——18：4.2，94：13.7，66.3：33.3循环——即使巴斯纳知道分析这些数字的意思将是一种徒劳，他还是试图寻找合适的理解框架。或许，这些数字是数值模拟？她的脑化学在离散性数字和连续性数字之间转换？在可计量数字和相对数字之间转换？

两人已经走到第一排楼的另一侧，他们沿着长条形草地边缘走，这块草地曾经是第二排楼所在的地方。不受楼房面积减少的影响，山坡之间的露天院子变成了正常的绿草地，上面洒满斑斑点点的阳光，令人愉悦……巴斯纳问开发商的女儿，地下第二层的长走廊怎么样了？她哼了一声：那地方虽然很特别，但我们难以保留长达一千八百八十四英尺六英寸的所有地方——这真的不是未来的业主所追求的东西……不，如果你走到那里……她轻快地往这幢楼的背面走……你可以看到，那里被隔开了，成了一排前厅，分别属于每一幢住宅区。如果你往窗外看，你就可以明白是怎么回事。他按着她所说的做，但根本无法弄明白这种人类直线型加速器——反而只是被玻璃的反光弄得眼花缭乱，被墙上的那些东西弄得失望透顶，他猜测那是钉子，因为墙上挂着两三件巴伯衫和一两顶羊毛帽。在这些乏味的东西后面：第二扇窗，后面又是另一扇窗，毫无疑问，后面挂着更多的雨衣……杜卡基斯的身上传来一阵动画片似的鸭叫声，嘀嗒—嗯—砰—嘎嘎，她用图画一般的指甲在自己身上轻轻地拍来拍去，摸到手机时，又发出一阵嘀嗒—嗯—砰—嘎嘎的声音。巴斯纳往后退，给她腾出十五英尺的公共私人空间。扎克里出现了，他想，然后：我是个猿人……我是个猩猩……又出现在他脑海里，包括钢鼓声和刺耳的吉他声。那里应该就是销售中心，她说，把手机放好，似乎我们真的可以大赚一笔——不好意思，我得回去了，该让大家看演出了。她迷人地笑了，继续说：您自便，欢迎随便看看——如果想看看房子里面的构造，可以去主楼的另一侧，那里放着样品房，如果还有其他问题的话，请随时来找我。她转过身，美洲豹一般的莱卡纤维……我倒想再摸一摸那块肉……他说了声谢谢，然后，她走了，留下他一个人站在露天院子前面，急促地呼吸——几乎在喘气。他靠着走廊上的窗，老医院黑色的星际飞船打开了他年老的头部轴线。巴斯纳意识到，我的惊恐发作症又犯了——他试着用笑摆脱这种病：估计每一样东西都有第一次……我们之所见，就是我们之所选，就是我们之所坚持，就是我们永远之所失……然后，他站直身体，拿下帽子，按摩双鬓，摇头晃脑，想：只要我被这些古老的小调所包围，我就不会死！带着批判、评价的眼光，他在露天院子里转了一圈，吃惊地发现，他已完全认清了芙莱恩医院四十年前的外形。巴斯纳既震惊又满意，意识到自己所站立的地方……正是同一个地方，我第一次见到她时也站在这里，她精致的面颊骨上尽是唾液，一滴一滴地滴到平整的地面上，她的小脚穿着儿童拖鞋，踢着油地毡布边……他回到窗边，又把前额靠在上面。虽然花了好长一段时间，但他最终明白：我忘了他们……他疲倦、忧伤地承认了这一点……我在芙莱恩医院继续待了一两个月，但后来就离开了，就像我放下了生命中的一切：婚姻、工作、同事、承诺、病人——我把这些都忘了……我们把这个世界拆散，但重新开始又为时已晚？过去真的过去了……因为，回想那最后的几个星期，那些试验永远都不再是试验的日子里，他明白：一切都是时间问题。他想起了自己给脑炎后帕金森氏病患者所拍摄的电影短片，特别是奥德丽·戴斯操作着隐形车床的那部短片……我看到车床了！看到车床出现了问题……看到抽搐的她在时间中旅行……但是这个假设太激进了：这些可怜的受难者，他们不停地摇晃的身体代表了整个机械时代——正如精神分裂症患者的错觉带有这个时代所流行的焦虑，脑炎后帕金森氏病患者的运动失能和慌张步伐就是技术所代表的两个步骤：停止/启动、开/关，0/1……她，奥德丽，提前预测到了！在她彻底崩溃前的最后几个星期里——那些狂乱的日子，她让他预览了即将发生的事：二进制暴风雪将会横扫人类的意识——如果可以用适当的设备进行扫描的话……后来，在二十世纪八十年代，我可以观察她的大脑内部——看看内部结构……但是，即使他想到了这个，巴斯纳也知道这种事根本不可能……因为我缺少感情……艺术才能……他现在明白，自己脑中那些一直都挥之不去的流行小调，其实是一种连续性的提醒，提醒他不要忘了这种已被抛弃、却未完成的苦业，也不要忘了他所犯下的所有其他遗忘罪：不要让它死，不要让它死……飓风·史密斯已经用优美的音调唱出了这些大白话——但只是因为它们是大白话，就不代表他们没有……道理。巴斯纳把脸靠在冰冷的玻璃上，双手沿着脸部轮廓作出杯状圈住太阳光。布林克上校清楚地看到了仅十五英尺之长的老医院走廊所改造的前厅：这些不是挂在钉子上的巴伯衫，而是……肉身……他那个精神病兄弟亨利的尸体，在精神病医院住了三十年之后，他在五十二岁的时候结束了自己的生命。他吊在那里，看起来就像他一定是……在被放下来前……让脏兮兮的伐木工人衬衫领子钩住了上了漆的木靶子，其中一个聚乙烯外套衣架挂钩戳穿了牛仔裤口袋，裤子被提得老高……我去看过他——但还是去得太少太少，罗尼的想法让我不敢去，罗尼疯狂地相信，是我让自己的兄弟得了精神病……他这个去世的兄弟不仅扭伤了巴斯纳的大儿子仍然富有生命力的身体，马克……他可怜的脸！虽然并没有一辈子都要被关在病房里，被刺痛心灵的忧郁所笼罩，但他仍然被留在……社区护理中心……极不情愿，歇斯底里，饱受折磨……还要在斯坦莫尔卧室起居室里等很长时间，等着他那个精神病医生父亲去看他……检查他的确在服药，所以可以说，嗨！看！脑子没毛病——治好了……除了这些废弃物，巴斯纳看到的那个东西是什么？立在角落里，她薄薄的金属肋骨和支柱都卷在丝一般光滑的老皮褶皱里？他自己的……睡美人……她的脖子，夹在因年老所致的驼背中，不断地弯曲，弯成了一个钩，因此，他面对的，是一个已经不再锋利的钩尖，如怨如诉。

译后记

威尔·塞尔夫(Will Self,1961—)是英国小说家和专栏作家，写有《疯狂的数量理论》(获一九九三年费伯纪念奖)和《给顽强男孩的坚固玩具》(获一九九八年阿迦汗小说奖)等作品。二零一二年，塞尔夫凭借其第九部小说《伞》入围英国布克奖短名单。塞尔夫生于伦敦，长于伦敦，对伦敦有着深入的观察和了解，熟知伦敦人的生活状态。在小说《伞》中，塞尔夫便讲述了几个伦敦人的人生故事。

每个人都有过这样的经历：早上醒来，似醒非醒，昨夜的梦残存于脑海；想起床，却又起不来，闭上眼睛，任思绪随性地挥洒；朦胧中，不禁又做起一些莫名的梦。在清晨的梦里，可能是“我”回到了过去，见到了往事中的“我”和他们；也有可能是到了似曾相识的地方，见到了似曾谋面的男男女女；当然，更有可能的是，梦境只不过是一些零散的片段，他人在自己的梦里演绎各自的生活，“我”只不过是个看客，看着不属于自己的爱恨情仇。

正是在这样一种似醒非醒的状态中，退休的精神病医生巴斯纳开始了一天的生活。二零一零年四月八日的早晨，巴斯纳躺在床上，在芙莱恩精神病医院工作的往事不断地涌进梦里。早上八点五十四分的时候，他醒了过来，上完厕所后又回到床上，继续做关于往事的梦。九点多的时候，他又醒了一次，但仍然没有起床，再睡了一个多小时。睡意蒙眬中，他回想起了一九七一年夏天的一些往事：给脑炎后帕金森氏病患者服用 L-DOPA 药物，热情地关注其中一位病人奥德丽·戴斯，和妻子米利亚姆之间出现问题，与情人米米渐渐地结束关系……年老的巴斯纳似醒非醒，过去如洪水一般，不停地涌进梦境。最终，他决定起床，去外面走走。巴斯纳坐上公交车，开始一个人的北伦敦之旅。一路上，各种建筑不断地映入巴斯纳的眼帘，这让他回想起更多的往事。当巴斯纳走进一个高级住宅区时，这次回忆之旅达到了高潮，因为这一住宅区正是曾经的芙莱恩医院。

这是《伞》的其中两条线：二零一零年，年老的巴斯纳重游北伦敦；一九七一年，巴斯纳是芙莱恩医院的精神病医生，与同事、病人、妻子及其情人之间发生了各种故事。在这两条线之间，还穿插着另一条线，那就是巴斯纳的病人奥德丽·戴斯的故事。在一九七一年的时候，奥德丽已经在芙莱恩医院住了半个世纪。奥德丽成长于维多利亚晚期，成年后在一家制伞公司做打字员，第一次世界大战期间进军工厂工作，后因感染流行性脑炎（又名嗜睡性脑炎）而被关进精神病医院。在关于奥德丽的这条线中，塞尔夫也讲述了奥德丽的哥哥艾伯特和弟弟斯坦利的故事。

从一九一零年代后期到一九七一年夏天，再到二零一零年春天，《伞》的故事情节跨越了一个世纪，但小说真正的时间跨度，却只有一天。在巴斯纳的意识流和回忆中，奥德丽、马库斯、惠特科姆、穆博雅、米利亚姆、米米、脑炎后帕金森氏病患者等人的故事缠绕在一起；奥德丽的故事又引出了艾伯特、斯坦利、塞缪尔·戴斯、玛丽·简、格雷西等人的故事，在叙述斯坦利和艾伯特时，作者又讲述了威利斯、艾德琳、迈克尔、罗莎琳德等人的故事……这些人物并没有传统意义上的主要人物和次要人物之分，而只有中心人物和非中心人物之分。小说的中心人物就是奥德丽·戴斯，其他人物与奥德丽之间具有某种直接或间接的关系。正如威尔·塞尔夫自己所言，《伞》的故事情节就像一把伞，从一个中心点不断地向外辐射。在塞尔夫细致、精炼、大胆的叙述中，这些人物被直接或间接地联系在一起，或通过具体的空间或时间，或通过无形的思维或想象。小说里充满了各种各样的心理活动和意识流描写，它们像一阵暴雨从天而降，狂烈地显现在读者面前。

《伞》的写作手法让人想到现代主义作家詹姆斯·乔伊斯的作品《尤利西斯》。《尤利西斯》共分为十八章，每一章代表一个小时，展现了都柏林一天中十八个小时内发生的种种事情。通过运用意识流写法和细节描写，乔伊斯把不同的时间和空间交叉在一起，构建出看似凌乱、实则紧凑的文本。《伞》亦如此。颇为有趣的是，塞尔夫写在《伞》之前的那句话，正好出自乔伊斯：兄弟如伞，容易被人遗忘。可以说，塞尔夫的《伞》精彩地恢复了二十世纪的现代主义。

当然，《伞》并不是完全意义上的现代主义作品，因为现代主义派拒绝对小说章节或段落作任意地划分，但塞尔夫却在《伞》中随意地分配段落，甚至把同一情节分在不同的段落中。这种独特的写作方式表达了塞尔夫独特的人生观。在一次采访中，塞尔夫说道：生活是一个连续的过程，具有章节段落之分的传统小说破坏了这一事实；人的生活状态就是各种大脑活动的总和——梦、思考、回忆、意识、潜意识、无意识，等等。不管是艾伯特强大的演算能力和记忆能力，还是巴斯纳极为丰富的大脑活动和心理活动，以及其他人物千奇百怪的意识流活动，《伞》尽情地展现了人的意识和心理活动的神秘。

这是我第一次接触塞尔夫的作品。翻译《伞》的过程犹如大夏天在闷热的屋里看书，身上虽早已汗流不止，心内却颇觉酣畅淋漓。塞尔夫把不同人物的意识流凌乱地交叉在一起，初看之下颇让人头痛。比如，明明还在讲奥德丽的心理活动，突然之间就跳到了斯坦利在战壕里的所见所思。庆幸的是，塞尔夫的语言细致、地道、幽默，虽不时冒出某种语言上的创新，但总体看来用语相当精彩，这既抹去了错乱的情节带给我的困惑，又增加了翻译过程中短暂的欢乐。如果塞尔夫可以被称为情节大师，那么，他也可以同时被称为语言大师。在翻译的过程中，我也尽量把原文的味道一起展示出来，而不仅仅只是直译。

在翻译的过程中，最让人动容的是塞尔夫对各个故事人物的描写，不管是心理活动，还是身体动作。在塞尔夫的笔下，每个人物都是一个鲜活的人，一个立体的人。塞尔夫对艾德琳的女佣弗洛西的一段描写印象颇为深刻。弗洛西拎着网袋，站在艾德琳后面送奥德丽离开。弗洛西把网袋给奥德丽的时候，向奥德丽问了个问题。塞尔夫接下来写道："……但这张真诚的脸却瞬间凌乱，一脸尴尬，因为她悄悄地看了一下女主人的脸。"多么细致的描写！我曾多次在自己的生活中看到这种细微的表情变化，当我看到塞尔夫的这段文字时，瞬间觉得塞尔夫更应该去写剧本，因为他观察到了人真正的生存状态。这样的文字还有很多很多。在翻译的过程中，我被多次感动，不知是因为塞尔夫之笔，还是因为塞尔夫笔下的人物。

塞尔夫用现代主义风格描述了现代人的生活状态。从奥德丽一家人在维多利亚晚期的生活状态到二十一世纪初巴斯纳退休的晚年生活，小说涵括了二十世纪伦敦人生活方式和生活态度的转变、大伦敦建筑风貌的变迁、精神病学上对"人"的认识的变化、人与人之间微妙的存在关系等。可以说，《伞》是二十世纪的绝妙缩影，它用虚构的手法还原了真实的存在——

一书一世纪，一《伞》一世界。

赵　柯

二零一四年五月三十日

图书在版编目(CIP)数据

伞/(英)塞尔夫(Will Self)著;赵柯译. —
上海:上海译文出版社,2018.4
书名原文:Umbrella
ISBN 978-7-5327-7645-0

Ⅰ.①伞… Ⅱ.①塞… ②赵… Ⅲ.①长篇小说—英
国—现代 Ⅳ.①I561.45

中国版本图书馆CIP数据核字(2017)第280368号

Will Self
Umbrella

图字:09-2013-692号

伞
[英]威尔·塞尔夫 著 赵 柯 译
责任编辑/宋玲 装帧设计/姚荣工作室

上海译文出版社有限公司出版、发行
网址:www.yiwen.com.cn
200001 上海福建中路193号 www.ewen.co
上海市印刷四厂印刷

开本 890×1240 1/32 印张 10.75 插页 2 字数 270,000
2018年4月第1版 2018年4月第1次印刷
印数:0,001—5,000册

ISBN 978-7-5327-7645-0/I·4686
定价:59.00元